沧海月明

——李汉荣心灵散文

李汉荣 著

人民文学出版社

图书在版编目（CIP）数据

沧海月明：李汉荣心灵散文 / 李汉荣著.—北京：人民文学出版社，2020
ISBN 978-7-02-013897-5

Ⅰ.①沧… Ⅱ.①李… Ⅲ.①散文集—中国—当代 Ⅳ.①I267

中国版本图书馆CIP数据核字（2018）第042126号

责任编辑　杜　丽
装帧设计　黄云香
责任印制　任　祎

出版发行　人民文学出版社
社　　址　北京市朝内大街166号
邮政编码　100705
网　　址　http://www.rw-cn.com

印　　刷　三河市鑫金马印装有限公司
经　　销　全国新华书店等

字　　数　386千字
开　　本　680毫米×960毫米　1/16
印　　张　27.75　插页3
版　　次　2020年9月北京第1版
印　　次　2020年9月第1次印刷

书　　号　978-7-02-013897-5
定　　价　60.00元

如有印装质量问题,请与本社图书销售中心调换。电话:010-65233595

目 录

代序　文学是回忆的一种方式　　　　　　001
　　——答青年作家李东问

第一辑　不朽

李白,梦游的孩子　　　　　　　　　　　003
千古诗圣赤子心　　　　　　　　　　　　012
至痛至美的无题　　　　　　　　　　　　018
李贺与唐朝的那头驴　　　　　　　　　　021
唐朝的牛　　　　　　　　　　　　　　　024
唐朝的狗　　　　　　　　　　　　　　　027
唐朝的便条　　　　　　　　　　　　　　030
走近诗佛　　　　　　　　　　　　　　　034
庄子:真人无梦?　　　　　　　　　　　　044
老子的智慧　　　　　　　　　　　　　　050
雪地里的芹菜　　　　　　　　　　　　　064
戴着草帽歌唱　　　　　　　　　　　　　067
点亮灵魂的灯　　　　　　　　　　　　　070
不　朽　　　　　　　　　　　　　　　　076

第二辑　音乐笔记

一　心灵的精微营养　　　　　　　　　081
二　一个比你自己更好的
　　另一个自己从音乐里向你走来　　084
三　音乐带领我们回到灵魂的家　　　　087
四　真正的音乐家，是人的心灵的
　　秘书，也是神的秘书　　　　　　　091
五　一段纯真、柔和、深情的音乐　　　093
六　音乐，让我们的灵魂一步登天　　　095
七　可以安魂的咏叹调　　　　　　　　096
八　音乐是对沉默的诠释和解说　　　　099
九　在丧失神秘和诗意的现代荒原，
　　音乐为我们保存了珍贵的神秘
　　主义和古典诗意　　　　　　　　　101
十　好的音乐和一切好的文艺之所以好，
　　是因为它表达了我们对宇宙万物的
　　谦卑的情感　　　　　　　　　　　103
十一　音乐是有神论者和
　　　无神论者的共同宗教　　　　　　105
十二　喂养我们心灵的古老粮食　　　　108
十三　用旋律谱写的生命哲学　　　　　110
十四　音乐是时间的语言，
　　　是心灵和宇宙的语法　　　　　　112

第三辑　在医院

输　血　117
静脉注射　119
艰辛的肺　121
输　氧　124
按摩师　127
忧郁症患者　129
梦游症患者　131
疼痛的牙齿　134
眼角膜捐赠者说　137
血液化验　140
路过太平间　142
一个医学外行对高血压病的
　人文和社会学研究　145
看望王医生　150
生　病　154

第四辑　动物解放

城市鸡鸣　159
鸟　162
动物的眼睛　164
对几份菜谱的研究　168
动物们的知识　171
狗的知识　173
堂哥李自发和牛　176

尊重和保护动物,是一种美德　　　　　178
动物解放　　　　　　　　　　　　　181

第五辑　水果诗篇与植物传奇

橘　子　　　　　　　　　　　　　　189
苹　果　　　　　　　　　　　　　　191
枇　杷　　　　　　　　　　　　　　194
木　瓜　　　　　　　　　　　　　　196
枣　　　　　　　　　　　　　　　　198
山　桃　　　　　　　　　　　　　　201
葡　萄　　　　　　　　　　　　　　202
梨　　　　　　　　　　　　　　　　204
野草莓　　　　　　　　　　　　　　207
核桃树　　　　　　　　　　　　　　211
一棵古老岩松的传记　　　　　　　　214
一粒葵花籽的秘密奋斗　　　　　　　216
蕨草一直在我家门前目送恐龙　　　　218
我不读诗的父亲一直在维护陶渊明的东篱　223
银杏手里捧着什么账单　　　　　　　227
在父亲的菜园之外,喇叭花已不再吹奏　231
勿忘我　　　　　　　　　　　　　　234

第六辑　石头记

为父亲的磨刀石献诗　　　　　　　　239
为故乡的一条河流和石头哀伤　　　　241
我童年坐过的三块大石头　　　　　　243

鱼形镇书石 245
母亲们的洗衣石 246
眺望日出的石头 247
我坐过的那块陨石 249
山顶,停靠初恋的那块石头 251
大理石门墩 252
望城山顶,那块石头托起我 256
在山上,那人将石头推下去 258
秦岭深处的拴马石 260
在山顶,那个人与天空交换灵魂 261
小时候踢过的小石子 264

第七辑 他们

饮　者 269
隐　者 273
歌　者 275
圣　者 278

第八辑 婴儿颂

婴儿的笑容是神的面容 287
婴儿是我们贞洁的上古之神 288
你看着我,就是在治疗我 289
柔弱无力的婴儿 291
在心灵的荒漠,我们渴望婴儿
　带着纯真的甘泉降临我们中间 294
唯一拥有神权的人 297

他刚刚从永恒那里赶到尘世　　　　　　　300

婴儿引领我们看见了不朽的深蓝　　　　　302

第九辑　头顶的星空和心中的道德

一　在这茫茫宇宙里,我们相遇　　　　　305
二　"我们唯一能够获得的
　　　智慧是谦卑的智慧"　　　　　　　307
三　月全食与灵魂的复活　　　　　　　　309
四　"宇宙便是我心,我心即是宇宙"　　　311
五　"万物皆备于我":把生命放
　　　在大时空里观照和熔铸　　　　　　315
六　心理治疗:让心灵融入无限的深蓝　　318
七　内心再造与升华:带着仿佛
　　　上古时代的纯真心灵,重返生活　　323
八　精神超越:从经验世界迈向超验世界,
　　　进而净化经验,获得灵魂的新生　　328
九　神圣体验:进入心中之心,体会
　　　和挖掘生命深处的生命,对真理
　　　和美德产生最真挚的认同　　　　　332
十　"永远使人感到惊奇的是怎么会
　　　有一个卑鄙的人和没有信仰的人出现"　337
十一　把自我的生命融入到宇宙的生命之中　343
十二　老子提前两千年为人类
　　　　开出的病相报告和治疗处方　　　347
十三　仰观与俯察:我们比古人多了一份忧患　351
十四　仰观与俯察:拯救地球　　　　　　　357
十五　无边星空与爱因斯坦的"宇宙宗教"　360

十六	人生就是一场修行，	
	生活就是修行的道场	364
十七	旧时星夜细节	368
十八	养一池星星	370
十九	记忆光线	372

第十辑　白雪与明月

无雪的冬天是寂寞的	377
雪天，有所思	381
在唐古拉雪山下饮酒	384
远山的雪	386
仰望雪峰	388
今天下雪	390
残　雪	392
雪的记忆	395
对一次雪崩的想象	399
雪　界	407
心中的月亮	410

代序　文学是回忆的一种方式

——答青年作家李东问

问：李老师您好！早在上中学时期就熟知您大名，因为您的诗文常出现在我们的语文教材和考卷里，敬仰之情油然而生，与您对话可谓期待已久。首先，我想请您谈谈文学创作对您个人意味着什么？

答：作为业余文学写作者，写作这件事与具体的物质生存没有多少关系，其实现在从事纯正文学写作的人，文学并不能带给他文学之外的东西，比如金钱、名利等等好处，反而为了写作他要付出许多，包括熬夜运思透支健康。我把我的写作定义为性情写作，是性情使然，是精神生命的一部分，如同呼吸和血脉流淌，是生命的自然现象，若没有写作这件无用的事，我就呼吸不畅，血脉瘀滞，心魂飘忽无寄。我通过写作而能触摸和安抚自己的灵魂。若我的文字遇到性情或灵魂质地与我比较接近的读者，我的文字也就顺便触摸和安抚了他的灵魂。

问：您主张回归到生命的本质当中去，与山河自然、生灵万物共呼吸。您的诗文中也随处可见对草木的赞美和敬畏，对动物的友善和怜悯，处处蕴含诗意和哲思，让人叹服。对于山水、自然，您似乎比别人倾注了更多的心血，是您性格使然吗？您如何看待人与自然的关系？

答:正如西哲所说:"神话是一个民族的记忆,记忆是一个人的神话。"

与科学的前瞻思维很不一样,文学常常是向后看的,我甚至固执地以为,文学就是回忆的一种方式。

这也不难理解,一个人的童年,就如人类的早年一样,离自然最近,离摇篮最近,离母亲最近,离神秘最近,离神性最近,离梦最近,离诗最近——而这些美好的东西,都会随时光的流逝和历史的演进而逐渐淡漠甚至丧失,挽留住它们,就是挽留住我们灵魂的根,挽留住生命中最本真、最有价值的部分。

神话、童话、传说、诗,乃至一切真正的文学艺术,都是这种挽留。

我们的民族是农耕民族,漫长的农耕岁月和田园生活构成了我们的记忆和文化,对土地的尊敬和感念、对山河自然的依赖和感激,对草木生灵的依恋、怜惜乃至同情,积淀成我们每一个人内心里、血脉里最深最浓的情愫。即使在工业化和城市化快速推进的今天,这种记忆、情感和文化依然是我们灵魂的原型和底色。

就如我本人,虽然早已住进了城市,但仍然留恋乡村和田园,烦躁的时候就想起故乡月夜的宁静,纷乱的时候就想起故乡原野的质朴和单纯,内心有贪念的时候就想起昔日乡亲们那清贫、安详的性情。有时做梦,还梦见小时候在林子里采蘑菇,在小河里打水仗,在村头稻草垛里捉迷藏的情景。

我甚至觉得,人的最美好的故事都是在小时候创造的,长大了,有了许多经历,甚至很复杂的经历,但美好的故事却越来越少,因为这些经历里功利的、世故的东西多了,纯真的、情感的元素少了,心灵不愿意接纳它们。不被心灵接纳的东西,很难成为感人的、有意味的故事。

我的童年和少年都在乡村度过。乡村,是我记忆的伊甸园。我无意美化乡村,那里有贫苦,有蒙昧,但是,它的田园、山水、古老的建筑、淳朴的民风、善良的乡亲、鸡鸣狗叫的声音,拥绿叠翠的原野,白云缭绕的远山,一路哼着民谣潺潺而去的小河……这一切足以抵消物质的匮乏,而成为一个人灵魂的粮食,成为他精神世界的最初底稿,也成了他的美感和诗意的源泉。

我认为,一个人的美感和诗意感受,只有三分之一得自于社会生活和所谓的文化素养,而百分之七十以上得自于大自然的震撼、浸润、滋养和启示,这包括山水、田园、植物、生灵、星月、宇宙景象——这一切构成了笼罩他感官和心魂的持续的惊讶、神秘、感念、崇高的感情、怜惜的心肠和无穷的联想。我的几乎每一篇诗文写作,总是由于自然景物或生灵意象的触动和感染而生发。即使那些悲天悯物的情愫,也来自我目睹大自然惨遭技术肢解、惨遭人类洗劫和摧残而生起的痛惜之情。

而随着过度工业化、技术化,以及物质主义、消费主义文化的误导,人类无餍足的贪欲和所谓无止境的对"发展""幸福"的欲求,将导致对大自然的无休止的掠夺和伤害,大自然的原生态之美将被洗劫一空,万物生灵的生存处境将变得更加严酷和悲惨,它们所呈现的缤纷意象和审美幻象将日趋凋零。因为人总是膨胀着、嚣张着、升级着、推进着所谓"发展""福利""幸福""消费"的欲求,而大自然是相对安静的、是有定数的、有限的、是不发展的,而且在人类无休止的过度干预、掠夺和伤害下不断萎缩和凋敝的——而过量的人群和不断膨胀的欲望在不停顿地算计着、折腾着、劫掠着并不发展的、有定数的、衰竭的自然,自然怎么受得了?自然怎么修复和再生自己?长此下去,自然有可能被掏空和毁坏,成为自然的废墟。这也就意味着人在自然界所能感受和领略到的审美资源、意象资源、精神寄托日渐减少甚至越来越单调乃至枯竭。人只有在大自然的辽阔、丰饶、气象万千的氛围里才能氤氲养成的温润的内心、柔软的心肠、崇高的情操、丰富的美感也就很少或没有了,只剩下了在拥挤的人群、逼窄的、竞争激烈的生存环境和僵硬、单调乏味的人工环境里的得失算计、利益博弈和生存竞争，如此一来，现代人怎么还会有真正的审美发现和诗性感动呢？也就只剩下肤浅的娱乐、搞笑，以及所谓的鸡汤快餐了。因为深陷于拥挤、窄逼、单调、残酷的竞争生存环境下的人们，需要这些甜点调料来缓解和麻痹自己憔悴紧张、无处安顿的身心。

从上述我对自然的感受和对现代人生存状态的理解，你就知道我为何对大自然那么一往情深而又深怀忧患和怜惜。

问：除了自然山水，亲情也是文学作品中一个永恒的话题。您的《母亲》整本诗集都在诗意呈现着浓浓的母爱，《外婆的手纹》《祖父的生日》等多篇散文也传递出了可贵的亲情。您如何理解亲情和文学创作之间的关系？

答：亲情不只是孝道、血脉情感等等源于血统和社会伦理的那些狭义的情感，我理解，亲情虽然是一种本能情感，同时，亲情也是更深广的人类之爱、生命之爱和宇宙情怀的起点和酵母。一个宽广深邃的人，既要有一份深挚的亲情之爱，也要将这种亲情之爱升华、扩大为人类之爱、生命之爱和对真理与宇宙万物的博爱。亲情里面也饱含着一份感人的人情之美和人心之美，亲情不只是一种伦理学，也是一种情感的美学——比如，我从母亲、从父亲、从爷爷、从外婆身上透露出的质朴真挚的情感，从他（她）们对亲人、对儿孙、对家庭、对自然山水、对土地、对植物、动物、生灵，对日常生活、生老病死和朴素器具的那种怜惜、心疼、呵护、感激的态度，我感受到一种由亲情生发的朴素的审美和心智，以及一种包含着亲情却又大于亲情的人伦风情和天地情感。

为了把这个话题说得到位一些，在此不妨说说我和外婆的感情，以及由此生发的伦理亲情和朴素的生命美感、自然美感和日常美感。

外婆出生于中医世家，面相刚毅，举止端庄，读古书，信佛——

这是后来才知道的,当时只觉得外婆能干、手艺好、待人热情,她每次到我们家来,都要为她的孙子们做针线活,我记得做的最多的是鞋垫。

在《外婆的手纹》一文中,我已描述了她的手艺、她缝织时的场景和心境,在此不再赘述。

需要补充的是,我小的时候,在我的故乡,几乎家家户户的每一个妇人,每一个女孩,人人都会做针线活,都会绣花的手艺。甚至有一些男人,也会缝衣服、绣花。平常,人们都穿的陈旧,很多人衣服上都打着补丁,灰暗,构成了那个年月的底色和背景。但人们仍然有着单纯的快乐和对生活的简单期待——生活不得不受现实禁锢,但梦想常常高出生活,每当逢年过节,人们不约而同都穿出最好看的衣服,儿童、女孩、妇人们,都穿着绣花的衣服。连最穷人家的破衣服上,也补上了新鲜的补丁。这是手艺的展览,也是梦想的展览。

现在想来,那时,人们不仅在生活中延伸着一种源远流长的手艺,也延伸着一种源远流长的文化和美德。缝衣绣花的时候,通过一针针一线线的细致劳作,人们其实是在重温某种心境某种意味,这种心境和意味只有通过某种具体的动作和器物才能体会和抵达。打一个补丁,不只是修补了衣服的漏洞,那也是在修复生活的残缺和心灵的创伤;绣一朵花,不只是装饰日子的暗淡,那更是一种祈祷,一种期待,一种于默默中对梦想、对情感、对生活的美好设计。

我们常常说,过去的人们总是那样古朴,安详,沉静,内敛,重礼仪,重情感,重操守。我想,这些美德的获得,与农业文化的自然环境和生活方式有关。天人合一四时如画的美丽山水田园,陶冶了人们的性情;那种缓慢的、温润的、充满了人伦细节的日常生活,构成了人们细密柔软的内心世界和朴素美感。在工商社会和网络信息社会,具有这些美德和美感的人将会越来越少。

母亲在世时,我常回老家看望她,母亲去世后,回老家就少了。去年清明,回老家为父母扫墓,我在小时候疯跑过的原野、小河、山湾转了一圈,大有"山河不可复识"之感,用一般的眼光看,当然是"形势大好",我也承认,日子好过了还不好吗?然而,内心更深的感受却是复杂的,所谓进步后面付出的代价很大,物质的缺失尚可弥补和替代,而精神的、人文的、内心的东西,有些一旦失去就再也不可再现和复得,真正是"一别永恒再不相见"了。比如,小河边那些如童话里的小木屋般温暖质朴的水磨房再也找不见了,过去家家户户门前都有的打豆浆的小手磨再也找不见了,那些走村串户的瓦匠、墙匠、铁匠、木匠、篾匠、银匠、编织匠……再也找不见了,那安静地在屋檐下、在场院里、在树荫下、在溪水边、在鸟声里,含着微笑凝神静气做针线活、将情感和目光一针一线织成手艺的母亲的形象和姑娘的形象再也找不见了。这些动人的场景,这些古老的风情,这些代代传承的民间艺术,都被现代化的大批量、标准化、格式化、市场化的制造业所快速取代,以它们为载体的文化和精神也正在快速消失。

是的,一种场景、一种风情、一种技艺,都由长久的岁月和生命积淀而成,它们是构成一种文化的元素和灵魂。

水磨房的消失,伴随那转动的轮子、飞溅的水花、飘洒的芳香粮食颗粒而流传千载的水边的传说和故事也永远消失了。

匠人们的消失,意味着那走村串户、连接古今的技艺、风情和歌谣也永远消失了。

绣花针的消失,意味着乡土最深情、最细腻、最专注的目光永远消失了,从今,我们再难看到那种贤淑、端庄、温柔、细腻的母性身影和眼神了。

那能让我们静下来,净下来,慢下来的安静意象越来越少了。

奔走在燥热的高速路上,我渴望在一个清凉、纯真的瞬间逗留,辨认一下来去的方向,看一眼一言不发的永恒天空在对我暗示什么。

在我写作《外婆的手纹》这篇文章的时候,我感到了一种美好、深沉、温情的逗留,古典的单纯、朴素、宁静和深情,笼罩了我,我身心安泰、肝胆温和、表里清澈。我有一种"万物皆备于我"的透明、深情和圆融。

在这一刻,我返璞归真,我回到了精神的故乡……

问:诗集《想象李白》以奇绝的想象力,融古典与现代为一体,信手拈来,诗意隽永。在借"李白"寄托您的悲欢和所思的同时,也表现出您对古典文化的钟情。可否谈谈古典文学(或传统文学)对于现代文学创作的影响?

答:古人的诗文呈现的是一种天地诗意、山河美感、人伦之美和天真之美。比如李白,当然不仅是李白,几乎所有的古代诗人文人,他们一生对大自然、对万有之美和宇宙之谜,都怀着热烈、虔诚、天真的感情和无限好奇,他们的诗文也呈现着一种深沉感念、浪漫情怀和清澈之美。

而在诗意稀薄、神性荡然无存的这个过度物质化、商业化、数字化、程序化、技术化、人工化的世界上,神秘感也随之消失了。神秘感的消失,使我们好奇的灵魂没有了值得好奇的对象,使我们孤独不安的灵魂没有了来自大自然和宇宙的深刻安慰和神奇解药。

没有了诗意,没有了神秘感和诗性深度,所谓的现代文化,也就成了没有灵魂、没有精神本源的一片话语的噪音、符号的积木、信息的沙滩和知识的荒原,人的所有的言说与书写,都与本源、诗、真理和终极关切无关,而仅仅是人如何消费和处置这个物的世界的自言自语、自嘲自恋、自惊自吓、自高自大、自暴自弃、自证自慰。于是,我们的灵魂完全搁浅于这个实际上已无法安顿灵魂,更是否定灵魂,与灵魂已成陌路,甚至与灵魂为敌的灵魂的荒原。抑郁、焦虑、烦、无聊和空虚,就成了灵魂的日常功课。抑郁、焦虑、烦、无聊和空虚,成了灵魂的常态,甚至成了许多现代人的"内心生活"。

好在,所幸我们还有诗,诗(包括经典音乐)为被物质主义掏空了内脏的现代文化保存了一点古典的灵魂,诗(包括经典音乐)为被消费主义掏空了心灵的现代人类,保存了一点唯美主义,保存了一点神秘主义,保存了一点古典主义,保存了一点形而上的意味,保存了一点远古人类面对苍茫宇宙和无常命运而生发的神秘感、永恒感、崇高感和苍凉感。

我觉得,诗和文学,是我们得以找回或重温我们丢失了和遗忘了的古人那种对天地万物的天真感情和清澈之美的一种有效的方式和途径。重温古典的文心诗魂,也是为日益世俗化、商业化、无根化、泡沫化的我们肤浅的心智和没有底蕴的失魂落魄写作的一种棒喝、提醒和校正。对我们使用的日益丧失神圣指涉、命名能力和隐喻象征功能的浅陋的、毫无诗性和深度的工具化、泡沫化语言,也提供了一种映照的镜子,照见我们的语言和文本的浅、陋、窄、小和丑,同时,古典文学作为一种永恒价值,也为我们提供了不断返回源头去观照我们自身,去重建我们自身——包括我们心智、灵性、审美、想象力、批判力和语言的重建——的一种参照和启示。

问:诗评家沈奇先生称您为"星空诗人",意在区别卓然独步的您与同时代诗人的迥然不同,同时他也提到在您星空般深远莹洁的诗歌精神面前"只有无言的颤栗和感奋","不具备'理论'您的能力",这应该是对一位作家最大的肯定。那么,您的创作追求是什么?

答:沈奇先生是当代杰出的诗论家,他对我的评价过高了,不敢当。我也许还没有写出沈奇先生眼中的那种杰作,但我有过这种阅读体验,有时候,一首诗让我们感动得无话可说,甚至没有心得,其实是这首诗完全进入了你的心,它抵达你的意识尽头,激活了你生命深处的潜意识和无意识，它通过语言把你带到很远的地方和很高的地方，带到没有语言的地方，那里只剩下心灵本身，语言沉默了，你面对的是无边的心灵。

在一首诗里就可以历尽沧桑。读但丁《神曲》，我就有历尽沧桑的感觉。穿越生存的地狱，经历精神的炼狱，跟随永恒女性贝亚德丽采之引领，我来到了一万个太阳照耀着的天堂，从此到达了自由、澄明、宁静之境，我从对立、短暂、冲突、痛苦、速朽的事物中彻底解脱出来，在宇宙的巅峰和时间的尽头，我与万物合一，与神性合一，灵魂归于深深的、无限的宁静。我掩卷，久久静默，不想与人说话，不想再读别的书，我已有了如此丰富深邃的精神游历，我已抵达如此高远明澈、由爱之女神守候的纯洁天堂，我已到达了宇宙之巅和宇宙之心，那么，我还返回来干什么？真的，我读了《神曲》，感到灵魂是如此幸福安宁，我想在但丁伟大的诗里沉睡过去，不再醒来。

我希望我能写出这样的诗篇或文章。也许我无法抵达这样高的境界，但我心仪这种境界，我平时的阅读，其实深怀着这样的阅读期待，期待某个作品哪怕是作品里的某个细节某个句子，能将我带进这样的境界，可是，能兑现这种阅读期待的当代作品太少了。但我的心里，始终有那么一个精神的空洞，很深的空洞，我希望别人的伟大深邃的作品能填充这个精神的空洞，若不填充，我的灵性世界就安顿不下来，出现了莫名的恐慌和虚无。我也希望我自己的内心生活以及作为内心生活折射而成的内心副本——我自己的文字，能够填充这个随时出现在内心深处的精神空洞——我的阅读和写作需要持续下去，因为那时时出现的精神的致命空洞需要与之对等的精神填充物——需要那种够格的精神产品去填充它。

简洁地说，好的文学作品要具备这样的品格：透过物理本质进入神圣本质，通过自然领域进入精神领域，穿过现实生活进入灵性生活，经由此岸的生存物象进入生命幻象、彼岸幻象和宇宙幻象——引领人进入对永恒和无限的沉浸、敬畏和无限谦卑。这样的文学,才有存在的必要和写的必要;这样的文学,才有对这个日益荒原化的世界和荒漠化人心的净化、提升、滋养和抚慰的功能——文学虽然不是宗教,却有着并不低于宗教的唤醒、深化、净化、提升、塑造和启示心灵的功能。

问:陈忠实先生在写于2001年的《生命的审视和哲思——〈李汉荣诗文选〉阅读笔记》一文中,讲述了陕西省作协第八届505文学奖的评选细节,您的诗集《驶向星空》被一致举荐,从10部优秀作品中脱颖而出,获得最佳作品奖,他同时也提到10位作者唯有对您不熟悉。我想这不仅仅是因为您地处秦巴之间与外界联系不畅,更主要的一点是因为您低调的处世态度。据我了解,您潜心为文,远离文学圈的浮华,很少主动参与文学评奖活动。您对当前文学环境怎么看?

答:陈忠实先生是我的良师益友,是小说大师,他的《白鹿原》是当代少有的足可传世的杰作。忠实先生对我的勉励和他给予我的那份长者的感情,我永难忘怀。至于当前的文学环境,你会比我有更直接的感受,就不多说了。我就喜欢安静地读书,安静地生活,安静地感受大自然,安静地沉浸和领略在写作中语言运行和文学神思带给我的那份"妙处难与君说"的心灵的充实、澄明、宽广和愉悦,用禅宗的话说就是体会那种无上的"禅悦"和"法喜"。我平日沉沉默默地感受着,然后安安静静记录下来,写下来,不是显摆,不图出名,不为谋利,就图个心境葱茏,就图个能把心魂安顿下来。是的,在感受的过程中,在写的过程中,心魂已被这天地万象和可爱文字慰藉了滋养了,心魂已经得到了犒劳和安顿,这该是最高的恩泽和奖励了,诗在诗中满足了,精神在精神中满足了。心安处,是吾乡,我回到了家里,我就在家里。所以,还需要显摆吗?还需要出名吗?还需要谋利吗?那纯粹是自己搅乱自己的心魂,自己捣毁自己的心宅的自毁家园的愚蠢行动了。

当然,若有读者喜欢阅读我的文字,并分享了文字中呈现的那种心路历程和心灵风景,还多少有了一点心灵的互映和共鸣,我就格外感恩上苍,感恩能把我们彼此的心融为同一颗心的我们具有通灵魔力的伟大母语。

问:从您的履历来看,"弃政从文"无疑是让常人不解的,但所有的选择自有其道理。您理想中的生活方式是什么样?

答:从上述文字里,你不难窥见我所向往的生活方式,这就是以出世的精神,做入世的事情,做自己喜欢做、能做的事情,尽量让自己写出的文字和卑微的劳作有益于世道人心。人活世上,与古往今来的人心和人情相往来,与古今中外的文心和诗魂相往来,与天地精神相往来,也与自己的"本心"相往来,很好,人生之至乐莫过如此。

问:网络查阅得知,您的文章曾多次被抄袭,甚至被抄袭成了高考满分作文,对于这样的事情,您不但不追究,反倒拜托记者呼吁大家"宽容地对待一个中学生所犯的错误吧",您的豁达也由此可见一斑。您的多篇(首)诗文入选大学中学小学教材,被视为范文,或多或少影响着一批批年轻人。对于年轻的创作者(或文学爱好者),您有什么好的经验分享?

答:考生抄袭我的文字得了高分,作弊当然不对,考虑到当时我若态度严厉了,有关方面若从严处理,就完全可能对考生及其家庭造成巨大打击,甚至出现不可预料的意外。所以,我觉得对考生教育一下,指出其错误,以后无论是为学为文或立身处世,当堂堂正正、诚实诚信,就行了。再者,考生抄袭的我的文字,虽非杰作,也算可读的文字,可见考生在严酷的应试教育环境里,还是有一定的阅读视野、阅读量和文字鉴赏力的,觉得不忍心这样的孩子因遇见我的文字而受苦受挫。所以当时我采取了宽容的态度，只希望这些孩子以后都是堂堂正正的好人好公民。

年轻的写作者，在如今人人写作、人人发帖，除了守法的要求，已几乎是零门槛的网络环境和大众文化的语境下，在铺天盖地遮天蔽日的语言洪流里和信息汪洋里，要守住自己的本心似乎不易，要写出自己的句子似乎也更难，要让众人在海量的作者里和海量的文字里，能够识得或记住某个写作者或写手的面目和名字，似乎也越来越难，一句话：如今，无论是作者或文字，都是太多太多了，甚至是严重的过剩了。在此境遇里，作者既要有所谓的雄心，也要有平常心和本心，若仅有雄心，谁没有雄心？过量的或过分膨胀的雄心，难免会变成焦灼之心、浮躁之心、争强斗狠之心甚至投机取巧之心，而平常心和本心，却能使我们回到诚恳和本然之心，这恰恰是使你区别于他人的天然的特质和品质，再加上广博、系统和深入的对古今中外各种经典的阅读和沉浸，长期的对自我心智和文心诗魂的修炼培养，对生活体验和生命体验的积累和洞察，对文字功夫和文体驾驭能力的潜心锤炼磨砺，你才有可能写出有自己语感、语调、语态和语法的属于你自己的句子，从而，为文学长河增加一滴或几滴不会轻易蒸发的水珠和水波。

问：《李汉荣散文选集》自出版以来，在网络书店多次断货，得到读者高度认可，被认为是"一本难得让人安静下来、回到自身、回到本真、回到内心的好书"。在该书的自序中，您提到写作最核心的动力是对时间的崇拜，并对此做了阐述，我非常认同"时间保存我们的灵魂，时间使我们拥有无限延展的精神生命"这样的说法。在您看来，当下文学创作者如何才能做好时间的崇拜者？

答：你这个问题问得很好，是纲领性问题。而我的上述回答，已在无意中对这个问题作了陆续的回答。把我们的问答合在一起，就会看到，其实你一直在问这个问题，我也一直在回答你问的这个问题。当我们对文学的本质,即文学的核心意蕴和功能,有了深一些的理解,我们就会奉时间为自己的唯一的王,从而知道自己该坚持什么,该看轻什么,从而真正去为永恒服役,为众生用心,为文学操心,而不是为功名利禄过分用心和操心,功名利禄,皆过眼云烟,当一切功名利禄消失了,在时间的河床里,留下的那不多的真金,才是真的文学和真的文心。

问:在您即将推出的新书《宇宙深处的奇遇》的内容简介中,我看到了"实验性""跨文本""精神漫游"等多个引人注目的词汇,在微信展示的前几章里也领略到了该书的独特性。您创作这样一部作品的动因是什么?

答:我们全部的文学和文化,绝大多数都是对地球上的生老病死的描述和叙述,是对尘世人群、对此岸物事、对当下悲欢的记录、描述和唠叨,多数是并不高明更不高深、毫无新意的描述和唠叨。我觉得这样的文字太多太多太多了,已严重饱和、超额和超量了,比起人对文字,尤其是对此类文字的实际需要,我们生产的这类文字已过剩到灾难的程度,是严重的浪费,大多数文字的生产,是盲目的重复性生产,是完全无用的垃圾化生产。

而现当代天文学揭示的宇宙图景和真相,已经大大拓展了人对宇宙的理解,也彻底改变了那种天圆地方以人为中心的狭隘时空意识,从而无限地扩大和延展了人对宇宙和生命之真相、奥秘与命运的想象和惊奇,随着宇宙视野的无限延展,人对地球对人类对自身命运的观照和理解也随之有了微妙而巨大的改变,人在宇宙中的孤独感、漂泊感、荒谬感、虚无感也在加深。而现今多数的文字仍滞留在对当下悲欢的并不高明更不高深、毫无新意的通俗描述和唠叨。这样的文字,已经严重过剩,再鹦鹉学舌重复生产这种泛滥成灾的文字,我认为毫无价值和意义。

我的这个实验性文本就是一次练习突围。在这个作品里,我把背景放在无限的星空和宇宙空间,写一个人的精神漫游,以及他的思想,他的哲学,他的美学,他的伦理学,他对现实的透视、批判与超越,他的宇宙观、生命观、道德观、宗教观。这一切都在广袤的宇宙背景里呈现和展开,让丑陋的更丑陋,美好的更美好,让那些高贵的诗性生命越过死亡的陷阱,在永恒之光的映照下获得永生。在无限展开的时空巨大镜子面前,人类的卑微和高尚,晦暗和荣耀,速朽和永恒,逼真地呈现。

主人公是一位跨越无限时空的漫游者,这种带着他的个人经历、族群文化、种群历史的超时空漫游,在大尺度宇宙背景映衬下,更深切地体认和洞察了他所属文明的价值、困境和病灶,这对读者体认自身的生存境遇、文化土壤和精神生态,极具启发性。

作品几乎穷尽了一个人所能拥有的全部想象力的极限:大尺度的时空跃迁,惊心动魄的生命奇遇,不可思议的宇宙奇观,细腻逼真的细节呈现,以及融合了诗性想象、神性冥思和智性玄思的哲学思辨,在极大地满足人们对宇宙的无限好奇心的同时,又将人带入到思想和心灵的幽深隧道,对宇宙的命运和自身的命运展开终极叩问和沉思。

写作本书和阅读本书都是对人的智力和想象力的一次极大挑战和考验。我在长达数年的沉思和断断续续写作过程中,经历了宇宙观、生命观、道德观和宗教观的巨大颠覆和艰辛重建。我希望读者在阅读中也分享这一补天造海的精神历程,作品将颠覆和改变那些半径过于狭小、严重缺乏生命境界和心灵张力的世俗人生观,大幅度扩大和扶正那些被琐碎庸俗的生存扭曲和矮化了的宇宙观,大幅度净化和提升那些被金钱的牢笼和权力的锁链长期禁锢、腐蚀而变得侏儒化、市侩化了的生命观和价值观。在如醉如痴、如梦如幻的时空漫游中,你将和宇宙的巨大灵魂交换灵魂,你将从浩瀚奔涌的无穷星河里获得源源不断的激情和想象力。

当然,这只是我的一个尝试和想往,我缺少叙述的从容和严谨,我是个写诗、写散文的,缺少小说的训练。我很不相信自己的这个文本,至今没有勇气拿出来"示众"。

问:莫言成为中国首位诺贝尔文学奖得主以后,近几年诺贝尔文学奖的评选在中国受到极大关注。对于鲍勃·迪伦获得2016年诺贝尔文学奖,国内也引发了争论,您是否有关注?对此怎么看?

答:有人质疑瑞典学院的几位老头的眼光和判断力。我感到这几个老头的眼光和判断力还是不错的,也是相对公允的,他们有着基督教文化背景,道行高深,眼光睿智,较少世故圆滑,他们的心智和潜意识里,有着倾向崇高、神性和神圣的价值吁求,他们博览群书,有着全球视野和终极关怀,他们奖励的作者和作品未必个个一流卓越,但却很少看走眼,将末流错判为一流或杰作。此次颁奖给一位演唱者和诗人,我以为也颇具眼光:试想,如今文学被商业娱乐业挤压,大众被娱乐业收编和绑架,甚至文学的内涵也被商业和娱乐业掏空了,而一位演唱者、诗人,用他的貌似流行的歌唱和表演,回收了被流行文化收编和绑架的大众人群,而在其貌似流行的歌诗里,注入的却是对流行的批判和超越,是对被大众文化浸淫和洗脑的大众的再启蒙和心智的再造与升华。这是过于一本正经的所谓纯文学,在今天这个被商业和消费主义文化统治的星球上,想做而难以做到的,而鲍勃·迪伦做到了,他的胜利,不是流行音乐的胜利,而是含蕴在他那貌似流行实则饱含诗性、批判性和超越性的"诗性表达"的胜利,是文学的胜利,诗的胜利(当然是小小的胜利,长久来看,这个地球上的芸芸众生是被商业文化和娱乐文化无限期统治、控制和绑架着的)。他的获奖,实至名归。

2017.3.

第一辑 不朽

李白，梦游的孩子

一、人类精神史上的奇迹、奇才、奇人

李白是伟大的诗人，是天才，也是酒徒。打开李白的诗，就会感到一种铺天盖地的侠气和酒气，扑面而来。好像整个唐朝就是一间巨大的酿酒作坊，长江黄河都是酒的波浪，风雨雷霆都是大唐气冲霄汉的酒令，地上的三山五岳，天上的日月星辰，都是高高举起的酒杯。我是太羡慕生在盛唐的古人了，他们简直是在激情、月光、酒和诗的笼罩下过着浪漫、微醺的日子，天天都在体验生命的高峰状态，时时都有脱口而出的千古佳句！不得了，简直了不得！大地变成了酒坛，也变成了诗坛，整个盛唐就是一个飘着酒香和诗香的巨大酒坛和诗坛（就像如今的恶官俗吏几乎个个都会贪污腐败，在唐朝所有的官员和书生人人都能吟诗咏文）。诗与酒，成为整个民族的生存仪式和生命信仰，这简直是人类文明史的奇迹，是人类精神历程的奇迹。我当然也知道唐朝（包括盛唐）也有不幸，也有苦难和阴影，但我相信李白时代的唐朝是最浪漫、最富诗意的，是大地史册上最精彩的一页。人的最高生存境界是"在大地上诗意地栖居"，受诗意之光照耀的唐人，曾经创造了最好的栖居方式。

唐朝是中国乃至人类历史上的奇迹，李白是中国精神史上的

奇迹,是我们民族的千古骄傲。宇宙中有无数个太阳,宇宙中却只有一个李白。自然现象可以无限重复,无法重复的是巨大的精神现象。感谢李白,他用天真的诗情为我们打磨和保管了最好、最皎洁的月亮,我们的夜晚从此不会变得伸手不见五指,即使在漆黑的夜半,也总有他月光一样的诗句为我们照明。感谢李白,他用瑰丽的诗篇为我们酿造和储藏了最好的生命美酒,即使在市侩当道、伪劣盛行、诗意稀薄的浑浊年代,我们打开他的诗,就打开了真情弥漫、灵性芬芳的千古窖藏,我们仍可以邀明月共饮,与北斗碰杯,与永恒同醉,我们一度变暗的心灵又被盛唐的月光照亮,我们萎靡的情怀又被不朽的诗情重新激活,重新敞开,向诗意和无限的星空敞开。"佳思忽来,诗能下酒;侠情一往,云可赠人。"诗中的李白和传说中的李白,一次次进入我们的精神和生命,为我们重新配置灵魂重新换洗性情,凡是受过李白感染的人,身上或多或少都注入了古代中国的纯真情思和浪漫气息。"安能折腰摧眉事权贵,使我不得开心颜"!"李白斗酒诗百篇,长安市上酒家眠,天子呼来不上船,自称臣是酒中仙";"五花马,千金裘,呼儿将出换美酒,与尔同销万古愁";"天若不爱酒,酒星不在天;地若不爱酒,地应无酒泉。天地既爱酒,饮酒不愧天"……李白天真得可爱,纯洁得可爱,豪放得可爱,我不知道如今世上还能找到几个像李白这样可爱和有趣的人。反正我找了半辈子,至今还没见到踪影。

二、他在梦境里梦见另一个梦境

李白的一生,是醉酒和梦游的一生,随便翻开他的诗,就有一种酒气和醉意扑面而来。他是浪漫主义的酒仙和超现实主义的诗仙。左一杯黄河,右一杯长江,诗笔一挥就是半个盛唐。凡他足迹所至,都留下动人的情思和精彩的诗句。天生一个月亮照亮了万古夜,天生一个李白浪漫了万古心。山因李白增色,水因李白添美,月亮因李白更皎洁,宇宙因李白更深邃。我们的大地,因留下了李白的足迹而更值得留恋;我们的母语,因收藏了李白的韵律而更富于魅力;我们的人生,因沐浴了李白的诗情而更值得一过。

我常想,我这一生乏善可陈,唯一可以自慰的是我与李白同姓,即使我一生碌碌无为,即使我一路荆棘缠身,我也不会轻易自杀,万一不小心一念之差把绳子刀子套上脖子,我会忽然记起"黄河之水天上来,奔流到海不复回"的好诗,啊,去你妈的刀子绳子,我哥哥李白亲口给我叮咛过:我随黄河之水天上来,我怕什么奔流到海不复回!于是,我砰的一声踹开门,"仰天大笑出门去,我辈岂是蓬蒿人",我提了一瓶三粮液,去找我的李白哥哥,换他的一千多年唐朝陈酿老窖,我与他,尽挹西江,细斟北斗,万象为宾客!一杯一杯复一杯,与尔同销万古愁,喝上三天三夜,再喝三天三夜,还要喝三万三千六百个日日夜夜,直到喝干天上一千条银河。

当你知道天才的唐朝是醉醺醺的,天才的李白是醉醺醺的,唐朝的文化是醉态文化,唐朝的人生是梦态人生,你就会明白,李白的诗,绝不能以清醒的、常人的意识去解读,更不能以实用的、狭窄的、庸俗的、小资的、过于物质主义的眼睛去解读,那就看走眼了,把李白看偏了、看俗了、看小了。为什么呢?因为李白是满怀着激情和醉意,用一双天真的、清澈的、飞扬的、迷狂的醉眼俯仰宇宙,激赏万物,领略大美。他的眼睛看见的宇宙万象,类似于婴儿第一次睁开眼睛打量世界,那是投向世界的第一瞥,那是一个精灵第一次与宇宙发生的类似于开天辟地的神话般的、如梦似幻般的相遇和初恋!如同天真看见了天真,如同彩虹看见了彩虹,如同梦境里梦见了另一个梦境,他们看见的不是我们这些俗人眼里的这个见惯不惊的世界,这个住久了、用旧了、活腻了的过于熟悉和沉闷的老世界,不,映入他们——映入孩子眼中的,是亦真亦幻的"幻象",是宇宙展开的不可思议的奇迹,以及这奇迹对他们心灵的持续震撼、无边笼罩、多情撩拨和神秘暗示,是宇宙的万千幻象带给他们的一连串的惊奇、惊讶、惊艳和惊叹。

三、世故社会里永远长不大的孩子

我通读了《李太白集》里的千余首诗，我对李白有一个不容商量的印象：李白哥哥，他就是一个一生都没有长大的好哥哥，一个可爱的大孩子，他到老都没有我们所谓的"成熟"，没有丝毫的世故和圆滑，在儒教占统治地位的古老中国，在等级森严、城府深深的宗法伦理社会，绝大多数读书人为了进入上流社会，为了求得功名富贵，都把自己打磨成处事练达、待人得体、进退有方、机心颇深（所谓"外圆内方"）的阅世高人或处世人精，而李白一生似乎都没有接受所谓的主流价值观，一生都拒绝进入伦理等级的樊笼，一生都没有学会也不屑于去学会攀龙附凤趋炎附势的人生依附学、溜须拍马学、随波逐流学。"我本楚狂人，凤歌笑孔丘"，可见李白不屑于做孔教的信徒，这不只是理性的选择，更源于他与生俱来的精神血统和率真性情，他祖籍碎叶（即今吉尔吉斯斯坦共和国境内），有着桀骜不驯的游牧血统，大约五岁时才随家人迁居内陆腹地，在文化根性上他先天就属于另类，后来也极少受世俗伦理文化的习染而过分崇尚功名利禄，骨子里多的是傲骨而没有媚骨，心性里多的是浪漫激情而很少实用理性。他崇尚的文化，是楚地那弥漫着神性和巫性、蒸腾着醉意和诗意、将有限人世和无限时空打通的如痴如狂、如梦如幻的诗性文化，他崇拜的人物，是庄子、屈原这样的集天地万物灵气于一身的"天人"和"赤子"，而对那些终生都浸泡在世俗等级池塘里经营功名利禄的士大夫阶层，他是看不起的，他不屑于像他们那样把人生的赌注都押在体制的赌场上，那种孜孜于追求仕进的"君子"，在他眼里，其精神格局和生命气象，如同在蜗牛犄角里做道场，在蚂蚁窝里争输赢，那境界和格局，实在是太小太小了。

李白一生都在不停跋涉和漫游,在山水间跋涉,在梦境里漫游。他是在瑰丽奇幻、深挚迷醉的浪漫梦境里漫游了一生。这个大孩子好像没有家,他是以天地为家,以万物为友,以日月星辰为路灯,以无限宇宙为旅馆,以浩浩长风为导游,以银河为专列,以彩虹为专机,他游遍奇峰巨壑,他阅尽万里山河,他还想游遍宇宙星空!他想在有限之生里,穷尽无限之谜,猜透这个无比庞大无比神秘无比深奥的永恒宇宙的哑谜!他走在追寻的长路上就是走在家里,他走在地球上,却幻想着他就要走进宇宙的中心,就要走进储藏着无穷神话和奥秘的上帝的那间神圣密室。

大孩子,这就是我通读李白全部诗作之后对他的整体印象。

四、呼作白玉盘:大孩子心中的月亮

孩子总是多梦的,李白这个大孩子的一生,就是做梦的一生,是在梦境里漫游的一生。

此文仅以李白诗中呈现的月亮、山水之意象,略窥诗人的梦态人生和醉态诗境。

恰如天下的孩子都痴迷那凌空出现的月亮,都喜欢在月光下仰观宇宙之大,冥想万物之谜,都喜欢在月夜里奔跑、丢手绢、捉迷藏、数星星、看银河,想嫦娥,说牛郎,大孩子李白也是这样。他一生都酷爱着月亮,礼赞着月亮。在他眼里,月亮,那不大像是一个具体的东西,而是他在梦中遇见的一个神物,或者,那是宇宙在它自身的恢弘大梦里梦见的一个幻象:"小时不识月,呼作白玉盘",从那白玉盘里,手一伸,就可以取出嫦娥姑娘送给我们的桂花糖。白玉盘,白玉盘,不仅是玉盘,而且是洁白的白玉盘,可以看见盘子边上吴刚师傅亲手画上去的精致花纹——此刻,你不妨抬头看天,你还能找到那个白玉盘吗?你看见的是什么呢?如今的月亮已经变成了一个灰不溜秋的破瓦罐!对不起唐朝,对不起祖先,对不起嫦娥吴刚,对不起李白哥哥,我们弄丢了你的千娇百媚的白玉盘,我们头顶只剩下了一个灰不溜秋的破瓦罐!我们若是丢了十块钱,就会难过三天,我们丢了那么好的无价的白玉盘,却不知道心疼,我们傻啊!我们得赶紧连夜行动,找回那个千古宝贝,找回那个白玉盘,还给李白,还给人民,还给众生,还给童年,还给爱情,还给心灵,还给诗歌,还给上苍,还给宇宙;在长大了的李白眼里,月亮仍然是那梦中幻物,而非物化的实在之物:"花间一壶酒,独酌无相亲。举杯邀明月,对影成三人",瞧,大孩子举杯相邀,月亮立即应声而来,天、地、人、月顷刻相依相融。"我寄愁心与明月,随风直到夜郎西",月亮,是这位大孩子的贴身信使,瞬间可达千里,将真挚友情进行超时空快递。

"床前明月光,疑是地上霜。举头望明月,低头思故乡。"这首妇孺皆知明白如话的童谣似的短诗,何以能感动千古读者?那是因为这个大孩子说出了我们人人都有的情感体验:无论身在故乡或他乡,在寂静的月夜,当我们一梦醒来,低头看见,床前,月光厚厚地、一层挨着一层落下来,积攒在那儿,似乎是可以用手掬起来赠给友人和亲人的,呀,这伸手可掬的月光,既是渺渺天意,也是厚厚人情,明月在这里,明月在所有的地方,明月在所有的夜晚,明月在所有思念的床前,明月把所有的故乡都幻化成陌生的他乡,明月又把所有的他乡都塑造成相似的故乡。

李白是怎样离开这个世界的呢?大孩子李白,到最后的时刻他仍是一个大孩子,仍保持着他的赤子之心,做着他的赤子之梦:"青天明月来几时,我今停杯一问之。皎如飞镜临丹阙,绿烟灭尽清辉发。但见宵从海上来,宁知晓向云间没?白兔捣药秋复春,嫦娥孤栖与谁邻?今人不见古时月,今月曾经照古人。古人今人如流水,共看明月皆如此。唯愿当歌对酒时,月光长照金樽里。"一生一世,这个大孩子都沉浸于宇宙万有的终极之谜,都在纯真的心里发着永恒的天问。传说李白是抱月而去的,他不是死于病痛,不是死于透支纳税人血汗钱的天价高干医院,不是死于享受特殊津贴著名专家特护病房,不是死于唉声叹气和过度医疗,他的死不是死,不是生命的终结,而是一个大孩子,一个宇宙之子抱着月亮远游他乡去了,月亮照耀了他一生,最后月亮带着他走了,重新开始了他永恒的浪漫梦游。

五、相看两不厌:大孩子眼中的山

且看这个大孩子眼中的山:"山从人面起,云傍马头生",险峻的山从人脸上陡然耸起,乌云傍着马头磅礴飘卷,人与山,同构了一个极端惊险的意象;云与马,共舞于一个深不可测的瞬间。人与马,既是天地的过客,也是构成天地万物之根源和万有之谜的一部分。短短两句诗,寥寥十个字,似乎不经意间脱口而出,却浓缩了可以无限阐释的象征意味和诗学蕴藏,我们可以联想到:宇宙与生命的悲壮起源和惊险处境,想起我们偶然降临的生命之旅和必然要到来的生命终结,如山耸山崩,如云生云灭。这既是自然险境的写实,也是梦境的实录和造像,更是万物命运的象征。在李白那里,自然和人世万象,都不是逻辑和理性的产物,而是不可思议的宇宙大梦中闪现的奇异情景,是非理性的生命舞蹈和梦幻造型。在我国古代诗人中,最富于浪漫情怀、终极关切和宇宙意识的有两位诗人,即屈原和李白,这两句诗就包含着追问天地如何起源的宇宙意识和生命意识,诗句有四个意象:山、人面、云、马头;两个虚词:从、傍;两个动词:起、生。极有限的篇幅,却压缩着无限的内涵,因为在诗人的瞬间直觉里,挟带了长久积压于潜意识中的生命困惑和宇宙冥想,天才的灵思和精良的造句,构成了一个浓缩着无限精神能源的语言和情思的核反应堆,足以释放远超过其语言体积无数倍的精神能量。由于平日沉浸和笼罩于心的总是对万有之谜和生命奥秘的无限关切和痴迷冥想,所以无论何时何地一旦灵感袭来,脱口而出,三言两语,总能倾泻出言有尽而意无穷的深长意味,正所谓无意为佳而佳,无意求深而深,这就是为什么李白等大师们的诗,似乎随意写来,却总是寄托遥深,意境幽渺,有如神谕。这两句诗,是直觉的和具象的,有着如临其境的现场感、惊险感、压迫感,却在直觉和具象里,灌注了抽象的追问和无限的冥思,由眼前险境,引入沉思和联想关于生命与宇宙的终极奥秘,于是诗就具有了大于诗高于诗的宗教追问、哲学幽思和宇宙隐喻——这并非我的过度阐释,因为,孩子的天真话语里,看似无心无意,却有着天地心和无限意。小孩子常常就是大哲学家,不经意间却说出了庸碌成人决然想不到也说不出的深刻的真理。对李白的天真诗和豪放语,当作如是观。

"夜宿峰顶寺,举手扪星辰,不敢高声语,恐惊天上人。"在这个总在梦游的孩子那里,现实和梦境,此岸和彼岸,碧落和黄泉,有限和无限,人界和仙界,是没有距离的,它们本是一体的多面,是渺渺大幻里纷呈的心象,"寂然凝虑,思接千载;悄焉动容,视通万里";人在红尘,心通苍冥。在这座夜的山顶上,那伸向星空的手,已然与永恒相握,能否升天已不重要,此时,他的心魂已经抵达天庭的深处,他已经是天上人,有了天上的户籍。

"相看两不厌,只有敬亭山。"李白面对的山,不是我等俗人眼中的石头之山,更不是用于"开发利用、升官发财"的商业矿山和旅游景点,而是有着高贵风骨的朋友,是从远古就一直站在这里,等待倾心交谈,等待生死相托的忠诚不渝的伟大朋友,李白与山久久相望,他望见了什么?他望见了一种侠肝义胆,望见了一种地老天荒也不会风化的忠贞情感。

六、别意与之谁短长:大孩子眼中的水

再看这个大孩子眼中的水。"黄河之水天上来,奔流到海不复

回。"大水从何而来？大孩子说：从天上来。是的，这大水是从天上来，这大地还不是从天上来？这地球还不是从天上来？这万事万物，皆是从浩茫天宇间奔涌而来、一闪即逝的壮丽幻象；同样还是那条大河，梦游的大孩子再看它依然是："西岳峥嵘何壮哉，黄河如丝天际来"，那一根细若游丝的琴弦，弹奏着万古烟云，送走了百代过客；他看长江："登高壮观天地间，大江茫茫去不还"，他看见的是不停地与我们相遇又不停地与我们告别的长江，那已不仅仅是一条大河奔涌于天地之间，那是一位独自穿越茫茫时空的孤独大侠的苍凉背影；同时，孩子眼中的一切，既是如此神奇，又是这般多情，"请君试问长江水，别意与之谁短长"，长江之水已经够深够长了，而李白心中的感情，比江水更深更长，一切物化的实用的尺度都无以测度和丈量。"桃花潭水深千尺，不及汪伦送我情"，在李白眼里，天地间浩荡的春水秋波，绝不是被科技异化了的我们这些现代俗眼里的所谓"氢二氧一"，不是所谓的化学元素，不是所谓的用于买卖和消费的水资源，不，不是这样的，在李白眼里，那清清泉水、盈盈春水、耿耿秋水、浩浩江水，都是荡漾于天地间的情感波澜和思念深泽，都是永恒地奔涌轮回于时间河床上的记忆波涛！汪伦，一位酒馆的小老板，一个民间知音，一个草根友人，在大孩子李白心里的地位，却超过了帝王将相，超过了一个王朝的分量。古往今来，在秋水之渡和春江之岸，有多少惜别和相逢，有多少泪眼和惊喜？因了岸上的汪伦对李白的踏歌相送，全中国的河流，从此都有了桃花潭水的幽深；千年的河岸，绵延着动人的诗意和温情。

"仍怜故乡水，万里送行舟。"你看，这个离家渡远的游子，这个可爱的深情的大孩子，他在动荡不已的岁月之舟上，看见了人世的深情，你看，这满荡荡的一江澄碧，正是从故乡一路追来的水，紧紧抱定他的倒影不放，依依地诉说着，叮咛着，依依地为他送行……

千古诗圣赤子心

作为凡人的杜甫

诗人杜甫以他诗歌创作的实绩,以他忧国忧民忧天忧地的赤子情怀,尤其是他将律诗创作的意境、格调和语言提升至空前高峰的卓越贡献,被后世誉为诗圣。我国数千年诗歌史,诗圣只此一位,地位十分崇高。

圣,是后人对逝者生前言行品格的评价和追封,表达尊敬和崇仰。我通读了《杜甫全集》,感到杜甫在世时,其言行品格,体现出他是实实在在的一个好人,凡人。他是很平凡的一个人。

人们说:把简单的事做好就不简单,把平凡的人当好就不平凡。大道至简,我以为此话揭示了做人处世之大道。杜甫一生,无须神化和圣化,他就是老老实实做人、严严谨谨做事、勤勤恳恳写诗,他的一生体现了一个字:凡。

他早年也参加科考,想弄个一官半职,对国家做点事;他也想把日子过得好一点,住房稍微宽一点,能有个读书写作的小书房,他的好朋友、当时的成都尹兼剑南节度使严武资助他修缮了成都草堂,使他有了一段暂时安稳的生活,有了一个放稳书桌的地方,他对此很感激,多次在诗里表达对严武的感念;在国难当头流浪途中,他做过郎中,采药制药,望闻问切,为病人提供一条龙服务,收取一点低廉的辛苦钱,供一家老小糊口保命;他心疼妻子,惦念儿女,他是一个好丈夫好爹爹;他后来当了个副科级小官"左拾遗",按时上下班,办公桌擦得锃亮,文件摆放得律诗般整齐,像写美文一样仔细撰写公文,从不收受贿赂,别人的酒都不随便喝一口,偶尔与同僚下班后喝一杯酒,他也是不会白喝的,一定要赠一首诗作为答谢,他是一个勤政廉洁的模范公务员;他爱朋友,念故旧,他对李白的友情很深挚,梦里都担心李白被魑魅魍魉害了;他爱山河自然,爱草木虫鱼,爱琴棋书画,爱明月清风,爱君子美人,当然,作为最善于运用语言的诗人,他爱语言,爱诗,诗成了他的生命信仰⋯⋯

以上,常人也能程度不同地做到。你说杜甫平凡吗?当然,平凡。

但是,他能成为人们心中的千古圣人,他的貌似平凡的一生里,必有其一般凡人达不到的非凡之处。

作为诗圣的杜甫

有一说法:智极成圣,情极成佛。智慧高深到极致境界就成了圣人,情感仁慈到极致状态就成了佛陀。

诗圣杜甫就是如此。且看:

一般诗人写诗,表情达意即可,讲究点的,追求意新境阔、追求炼词炼句炼意以达到"人人意中有而人人笔下无"的效果,若有那么三二首能传至后世,就很安慰了,比起速朽的身体,自己的才情好歹也算"不朽"了。但杜甫不然,他对写作、对诗歌、对语言,有一种圣徒般的虔诚,几乎达到迷狂状态,他说过:"文章千古事,得失寸心知",他把写作当成千古盛事,从事文字的人怎么能敷衍千古呢?他发誓:"语不惊人死不休",他要求自己写的诗,不仅感人,而且要惊人,对读者产生电击般的心灵穿透和情感颤栗,使读者对诗的意境和蕴藏,产生深刻的心灵共鸣;诗人笔下的语言,应该如同夜晚的闪电,嚓——一下子就解剖了黑夜,一下子把群山放倒在手术台上,嚓——那闪电,一下子又把群山扶起来,人们猛然看到了黑夜的骨骼,看到了宇宙无穷的深黑里,闪电划开的口子里,奔涌着赤子的魂魄。杜甫是最善于"语言炼金术"的语言大师,语言在他笔下,不是简单的表情达意的工具,语言就是存在本身,就是生命本身,语言就像那燃烧的星辰构成了意义的深海和充满暗示的深奥宇宙。那些常见的文字和意象,经由他深沉情思的驱遣和重组,忽然都变得灵光四射而又难以一眼看透,意象之光的繁复交织和互相辉映,使本已极其充实的语境里,又罩上一重重灵思和暗示的光晕,语言的暗示、象征、隐喻功能在他笔下得到了最大化增值,他的那些精美杰作,每一首都如一座语言的核反应堆,浓缩着高浓度的精神能量和高强度的心智感染穿透力,给人以无尽想象的空间。从而在七绝、五绝、七律、五律这种仅有几句、仅有一二十个字的极有限的苛刻篇幅里,压缩了可供无限挖掘和反复解释的情思矿藏和想象时空。我们可以静心细读和体味他的那些七律七绝、五律五绝,就知道他的汉语运用的水平达到了怎样高超、高深、高妙的化境,那真正是字字钻石,句句珍珠,首首皆精品,篇篇是华章。所以后世诗人和学者都公认杜甫是律诗和绝句的圣手。(再反观我们笔下恣意流泻的滚滚文字泡沫,就知道我们不是在使用汉语,简直是在糟蹋母语,我们对不起自己的母语。)就他对诗歌和汉语的伟大贡献而言,我们应该永远感谢杜甫,杜甫是我们永远应该尊敬的写作老师和语言老师。他还要求自己写的诗,不只感动当时,而且要能穿越时空,感动千古:"尔曹身与名俱灭,不废江河万古流",是的,那些为虚名浮利、为一时的掌声和花环而制作的轻浅的花言巧语和时尚文字,将很快被遗忘,其名声比其肉身会更快地消失,只有伟大深沉的心魂和由这心魂凝结的伟大深沉的文字,才会随那江河万古流。杜甫,他做到了,就在此刻,我笔下流淌的,正是杜甫的诗句,是杜甫的心跳、心血和心魂。

一般的人做人,做个本分人就行,不害人就行,你对我好我对你也好,对天下国家有感情就行,自己过不好时顾不得别人,自己日子过好了才想起帮帮别人,对草草木木虫虫鸟鸟不一定很同情,对人心善就行——当然,一般人做到这样也不错了,你不能要求所有人都是菩萨和尧舜。但是,杜甫不是这样,杜甫对人,特别是对百姓,对朋友,对国家,对天地自然和万物生灵,都有着非常真挚、笃诚、深沉的感情。在"朱门酒肉臭,路有冻死骨"的昏天黑地,他整夜整夜地失眠,悲悯受苦受难的百姓,在逃亡途中,不顾自己骨瘦如柴,若有一点吃的,他也要分一些给更可怜的人;唐朝快垮了,他苦闷焦虑得想哭,他竟然牵挂着试图重整江山的唐肃宗,他担心这位临危上台、日夜操劳的皇上能不能吃上一点肉补补身子;他比皇帝还爱江山和社稷,他眉头经常皱着,他皱着的眉头绝不是像周永康之流的眉头,周永康之流皱着的眉头盘算的是把天下的金银财宝都弄到自家的账号里和库房里,杜甫皱着的眉头纵横交织着的是国家的忧患、众生的苦难和人民的眼泪:"感时花溅泪,恨别鸟惊心","万古一骸骨,邻家递歌哭",他为不幸死去的可怜百姓哽咽痛哭;他深沉的感情由人及物,他牵念天下,泛爱万物,同情生灵,"旧犬知愁恨,垂头傍我旁",陪他多年的一条老狗也懂得人世的悲苦,替他分担着忧愁,他也怜惜着这只狗,生怕它死了;而当日子稍好,他就以宽厚的心境,分享着万物生长的喜悦和生灵的闲适:"细雨鱼儿出,微风燕子斜",我们能想象他时而水边俯首,与鱼儿同游;时而风中仰目,与燕子同飞;"流连戏蝶时时舞,自在娇莺恰恰啼",他流连着生灵的流连,自在着万物的自在;他是如此地挚爱大好河山:"无边落木萧萧下,不尽长江滚滚来","锦江春色来天地,玉垒浮云变古今",他的血脉里澎湃着古海长河,他的心魂里巍峨着高山大岳;"窗含西岭千秋雪,门泊东吴万里船",他从一个窗口看见千秋和永恒,他从一扇门里看见万里和无限;他爱家乡,有着浓得化不开的乡愁:"露从今夜白,月是故乡明",露,此前并不太白;月,此前也并不太明。自从被他深情的眼睛一夜夜提炼,被他真挚的诗句一字字点染,我们的故乡,终于才有了如此白的白露,如此明的明月;还是那明月:"卷帘还照客,倚杖更随人",卷了竹帘,送了客人,那深情的月光仍照料着客人归去,那深情的月光不忘记给那颠簸的影子也递过去一根拐杖;他热爱着朋友李白,但并不是为了求当时已名满天下的李白,给自己写评论推销,刷微博扬名,或者借用李白的人脉为自己在唐朝作协弄个理事或副主席的破帽子戴到头上唬人(唐朝没作协),没有,半点都没有,他曾经连续三个晚上都在梦里梦见李白:"浮云终日行,游子久不至;三夜频梦君,情亲见君意。"他挚爱李白,这是诗人之爱,精神之爱,纯洁之爱,不是爱他的身外之物、之名,他爱李白的才华风骨,爱李白的浪漫天真,他爱着一颗高洁灵魂闪耀的生命光芒和精神光芒,这是才华对才华的欣赏,这是诗对诗的致敬,这是精神对精神的拥抱。爱在爱中满足了,友谊在友谊中满足了,诗在诗中满足了,精神在精神中满足了。在杜甫那里,爱之外,诗之外,友谊之外,精神之外,再没有更有价值的东西。今天,我们还有这样纯洁深沉的感情吗?

对生命和万物的赤子深情,伴随了杜甫一生。这种体现人之最宝贵品质的深情,没有因为时光推移而淡化,没有因为常人所谓的成熟和老练,而有一丝一毫变质和打折,终其一生,杜甫都是深沉地为感情活着的人,从而才有了那沉郁顿挫、感天动地的不朽诗篇。

雨夜细节:韭菜与那首五言诗

安史之乱后,那一年春天的一个雨夜,杜甫拜访久别多年的老友卫八,离久聚暂,相见甚欢,他们拉开话匣子,说人生易老,说儿女成行,说生离死别,说得眼泪汪汪。叙说了一阵,开饭了,"夜雨剪春韭,新炊间黄粱。"米饭里掺着金黄的小米,饭香而可口,菜是土鸡蛋炒韭菜,味道清爽,难得地为瘦弱的杜甫补充了蛋白质,安史之乱后,整个唐朝都饿,整个唐朝营养不良,唐朝的脸上泛着菜色。这个夜晚,生活并不宽裕的主人,慷慨地接待了杜甫,接待了诗,为诗改善了生活,也顺便为骨瘦如柴的历史补充了一点营养和蛋白质。"主称会面难,一举累十觞!"主人说:"杜甫兄弟,见一面不容易啊,咱哥俩今晚一定要一口气把十杯酒干了!""十觞亦不醉,感子故意长",杜甫连干三杯,说:"就是连喝十杯也醉不倒我,因为你这诚挚的情义无限深长啊。"那夜,雨淅沥下着,透着一股春寒,主人的夫人生火做饭的时候,主人就去门外菜园里剪韭菜,杜甫是厚道人,也是勤快人,他怎么好意思让老友忙这忙那,自己却坐等开饭吃现成?"我们一起剪韭菜吧",说着,杜甫就与老友到了菜园,韭菜水灵灵的。国家东倒西歪,韭菜却长势良好;朝廷树倒猢狲散,民间还保存着淳朴礼仪,你看韭菜是如此认真细腻,是如此诚恳亲切。韭菜一行一行的,雨落下来,一行一行的韭菜,就排列起一行一行的泪珠,排列着一行一行的诗,是的,是一行一行的五言诗啊,整整齐齐的,清清爽爽的,押着韵的,合着平仄的,这不是天然的五言诗吗?与老友一同在雨地里剪着韭菜,杜甫眼睛有些潮湿,他没有让老友看见,只说,这雨水落在眼窝里,也想在我眼睛里住下不走了,可是,"明日隔山岳,世事两茫茫",今夜之后,明年的春雨,后年的春雨,以后千年万载的春雨之夜,我们还能遇到吗?一行行韭菜,就泪汪汪地排列成一首深情的五言诗。直到此刻,在我的窗外,那场雨还在淅沥着,那菜园里一行行韭菜,还在泪汪汪地,默念着那首五言诗……

　　就这样,一千多年前,那个雨夜里的春韭,被杜甫保鲜在一首诗里,至今仍散发着清香。

至痛至美的无题

　　读李商隐的诗,留给我长久放不下、也淡化不了的感觉,是笼罩于深情、唯美氛围里的那种忧伤和压抑感。这是一个事事受挫、处处失意的痛苦的诗人。读了他的传略,我不禁为他叹息数声。自从走上人生之路,他的眉头就没有舒展过,他的心也自然没宽展过。无时不在的忧郁、伤感和压抑,像冬日的浓雾严密地封锁了他,他几乎喘不过气来,几乎看不见远处的风景,他只有"向内转",向记忆和潜意识里逃遁,在迷蒙的内心水底打捞人生的倒影和虹的倒影。外面的世界给他的伤害太多以至于他有点恐惧了,他想逃离这个令他畏惧苦闷的世界,但又能逃到哪里去呢?能转身进入的,只有自己的内心和记忆,于是他在这隐秘的沧海里,寻找、辨认和打捞那层层叠叠的生命倒影和情感幻象,以抚慰人生的至痛,寄托深远的情思,安放无以安放的心魂。他那一首首隐喻幽深、情调凄美伤感的无题,就是他在记忆的海底打捞起来的伤痕累累、泪光粼粼的生命和情感幻影。人生的种种经验:期待、受难、相思、失落、惆怅、困境、茫然……化作蚕,化作烛,化作蓝田玉、沧海月,这些或凄清,或坚贞,或唯美的意象,注入了诗人无限的情思,本就令人感动的蚕和令人伤怀的烛,因象征了真挚的情感和坚贞的心灵而更有了触动人心的力量,它让人想到英国诗人王尔德对人生的一句感叹:"每一个生命都没有达到目的",是的,宇宙无涯而生命有涯,深情无限而岁月有尽,以有涯逐无涯,悲剧的宿命早已注定,感人的就是明知飞蛾扑火必有一休而依然以短短的生命去扑向那永恒的宿命之火焰。李商隐的无题诗,未必首首都有隐秘的寄托,但首首都呈现这种悲剧性意蕴。

西哲说:诗是有限语言的无限运用。李商隐的无题诗可谓把汉语的潜能发挥到极致,他在极有限的篇幅里充分调动出语言的张力和磁力,把复杂丰富的生命体验,吸附、聚合到这个语言张力场和意象磁力场里,压抑的生命要求爆发,要求突围,要求飞翔,而诗化的心灵又拒绝把这一切既疼痛又美好的生命感受一股脑儿释放出来,只愿意把它们作为"心灵事件"珍藏在心灵里,诗性之运思,在这里节制了激情和忧愤,使之转化为诗的含蓄之美、隐喻之美和象征之美,抵达了情思和意境的不测之深,结晶为心海深处的珍珠。这些无题诗,不仅是汉语高水平的诗性运用,而且它们浓缩着高密度的生命信息,折射出人性的深度和潜意识的深度,他那些箴言般的凄美诗句,成为哪怕即使对诗所知不多的一般读书人也会经常引用的"名言警句",因为它们浓缩着太多太浓太深的生命诉求和情感体验,谁都能从中或深或浅感觉到那透露出的某种难以言传、却直抵心魂深处的"内心消息"(我曾在一位企业老板的办公室里,看见墙壁上赫然挂着精心装裱了的书法,上面写的正是李商隐的诗句:"春蚕到死丝方尽,蜡炬成灰泪始干"),众人遂成为诗人的知音,诗人也成为众人的知己——诗人李商隐,一不小心成了为我们大伙提供情感和精神"神谕"的伟大"先知"。

即使李商隐写大自然的诗,也大都忧郁而压抑。他似乎不曾感动于朝日,在他诗中缓缓下沉的是黄昏夕阳。那首著名的"夜雨寄北",与一般写雨的诗是多么不同啊,没有归期没有归期,须淋够了命运的阴雨,大大小小的秋池都涨满了,然后,也许才有一个短暂相逢的夜晚,去追忆那下雨的日子,涨水的日子。哦,人生,不就是这么淋雨、忆雨?而最终我们能记起的也只是一些涨水的日子,而这涨水的日子,也要交给天地去记忆。夜雨,从九天冥冥中降落,打湿心灵,然后才化作这意味深长的诗。

一颗深挚、忧郁的心,一个痛苦、悲情的诗人,他就用这至美至痛的语言和幻象为自己修筑了一个秘密的心灵领地,他在这里自己为自己止痛,凭吊岁月,抚慰心灵,追悼爱情,为一去不再的生命刻写不朽的铭文……

李贺与唐朝的那头驴

　　"骑距驴,背一古破锦囊,遇有所得,即书投囊中……"
　　　　　　　　　　　　——李商隐《李长吉(李贺)小传》

我们应该记住那头驴。
它背上的那个忧郁瘦弱的青年,他的体重是微不足道的。
一边轻松地驮着他走路,一边品尝路边的青草。
驴儿是乐意驮着他四处漫步的。
驴儿当然不知道,这微不足道的体重的真正分量。

这样的情景时时出现在漫游途中:
缰绳忽然被拉紧,驴儿停下,诗人凝神于某个远处的幻象。
眸子深处有灵光四射,闪电出没,虹影飞升。
这一刻,唐朝走神,时光停下来,沉浸于迷狂的梦幻之思。

驴儿眼睛里的一切都是平常的,与史前没什么两样。
它以一颗平常心走路,走得温顺、平稳,路上没有出现大的颠簸。
史书里因此没有出现诗人被摔伤致残的记载。
全唐诗里也没有出现被摔伤致残的诗句。

（骑着这平常平稳的驴儿，驴背上的诗神因而可以心驰神游，揽四海于一瞬，抚千古于须臾。

遥隔千年，我对那头平常的驴，以及无数平常的生灵和事物，充满了尊敬和缅怀。

正是这平常的驴，平常的事物，帮助和成全了不平常的诗。）

我看见，那头可敬的驴，驮着一颗诗心，从春日桃林里走过，"桃花乱落如红雨"，锦囊里顿时诗意缤纷；从鸡鸣声里走过，"雄鸡一声天下白"，驴背上顿时霞光纷飞；从苍茫黄昏里走过，"天若有情天亦老"，心海里顿时有沉船驶出水面，横渡永恒……

驴儿听见背上的主人念念有词，接着就把什么东西塞进破锦囊里，每当这时，它就停下来。

在这短暂的停顿里，时光静止，人类精神和语言的黄金正在生成。

驴背上，那位年轻人的体重是微不足道的。除了诗的风骨，他身上没有多余的脂肪。

他要把这个不可思议的宇宙，放进心炉里，炼成一首瑰丽的诗。

温顺的驴不懂诗，但它体贴诗人，殷勤帮助了它并不理解的诗。

当背上的诗人念念有词、凝神沉吟的时候，驴儿就放慢步子，这时，整个唐朝都慢了下来，日月星辰、山川草木都慢了下来。

慢下来的一切，都化成了瑰丽的意象，凝成了不朽的诗句。

就这样，驴背上的唐朝，从平平仄仄的幽谷，转了一个急弯，踏着险韵，走进了奇幻的意境。

那头驴越去越远。
唐朝越去越远
诗人越去越远。
诗越去越远。
现代的饲养场上,没有一头驴见过诗人。
空空荡荡的驴背再也没有驭过诗的灵感。
养殖场的驴,都已被屠宰场和火锅店提前订购。
是的,除了想吃它的肉,我们对驴已没有别的想法。
飞机火车汽车驭着我们快速到达一个地方又快速离开。
我们以越来越快的速度远离万物也远离自己的内心。
我们到过很多地方,但从来没有到达过诗。
我们见过很多东西,但从来没有见过诗。

走在物质主义的大街上,我总是远远地绕开驴肉馆,我生怕遇见唐朝那头驴的后裔。
它的祖先,可是驭过诗的……

唐 朝 的 牛

当然,唐朝的牛是辛苦的,也没什么文化,这一点,与现代的牛相似。

但是,唐朝的牛背上,经常有牧童跳上跳下,含着一枚柳笛,有时是一支竹子做的短笛,被他们信口乱吹起来。有时,对着河流吹,把一河春水吹成起皱的绸子;有时,对着新月吹,把月牙儿逗得久久合不上嘴;有时,竟对着彩虹吹,把天上那么好看的一座桥就眼睁睁吹垮了;有时,竟对着不远处的大人吹,你骂他吧,又怕他不小心从牛背上滚下来咋办;牛听着,倒是觉得不错,还算悦耳,尾巴就轻轻卷起来,摇啊摇,春天或五月的夕阳,就缓缓地从牛背上摇落进了小河,牛和牛背上牧童的倒影,倒影里的涟漪,一直在夕光里持续了好长时间,被一位散步的画家临摹下来,成为一幅名画,至今还收藏在博物馆里。

唐朝的牛,有时拉犁,有时拉车,还曾拉过婚车。你想想,一千多年前的那位新婚女子,坐在牛拉的车子上,她曾有过怎样的心情?不像马车走得飞快,不像驴车走得颠簸,牛走得很稳很慢,这正暗合了女子的心事:谢谢你,牛,就这样慢慢走吧,让时光慢慢走,让我一步一回头,看清楚我青春的容颜,看清楚老家的炊烟,在门口大槐树上转了几个弯,才慢慢散入屋后的远天?牛啊,再慢些,忘不了你送我最后一程,我青春的最后一程,是你陪我走过的。但愿千年之后,还有人记得你,还有人记得,一个小女子慢慢走远的年华。

唐朝的牛,辛苦难免辛苦,但早餐、午餐、晚餐都是相当不错的,那"草色遥看近却无"的隐隐春色,那"离恨恰如春草,更行更远还生"的萋萋芳草,那"离离原上草,一岁一枯荣,野火烧不尽,春风吹又生"的古原春草,除了一小部分被踏青、采青的人们采走了一些,被重逢、惜别的人们撩乱了一些,被马和驴吃过一些,大部分都做了牛的美餐,吃饱了,就在原野上卧下,反刍一阵,觉得韶光不可蹉跎,就又站起来,在无垠旷野里漫步闲逛,向远方发出几声深情长哞。这时,就看见几位游吟的诗人迎面走了过来,牛觉得应该为这些儒雅的人们让路,就静静地站在一旁,诗人走过去,回过头目送牛,却发现牛正回过头目送诗人。呀,他们互相目送,人与生灵互相凝视,诗与自然互相目送。于是诗人感叹:是这遍野芳草,养活了牛,也养育了诗歌的春色啊。

我们只知道唐人的诗好,却不知道,唐诗的深处,有青翠的草色,有鲜美的春色,有旷远的天色;而且,我们读过的某几首春意盈盈的诗,正是诗人在牛的背影里构思的,是在牛的目光里写成的。你知道吗?唐朝的牛,辽阔旷野里漫步的牛,是经常会碰见几位诗人的,它们常常主动为诗让路,诗也主动为它们让路,这时,诗,就停下来向它们致意。

那么,现在呢,被囚禁在饲养场里的牛,被饲料、抗生素、激素反复刺激、毒害的牛,被市场的屠刀宰来宰去的牛,被疯牛病恐吓、折磨的牛,牛啊,你们那辽阔的旷野呢?你们品尝过、同时也被白居易先生欣赏过的那无边春草呢?

你们曾经听过的牧童短笛,已成绝响,永远失传,只在那些怀古水墨画的皱痕里,隐约残留着古典的诗意和牛的气息。

你们还曾见过诗人吗?诗人和他的诗,一转身早已消失在田园牧歌的深处,背影越来越模糊。我断定,如今,全世界的牛,亿万头牛,很可能,再也不会有一头牛能与诗人相遇,与诗相遇。自然死了,生灵死了,田园死了,旷野死了,山水死了,语言死了,再没有什么与诗相遇,诗也不再与什么相遇,与它相遇的恰恰是它质疑和拒绝的。就这样,诗人死了,诗死了。

再不会有一头牛与诗相遇了。曾经,诗与一头牛相遇,与许多牛相遇,诗与牛,诗与自然,诗与生灵,互相守望、互相目送、互相致意——这样的情景,已成传说和神话。但是,的的确确,这曾经是真的。

如今,这个世界,有牛,但牛背上没有牧童短笛的风情,牛的身影里没有漫步沉吟的诗人的踪影。

这个世界的牛依然很多,但大致只有两类,一类是供吃肉的牛,一类是供挤奶的牛。

这个世界的人当然更多,但大致只有两类,一类是杀牛的人,一类是吃牛的人。

真正的牛,真正的诗,已经死了。

牛的身后,诗的身后,是一片由机械、化学、商业、皮革、利润组成的现代和后现代荒原,虽然它有时貌似郁郁葱葱,但毫无疑问,它是真正的荒原。

唐朝的狗

当然,唐朝的狗也是狗,不识字,没什么文化,除了"汪汪汪"这句口头禅,也没有掌握任何别的语言。

但是,唐朝的狗,还是见过一些此前和此后的狗们没有见过的世面。

唐朝的狗,也要做看家护院的事儿,守在门前瞭望一阵,就出门到处闲转。那时候,地广人稀,旷野无边,狗出去转半天还没看见另一个村庄的人烟,就继续转啊转啊,好像在丈量唐朝的春天,狗当然没这个能力,因为,唐朝无边,春意无边嘛。现在的狗一旦来到一户人家,就立即失去自由,脖子上套一根绳子,或一根铁链,绳子和铁链的半径就是他们生命的半径。比起它们唐朝的祖先,这些狗见过什么世面呢?见过自己脖子上的这根绳子这根铁链,还见过对面邻居家那只狗脖子上同样的绳子和铁链,还见过自己的两三个主人和主人的几个熟人,还见过门口公路上滚来滚去的千篇一律的轮胎,还见过呛鼻的废气尘埃,还见过几次车祸,除此之外,狗这一辈子,基本就再没见过什么了。苦闷归苦闷,狗对此能说什么呢?眼不见,心不烦,索性就闭目养神、苟且偷安吧,于是,我们就随处可见套着绳子和铁链蜷卧打盹的狗,一副无可奈何、混日子等死的颓废样子。

唐朝的狗,喜欢在酒宴的附近溜达,经常听见一些抑扬顿挫带着醉意的声音,它虽然不解其意,不知道那是在吟诗,但却觉得好听。不像现在的狗,除了老是听见围着权力碰杯的声音、瞅着金钱划拳的声音、搂着情色肉麻的声音,它很难听见别的悦耳的声音。

唐朝的狗,在夜晚可以放心睡觉,它不必担心盗贼上门,唐朝的贼是很少的。盛唐的时候,家家门上都是不上锁的,道不拾遗、夜不闭户也不是讹传,真是这样的。家家的门开着,窗敞着,上门来访的总是清风明月,鸟鸣蛙歌。狗知道没事,就枕着月色睡了,还打鼾。唐朝的狗多数都气色清爽,毛色鲜亮,那是因为睡眠充足的缘故。

当然,唐朝的狗也喜欢有事没事就叫几声,尤其见到门前有陌生人来了,就站起身子,汪汪汪,叫几声,但很快就摇起尾巴了,就和颜悦色地围着客人撒欢儿了。为什么呢?兴许是李白投宿来了,要不就是孟浩然来这里"把酒话桑麻",要不就是刘禹锡先生采风来了,少不了,他们是要喝两杯,划几拳,还要吟几首诗的。汪汪汪,哈哈哈,狗,听着那豪放深沉、节奏鲜明的声音,能不高兴吗?唐朝的狗,是喜欢诗人,喜欢附庸风雅的,唐朝的狗叫很可能是押韵合辙的。

唐朝的狗,并非都养尊处优闲游乱逛。贫苦与忧患,是千秋以来天下经常有的状态,唐朝又如何能完全幸免?"日暮苍山远,天寒白屋贫,柴门闻犬吠,风雪夜归人",在这首唐诗里,我们看见了风雪,看见了白屋,看见了劳作的归人,还听见了犬吠。狗不嫌家贫,它是在以它的方式抚慰勤苦的主人。这声雪夜里的犬吠,被诗人听见了,就专门用一首诗保存下来,千载以后,我们仍能听见,那寒夜里传来的温暖声音。

唐朝的狗,与诗总是有些关系的,这是只有唐朝的狗才享过的福气,现在的狗除了听着没完没了的噪音,还听过什么别的有趣的声音吗?除了见过养狗的人、卖狗的人和杀狗的人,还见过诗人吗?难怪现在的狗那么俗气,有时还带着一股戾气。

是的,唐朝的狗,与诗总是有些关系的,这是只有唐朝的狗才享过的福气。李白、杜甫、韩愈、杜牧、李贺、李商隐等等这些一生总是走在路上的诗人,在投宿的驿站、农家、酒肆、客栈,说不定,都被一些狗汪汪汪地吼过多少回呢。这些狗叫,有的虽然不是很礼貌,但也给他们寂寞的长旅增添了慰藉,给他们的诗里增添了人间烟火的气息。

在一首诗里能听见狗叫的声音,总是让人愉快的。

唐朝的便条

到了唐朝,很多诗人我都想见见。他们都是最有趣、最有才情、最有意思的人。我太喜欢他们,太想念他们了。

为什么唐朝就集中了那么多诗人、真人、高人、有趣的妙人呢?

见到他们,最好能一起喝杯酒,当然,我要首先向他们敬酒,因为他们是我的祖先;但是呢,也有可能唐朝人不这么看,他们说:我们比你年轻一千多岁,你自然比我们老一千多岁,你才是老人哩,我们正是孩子,我们为你敬酒吧。

细想还真是这个理,我比他们老了一千多岁,是老朽了,而他们还是孩童,还在青春期。

若是能听听他们吟诗、唱和,最好请他们为我亲笔题几首,留下珍贵手迹,就再好不过了。那可是青春的手迹啊。

可是,唐朝疆域辽阔,山高水远,难免关山茫茫,道阻且长,朋友见个面很不容易,要不,在唐朝怎么会留下那么多相思、怀旧、惜别的诗呢?

山高水阔,阻隔了友人和亲人,却发酵了深浓的离愁别绪,发酵了真挚的诗情。

道阻且长,那长度,是思念的长度,想象的长度,诗情的长度。

我一次次读他们的诗,一次次想象他们的为人和才情,揣摩着,假如能见到他们,会是怎样的情景?

然而，梦里到了唐朝，跌跌撞撞，走走停停，平日里在诗中反复谋面的诗人，却一个也没有见到。

心与心好像有感应。虽说隔了千年，但唐人——也就是比我年轻一千多岁的那些处在青春期年华的孩子们，毕竟多情善感，早早地感应到我想见他们的心情，也知道梦里的行程难免阴差阳错，好梦不易成真，所以就提前留下便条，放在我梦里路过和拜访他们的地方，比如渡口、驿站、桥头、茶亭、酒肆、寺庙、琴台、官衙、江楼、溪亭、梅苑、古道、小园、竹篱、松窗、柴门……

恍兮惚兮间，半梦半醒里，就收到了许多便条。

每一张便条，即使很随意写下的纸条，或者就在门墙上顺手写下的三言两语（那显然是出远门时留下的），或者在门前芭蕉叶子上写下的因不能晤面表示歉意的几句话，或者在酒肆墙壁上题写的约我下次畅饮的留言，或者在禅院竹子上刻下的问候的话语……

每句留言，每个问候，每张便条，寥寥几句话，短短数行字，或含蓄，或蕴藉，或冲淡，或洗练，或高古，或豪放，或婉约，或悲慨，或清奇，或灵动，或典雅，或旷达……都令人百读不厌。

真是会心即好境，张口皆妙语，提笔成佳句。

每一张便条，字迹都那样隽永、苍劲、飘逸，收藏起来，都是上乘字帖，都是书法珍品。

这哪是便条，都是绝妙好诗啊。

噫，忽然明白，唐朝的诗，其实就是唐人日常写下的便条。

青春勃发、诗情洋溢的唐人，给山河，给大野，给田园，给友谊，给离情，给明月，给星夜，给时光，给宇宙，给家国之思，给乡关之恋，给天下，给千秋……给他们所遇所见、所悲所愁、所感所念的一切，留下了多少真挚动人的便条啊。

在唐人眼里，花朵是春天留下的便条，白雪是冬天留下的便条，瀑布是高山留下的便条，云彩是天空留下的便条，闪电是黑夜留下的便条,墓碑是时光留下的便条,银河,那是永恒留给永恒的便条。

岁月匆匆,但匆匆的岁月不曾敷衍万物,万物,都是岁月留下的便条。

因此啊,从时间之岸走过的唐人,就庄重而生动地一路行走,一路留下无数深情的便条。

诗情澎湃的唐人,把每一张便条都写成了诗。

读着这些便条,我该给他们留下什么呢?

我也想给他们留下便条,表示虽未见面,却已神会,命里有缘,必能相遇的祈愿,然而,提起笔来,我发现我已经不太会写字。

勉强写来,却是歪歪扭扭,要体无体,要神无神,要韵没韵,要趣没趣,而且,动不动就是错别字。

心体决定字体,字体折射心体,我失了字体,是否因为我失了心体呢?

我伸手就写错别字,是否因为,我本身可能就是历史不小心写下的错别字?

我又能写下什么有趣味、有意境的句子呢?唐人给我留的便条,笔笔隽永,字字蕴藉,我决然无法留下与他们品位对等的便条,但我也不能留下让他们寒心和耻笑的把柄啊。

我搜索枯肠,终因胸无点墨,心无灵犀,搜不出一个像样的句子。

倒是记得很多乱七八糟的段子和碎片化帖子,有的似乎还机智,还搞笑,大都押韵,疑似诗体,但仅止于小聪明和滑稽,不成境界,垃圾而已。

我总不能把那疯传天下的经典黄段子留给他们吧。

哦,唐人把便条写成了诗。

我们把诗写成了垃圾。

我恍兮惚兮地想:唐人比我年轻一千多岁,处在青春期,天真浪漫、诗情飞扬,所以把日子过成了诗,把日常的便条都写成了诗。

我比唐人老了一千多岁,我真的老了吗?即使真的老了,也应该老成圣人、高人、智者或哲人,怎么老成了不知诗书、不懂风雅、粗鄙无道、浅陋无文的老文盲老诗盲老无聊老无耻老无趣老混蛋了呢?

还是年轻好,青春好啊。

唐诗,就是青春期的唐人留给我们的便条。

我以及我们,除了那些段子和东拼西凑的帖子,还能给后面的人留下什么呢?

我自言自语着。梦醒了。

枕边的那本唐诗,露在了被子外面,哦,枕着这一叠便条,我游了一夜唐朝。

多好的便条啊,唐朝的诗,唐朝留给我们的便条,青春留给永恒的便条……

走近诗佛

一

在群星满天的唐代诗人中,王维是很特殊的一位诗人;若论诗的艺术性,在唐诗乃至整个中国古代诗歌史上,王维诗的艺术成就是很高的,他是我国山水田园诗的艺术大师。

先说他为何特殊。在古代,文人士子大都有自己的精神信仰和道德理想,或崇儒,修身以济世;或学佛,自度兼度人;或尚道,抱朴而怀素。其实,数千年里,大部分知识分子和普通中国百姓,绝不像现在一些人们这样失去精神信仰:除了只信钱和权,什么都不信;除了迷失于这个物质主义消费主义的世俗生存世界,再无精神的方向和心灵的净土。古时可不是这样的。古时的中国人,儒释道并非仅仅是孔庙、佛寺、道观里的经书和说教,而是普及了的信仰和道德,像空气一样弥漫在日常生活中,渗透在人们的心性里,经久不息地塑造了中国人的心灵和情感。即使有的人并不明确信什么,心里还是有潜在信仰的,因为,儒释道已经成为人们"道德的底稿"和精神的基因。文人诗人中,整体上都笼罩在儒、释、道构成的精神文化大气层之下,只不过有的更多儒家风范,如杜甫;有的更显道家风骨,如李白;而被称为诗佛的王维,当然身上就更多了佛的气息。

那么，既然所有文人诗人都有精神的信仰，王维信佛，又有什么特殊呢？

古代大部分文士，他们倾向或认同某种信仰，主要是吸纳其道德元素和文化元素，内化于自己的德行和著述，但未必真的像信男善女那样，在仪轨上严格谨守。而王维的特殊正在这里：他不仅在精神上皈依了佛教，而且在日常修持和生活方式上，他完全是一个虔诚、标准的佛教徒。

王维的母亲就是笃诚的佛教徒，王维自小沐浴在佛香和经声里，自小受母亲的言传身教，这对他精神世界的影响是刻骨铭心的。王维早年积极入世，考取进士，入朝做官，安史之乱期间和以后，他遭遇天下变乱和仕途打击，虽未完全退出官场，仍作为朝廷官吏拿着俸禄，但上班也只是象征性地应个卯，因为当时的都城长安城离终南山不远，乘马车、骑驴或步行，要不了多时就进山了。王维多数时候都是远离都城，在终南山的辋川一带隐居山林，信奉禅宗，吃素守斋，诵经坐禅，严格修持，在优美恬静的山水田园里修身养性，消融自我，安顿心魂，过着居士清修的生活。《续高僧传》记载："松生石上，水流松下。王公焚香净石……"；《旧唐书·王维传》记载："……斋中无所有，唯茶铛药臼经案绳床而已。焚香独坐，以禅诵为乐。"他在《山中寄诸弟妹》一诗中，这样描述他的修行生活："山中多法侣，禅诵自为群。城郭遥相望，唯应见白云。"我远离尘嚣，隐遁深山，和众僧侣们诵经修行，远在城里的弟妹们啊，你们遥望高山，望见了什么呢？你们是看不见我的，只看见那满山的白云。是的，那个俗界的王维已经不见了，他已和山水林泉清风白云化为一体了。

作为佛教徒的王维，其修持的严格，从这件事可见一斑：王维三十岁左右的时候，妻子病故，"妻亡不再娶，三十余年孤居一室，屏绝尘累"（《旧唐书·王维传》），直到六十一岁逝世。他生前交往的也多是僧人居士、淳朴百姓，很少与名利之徒有什么瓜葛，而与他的心灵长相往来的,就是那笼罩着佛光禅意的山水林泉,琴诗书画,天籁自然。

二

日日禅诵清修,悟道吟诗,又时时置身于山水田园、白云清泉之间,这样长期的修炼,可想而知,这位佛徒兼诗人,其内心世界和性灵趣味,已达到了怎样纯净、安详、空灵和高妙之境?加上他过人的天赋、丰厚的文化修养、深湛的悟性和诗意感受力,他诗歌艺术所抵达的高深而悠远的境界,就是可期待的了。

王维对我国古典诗歌最大的贡献,就是创造了一个充满禅意,但又可感可悟,既仙境般空灵悠远,但凡人也可以转身进入的诗意世界。

试读《鹿柴》:

"空山不见人,但闻人语响。返景入深林,复照青苔上。"

早年我读此诗,觉得没什么深意,没什么了不起,不就是夕阳返照、空山幽寂吗?

及到后来,反复诵读和揣摩,我才有了较深一点的体悟,这是一首多好的诗啊,它的意境是那样的朴素、简洁、空远和清澈,若是高调一点说,这首仅二十个字的诗,呈现和暗示的却是对生命本质的顿悟和对永恒的宇宙宿命的观照(其内涵之丰富、意境之高远,超过了现今那些用废话拼凑起来的徒具块头、意蕴稀薄的所谓长篇大作)——

我们若是走进深山,都会有这样的体验:山谷深深,山峦重叠,空山寂寥,世界静如太古,突然,不知从哪片林子或哪个幽谷,传来人说话的声音,那人语与山岩相遇相撞,又变成了此起彼伏的回声,那人语于是被放大、被拉长了,仿佛有许多人、许多物,都在传递一句惊世话语。那回声与你擦身而过,你也似乎加入了对那句人语的放大和传递，你也成了回声的制造者。很快，那人语和回声，静了下来，无边山色融化了那人语，无限时空删除了那回声，空山，又回复到以前的静，那太古般的静，就像这深山从来没有出现过人语人声一样。这时，只看见，夕阳的余光照进林子里，又从枝叶间漏下，静静地照在青苔上。而那厚厚青苔，已不知是从多少万年的腐殖土里生长出来，哦，在这万古千秋的宇宙里，在这无边的荒凉和寂静里，人是什么呢？人，就是无边寂静中的那声插嘴，那声人语；人能做什么呢？人能做的，就是发出那声"人语响"，就是看到那返照。而发出又怎样？看到又怎样呢？发出就发出了，没发出也无妨；看到就看到了，没看到也无妨，这都不会给空山和宇宙增添什么或减少什么，你瞧：在寂静的空山和寂静的林子，返过去照过来的，还是那不多不少的幽幽天光，还是那不生不灭的渺渺返照。

  诗中，那位观察者始终没有出现，但无疑他是这一情景的目击者，他听到了那短暂的人语，他沐浴了那短促的返照。他孤独吗？他忧伤吗？他绝望吗？因为，在此时此山间，他目击了时光流逝的拐点，数声人语之后，半个夕阳沉没，天地浑茫，万物消隐，发出人语的人，不知所终；看见返照的人，不知所终。只有寂静的宇宙和寂静的空山，重复着万古的寂静。那么，那位始终没有出面的观察者，他此时的心境是什么呢？作为绝尘出世之人，他那空远的心，无关风月，无关悲喜，他的心境，超越了世俗的所谓悲喜，他的心境是一片湛澈、空阔和宁静，因为，宇宙的玄机和生命的深意，在这一刻已经向他敞开和呈现，他的心，已洞悉了天地之心。一颗洞悉了天地之心的心，已然与天地合一。这一刻，他体验到了剔除一切妄念和尘垢，找到自己的透明本心的那份空灵、自由、辽阔、自洽的感觉，体验到人的本心与宇宙、与更高的境界融合为一时的那种通透和圆融。此时他无悲无喜，因为他超越了悲喜。这时候，他领悟了生命的意味和宇宙的真相，他体验到从幽深的本心里生起的那种无关风月、无关功利、无以言说的喜悦和宁静,这就是妙不可言的禅悦和无上法喜。

三

再读《辛夷坞》:"木末芙蓉花,山中发红萼。涧户寂无人,纷纷开且落。"

这是一首同样会被人小看的诗,可笑我当年就无知地以"过于简单"妄评之。古人说最好的诗文当具备这样的品格:"状难写之景,如在目前;含不尽之意,见于言外。"这首诗倒没有什么难写之景,却在极有限的文字里,蕴藏着不尽之意:

那树梢顶上的花儿,静静地开了,开的那么热烈和红艳;在这深涧幽谷,渺无人烟,花儿,就那么纷纷开着,纷纷落着,花影落在花影上,那么唯美和安详;这情景,就像静夜的月亮走过清空,月光落在月光上,那么轻盈和自在,并不因无人仰望或注视,月光就减少一丝清辉。也像那幽谷山泉,清流自地底涌出,碧波接纳着碧波,绝不会因为没有鸟儿临水照镜,没有幽人掬水而饮,这泉水就克扣一勺一滴。

这是寂寞的热烈,这是平淡的沸腾,这是震耳欲聋的寂静,这是万物的自性圆满,这是不需要看客的生命出演,这是不需要目的的审美晕眩,这是不需要结论的哲学思辨,这是不需要旅伴的精神历险;这是一场幸福的灾难,不需要救援;这是一次美丽的崩溃,不需要同情;这是此刻的自己与更高处的自己举行婚礼,不需要祝贺;这是正在悄悄举行的盛宴,不需要别人买单,这是心灵在自己盛情款待自己;这是一个自然之物在内心里度过的节日,这是一个自在生命在完成自己以后,自己目送自己走远,自己目送自己离开自己,到自己的更远处去,到自己的更深处去,到永恒那里去。

这首诗里暗含着对佛教的生命哲学的深刻理解。佛曰:一念觉即佛,一念迷即凡;佛是觉悟了的众生,众生是未觉悟的佛。佛曰:境由心造,心由念生;去妄归真,明心见性;明心则觉,见性成佛。那纷纷开且落的花儿,正是觉悟之花,性灵之花,智慧之花,自性圆满之花。它开了落了,都不是为了博取谁的认同或欣赏,它是自在、自为、自足的,它开了落了,就像一曲音乐,从寂静中响起,缭绕天际,然后默默地回到寂静。

再看《竹里馆》:"独坐幽篁里,弹琴复长啸。深林人不知,明月来相照。"

在深深的竹林里,一个人时而弹琴,时而吹口哨,不是为了让人欣赏,只有明月才是最高洁的知音,明月从天上远道而来,着迷地看着我忘情陶醉,我也望着这天上的知音,陶醉着我的陶醉,也陶醉着它的陶醉。我和月亮,就这样悠然地、陶然地、无言地久久彼此对望着,遂望见了彼此之本心,望见了天地之心,望见了永恒。

这其实是一个人在与天地精神相往来,类似庄子的"心斋""玄览"和"神游",那是一种"妙处难与君说"的精神漫游和心灵飞翔。明月是天地之心,而一颗洗尽纤尘的诗心,与明月对望,实则是最好的人心(禅心),与最清澈的天心的相遇相融。这一刻,天地间万虑尽消,一尘不染,唯有深湛的觉悟和透明的欣悦,笼罩和抚慰着天心人心。这同样是只可意会不可言传的禅悦和法喜,是超越世俗悲喜的大自在和大喜悦。

这首诗不可不读,《书事》:"轻阴阁小雨,深院昼慵开。坐看苍苔色,欲上人衣来。"

雨天,濛濛轻阴笼着阁楼,正好在安静的深院里诵经禅坐,大白天也不想打开院门。走下阁楼禅房,就静坐在院子里,久久凝视积年的青苔,看着看着,那浓郁的苍翠之色,仿佛就要漫上衣服,漫上身体,漫进心魂,将人整个儿也染绿,变得像时光一样苍翠古老。

就那么一地青苔,诗人却感受到了无限的悠远和幽邃!在禅心和佛眼里,青苔岂止是青苔?那是时光的堆叠,那是"悠久"的暗示,从亘古漫向亘古,从永恒漫向永恒;那同时是一种无声的偈语,让你静下来,慢下来,最好停下来,听听时间的足音,看看"无常"的表情,当时间慢下来,"无常"停下来,"无常"也似乎变成了恒常,也有了这深蓝的表情。那么,坐下来吧,邀请飞奔的时光也坐下来,在不停的流逝和无休止的"动"里,体验这万古一瞬的"绝对静止";这一刻,飞速旋转的宇宙和奔腾流逝的万事万物,都慢下来,静下来,停下来,停靠在这无限幽深宁静的意境里。

四

归隐修禅之后的王维,是否就心空如洗、情淡如水了呢?

他毕竟是诗人,诗人不同于"看破红尘凡间事,一心逍遥了此生"的一般僧侣。若不是怀有"无缘大慈,同体大悲"的慈心大愿,即使出家人中,也有不少人只是个"自了汉",自己出离苦海而未必关怀仍在苦海里挣扎的众生,这是些自度而不度人的自私俗僧。佛曰:"众生未渡,誓不成佛;地狱未空,永不离苦!"诗人兼僧人的王维,既有出世之大觉大悟,也保持着济世的大慈大悲。诗人兼僧人者,必是将彼岸幻梦与人间慈悲集于一身的人。他岂可没有超常之深情?是的,若论才思和智慧,王维绝对是高人;而若论情怀和心肠,王维绝对是善良、慈悲、深情的好人。

且读这首《观别者》:"青青杨柳陌,陌上别离人。爱子游燕赵,高堂有老亲。不行无可养,行去百忧新。切切委兄弟,依依向四邻。都门帐饮毕,从此谢亲宾。挥泪逐前侣,含凄动征轮。车徒望不见,时见起行尘。余亦辞家人,看之泪满巾。"

你看,诗人的悲悯情怀何等深沉!他看见百姓离别的悲伤:父母已老,家境贫寒,儿子不出外打工就没法生活,出外又担心在家的老人,但为了生计,只好离家远行,临别依依,含悲上路,车行渐远,唯见行尘。诗人见此情景,想起自己也是远离故乡的人,不觉为之泪流满面,泪水,把毛巾都打湿了。在这首诗中,我们发现唐朝也有到远方城市打工的农民工,可见百姓生存之不易,古今皆然。

我们一定还记得,王维那首脍炙人口的名篇,《九月九日忆山东兄弟》:"独在异乡为异客,每逢佳节倍思亲。遥知兄弟登高处,遍插茱萸少一人。"

多么情深意长。这是作者十七岁时的作品(诗题中的山东,非现今山东省,指终南山以东)。可见,年轻时的王维,是怎样一个深情的人。对人世用情深者,一旦将这深情倾注于天籁自然和精神彼岸,必然对生命和宇宙生出深沉的觉悟与幽微的感怀。当他皈依了信仰,一心求道向佛,他对人间的深情深意,就在佛的智慧照拂下,深化和提炼成了对天地万物之神奇存在的澄怀观照,对更玄妙的宇宙意境和生命美感的悠然心会和深情认领。

诗情,禅意,法喜,这是上苍赐予人的最高级的精神礼物,得此"三宝"者,是享天福的人。王维,就是一个享了天福的人。他用佛眼看天地,看山水,看草木,看生灵,他看见的一切,都经禅心的照拂和提炼,而化成一片禅意;他的心,常常悲悯着红尘众生,到了后期,则时时沉浸于禅悦和法喜之中。但他一点也不自私,他没有私享那份大喜悦。他把它们提炼成情思深湛、意境悠远、寄托遥深的诗篇,让千年万载的人们共享。他的诗,实乃是精神修行的记录,是内心法喜的投影。

五

细读王维以及古代诗歌大师们的诗歌,我们会被他们深湛的诗心诗情和诗歌意境,所深深感染和触动,引发我们的心智去聆听、靠拢一种意蕴无穷的灵性世界,阅读的过程,就成为我们洗心和找心的过程,我们经过一番心灵洗礼和跨时空穿越,终于找到了我们平日被滚滚尘埃和无边啸声所遮蔽掩埋的本心、灵心和赤子之心,于是,沿着一首诗,我们返回到世界的第一个清晨,返回到心灵的上游和源头,返回到一棵刚刚破土抽芽的羞涩春草面前,返回到一眼清泉面前,返回到一颗露珠面前,甚至,我们住进了那颗露珠里,我们变成了一颗透明的露珠。

一首真正的好诗,不只要有情感,有美感,有意象,有意境,而且那意境里,必然涵纳蕴藏着一种被更高的精神苍穹所笼罩的灵性、灵心和灵境,一种用我们的庸常心智和流行语言所不能完全"翻译"和解读的深意和深境,这就是古人所说的"诗无达诂",我们需用更深的灵性和灵心,去穿越一般的、浅陋的,甚至扭曲性的理解,从而抵达和领略隐藏在文字深处的诗人的灵性、灵心和灵境。这也正如现代伟大作家马尔克斯所说:"诗是平凡生活中的神秘力量",我们读一篇诗文杰作,必须超越狭隘的实用理性,超越被世俗生存阉割和定义了的、格式化、功利化、扁平化、快餐化、碎片化了的残缺感受力和理解力,而以更深的灵性和更圆融的智性,去领悟这篇杰作的"弦外之音""言外之意""韵外之致""篇外之趣",去感应那"神秘力量"带给心灵的微妙触动和持久颤栗。

重读古典诗文杰作,我们在被触动、被感染、被熏陶之余,也联想到如今铺天盖地的文字帖子和诗词帖子,何以深湛隽永、直抵心灵的真正杰作却寥若晨星,难得一见?

这不只是技巧问题、修辞问题、语言问题,而更主要是精神质地的问题和文本内涵的问题。如今滚滚如大江流水般的写作者和写手,有多少人有自己所笃信的精神信仰和心灵方向?信仰缺席,必然导致心灵贫困;心灵贫困,必然导致哲学荒芜;哲学荒芜,必然导致美学浅陋——而这一切,又必然导致灵性的遮蔽和灵心的枯萎,灵性和灵心不存,则何来诗心、诗感?没有诗心和诗感,又何来诗情诗意?

而多数写作者和写手所操持的语言,也多是流行语言、时尚语言和网络语言,很多写诗弄文的,灵心本就干瘪残缺,诗心本就浅陋荒芜,残存的那似是而非的一勺半杯所谓诗情,似乎温吞却又近乎冰凉,再用这种大路货语言、被污染的语言、在垃圾堆不远处回收积攒的俗滥的毫无灵性和表现力的语言,去堆积码砌拼凑粘接,还想拼凑出个惊世力作或传世杰作——哈哈,这怎么可能呢,指望用垃圾堆里或垃圾堆附近回收的垃圾语言,任怎样的天才,又如何能撑起作为文学中之文学、语言中之语言、高峰上之高峰的诗歌——这精灵般的美好文体,这崇高的语言圣殿呀?

因此,如今,在纸上,在网上,在手机上,我们在无穷无尽的流行帖子、鸡汤帖子、诗歌帖子的围追堵截中,我们感受到的却是诗意的贫困,诗歌的没落和诗人的集体失踪!我们或许看见或听说过许多据说很著名、正在努力著名和即将著名的诗人,我们却一直没有见到著名的诗篇和伟大的诗篇。

当此之时,我们不妨重新返回经典的阅读和古典的阅读,走近古圣先贤的心灵世界和诗意乾坤,体味他们的诗心、诗情、诗意和诗境,沐浴古时的晨光落照和灵性点化,重建我们的灵性世界和诗意乾坤,找回我们对诗、对心灵生活、对语言的那种初恋般的感觉和那份深情认领……

庄子:真人无梦?

真人有梦乎?

"至人无己,神人无功,圣人无名",是庄子在《逍遥游》里说的。在《大宗师》里,庄子还说,"古之真人,其寝不梦,其觉无忧,其食不甘,其息深深"。总之是说,那种至人、真人、神人、圣人,即智慧和德行达到至高境地的人,就解脱了尘世的一切功利束缚和欲望锁链,达到了无己、无功、无名、无梦的大境界,醒时没有杂念纷扰,睡着了也不做梦。

我丝毫不怀疑庄子就是那种真人和至人,读他那吐纳天地、汪洋恣肆的雄文,就可知其生命意识和智慧境界之真、之高、之大、之渊深。

但我怀疑,庄子睡着了真的就不做梦了?

庄子有大梦

恰恰相反,庄子不仅做梦,而且做的是大梦。

庄子的一生是做梦的一生。一部《庄子》,就是梦境的记录,可视为一部画梦录,一部瑰丽神奇的梦书。

庄周梦蝴蝶,不就是庄子做的一个著名的梦吗?庄子在梦中变成了蝴蝶,梦醒了,恍恍然,一时弄不清,他究竟是蝴蝶呢,还是庄周?究竟是庄周在梦中变成了蝴蝶,还是蝴蝶在梦中变成了庄周?也许,此时他在梦的边缘意识到的这个"自我",只是一个幻象,一个被蝴蝶梦见的影子,他看见的这个他,只是蝴蝶梦中所梦见的那个幻象?一句话,他的存在也许只是蝴蝶梦见的一个梦境。

孩童般的梦

不要以为庄子是在故弄玄虚。绝不是的。

古时候,人刚刚从自然中分离出来,自然的脐带还没有完全脱尽,人的身心还深扎在混沌神秘的自然母体里,人的身心里还保留着漫长的史前洪荒岁月沉积的记忆,比起人用文字符号记录和积攒的那点极其有限的文明经验,史前的洪荒记忆可谓之无边的浩瀚,我想那时的人应该是多梦的,醒时与梦中,现实和梦幻,眼睛看见的物象和潜意识里纷呈的幻象,常常是恍兮惚兮,分不大清楚的,那时的人整个儿处在半梦半醒、似醉非醉、亦真亦幻的梦游状态。恰如刚落地的婴儿,他大睁眼睛看见的这个尘世,是多么的奇怪和不可思议,他面对的是一个他根本不能理解的世界,又像是在不久的前世刚刚经历过的世界。他看见的一切都令他惊奇和惊诧。婴儿眼睛看见的,并不是我们熟视无睹、见惯不惊,甚至不以为然的用旧了、住腻了的这个世界,他看见的是一连串的惊奇,是无尽的惊诧。婴儿看世界,那不是看,那是在做梦,他根本分不清,这个从没见过的世界,这突然出现在眼前的一切,究竟是被他梦见的,还是被他看见的?婴儿的梦见和看见,其实是一回事,因为婴儿都是沉浸在梦中的,醒着恰是他在梦着,睡着了反而是梦的休息和停顿。婴儿的生活是一种梦态的生活,他不曾沾过一丝酒,但婴儿都是酣醉着的。从自然母体里走出的最初的孩子,都是一些先天带着醉意的梦游者、幻想家,他们用刚刚睁开的眼睛眺望这个扑面而来的世界,这看世界的"第一瞥"里,充满了惊奇、惊叹和惊诧(任何时代的真诗人,其实也就是人群里保持着赤子之心、婴儿之真的梦游者和幻想家,是极少数不被社会和文化污染的纯洁天真的宇宙婴儿)。

庄子就是这样的孩子,在他那个年代,尚属于文明发育之初,人类已经有了一套简约的符号系统,对自然、社会、人生给出了一些说法,许多人就以为这些说法是圣言、天则和终极真理。尤其儒家的伦理学说,将人锁定在人伦等级网络里安身以立命,而并不追寻宇宙万有的本源和终极之谜,这虽然有助于建构世俗生存的伦理秩序,从而方便统治者的需要,对社会进行有效管理和控制,也有利于众生的相对有秩序、有道德的生存。但这也在实际上缩小了人的生命格局和精神空间,让人只关心自己在人伦秩序中的位置、得失、进退,所谓仁义礼智信,都是着眼于、用心于人与人关系的有限视域,而并不或极少追问宇宙和生命的本源性问题和终极真理,等于把无限的自然宇宙剥离在人的心智之外,将人锁定在伦理秩序的等级囚笼里,仿佛人世之外没有自然、更没有宇宙,这就直接或间接地关掉了人们眺望和沉思那更高的无限超验领域的精神天窗,关闭了人的想象空间,屏蔽了人的天地情怀,取消了人的做梦能力(也提早叫停了人对自然之谜追根问底的科学求索精神)。儒家口口声声推崇君子,斥责小人,却似乎忘了,人一旦锁定在伦理等级秩序的囚笼里,很可能就渐渐忘了天地之广袤,不知宇宙之无穷,而把自己活着的这点小小时空当成终极之所,终日孜孜于盘算人际事务和利益博弈,不再仰观宇宙之大,俯察品类之盛,这样,造成小人的概率就大,而铸成君子的可能就小,得意了则忘形,失意了则落魄,无论得意失意,都是在蜗牛壳里做道场,在红尘人群里论输赢,那境界能大得起来吗?即使大,又能大到哪里去呢?以儒家作为主流文化的古代中国,倡导了几千年的君子,却君子寥寥不多,而小人滚滚成群。何以故?将人的眼光和心智,过早地、严密地锁定在人际囚笼里,这样,人群里充斥的只能是对等级的追逐和对利益的算计,大家都把在人群里出人头地、光宗耀祖视为终生大业和终极大事,有限遮蔽了无限,对功利的追逐取代了对真理的追求,人的机心就多了,道心就少了,小人自然就多了,那种与宇宙对称的伟大心胸,即大人胸襟、君子情怀就少而又少了。

最有想象力的人

庄子在当时已经感受到了这种摒弃了终极关怀,宇宙意识过于稀薄的礼教文化对人的精神生命的缩减和阉割,他感到了这种局限于红尘伦理的文化把人塑造成了蓬间雀,泥中虾,塑造成了类似"朝菌不知晦朔,蟪蛄不知春秋"的爬行类生物,全然匍匐、自闭于渺小尘埃里,尘埃之外,不知有春秋,不知有宇宙,从而彻底关闭了心灵之窗,彻底丧失了超越能力,变成了精神空间非常窄逼的可怜的伦理微生物。而只有人的心胸完全敞开,在与天地精神往来、对接和互动中,才能从天地的浩茫气象和宇宙的宏伟空间里获得召唤、启示,生命格局和心灵世界才得到拓展和熔铸,从而拥有一双日月眼和一颗天地心,拥有一种吐纳万有、悲悯众生的伟大襟怀和宇宙情调。

庄子就是那个时代最有想象力的人,是沉浸在梦幻之乡里的精神大师和幻想首富,《逍遥游》《齐物论》《天道》《秋水》《至乐》等,篇篇都是超越时空、化合阴阳、连接有无、打通生死的梦幻乐章,他和鲲鹏同游,他和无限神交,他甚至和骷髅对话。他把生命置于广袤无垠、永恒无终的宇宙长河里去体认去思辨,对那浸泡在现实池塘里的功利追逐和世俗伎俩,庄子则半点都不认同,丝毫也不感兴趣,他认为那是心为物役的作茧自缚和自我囚禁,他主张"吾丧我",通过心斋、玄览、坐忘、神游等修养方式,摒弃物欲,澡雪精神,除却秽累,断绝杂念,达到忘我、无我,与宇宙同化、与万物合一的无限境界。在这种瑰丽、浩瀚的生命飞翔和精神漫游中,他体验了无边的自由和欣悦,也体验了梦醒时的惆怅和失落,他的梦幻之旅里,交织着狂喜和旷达,哀愁和悲切,混合着解脱的快乐和意识到羁押在有限肉身里并且必将死亡的人的生命的渺小与可怜,然而,他毕竟在"与物同游""与天地精神往来"中获得了生命超越的自由和快乐,体验了人所能领悟到的宇宙的广袤和造化的无穷,而这广袤、这无穷,毕竟是人的智慧能够感通和接纳的,在感通和接纳中,人的生命时空就得以无限地扩大和延展。在那无己、无名、无功、无为的浩瀚无边、澄澈空明的生命境界里,人其实已经与宇宙、与无限融为一体,"宇宙便是吾心,吾心便是宇宙",吾丧我,实乃我消融于无边宇宙之中,宇宙即我,我即宇宙。于是,那宇宙呈现的一切,即是我梦中的一切,即是我怀抱的一切,即是从我的胸臆里漫溢出的无穷生命幻象。生与死的冲突消融了,有与无的分别消融了,大与小的界限消融了,人与天、心与自然、意志与自由,人性与神性,有限与无限,达到了和解、浑融和同一,在壮丽的梦态神游中,庄子,实现了对生命的诗意认领和审美超越。

两个伟大智者的梦

如果我们将孔子的梦和庄子的梦做个对比,就可看出两位伟大智者的人格和生命意识的异同。

孔子晚年曾经感叹:"甚矣吾衰矣,久矣吾不复梦周公",可见,孔子平生做梦,梦见的是人,是他思慕的政治人物和道德先贤,是有关修齐治平的人伦偶像,是人间物事,是"人物",而非"天物",更非鬼神之类,那些属于超越界的事物和不可理解的事物,他都是如敬鬼神而远之的,大约也不会在梦里出现。他孜孜以求的是君君臣臣父父子子的礼乐秩序,是没有血腥和倾轧、礼乐和合、人我和睦、天人合一的大同世界。

而庄子的梦境全然是自然幻象,是扶摇万里的鲲鹏,是那在无何有之乡里奔流的"玄水",是翩飞于他乡的蝴蝶,是出没于幻境中的骷髅,一句话,庄子梦境里出现的都是"天物",而非"人物"。庄子追求的,是生命从有限的枷锁中如何获得解放,是精神的凌虚高蹈和自由飞翔,是人在无限和永恒的背景里领略到的与宇宙对称的生命境界和崇高气象。

两个古人和他们的梦,谁伟大?我认为他们都很伟大,他们做的,都是宇宙暗示给人类的大梦。

孔子操心着现实的人伦事务,他是一个忠诚的现实主义道德秩序的梦想者和践行者,他的梦是尘寰之梦,但也是不容易做圆的社会大梦、人生大梦,他的梦需要知行合一地认真去做,去落实,他的梦关乎如何减少人的生存苦难,如何改善人的现实境遇,如何增加天下的安宁和众生的福祉。

庄子醉心的是生命如何摆脱有限与死亡对生命的奴役和否定,而达到与万物同游的无限自由境界,他的梦是对羁押在肉身监狱里、囚禁在现实牢笼里的人的心灵的大赦,是精神在无限领域里的浪漫舞蹈和审美狂欢。他的梦扩大了人的心灵幅员和精神疆域,把宇宙的无限和永恒属性纳入了人的精神范畴,从而大大丰富了人的内宇宙,使人的存在具有了宇宙学的意义。庄子为我们打开了一扇天窗,让我们看见,在有限的、不自由的境遇里,人可以通过审美超越而达到生命的自我解放,达到与无限合一的境界。

孔子是伟大的现实主义者,他教我们如何在此岸走路。他走得笃诚而辛苦,两千多年了,我们仍能听见那感天动地的足音。

庄子是伟大的浪漫主义者,他教我们如何向彼岸飞翔。他飞得酣畅而高远,两千多年了,我们还能感到那自由的灵魂仍升腾在无限苍穹……

老子的智慧

一、水边的智者

老子是在水边沉思、吟哦的智者,老子的智慧,也可以说是水的智慧。他那时,世界还没有被垃圾和文化污染,大地与天空都很清洁,天下的流水都是清澈如镜,人的灵性和智慧,也都清澈如镜。他坐于水边,以天真看天真,就看见了生命的本体;以清澈看清澈,就看见了宇宙的究竟;用镜子照镜子,就照见了存在的真理。

不仅老子,孔子、庄子、孟子、王羲之、张载、王阳明等古圣先贤,都是从清澈、浩渺的春水秋波里获得启迪、得了大道,我国几千年的诗性文化,正是得益于遍地清流的灌溉,才氤氲出那样悠远、空灵的意境。我国古典文化是水的文化,我国古典智慧是水的智慧。若是没有那样的好水,中国文化会是另一个样子。

如今的我们,到哪里找那好水呢?而没了好水,我们还能创造出有着清澈美感、高深意境的文化吗?我很怀疑。

比如我吧,我总想着随时随地能"临清流以洗心,对碧潭而静思",但是,如今哪里有清流、碧潭呢?好不容易找到一个勉强还有点涟漪的水洼或河沟,但是,你蹲下来看了好久,既看不见"日月之行,若出其中;星汉灿烂,若出其里",也看不到"落霞与孤鹜齐飞,秋水共长天一色",也看不到"在水一方"的伊人,也看不到"可惜一溪风月，莫教踏碎琼瑶"的月华流水，你多么希望随时面对那能够洗耳洗心的一泓好水啊，那样的好水是能够润灵府、养慧根、开天眼的。你耐着性子坐下来，在这很不好的水边，将就着，继续等，继续看，因为你知道家里的水龙头和洗脸盆里，是无法看见"乾坤日夜浮"和"江清月近人"的，这里好歹还算是一条河嘛。结果呢，看了许久，别的没看到，却看见浑浊难闻的水里浮出塑料、破鞋、死鸟的遗体，以及层出不穷的污物残渣，而那边，从隐蔽的秘密管道里溜出来的工业，正气咻咻地，向这条曾灌溉了诗经、后来又为唐诗润过色、为宋词押过韵的河流，大口大口吐着唾沫和脏话。你只好捂着鼻子，叹息着，转身，走进一本古书，追着公元前老子的背影，向他老人家打听：亲爱的先生，你那时的上善若水、无边清流、遍地涌泉，都到哪去了呢？

我常常想，老子能在公元前那苍茫天空下，不拉帮结伙凑个什么团队，也不申请套取什么课题研究经费，也不为加入什么协会弄个啥子主席、理事，更不为争夺什么大奖，他老人家纯粹就为穷宇宙之理，解生命之惑，独自坐于幽谷山涧，行于河边泽畔，一心一意，全神贯注，仰观俯察，静思默悟，终于，他窥见了深不可测、高不可问的"天道"和"玄机"。

仅靠个体之沉思，一人之智慧，悟得了那样高深博大的真理，影响人类数千年而至今依然光华四射，此中有什么奥秘？

二、只有清澈的心灵，才能发现真理和智慧

我们可以想象，老子的那颗心，是多么的清澈，多么的纯真，又是多么的深邃。当心灵不带任何杂念和杂质，清澈到透亮的时候，心灵才可能完全澄明，完全敞开，达到表里俱清澈，肝胆皆冰雪的赤子状态。而单纯到极致就是丰富，透明到极致就是幽深。这时候，心灵就像清澈的秋水，心灵不仅显现出心灵自身的秘密，也映

照出整个宇宙的倒影和幻象。这时候，人不是用肉眼和俗眼，而是用心灵的眼睛，用宇宙赐予人的那双没有任何污染的"灵眼""法眼""慧眼""天眼"，去看，去打量，去发现。于是他看见了宇宙万象都在向他诉说，存在的深意都在向他默默呈现；整个宇宙，都在向他泄露那深不可测的"玄机"，和那高不可问的"天意"。于是，那未曾被领悟的真理，被一颗澄明的心蓦然领悟。无限的宇宙，在这一刻之后，就显得不仅可以被仰望，而且可以被人类高贵的心灵所认领。因为有人目击了天道和真理，这纷乱的人世，从今而后，就有可能按照"天道"的暗示，运行出它自己的秩序。老子出，天地清！是因为我们的老子，他有一颗清澈的心，他有一双赤子的眼啊。

只有这样明澈的心魂和明澈的眼睛，才可能邂逅智慧，看见天意，发现真理。

三、被严重污染了的现代人的心灵和眼睛

为什么现今世上拥挤着无数的眼睛，却没有几双眼睛能目极苍穹，洞穿尘嚣，发现真理？是因为我们杂念太多、私欲太盛，我们终日终年终生，都戴着名枷利索，都瞅着功名利禄，我们都铁心做了欲望的奴隶，我们，不是真理的追问者和追随者，我们不过是被自己的欲望绑架和奴役着的可怜奴才！居庙堂之高者，未必忧其民，很可能紧盯着几顶帽子；处江湖之远者，未必忧其君，很可能死瞅着几叠票子。而学术的金字塔上，又有几人，挣脱了利益绳索，超越了功名算计，而纯以一颗赤子之心，赤子之眼，去极目苍茫，叩问未知，求索真理？

是的，我们的心里，堆积了太多的杂念和垃圾，以至于已经没有多余的地方存放美德和对真理的热情。我们的想象力，已经被金钱、物欲、名利的钢丝绳牢牢地五花大绑起来，除了对名利、对情色、对暴富、对升迁，我们有着史无前例的狂热想象力，对于生命之

谜、存在之谜、宇宙之谜,我们几乎已经失去了想象力和思辨力。

我们的眼睛,因时时要看权力的脸色,看利益的脸色,看股市的脸色,看楼市的脸色,眸子里已经沉积了太多的尘埃和血丝,我们已经顾不得看,也不会看山色、水色、星空的气色、宇宙的气色、真理的气色。我们生命的体积已经缩小在头顶的帽子和脚底的鞋子之间。我们很少在利益之外的空旷地带,去登高望远,去怀着虔诚之心,仰望真理的巅峰和彼岸。我们终生匍匐在利益的此岸,最后埋葬在这里,我们不相信在利益之外,还有个真理的彼岸。一句话,我们的心,我们的眼睛,已经被牢牢锁定在市场和利益的半径,锁定在物质的尘埃里。假若化验一下我们的眼睛,再和老子的眼睛做个比较,我们定会吓一跳:呀,怎么,老子的眼睛是用秋水做的,中间镶着一枚水晶的瞳仁;而我们的眼睛是用淤泥做的,中间镶着一枚钱币的瞳仁。

诸位,淤泥做的眼睛,镶着一枚钱币的瞳仁,用这样的眼睛,能看见什么?能发现什么?

俗眼闭而天眼开,俗心息而道心现——用天眼去静观,用道心去领悟,这就是大智大慧、怀抱真理的老子。

天眼闭而俗眼尖,道心泯而俗心乱——用俗眼去猎捕,用俗心去争夺,这就是小奸小诈、藏污纳垢的现代人。

明乎此,我们就知道,何以老子有大智慧,而现代人只有小聪明。

四、作为造山者、造矿者的老子和
　　作为挖矿者、消费者的我们

我们在反观现代人的精神、道德和智慧境界的时候,难免要与古人尤其要与古圣先贤作比较,我们会得出人心不古的结论,甚至在情操和智慧方面,后人有不断矮化、俗化、实用化、浅陋化、扁平化的倾向。所以不断有人发问：在现代，真正能与古典的思想和精神巨人交相辉映、遥相呼应的现代心灵圣人、智慧巨人何以很难出现呢？

对此，我的理解是：远古时代是人类智慧和精神的开天辟地时代，类似于原始地球上的造山造海运动。那时，人群中的先知和天才，是第一批仰望星空、叩问天道、求索真理的人，他们怀着巨大的好奇与震惊，向苍茫宇宙敞开自己苍茫的内心，他们既是天真的小孩，同时又是无比真诚的对天发问的大智大哲，"精诚所至，金玉为开"，苍茫的人心和苍茫的宇宙之心相遇了，彼此互相惊讶、互相辨认、互相首肯、互相交融，于是弥漫于天地间的真理的巨流，与人的心魂贯通了，于是，那"天意从来高难问"的天意，被那些赤子之心顿悟并认领了。

有人说，人类有史以来经历了三个时代：巫术时代（即远古神话、传说、占卜的时代），艺术时代（即中古和近古注重诗歌、审美、情操的漫长农耕文明的时代），技术时代（即近现代膜拜科技、消费、娱乐的去魅、渎神和非诗的时代）。

可以看出，在这三个阶段里，人类越来越远地离开宇宙和精神的本源，越来越近地趋向自身的福祉和物化的文明。一方面是人类福祉的增加和文明的进化，另一方面是人与神性的日渐远离和由此导致的人的精神创造力和想象力的退化。

而那些光照千古的心灵圣人和智慧巨人，大多都诞生在巫术时代（即神的时代）的后期，他们身上有着崇高的神性，又怀着对生命和宇宙之谜的绝对的虔诚和无与伦比的热忱，所以他们才能像盘古开天辟地那样，发现了天道和人心的奥秘，开辟了真理的星空，继而开启了诗歌、审美、情操的广阔天地，将人类带进文明的征程。

这也就是德国大哲学家雅斯贝尔斯指出的人类精神史上的"轴心时代"——大致在公元前六世纪到一世纪，人类各宗教、各哲学中的伟大先驱几乎全部同时出现,西方的柏拉图、亚里士多德,东方的释迦牟尼、老子、孔子、庄子等等,他们开创的思想和哲学,至今仍然烛照着人类社会。雅斯贝尔斯认为,我们今天仍然处在轴心时代的辐射范围。

回到前面的话题,何以现代不出心灵和智慧巨人呢?

有学者认为,古典社会是"信仰冲动力"占主导地位的社会,由信仰引导而产生了人的崇高的精神创造和心灵激情,而现代社会由资本引领,"经济冲动力"支配了所有人群和个人,对利益最大化的追求和对欲望的填充,几乎成了每一个人的日常事务和中心工作。"信仰冲动力"被科技和经济耗尽了能量,科技成了人们迷信的现代宗教,物质成了人们的精神图腾。文化却成了商业和消费的附着物,变成了没有灵魂和伟大关切的消费文化、娱乐文化、大众文化、快餐文化、泡沫文化、垃圾文化。"工商业时代的琐碎平庸的现实主义文学、实用主义的哲学和科技理性割断了宗教信仰的超验纽带",人们对宇宙万物不再有神秘感和神圣感,对生命的终极意义不再有追问的好奇和热情,"活着就好""活在当下"的活命哲学成了几乎为所有人奉行的普适性的最高哲学。在精神生活上,人们仅仅靠一些由传统文化的零星碎片勾兑炮制的所谓"心灵鸡汤",来打点精神的匮乏,敷衍灵魂的饥渴。具有深邃心灵和终极关切的伟大哲学家、思想家、文学家几乎已经绝迹。

如果说,"轴心时代"是人类精神和智慧的造山造矿运动,大量的宝贵矿藏是在那开天辟地的时刻生成和蓄积的,那么,我们这些现代人,则只是吃矿者,我们享用着远古的矿藏和先人的遗存,我们享用着他们留下的智慧的煤炭、精神的天然气和心灵的页岩层。古人是创造者,是造山者、造矿者,我们只是消费者;而我们时代的那些勉强还算不错的所谓思想家、哲学家,也顶多只能算是找矿者、挖矿者。由于他们也置身于这个没有信仰之神引领的技术和消费时代,在被科技笼罩的天空下和被经济学主宰的世界上,他们也很难有真正的原创的智慧发现和精神创造,他们的许多似乎不错的著述和言说,也只是对古圣先贤伟大学说的转述、阐释和解读。

伟大的老子,就是轴心时代的智慧巨星,是人类精神世界的伟大造山者和造矿者。

五、生存空间、人口密度与智慧高度

我曾在一篇文章里写道:"如果我们老老实实化验自己的灵魂,会发现置身人群的时候,灵魂的透明度较低、精神含量较低,而欲望的成分较高,征服的冲动较高,生存的算计较多。一颗神性的灵魂,超越的灵魂,智慧的灵魂,丰富而高远的灵魂,不大容易在人群里挤压、发酵出来。在人堆里能挤兑出聪明和狡猾,很难提炼出真正的智慧。我们会发现,在人口密度高的地方,多的是小聪明,绝少大智慧。在人群之外,我们还需要一种高度,一种空旷,一种虚静,去与天地对话,与万物对话,与永恒对话。伟大的灵魂、伟大的精神创造就是这样产生的。"

后来我读到一本书,里面讲到一位法国历史学家布罗代尔做的研究,他说:"人类历史上,文化创造最快、境界最高、最灿烂的时候,人口密度是每平方公里三十个人。"每平方公里住三十个人,每个人的生存空间很宽阔,一点也不拥挤,基本的生存供给也很充足,人的视野辽阔,心胸宽广,人与人比较亲善,较少竞争、算计和摩擦,他就有可能把心智投入到对生命、万物和宇宙的深度追问、沉思之中,从而有深刻的发现和精神的创造。

而现代人的生存空间越来越拥挤和狭窄,可供支配的资源也越来越少,有的地方一个小小县城就拥挤着十几万人,每平方公里人口密度达一万人以上,这几乎与蚂蚁窝的拥挤程度相类似了。在这样窄逼的生存环境里,人们不得不把心智主要投入到生存竞争和劳碌之中,哪会有真正的哲学沉思和超验冥想?流行的所谓成功学和励志学,无非是一些指导人们如何在蚂蚁窝里寻找生存出路的技巧和方法,说到底还是人口太多、空间太窄、生存太难被逼出来的谋生之术,与真正的生命智慧和心灵觉悟则毫无关系。

许多本来从事精神创造的人也丧失了精神本身的内在驱动,而谋取名利倒成了他们从事所谓精神活动的真实目的,这实际上是一种与真正的精神创造南辕北辙的反精神活动,怀着谋利动机而制造的所谓"精神产品",能有多少精神含量,可想而知。

连精神活动都成了丧失了精神内核的谋利行为,更不用提别的行当,那就更是无利不起早的商业行为。在功利主义、消费主义主导的文化里,现代人已经很少有虔诚追求真理、探索奥秘的纯粹精神活动,无论干什么事,都伴随着投入与产出的功利算计。

这既与现代人丧失精神信仰有关,也与人口密度太大,生存竞争激烈有关,导致人们无暇顾及心灵的扩展和精神的升华,遑论生命的超越和智慧的创造。

从这个意义上讲,我们每个人所置身的拥挤狭窄的生存空间,它所呈现的真相是什么呢?若撕去那一层薄薄的貌似温情的面纱,它主要还是一个市场、商业场、生存场、利益场、竞争场,不能说其间没有一点精神元素,但精神元素不多,层次也不高。人们在被污染了的自然界的大气层之下呼吸着稀薄的氧气用以维持生存,心灵的天空也变得低矮而黯淡,已经丧失了更为广袤的心灵晴空和精神的大气层,我们主要是与周围的鸡毛蒜皮和狭隘的利益关联物构成的生存雾霾进行生理层面、生存层面和利益层面的浅呼吸和小呼吸,我们很少与那个无穷的精神大气层建立深刻的联系并时时进行心灵的深呼吸和大呼吸。我们心灵的吞吐量越来越弱越来越小。

仅仅为了在人堆里折腾、挣扎得像个人,就耗尽了我们一生的时光;仅仅为了安顿好这一百来斤的身体,我们丧失了无限的心灵宇宙。

我们可以想象,前述的那个精神巨人群星般涌现的轴心时代,那时候的人口密度大约就是每平方公里三十个人,这使得世上总有一些人沉迷于穷究天地之奥秘、为人类面对的终极问题去进行深刻的求索和思考成为可能。

那时候,天地苍茫,人烟稀少,宇宙清澈,星空浩瀚灿烂如神奇的葡萄园,等待好奇的孩子伸手采摘。于是,西边的柏拉图、亚里士多德们去采摘了,东边的释迦牟尼、老子们去采摘了,接着,孔子去采摘了,屈原去采摘了。

相比于我们置身的这个市场、商业场、生存场、利益场、竞争场,老子置身的是什么场呢?

老子的身、心、灵是置于苍茫神秘的宇宙大气场里,那是一个无边无界的生命场、精神场、性灵场,可谓"真气弥漫,万象在旁"。他的心灵通透、精微而高远,有着无限量的广博和深邃,他精骛八极,神游万方,他心灵的规模和宇宙的规模达到了对称和互映,宇宙有多旷远有多丰富有多幽深,他的心灵就有多旷远多丰富多幽深。因此,他的所观所感所思所悟,就达到了与宇宙对等的幽深、精妙和广袤。

假若老子活在当下,他要在人堆里奋斗、折腾和挣扎,他要为职称谋、为位子谋、为房子谋、为车子谋、为孩子谋,他要考虑市场的需求和受众的口味去写作畅销书赚钱,他要上电视讲坛,不得不为迎合收视率做媚俗或媚雅的煽情讲演,等等,等等。虽然,"道可道,非常道",然而,没人爱听那"常道"(即永恒之道),那就不想、不写也不讲那个不赚钱的"常道",那就想那出人头地之道,写那升官发财之道,讲那赢者通吃之道——这下完了,求道之赤子沦为谋利之人精,真理之恒星沦为功利之流星,老子死,天地暗,众生迷。

好在,老子活在天地敞开、群星飞升的轴心时代,那个时代生成了老子,老子也照亮了那个时代,并注定要照亮无数个时代。

于是,在苍穹之下,大野之上,清流之畔,一个响彻千古的声音徐徐升起:"道可道,非常道……"

六、老子语语见精微,字字藏秘奥

如今我们沉溺于碎片化、快餐化的浅阅读不能自拔,终日被手机攥在手里,靠刷一些鸡汤、鸭汤、乌鸦汤养生兼养心。其实呢,全世界就那么几只鸡,每天却从数不清的锅里,不停端出千亿碗"鸡汤",这"鸡汤"有多少营养呢?诸位想过没有呀?

其实,法国大作家大仲马先生早就说过,全世界最好的书,真理和智慧含量最高的书,也即经典之书、本源之书,也就那么三五十本,其余无穷的、铺天盖地的各式各样各种档次的书,都是从这几十本源头之书里流出的支流或溪流、清流或浊流。人不必也不可能读完世上的书,有许多不入流的书根本就不值得去读。但是,一个渴慕文化、有精神追求的人,总得把那些源头之书、经典之书读下来,读深、读透,有了这种底子,再读其他的书,就能读出深意,读出滋味。而微信微博之类的"炸薯片"和"方便面",偶尔瞅瞅即可,多数一笑了之,根本不值得为那些没多少营养的鸡汤鸭汤乌鸦汤,去虚掷时间,浪费宝贵的生命。

老子的《道德经》,仅三千言,却真正是一句顶一万句的本源之书和经典之书。是每一个真正读书人必须终生诵读和实行的智慧原典。我斗胆说一句对微信不客气的话:老子一句真言,胜过微信十万。

老子给我们提供了一个星光闪闪、星河滔滔的智慧宇宙,微信微博等玩意儿只是在我们眼前晃晃灭灭的几束可有可无的手电光而已。

让我们试着走近老子,洗耳聆听几段真言(限于篇幅,不录译文,让我们细读之,深思之,静悟之):

五色令人目盲,五音令人耳聋,五味令人口爽,驰骋畋猎令人心发狂,难得之货令人行妨。是以圣人,为腹不为目,故去彼取此。

上善若水。水善利万物而不争,处众人之所恶,故几於道。居善地,心善渊与善仁,言善信,正善治,事善能,动善时。夫唯不争,故无尤。

持而盈之不如其已;揣而锐之不可长保;金玉满堂莫之能守;富贵而骄,自遗其咎。功遂身退,天之道。

天下莫柔弱於水。而攻坚强者,莫之能胜。以其无以易之。弱之胜强。柔之胜刚。天下莫不知莫能行。是以圣人云,受国之垢是谓社稷主。受国不祥是为天下王。正言若反。

大道废有仁义;慧智出有大伪;六亲不和有孝慈;国家昏乱有忠臣。

昔之得一者。天得一以清。地得一以宁。神得一以灵。谷得一以盈。万物得一以生。

不出户知天下。不窥牖见天道。其出弥远,其知弥少。是以圣人不行而知。不见而明。不为而成。

为学日益。为道日损。损之又损,以至於无为。无为而不为。取天下常以无事,及其有事,不足以取天下。

大方无隅。大器晚成。大音希声。大象无形。道隐无名。

大成若缺,其用不弊。大盈若冲,其用不穷。大直若屈。大巧若拙。大辩若讷。静胜躁,寒胜热。清静为天下正。

信言不美。美言不信。善者不辩。辩者不善。知者不博。博者不知。圣人不积。既以为人己愈有。既以与人己愈多。天之道利而不害。圣人之道为而不争……

老子语语见精微,字字藏秘奥。非心明如镜者,无以悟得;非上善若水者,无以说出。难怪,他是我们的老子,清澈的老子,智慧的老子,永远的老子!而我们,注定只能是他的儿子和孙子。

七、老子的无为哲学与宇宙本体

老子推崇"致虚极,守静笃"的精神修为,主张无为而治,无论个体的修养或国家的治理,都以虚静之心涵容之,以无为之道对待之。他感悟到宇宙乃是无边无际的"动"的过程,即:宇宙乃是一个"无穷动"。但宇宙并不是为了一个设定的目的而动,宇宙没有功利之心,宇宙的动是无欲、无名、无为、无功的"无目的、无功利之动",宇宙的动是无所图的纯粹的神性运动。正因为宇宙无所图、无功利之心,宇宙才创造了这个被叫作宇宙的伟大作品,它壮丽无比、恢宏无比、神奇无比,人无法穷尽,神也无法解读,它的存在完全可以说是超越了人的智力和想象力,也超越了神的智力和想象力,达到了令人神共惊的程度,可以说宇宙就是以具象呈现的最高的虚构之物,也是以可辨认的物质材料造成的最不可思议的最大的形而上的精神现象。这就是老子所说的无为而无不为,无功利而成就大功利。

那么,小小生物,包括人这种生物所图所求的那点所谓"功利",对他(它)自身的微观生存可能是必要的,但在宇宙眼里,那点所谓功利,即便是改朝换代、帝王登基等等不可一世的大功业、大功利,其实都是完全可以忽略不计的,对宇宙而言是根本不存在的。因此,过分执着于一己之私,过分膨胀功利之心,以致在自然面前逞强使狠,在同类面前斗智斗力,从自然的眼光看来,这就是反自然、反宇宙、反天道的"盲动"。再者,宇宙虽是个"无穷动",但"风暴的中心往往是极度的宁静",就是说,看起来天地宇宙在不停地动,无以计数的运动着的风暴构成了宇宙的壮阔海洋,但支配运动的中轴或中心却是静谧的。大动者,却有一个寂静的、岿然不动的灵魂。这正是:大象无形,大音希声,大动不动,大为不为。所以老子主张顺乎自然,以无为之心,参与宇宙的无为之动。即使有所动,有所为,也不能揣一颗争强好胜、挑战自然、祸害生灵的小人之心去乱动、妄为,这就必然会伤天道,逆天理,损天物。人,不应该逆天而动、背道而驰、损物求利,而应该顺天而动、合道而行、惜物护生。这样,人,才是协同宇宙、增益天地的一种正面能量,反之,则是自然界的一种负面的、破坏性的病毒和能量。

八、老子智慧与人生的最高境界

哲学家冯友兰指出,人生有四种境界,即自然境界、功利境界、道德境界和天地境界。"一个人做事,可能只是顺着他的本能或其社会的风俗习惯。就像小孩和原始人那样,他做他所做的事,然而并无觉解,或不甚觉解。这样,他所做的事,对于他有意义,或很少意义。他的人生境界,就是'自然境界'。一个人可能意识到他自己,为自己而做各种事。这并不意味着他必然是不道德的人。他可以做些事,其后果有利于他人,其动机则是利己的。所以他所做的各种事,对于他,有功利的意义。他的人生境界,就是我所说的'功利境界'。还有的人,可能了解到社会的存在,他是社会的一员。这个社会是一个整体,他是这个整体的一部分。有这种觉解,他就为社会的利益做各种事,或如儒家所说,他做事是为了'正其义不谋其利'。他真正是有道德的人,他所做的都是符合严格的道德意义的道德行为。所以他的人生境界,是我所说的'道德境界'。最后,一个人可能了解到超乎社会整体之上,还有一个更大的整体,即宇宙。有这种觉解,他就为宇宙的利益而做各种事。他了解他所做的事的意义,自觉他正在做他所做的事。这种觉解为他构成了最高的人生境界,就是我所说的'天地境界'。

这四种人生境界之中,自然境界、功利境界的人,是人现在就是的人;道德境界、天地境界的人,是人应该成为的人。前两者是自然的产物,后两者是精神的创造。自然境界最低,往上是功利境界,再往上是道德境界,最后是天地境界。它们之所以如此,是由于自然境界,几乎不需要觉解;功利境界、道德境界,需要较多的觉解;天地境界则需要最多的觉解。道德境界有道德价值,天地境界有超道德价值。"

冯先生体认的作为人生最高境界的天地境界,与老子的哲学境界是完全一致的。"静胜躁,寒胜热。清静为天下正"。老子哲学是要人放弃伪恶之心、"躁""热"之心,而修养正大之心和清静之心,放弃妄为乱为而走向无为之为,最终达至"天人合一"的大境界。即尊重自然、尊敬天道,以一颗清虚、静笃、坦荡、纯正之心,以一颗不带任何杂质和杂念的澄澈、谦卑、良善之心,为天地工作,为众生操劳,为永恒服役,达到与天地之大道合一的至高境界。

老子之眼,大而言之,是天之眼、海之眼,他看见了生命和宇宙的真相和真理;小而言之,是泉之眼、露之眼,他看见了寸心里藏纳着天地大道,也窥见了至大无外的苍穹里的微妙声息。

雪地里的芹菜

满四十岁那年,我对自己发起了一项"重读经典再造心灵"的活动。刚好是冬天,冬天是蕴阳养阴、进补、调养身体的时节,也是进补、调养心灵的时节。都四十岁的人了,太阳开始偏斜了,你不能还是那么浅薄、那么贫乏,你不能满足于在杯水波澜里泛舟,在小情小调里陶醉,在虚名浮利里打滚,你不能守在方寸池塘里养几尾鱼虾就以为收获了大海的广袤和渊博。不,你不该让心灵匍匐于市场设计的笼子,不该让心灵蜷缩在欲望的监牢,变暗、变窄、变小、变形、变异甚至变坏。这时候,中年的心灵迫切需要进补最好的营养。只有一流的心灵,一流的襟抱,才有一流的情思,一流的才华,一流的创造。壮美的彩虹绝不会出现在小肚鸡肠的鸡栏里,上苍是不会错的,对于心灵尤其如此,从事心灵的事业,必须有最好的心灵。你必须这样苛求自己,因为这是上苍对心灵的召唤和要求。最好的心灵居住在中年的胸膛里,才是适宜的,才配面对这中年的太阳,才配俯仰这苍天大地。那就选最喜爱的好书,在这安静的冬日,再重读一次,为这颗被工商社会势利风潮反复围剿而疲倦蒙尘的心魂,松松绑,开开窗,透透气,洗洗尘,吸吸氧。给心以最好的进补、最好的药,让心继续发育、升华,让心回到本真的心,回到纯真、宽阔、深邃、仁慈。

读得最细的是《红楼梦》,这是第三次读,发现以往读得太潦草,这是能潦草对待的书吗?我们对自己伟大的先人未免太轻薄了,他们是茫茫苍山,是浩浩古海,我们是山下戏耍的顽童,是池塘里呱噪的青蛙。现当代的书,大都是浅薄的、潦草的,且越来越浅薄不堪、潦草不堪,对那些为换取名利而制造的文字垃圾,你完全可以潦草一翻,或不屑一顾。古老的书,却是时间之河反复淘洗之后,留下的珍珠钻石,是先人们慎之又慎的言说,是他们思量了再思量,斟酌了再斟酌,才留给我们的伟大遗嘱。红楼梦,千古唯此一梦,寰球唯此一梦。它是经典中的经典,高峰上的高峰,是书中之书,梦中之梦,是有史以来人类做过的最美好、最豪华、最伤感的梦。它是文学中的文学,它是最好的散文,最好的诗词歌赋、最好的叙述,最洁净的心灵,最哀婉、凄楚的人生际遇,最深切的对人、对社会、对生命和宇宙的彻悟,它是汉语最高水准的诗性表达;那颗浩瀚无涯悲苦无比的心灵感动了语言,于是,有限的语言在雪芹这里得到了无限运用,而具有了神谕的意味。语言在这里已不再是工具,而是它所叙述和呈现的一切,是心跳、眼泪、落花,是风刀霜剑,是玉魂月魄,是存在本身,是生命和死亡本身,是梦本身。整部《红楼梦》既是叙述的,也是思辨的;是社会的,也是宗教的;是情感的,也是思想的;它呈现生存现场和众生相,它更追问人活着的意义究竟何在,因而它既是文学的,也是哲学的……红楼梦由这一切构成,这一切构成了一个感天动地的爱与死的长梦,并久久地触动我们对生命和宇宙奥秘的终极叩问与哲学冥想。它实在是一首优美、深邃、悲怆、伟大的长诗。

  我读得很慢,一天读一两回,有时只读一回。就像在草长莺飞、目不暇接的春日山间行走,步步皆景,景景殊异。缓慢移步中,天光山色叠现、鸟语泉咽交汇,渐渐,满眼满心,皆是苍烟落照。

  读罢,连续好几天竟不想说话,觉得能说出的话都太轻薄、太浅陋了。书中那落花啼鸟、残月孤灯、笑靥泪痕,历历在目,久久萦心。一卷红楼,竟成了心头梦。

其时,已是腊月将尽,这天到原野散步,正下雪,天地渐渐白茫茫。白茫茫里孤身行走,人更能进入幽深心境。我就想曹雪芹怎么就写出那样伟大的奇书,他该是怎样一个渊博深邃、至情至性的人呀?他的情怀和悟性真正是感天地、通生死、泣鬼神;而他的处境和心境又是充满着愁苦、忧伤,充满着对生命的困惑,尤其是对美好生命的凋零,他更是倾尽了哀怜和悲悯,写到后来,他是字字血、篇篇泪了,他不是用墨写,不是用技巧写,他是用生命里全部的血与泪,凝成了文字。而我的感觉,他好像一直是在寒冷的冬天,一个人坐在蓬床瓦灶、冷风透壁的残破房子里,写着滴血浸泪的文字。他的那句"白茫茫一片大地真干净",说尽了人世的沧桑,说尽了生命的虚无结局,说尽了宇宙的空幻。那不就是他在白茫茫的雪天里说的话吗?

雪越下越大,我边想边走,竟来到一大片蔬菜地里,菜们都蹲在地上,身上一律覆盖着雪。这时,我看见了芹菜,它高挑地站着,因为高挑,看上去就显眼,它的凄凉哀伤也就显眼。它身上也披着雪,雪白里隐现着青绿,这绿就更绿,白也就更白;在天地茫茫里,白与绿,相遇了,相拥着,像是在互相成全,又像在互相摧残,像是在互相搀扶,也像在互相送终。但它们,这白与绿,这天上飘来的白,与地上长出的绿,都是如此干净,如此安详,像无言的雕塑,充满了暗示。

我抖了抖身上的雪,由菜地,由披雪的芹菜,放眼望去,城市、村庄、河流、树木、山岳、远天,此时都寂然无声,轮廓模糊,皆隐身于一片茫茫的白色里了。啊,这被白雪缩写着,又扩写着的天地,竟不像是一个具体的所在,倒更像是一个寓言,一场梦,是的,是寓言,是梦。

收回望眼,凝神,面前仍是那站在雪地里、被雪雕塑着的芹菜。

我忽然情不自禁脱口而出,轻轻叫出三个字:曹雪芹。

是的,雪芹,他不就是雪地上的那棵芹菜吗?

戴着草帽歌唱

惠特曼是朴素的。他的心地和气质是朴素的,他的表情和衣着是朴素的,他头上那顶草帽是朴素的。读了多年惠特曼,最初的印象却越来越深:他是一个戴着草帽歌唱的诗人。

古往今来,有哪一位诗人像惠特曼那样,用自己一生的爱、痛苦和激情,去培植和守护一片朴素的草叶?读惠特曼,就是去接近清流、大海、高山、森林,就是重新以儿童的目光注视那斧头、牛车、船帆以及温良的马的眼睛;就是伏下身来,以感恩的心情抚摸大地的石头、泥土、种子和昆虫;就是和诗人一道燃烧、飞升起来,让心中的火光和太阳的火光星群的火光融为一体,直到生命和宇宙同样广大而明亮……

是的,惠特曼是朴素的,他终生培植的这片草叶是朴素的,朴素得就像大自然本身,而朴素才是生命和万物的底色和内蕴。惠特曼,就是歌唱着的大自然。

惠特曼是崇高的。他的崇高不是一种姿态和腔调,不是由修养而得的一种境界,他的崇高是骨子里的、浑然天成的。面对惠特曼,我觉得是面对一座高山,它的海拔、气度、结构都是从创生的那一刻骤然呈现出来的,它的泉流、瀑布、植被、矿藏都似乎是天造地设的。这不是人工垒积的假山,这不是由技巧拼装的风景。它的每一块石头都浓缩着雷鸣电闪和日光月华,都有着不可穷尽的沧桑和奥秘。读惠特曼就是攀登一座高耸入云的大山,沿途都是寻常的石头、野草、藤蔓、飞鸟、流水,但又时时感到这一切都是神迹。它没有悬念中的高峰,每走一步都是高峰,或者说每一步都走在高峰上,而山顶,只不过是不断降临的高峰中的另一个高峰,站在上面,无论俯瞰、平视、仰望,你总感到到处是高峰,每一块石头都是高峰,每一个牛背都是高峰,每一片草叶都是高峰,每一只辛苦奔走的昆虫都是高峰,每一朵云、每一颗星都是高峰,每一片虚空都是高峰……而当你感到一切都是高峰的时候,你也就是林立的高峰中的一个高峰。这就是惠特曼的崇高——一个泛神论者的阔大情怀,将一切平凡、朴素、弱小、寻常的事物都提升到神性的高度。这不是谁都能做到的,只有惠特曼,他的灵魂就是一座天然的、崇高的教堂,万物都在这教堂里被赞美、被祭奠,因而万物都具有了崇高的神性。

惠特曼是浩瀚的,他是海洋生育的诗人,只有海洋才能和惠特曼唱和。我读惠特曼,总感到他的诗不是用钢笔或鹅毛笔一行行写出来的,不是在昏灯下一字字推敲出来的,不是用橡皮擦一次次涂改出来的,更不是用僵硬冷漠的键盘敲出来的。不,这些都不是,这是些小玩意,这是池塘和小水洼的游戏。雕虫小技,壮夫不为。我直觉地感到一次次海潮涌上岸来,一排排海浪淹没了陆地,然后就有了惠特曼的诗,他的诗就是那起伏、奔涌、不断高涨的海潮和海浪,即便是退潮,也是激情向另一个方向的壮阔推进。我甚至觉得由惠特曼握一支笔在纸片上写作是一件可笑的事情,不,惠特曼是歌唱着的大海,在他的海面前,我们那点可怜、贫瘠、干旱的陆地只配被淹没,心甘情愿地被淹没,直到变成海的一部分,变成蓝色的流动的爱的语言。我甚至觉得惠特曼就是横贯天穹的银河,包容着数千亿星体和星云,包容着无数人的世界和神的天国,我只是一颗雾霾缠身、磁场失衡、资源枯竭、濒临塌陷的暮年行星,我渴望在惠特曼的银河里死去然后再生,重新成为一颗美丽宁静丰饶的天体,成为被年轻的命运女神捧在掌心里的一颗光芒四射的宝石。

惠特曼是诗中的诗,梦中的梦,盐中的盐,是诗人中的诗人。他是朴素的泛神论的神学家,是以孩子的语言传播真理的哲学家,是大自然的情人,是所有善良的人们的共同朋友。惠特曼是我们的大叔和长兄,真的,有时候我觉得惠特曼好像就是我的哥哥。他那种纯真的情感一直保持到晚年,他是以一个天真无邪的大孩子的形象经历这个世界的。永不成熟永不世故是多么难得啊,永远以童真的微笑和语言与世界与命运交谈是多么幸福和高尚啊!读惠特曼,我总会记起这样一个情节:在一百多年前的一个早上,在纽约公共汽车上,一个戴着草帽、敞着上衣的中年男子,对身旁一位抱着孩子的少妇说:亲爱的年轻母亲,让我亲亲你的孩子好吗?少妇信任地把孩子递给他,他紧紧地抱着孩子,笑着,亲吻着。下车了,少妇抱起孩子回过头,看见他仍站在路旁举着草帽向她和孩子致意……

这就是惠特曼,他举着草帽向人类致意,向母亲和孩子致意,向生命致意,向大地和山川致意,向命运致意,向宇宙和上帝致意。

然而我们不应该忘记:惠特曼终生没有家,没有固定的居所,他终生都是流浪汉。他的诗曾被误解和谩骂。这不足为怪,一种伟大的自然现象和精神现象并不是谁都能理解的。但诗终将战胜一切,成为大地的记忆和人类精神的不朽星辰。惠特曼,用他朴素而伟大的诗,为自己也为更多的人们建造了一座永存的精神家园……

点亮灵魂的灯

弘一法师（李叔同），是近代中国少有的圣人之一。我读他的传记，知道他也是由迷而悟，由俗而圣的，圣人并非天成，也需要修行，需要不断超越、升华，并在升华而达到的境界里全身心沉浸，渐渐地身心俱净，表里清澈，灵与肉均进入另一种状态，那或许是荣辱皆忘、魂天归一的大化之境，或许是悲天悯人、慈爱盈胸的大爱之境。很可能，这两种境界是共存于圣人心中的。在游目万类、寄情自然的时候，也即"审美"的时候，圣人是以前一种心境关照天地；而在体察人世和生灵的境遇时，圣人是以后一种心胸同情着一切。

在他未成圣之前，也即他"迷"着、"俗"着的时候，从他的照片里，可以看到那是一个逞才使气、风流倜傥的才子李叔同，目光和神态里流露出类似"成功人士"的几分自许和得意，你可以佩服他，但很难去尊敬他，他那时不过是一个高雅的、有出息的俗人而已。而到他削发为僧、一心求道学佛以后，李叔同真的渐渐变成了弘一法师，从照片上看，他的眉宇、目光、神情，都透出一种淡远、虚灵的气质，越到后来，他终于完全退尽俗气，整个儿看，从形与神，灵与肉，从看不见的精神内核的深处，透露出的是无比高洁的、完全精神化了的气息，那个肉身的李叔同、世俗的李叔同似乎已经蒸发了,留下的是一个纯粹的、被某种神圣光芒熔铸而成的弘一法师——一个彻底皈依了某种精神信仰,又从自己内心深处发出精神之光来照耀这个世界——这样的人,就是生命被信仰照亮的人,也就是"道成肉身"。他的身体成为了一座庙宇,守着这座庙不是他活着的目的,他是要在这庙里点燃一盏心灯,供奉一颗伟大的灵魂,并用这心魂的光芒照亮存在的暗夜,照亮一切未明的事物,让生命和宇宙彰显出神圣的意味——这才是活着的目的和意义。

说到"肉身"这座庙,我们每一个人都有一座。恕我直言,现在的人越来越注重肉身、越来越轻淡灵魂,以至于许多人仅有一具无灵之躯了。肉身的装饰、肉身的充填、肉身的快感,成了唯此为大的事,而肉身之内,除了层出不穷的欲望和本能冲动,已经没有了灵的位置和空间。西方哲学家批判现代消费主义、享乐主义、物质主义异化了人生,从内部瓦解和抽干了人性,说现代商业社会的人不过是一些没有灵魂的"欲望之躯",可谓点中要害。我们看到,多少人把肉身这座庙充填得五毒俱全,装饰得五色迷眼,打造得金碧辉煌,而庙里除了欲望,却没有灵魂的位置,没有灯的位置,基本上是一座空庙一座黑庙。想来,真是有些虚妄,我们千方百计收拾着一座这样的庙,到头来庙一倒,就什么都没有了。这使我想起古代圣哲的教导:"为天地立心",天地无心,是人把一颗大爱之心赋予了天地,天地遂有了心;反观人自身,这句话更适用,人活着本无终极的意义,是人把某种意义赋予了人,人生遂有了意义。天生了人的肉身这座庙,人一方面要维修好这座庙,同时要在庙里点灯敬"神",点灵魂之灯,敬灵魂之"神"。是灵魂把有限的人与辽阔的天地、永恒的时空连接起来,是灵魂使我们意识到头顶的星空和内心的道德律的深沉召唤,是灵魂使我们能够在物质的宇宙里发现和敬畏一个精神的宇宙,从而在有限和速朽的人生里,感悟到不因我们离去而消失的永恒的东西——那种弥漫于天地万物、回荡于我们内心深处、轮回于时间全过程的感人神性,那种宇宙宗教感、庄严感、神圣感。我们能以有限之生,与如此广袤伟大的存在相遇并生出激情和美感,实在是值得感恩的幸运。于是,一种人生的意义感油然而生。

试想,如果肉身这座庙里,没有灯的光芒,没有灵魂的光芒,这座庙会是怎样的庙?几面肉墙,一堆脂肪之外,还有什么呢?或许围绕肉身,会得到一些短暂的快感,但不会有那种意味深长的美感;会得到一些浅薄的满足感,但不会有那种天长地久的意义感。庄子说:"虚室生白",虚静的房间会发出白光,而杂物充塞的房间除了杂物,不会有更丰富的东西降临。人生的意义,必须在"灵魂到场"的境况下才会发生,物质并不能自动生成意义,石头是硬的、静止的,水是软的、流动的,在一双物质的眼睛里,它们只是物而已。而在一双灵魂的眼睛里,石头是建造宇宙神庙的材料,它见证了宇宙运动的神秘过程,它是时间的密码;水起源于我们的想象力不能抵达的上游,水流过世世代代人的身体和眸子,水里面保存着智者的眼神,保存着孔子"逝者如斯夫,不舍昼夜"的叹息和他投进水里的沉思的眼神,水保存着多少流泪的眼神和喜悦的眼神。与水相遇,你是与多少眼神相遇?掬水在手,你是把多少流逝的人生掬在手中?你看月亮升起,你会想起唐朝的月亮如何升起,唐朝的月光是怎样盛满诗人们的酒杯;你看见山路上的车前草,你会想起诗经里的车前草,想起世世代代车轮前,那摇曳着、芬芳着的车前草,于是这车前草就连接起古今的道路,我们不过是行走在古人的脚印里。由于灵魂的到场,事物就逸出了它实用性、有限性的枷锁,而与更广大的因果、更辽阔的背景发生了关联,那高出事物的有限"物性"、潜藏于事物背后的更深刻的属性——即它的"神性"就随之敞开并呈现出来,于是,我们透过世界的物质运动的轨迹,感悟到更其深奥和庄严的精神运动。就这样,到场的灵魂,主持了我们与世界相遇的仪式,人生不再是盲目混乱的物质运动的一环,而成为精神照亮物质的过程，成为意义生成的过程。反之，如果灵魂不在场，一切都是幽暗的、混乱的，不与事物更隐秘的结构更神圣的秩序发生关联的折腾，都是无意义的。

再回到李叔同。他的传记里，写他每次入座前，都要拿起凳子抖一抖，然后才落座，他怕压死了凳子上的小生命，那或许是歇栖于其上的小虫子。圣人之心，既至大无外可以包容宇宙，又至小无内竟然怜悯一粒小虫。他的灵魂告诉他，众生平等，无论一个巨人一头大象还是一粒昆虫，都是无限宇宙中"呼吸的一瞬"，都是经历无穷生死轮回之后才拥有的生的一瞬，何其不易，何其当惜。伟大的灵魂里，才会有细微的情感，才蕴藏深邃的仁慈：他知道，在无限巨大的宇宙里，充满了莫测危险的宇宙里，小的，才更不容易，它们随时被忽略，随时都会受伤害，因而，小的，弱的，在一个暴力的宇宙里，在一个被弱肉强食的食物链控制的严酷世界上，它们更值得同情和怜惜。这种同情和怜惜，未必能修改进化链条的严密秩序，未必能改变弱者的根本处境，但是，它闪耀的道德光芒却让被"规律"主宰的冷冰冰的世界有了几许温暖和亲切，在速度和效率之外，我们体会到一种更感人的温情和诗意。

李叔同晚期的照片，定格了一种生命的仪态，一种精神的面貌，一种灵魂的表情。与他早期的形象相比，虽不说判若两人，却是迥然有别。越到后来，他清肃的形象，透露出越来越高洁，越来越寂远，越来越慈悲的气息。有一幅他的背影照，他行走在小路上，前面是幽深的林木，他正往林中走去，反射着隐约光线的光头，布鞋里那双谦卑行路的赤脚，那安静无言远去的背影，都像写满了话语，如果他转过身来，我会看见一张怎样的脸呢？那脸或许与背影一样安静，甚至看不到确切的表情，但是，如果我们用心凝视，用灵魂解读，会从他的表情里，看到月亮从夜的深处投来的表情，看到海从盐的内部提炼出的表情，看到莲从淤泥后面升起的忧伤而芳香的表情。

　　这样行走在大爱和幽境之中的背影,肯定被一颗深挚、宽广的灵魂引导着。灵魂到达怎样的境界,生命才拥有怎样的境界。一个俗人或恶人登上千仞高峰,他还是看不见精神的日出,因为没有灵魂引路,就没有别的力量为他去除生命中的俗与恶,纵然置身千仞,生命仍在低处。只有高处的灵魂,能引领我们到达生命的高处、深处和幽微之处,从而能透过幻象,看见真相,又从这真相里,看到那与我们灵魂对应的"心的图像",于是,我们从更高的层次里,与万物达成和解并融合为一,灵魂找到了它永恒的故乡。

　　灵魂就这样为生命引路,并且塑造着生命的姿态的表情。我从李叔同的前后照片,清楚地看见灵魂是怎样深刻地改变一个人,包括他的情感、行为、气息,甚至面貌和背影。

　　屠格涅夫曾经这样描述契诃夫的形象在精神引领下的前后变化,他说他把契诃夫早期的照片和中后期的照片放在一起进行观察,发现走上文学之路的契诃夫越来越变得深刻、善良、高雅和安详,与早期那个庸俗的、小市民的形象判若云泥,他认为这就是文学精神从内部改良和塑造了一个人,这种改变是如此彻底,以至于改变了他的面部特征,他认为一种高尚的精神和优美的灵魂,可以让一个人变得更好看更有魅力,这已不是修饰、训练出来的所谓风度,而是灵魂内部的光芒照亮了一个人的身心,使人的表情里具有了更丰富的精神属性。

　　我曾听见一个女士说过她的失望,她说她活了三十多岁,好像还没有看见一个让她感到真正完美的面孔,让她从那面孔里既看到人的形式上的美感,又感到一种精神的、灵魂的光芒。她说她看到的比较优秀的面孔,也总有缺陷,要么形式大于内容,面孔不错却缺少神韵,要么内容大于形式,过多的精神痕迹堆积在脸上,内容挤压了形式,以至于伤害了形式。他所期待的完美的面孔,是灵魂与肉身和睦相处、水乳交融的结晶,是深切、宽广的精神世界从内部完成的对一个人外貌的塑造,最后,一个肉身的人高度灵魂化了,而优美的灵魂又被肉身珍藏和复写,并且恰到好处地呈现出来。

这样形神兼备的脸和仪态,显然不只与营养和服饰有关,更主要与信仰有关,与教养有关,与德行有关,与灵魂有关。当信仰缺席,教养荒废,德行匮乏,灵魂退位,沸腾的欲望乘虚而入成了主角,而它,欲望,如狼似虎的欲望,如油煎火烧的欲望,又能塑造出怎样的脸,雕刻出怎样的表情呢?

不　朽

　　有什么风暴能将这些植物连根拔起？有什么野火能将这葱茏的诗情毁坏和蒸发？哦,桃花灼灼,杨柳依依,采采芣苢,蒹葭苍苍……哦,这些木瓜,这些桑树,这些檀木,这些薇,这些车前子……数千年了,《诗经》里的草木,依旧生长在我们的房前屋后,依旧摇曳在我们记忆的山岭和内心的阡陌。即使战争和强盗也不能劫走它的一片绿叶,即使工业的铁轮也不能碾碎它的一茎根芽,即使商业和转基因技术也不能盗卖和篡改它质朴而高贵的基因。它是我们心灵的庄稼地,是我们精神的花园和梦境的湿地。哦,这该是怎样神圣而持续的耕作和种植？一片草木荟萃、诗情丰饶的绿地,几千年了,我们一直不停地穿行于它枝叶纷披的田垄间,感受公元前的强大气场,感受先民们的纯真和清澈,呼吸那永远呼吸不完的清新气息,收获那永远收获不尽的心灵粮食。即使有过荒凉,即使还会有荒凉,因为我们有这片从远古传下来的精神花园和湿地,我们就不会过分荒凉,更不会安于荒凉,我们心灵的水土还会草长莺飞。

　　楚国早已死去,仅留下一个名词,躺在尘封的史书里供后人偶尔凭吊。而屈原还活着,比他生前活得更有力量。两千多年来一直没有停止他诗人的工作,是的,他一直在一个民族的灵魂里工作。在灵魂的广袤工地上,依然耸立着他最初为我们搭起的巍峨脚手架,我们站立其上,听见奔涌在他诗歌里的天河,依旧在我们头顶奔涌,在我们血脉里奔涌。他礼赞和呵护的美人香草,一直护佑着古国的心灵,即使美人迟暮了,草色枯萎了,凭着他的提示,我们仍能找到美的基因和草种,使之复活和生长,使之重新泛绿。多年了,我们一年一度坚持打捞,从幽深的农历五月,从民间之河的上游,从几千年深的河水里,打捞着我们从岸上不慎失落不该失落的一切。哦,有一双眸子始终亮在水底,在所有河流的水底,都有一双眸子在注视,就凭这,我们心灵内外的河流,就不会断流,也不该断流。

菊花因他亲手种植而成为离心灵最近的事物之一种,田园因他亲手经营而成为精神家园之一处,南山因他久久仰望而成为诗性之山和灵性之山,自他之后,中国所有向阳的山都有了一个统一的称谓:南山。无论得意失意,无论出世入世,只要有南山在,我们就可以种菊种豆,种善种美,种情种义。深陷于农事、季节和人伦,抬起头来,我们都有一个大致相同的惊喜和欣慰的时刻:悠然见南山。悠然于我们和天地共生,悠然于我们和万古南山的相遇、相互凝视和相互发现,悠然于我们此时此刻出现在这里,与万物做着真挚、深妙的心灵交流。于是,诗,降临了。悠然见南山,实乃:悠然见诗意,悠然见无限。天地有大美不言,南山有大道不语,只是悠然。悠然间,我们念宇宙之悠悠,觉人生之短暂,而我们,就是永恒宇宙里闪现的一个最有意味的细节。悠然间,白云漫过南山,漫过人世,漫过陶渊明大哥那亲切温和的额头,漫过漫长的农业和晴耕雨读的岁月,还是那片白云,漫过后工业时代的正午,不得已携带了一定量的浮尘和化学物质,漫过我此刻的视线,它静静地擦拭着天空,擦拭着被非诗的事物覆盖的山脉,它试图把所有的山,都擦拭、复原成陶渊明眼中的南山,然后,让我们都能在严重缺氧、严重缺乏诗意的后现代的午后或清晨,从电脑和数据的围困里,从市场和房产的陷阱里,探出头或干脆拔出身子,也许会有一个意外的发现:哦,在市场之外,数据之外,买卖之外,消费之外,速度之外,安卧着一座天长地久的南山,安卧着诗意的南山。于是,万丈红尘外,悠然见南山,此中有真意,欲辨已忘言……

第二辑

音乐笔记

一　心灵的精微营养

一个人心灵的成长和完善,除了需要普通营养之外,还需要精微营养,才能使心灵既具有宏阔的规模,又具有精微、深邃的感受力、领悟力和想象力。我觉得,能够供给精神生命以源源不断的营养,并从至深的内在(而不仅仅是外在)推动和支持一个人去追寻生命的意境和精神的净土,除了文学与诗,就是音乐。文学、诗与音乐,就是心灵的精微营养。

哲人说:"音乐是唯一不带邪恶的感官享受。"比起触觉、味觉、嗅觉和视觉,人的听觉更接近神性。因为,触觉、味觉、嗅觉与视觉,它们作为肉身的附件,完全依赖物质世界提供对象,并受其诱导生发占有的欲望和冲动。触觉难以触及无物之境,味觉与嗅觉难以嗅见无物之味,视觉难以看见无物之象。触觉、味觉、嗅觉和视觉,都将我们锁定于生物的属性之内,证明我们既不能离开环绕我们的物,也不具有高于这些物的超越性,即神性。而听觉,则可以让我们在声音的乌托邦里,听见灵魂的潮汐,听见在生命的无意识深海,那远古的沉船仍在下沉而远未触底的苍凉声音;听见从时间的遥远彼岸缓缓走来的宇宙女神的足音;听见仿若在另一个星球你正亲身经历的一个往事。

一段美好、深挚的音乐,将我们带进我们生命的陌生之地,让我们重返前世的芳草地,或者让我们提前进入来生,提前听见来生的细雨、鸟鸣和花开的声音,提前看见来生的彩虹,携带着今夜的泪水和露珠,在千年后的黄昏静静出现。有时,我们会在音乐之后的一片寂静里,听见一种只能由寂静才能传达的稀世之声——那该是物外之声、象外之声、声外之声——那该是宇宙诞生之前和终结之后的声音,那渺无声息的寂静,却是震耳欲聋的大音。老子曰:大音希声。

多数时候,人们不得不在世俗的算计和庸常的悲欢里打发着日子,生命似乎成了一个负担和麻烦,除了生存焦虑带来的不可承受之重,我们的生命其实已经没有了价值的重量——而价值,总是要与一个超越的境界和诗意的情境发生关联才会产生,而物化的生存却将人锁定在现实的此岸:一方面人们已很难在充满人的痕迹和喧嚣、已经过度人工化、其实已经很不自然的所谓自然里获得自然之诗的震撼、洗礼和抚慰,因为在技术、资本和商业主导下,人的欲望的洪流和机械的暴力已经洗劫了自然,真正的自然已不复存在,除了自然灾害,我们已经没有了大自然,大自然所能给人的原始古老、苍茫雄浑、神秘崇高的诗性之美已很稀薄;另一方面,现代商业社会将所有的人置于一个无所不在的消费环境中,除了"消费之神",我们已没有了别的神灵,除了"消费活动",我们也似乎没有了别的活动。一切活动都变成了不同类别的消费活动。人们在没完没了的消费中,首先消费掉的是自己内在的灵性和感通万物的微妙诗意——那种只能在非功利性、非消费性的清虚空灵的心境中才能感受到的意境没有了。

音乐的存在是对这一心灵困境的解救。陶醉于一段灵动深邃的音乐,会让我们暂时切断与这个狭小的功利化的消费世界的过度粘连,而得以重返心灵中的高山流水,重新找回那种与万物同在的密契、圆融心境。至少在音乐占有我们的时候，我们不是任由时间洪流挟裹、冲击、掩埋的物质碎片，我们不是消费的机器，不是现代商业和机械牢笼里的囚徒，我们是时间长河里的飞鸟和游鱼，是时间的高峰和深谷，是时间的意义和思想，是既经历时间又从时间洪流里出走，而小立于时间之外打量苍茫时间的精灵——这一刻，我们是永恒的替身，我们是存在于时间之外永不消失的珍贵瞬间。

二　一个比你自己更好的
　　　另一个自己从音乐里向你走来

在日常生活中，一个人既不比他自己的本质更坏，也不会比他的本质更好，也就是说它既不高出自己也不低于自己，他正好就是他自己。有时，或许有高于或低于自己的表现，但那只是表象，也许是某种理性或非理性偶尔使他稍稍偏离了自己，但本质上那仍然还是他自己。

但在音乐生活中，一个人可以变得比他自身更好，他可以邂逅到一个比他自己更好，甚至比更好还要好的那个我，从音乐的河流里不断上岸，不断向他走来。那个纯洁的、高尚的、丰盈的、深邃的、至善的、无限好的我，从内心的远方向他走来，从一个不存在的遥远星球不断向他移民，不断向他靠近，不断进入他，升华他，直到完全置换了他。一个连他自己都被自己感动和敬仰的另一个更好、更丰富的自己就这样诞生了。

一段感人至深的音乐，会让我们有新生的感觉。

听一段感人的音乐，就是过一次心灵的节日。

经常过一下心灵的节日，经常在心灵的客厅，接待那个从音乐的乌托邦远道而来的更好的自己，挽留那个高洁的客人吧，他会让我们真的变得比自己更好，比更好还好。

纯粹的音乐，是心灵感应了宇宙暗示给生命的某种奥秘，而使心灵发生的浩茫而隐约的悸动,音乐就是这种心灵悸动的旋律化呈现。

纯粹的音乐,是对心灵语法的模拟,是对生命难以命名的渴望的声音拟像;纯粹的音乐,是上苍向我们空投的柔曼的声音缆绳,是对经常深陷于无语状态的我们至深心灵的打捞和救援,随着一段音乐的流动和深化,心灵得以看见自己被庸常生存和文化尘埃遮蔽、涂抹、打碎的本真形象,从而心灵得以透过生存的表面漂浮物,而在意识的深海打捞和认领了完整的自己。

纯粹的音乐,是对心灵和精神信仰的意象化描述,是对我们潜意识深海里的情感蕴藏的朦胧呈现,是对现有语言无法触及和描述的潜藏在意识内核里的我们最深挚、晦涩的那部分生命激情、精神诉求的意象化描摹、旋律化表达。

纯粹的音乐,比任何可视性艺术都体现了心灵自身的无限和永恒属性,心灵是无限宇宙的精微化形式,心灵是浓缩了的宇宙本身,心灵蕴藏着宇宙的全部往事、记忆、茫然、期待、虚空和无助,心灵就是无限。宋朝的哲人陆九渊曾说:"四方上下曰宇,往古来今曰宙;宇宙便是吾心,吾心即是宇宙。"他一定是在万籁俱寂的深夜,听见了心灵与宇宙的同构和共振,感受到了心灵与无限时空融合为一的太虚幻境,感受到物我合一、魂天归一的密契、圆融之境。

而除了少数诗,几乎所有可视性艺术,都只止于表现人的有限性和对无限性的难以企及,从而仅仅作为人的自我叹息和镜像,难以超越人置身的有限牢笼而抵达无限。

于是,上苍降下了音乐。纯粹的音乐,就是一座用声音搭建在心灵天空的空中楼阁,它接待无处停靠的心灵在此停靠、逗留、流连忘返,心灵在这座空中楼阁里,得以远眺更高的空中楼阁,远眺更远的心灵天空,心灵在对无限的远眺和迷醉中,心灵认领了它自身,心灵到达了它自身,心灵与无限合一。

  其实,每一个人的生命内部,都深藏着一颗纯粹、空灵、无限的心灵,而这样的心灵,只有在纯粹、空灵和无限的意境里,才能摆脱它与短暂肉身、短暂尘世在暂处中无法调和的分裂状态和无归宿状态,才能确认它自身的无限和永恒属性。肉身属于"一朝风月",心灵属于"万古长空"。音乐搭建的空中楼阁,让心灵回到了它的故乡:万古长空。所以,我们被一段音乐打动的时候,是我们最安静、最能与自己和睦相处的时候,因为,我们那诞生自万古长空的心灵,此刻回到了万古长空。灵魂回到永恒的家里,灵魂与自己安然相处。

三　音乐带领我们回到灵魂的家

巴赫用音乐让圣母显形,用音符的天梯,从遥远的天国接她走下来。在这个静谧的午夜,她来了,她从天上走了下来,她从星空里伸来的手,将我轻轻抱上天空,又缓缓放回地面。

我坐在这里一动没动,但我已经跋涉了无限,去了天上的花园。

一曲高山流水,让我们依然随时可以返身出走,仰高山而骋怀,掬流水以洗心。它使我们相信,房地产商还没有将大地全部买断和出租,古典的高山流水,横卧在我们内心的深处,谁也不能买卖和拆迁。

"幽壑烟云",果然,渐渐地,唐朝的烟云漫过来,笼罩了这个寂静的下午。这个下午我没有出门,我不愿意离开在音乐的笼罩里渐渐复活的唐朝,我已置身于唐朝,我想在唐朝的烟云里,出走,失踪,直到你们再也找不到我,在当代的任何一个电脑里、任何一个数据里、任何一个市场里、任何一个池塘里,都搜不出我,直到我被李白和王维们写进一首唐诗里,永远深藏不露,我只愿成为那首唐诗的一个不起眼的背景和伏笔。

"帘动荷风",陈悦用她的笛声,邀来了风,风走过荷田,携来荷香,荷风拂帘而入,荷风轻拂茶几,轻拂书页,轻拂衣襟,轻拂眉睫,轻拂脸颊,轻拂内心的田园。帘动荷风,一整天我反复聆听这首曲子,我闭起眼,不必去寻找已经失去的江南,你也找不到了;我闭起眼,所有摩天高楼都矮下去然后纷纷消失,城市纷纷消失,重新变成古朴村庄,我重新回到小桥流水人家。此刻,我坐在竹帘后面,荷风,轻拂着,帘动着,透过一格格竹帘,我看见,一格格柳烟,一格格远山,一格格岁月,一格格人生,在帘外,在荷风里,轻轻、轻轻走过……

有两眼泉永远不会干涸,有一个月亮永远不会被人类占有和蹂躏。即使工业废水和化学毒液已经毒害了大地母亲的所有乳泉,所幸,我们还有两眼泉,被音乐提前收藏,并由纯真的心灵永远负责守护和监管,守护她清澈的涌流和古老的泉眼;即使多国机器人已经闯进嫦娥家门,环形山上插满矿业公司的牌子,吴刚的酒窖被奸商高价拍卖,孩子们梦中的月桂树被连根拔掉,所幸,有一个月亮得以幸免于难,它被收藏在无数古典诗词里,被收藏在一首音乐里,谁也无法闯进一首诗里去打劫月亮,谁也不能闯进一首音乐里去强暴嫦娥,谁也不能强暴孩子们共同的祖母。二泉映月,二泉映月,有两眼泉守护着祖先的月亮,守护着我和孩子们的月亮。今夜,在厚厚的雾霾里,我守在音乐的清泉,打捞失踪的月亮……

忧郁是所有诗人和音乐家共有的表情,忧郁也是任何一个时代共有的表情。柴可夫斯基的忧郁,肖邦的忧郁,贝多芬的忧郁,德彪西的忧郁,门德尔松的忧郁,亨德尔的忧郁,阿炳的忧郁……快乐的调子各有各的快乐,但它们总显出相同的肤浅;忧郁的调子是相似的,但却能听出它们各自的深刻。老柴的忧郁足够庞大了,它覆盖了俄罗斯广袤的原野,却不能覆盖这个下午我的心情,于是，我请来了德彪西，果然，他忧郁的月色，过滤了城市上空暴晒着的商业的太阳，他的忧郁冲淡了我的忧郁，他其实帮我分担了灵魂的压力。当然，他的到来，并没有使我的心情变得更好，但是，他让我认同并接受了此刻我的忧郁，因为，德彪西也认同我的忧郁，他认同一切时代的忧郁者，他分担我们的忧郁……

有着基督教文化背景的西方古典音乐呈现的是人对神的向往，及其在抵达神的途中，人内心的高尚的挣扎和受难，以及抵达神的怀抱时灵魂的安宁和喜悦。

我国古典音乐呈现的是人对自然山水、田园风物的依恋和感激，它不在自然之外追寻另一个更高的神灵，自然本身就是可以皈依和交托的神。

在自然之外、人之上寻找一个神，并走向神、靠近神，最终与神合一，这需要心灵对自身的持续怀疑和搏斗，才能剔除心灵中的非神性部分、原罪部分，当经过充分挣扎、充分净化的心灵终于变得透明而宽广，神性才会显现。与神相会，其实就是与自己更好、更纯粹、更高贵的心灵相会。

脱胎于教堂音乐的西方古典音乐，弥漫着崇高的神性。这使它至今仍然感人并具有升华心灵的力量。这其实与有没有信仰、有没有宗教、信不信神并没有多大关系，因为心灵本身就是有神性的，只是我们过于物质化的生活方式和文化方式使我们遗忘并放逐了我们心灵的神性。肉身属于现世和尘土，心灵属于无限和永恒，心灵永远渴望找到本属于自己的神性，心灵只有在与自己的神性，即与自己内心深处潜藏的无限性和永恒性合一的时候，心灵才会有归属感，才会得到圆融和安宁。

这也就是为什么没有信仰的文化产品和音乐制品难以感染和塑造灵魂的原因，因为它本身就没有灵魂，没有灵魂的物化产品，又如何能安顿和慰藉灵魂?

　　我们的灵魂总在渴望着更高更深更好的灵魂的来临,我们孤独寂寞的灵魂渴望结束单身生活,我们孤单的灵魂渴望与永恒的灵魂缔结婚姻。听一曲动人心魂的音乐,我们无论坐着、站着或走着,或一动不动,其实我们已经离开原来那个尘土满面、失魂落魄的自己,我们已经出走,我们去了离永恒最近的某个地方,正在参与自己的灵魂与永恒的灵魂举行的新婚仪式。
　　真正的音乐,其实都在诉说我们孤单的灵魂与永恒的灵魂相遇的故事。

　　我国古典音乐的最高意境,与古典诗歌的最高意境是相通的,所谓弦外之音、言外之意、象外之趣、韵外之旨,都指向万言之外的无言,指向万象之外的无象,指向万境之外的化境——指向空阔,指向澄明。其实是指向苍茫和永恒,指向无限。杜甫有一句诗,道尽此中玄奥:"篇终接混茫",一诗吟成,万卷读罢,抬望眼,苍穹无言,宇宙无垠,而人,尚没有出发,人,永是走在路上,永是在苍茫中。

四 真正的音乐家,是人的心灵的秘书,也是神的秘书

真正的音乐家,应该是人的心灵的秘书,同时也是神的秘书。前者使他懂得人心里最隐秘、最深挚的情感,后者使他聆听到宇宙深处那永恒之神对人的呼唤和邀请。然后,他用音乐开始诉说。真正伟大的音乐,除了让人感动、沉思、回忆和憧憬,总还有一些令人感到晦涩、陌生、费解,然而却十分迷人、十分高深的部分。这一部分正是音乐里的神性,它指向我们内心里幽微、苍茫、无限、难以命名的部分。当我们终于进入并领略了音乐中的这一部分,我们的人性里就增添了一点神性,我们就稍稍向永恒靠近了一步。

伟大的音乐,不只是以人熟悉的声音印证人,这只是人自身的"同义反复",并不能让人的心灵增值和提升。伟大的音乐,在人熟悉的声音里,必融入了陌生、高远的神思、神恩和神谕,即神的声音,它属于音乐里的陌生化语言,它是神的莅临,它是无限的暗示,它是永恒的到场,它是整个宇宙对人的暗示、教诲和诉说,它是对心灵荒野的开垦,它是对人内心里的神秘、浩茫情感的激活和命名。伟大的音乐,不只以人所熟悉的声音印证人,也以人所陌生的彼岸语言、神的语言抚慰人,拓展人,深化人和引领人。

音乐,是语言之内的语言,语言之上的语言,是高于语言的语

言,音乐是心灵的语言,音乐是人类共有的语言,音乐是真正的世界语。音乐甚至就是宇宙语,也许只有神圣的音乐,才是可以寄往另一个星系并被另一种生命收到和读懂的心灵家书。

当音乐对我们诉说的时候,它不仅说出了它要说的,而且说出了我们想说的和永远也无力说出的。只有音乐,能让我们抵达生命的远方,只有音乐,能让我们抵达海的深处和天的高处,抵达心的深处,抵达心中之心——抵达人的性灵世界的太虚幻境,抵达永恒和无限。

音乐,能让我们在完全的清醒中沉入一个个白日梦中,音乐让我们完全变成一个梦境,并在梦境里度过了自己在现实中永远不会有的美好时刻。

五　一段纯真、柔和、深情的音乐

在一段纯真、柔曼、深情的音乐中，我看见心灵的信仰终于得到实现，我看见一代代的人们，都变成了道德高尚智慧高深的智者和圣人。在一段无限慈悲的音乐中，我修改了冷漠、残酷、永恒动荡、险象环生的世界，在那低回的颤音里，未经与造物者商量，我擅自修改了他设计的过于拙劣的世界的原稿，我首先修改了他设计的残酷、血腥、谁也无法摆脱的"食物链"，我按照所有善良的心灵都会允诺的善良原则，重新为生命们设计了美好的食谱：猫以月光为食，不再吃鼠；鼠以阳光为食，不再吃粮；狼退化成羊，不再吃羊；羊进化成智慧的羊，主动节制生育，不需要别的厉害牙齿来平衡种群数量；鸟以云彩为食，不再吃虫；虫以声音为食，不再吃树；鱼以倒影为食，不再互相吃……人不再吃一切生灵，只吃粮食、蔬菜，以深邃的灵魂汲纳宇宙深处的高能量，每一个人都有着纯真高尚博大的心灵生活，生命的杯子里，荡漾着清澈的美德和美酒……

于是，在这一刻，苦海终于变甜，生灵免遭杀戮，万物不再受难。旋转的地球，不再有污垢和血腥，变成了一枚向宇宙播放赞美诗和轻音乐的唱片。

在柔和、缓慢、深情、旷远的旋律里，生命的速度放慢，万物的速度放慢，地球的速度放慢。我看见那被沉重的劳役和周而复始的旋转反复磨损得有些锈蚀和疲倦不堪的我们亲爱的地球的地轴,已得到休息和重铸,而恢复了上古的柔韧性和神圣性,重新围绕天道的核心,进行"天无私覆,地无私载,四季无私行,日月无私照"的厚德载物的神圣转动。

在柔和、缓慢、深情、旷远的旋律里,天宇重归湛蓝,河流重归清澈,山脉重归庄严,大地重归宁静和丰饶,万物找回了自己丢失的和被掠走的贞操。

在柔和、缓慢、深情、旷远的旋律里,世界摆脱了缺陷和罪恶,万物摆脱了痛苦和不幸,地球穿越宇宙的黑暗荒滩,穿越苦闷的星云,穿越恐怖的长篇叙事,静静地、固执地寻找真理的本源和温润的诗篇;星星们围绕一个寂静的中心,静静交流燃烧和发光的心得,交流各自的天路历程。在群星的照耀里,在圣乐的抚慰里,躁动不安的地球,如婴儿熟睡在自己的梦境里。我们的大地,在这一刻变成了天上的花园,变成了宇宙的仙境。

在这一刻,我们,都找到了我们前世走失的亲人,都邂逅了来生有可能相遇的爱人;在这一刻,我们和万物达成和解,我们向曾被我们伤害的万物和生灵,表达我们真诚的歉意和忏悔,我们甘愿把自己降低到低于万物低于别的生灵,而让曾经被迫低于我们的生灵高出我们自己,我们把自己降低到尘埃里,让万物和生灵,从我们身上自由走过。

在这一刻,那些专注于内心生活、专注于追寻宇宙真理和生命奥秘的人,都成了智者、先知和崇高的圣人。

六 音乐,让我们的灵魂一步登天

在我正襟危坐准备专心欣赏音乐的时候,那音乐却只不过是一些精致的音符组合的精致的旋律,它们鸣响着却很难引起我内心深处的悸动和颤栗,我责备我"非音乐的耳朵"辜负了我那渴望音乐的心。

而当我漫游在山野里,或行走在月夜里,远处或近处传来的缥缈的音乐,或畅叙,或低诉,或欢悦,或悲伤,却能如此深切地打动我的内心,以至于我相信那音乐一定来自大自然深处或宇宙远处的某一个神秘的精神源泉。

不经意间,灵魂深入了灵魂,灵魂丰富了灵魂;不经意间,永恒的时间在穿越我的时候将我带进了一个似乎比全部时间加起来还要珍贵和深刻的瞬间,这一刻,音乐,将破碎的我领进了完整浩瀚的心灵。

也许我们太经意了,被过分整饰、被过分程序化、格式化了的心灵穿上了太多文化的衣裳,社会学的衣裳和经济学的衣裳,我们的心不再能感受那微妙、陌生、深切的抚摸。

不经意的时候,我们的灵魂是裸露的,露天的灵魂,离天空最近,离天意最近,离神性最近,离诗最近,离那迢迢而来的天上的声音最近。

在不经意间,我们露天的灵魂,被天意打动,我们一步登天。

七　可以安魂的咏叹调

　　记起黑格尔《美学》中的一段话,"诗的原则是精神生活的原则,是把精神(连同精神凭想象和艺术的构思)直接表现给精神自己看……",我想说,音乐的原则与诗的原则是相同的。音乐诉说的时候,就是在不停地打开我们心灵的折扇,让心灵展开给心灵自己看,让精神展开给精神自己看。

　　再一次聆听那首心爱的音乐,就是再经历一次初恋,就是再一次回到摇篮,再一次匍匐在母亲的胸前,重新度过一段哺乳期,就是再一次变成爱的信徒,就是把那封当年写了一半的情书继续写下去,寄给来生……

　　反复聆听这首长长的咏叹调,好像一切都不存在了,整个宇宙变成了一声长长的咏叹。你甚至对那令人困惑的、总在暗中窥伺着我们的死亡也不害怕了。死亡,不过是让你回到那没有你的从前。而从前,多么漫长、几乎比永恒还要漫长无数倍的从前,那正是属于你的时光,在那漫长的时光里,你一直不在。死亡,就是让你重新回到那你不在的时光里,回到那没有你的宇宙里。这么说来,死亡,真的是一次回家,一次永远的凯旋,永远的休息。

　　反复聆听这首长长的咏叹调,内心变得悲悯而仁慈,宽阔而平静。我甚至对死亡有了一种感激：终于，我可以走了，我将带走那困扰我一生的欲望，带走那我使用了一生的牙齿，带走那为了生存一直没有放下的斧头。我终于走了，生灵们不必再为了养活我而痛苦死亡，草木们不必再为了供我取暖而被提前砍伐；我带走了我的脚，我不再践踏母性的土地；我带走了我的手，我不再涂抹纯洁的白纸；我带走了我的肺叶，我不再浪费氧气；我带走了我的肠胃，我不再让珍贵的粮食在此下葬。我带走了我的思考，我不必再令上帝发笑了……终于，我要走了，我有了向万物和生灵忏悔的机会，我有了与万物和解、与生灵平等相处、打成一片的机会。

生命，是上苍对我们的恩赐；死亡，是上苍对我们的又一次恩赐。上苍善始善终，有迎有送。上苍仁慈，上苍待我们不薄。

一首音乐主持了我与死神的谈判，我与死神和解了，我们谈得很好，我们各得其所，皆大欢喜。

一首情思深挚、音域宽阔、意境深远的音乐，它经过了反复的起伏和跌宕、哽咽和叹息、回忆和沉思，它渐渐归于平和、宁静，余音慢慢减弱、淡去，最后化入无限寂静的渺然。

我似乎亲眼看着一条河流、一滴水融入了海，然后无声无息，接下来是大海辽阔的诉说和它永恒波动的蔚蓝。它永恒的蔚蓝里，保存着那条河、那滴水的纯真面容……

一首美好的音乐，让我们更加热爱生命，也让我们更加不惧怕死亡。一首美好的音乐，它比我们自身的本质更好、更纯粹、更崇高。因为一首美好的音乐所呈现的心灵境界，是无限地接近了灵魂的深蓝——无限地接近了神性向我们暗示的我们的精神生活能够抵达的最高境界，可是，我们很少能抵达那个境界，偶尔抵达那个境界，却并不在那里逗留和居住，而是又回到我们自身习惯了的生存池沼和精神洼地，我们很难让神性成为我们心灵生活的常态。一首美好的音乐抵达了那个境界,它就是那个境界自身。

可是,连如此美好的音乐,也有它自己的开始和结束,也有它自己的终止。我们,如此不完美的我们,为什么就不能有自己的终止呢?

我聆听这首音乐,它如此唯美、深情、曲折、迂回,它一步步深入了那被一层层折叠在生命皱褶里的心灵的幽暗部分,它将密闭的隐秘天窗一层层打开、打开,让内心从各个细微的方向全部向宇宙敞开,也让宇宙的潮汐和星光,从各个方向各个缝隙朝内心不停地涌流和灌注。此刻,我的心,无限丰盈又无限空幻,无限崇高又无限宁静。我被音乐引领着展开着飞翔着,我被它放大成无边时空,放大成无限展开着的星空星河星云,放大成整个宇宙;同时,我也被它引导着向自己内心寂静的"太极"做着无限的回归,它终于把我缩小到精微的、近于无的极致的透明,缩小成一粒透明的水晶。

一首音乐,也有它自身的低音、高音、颤音,有它的间歇、停顿和休止,有它的茫然、哽咽、叹息、沉思、回忆,有它的开始与结束。这就是说,一首音乐也有它的死亡。音符和旋律是不死的,但是,这发出声音向你倾诉的一首具体的音乐,它却是有始有终的。你亲耳聆听了这首音乐一生的诉说,一首音乐把它一生的各种情感都向你倾吐了,然后,它徐缓而平静地与你告别。一首音乐终结于你的此时此刻。你聆听了它最后的遗嘱。

聆听一首音乐,就是让音乐为我们的一段生命送行,我们也为这段注定消失的音乐送行。你终于平静地接受了一首音乐的离去。然而,你却不能平静地接受自己的离去。这说明,比起纯粹的音乐来,我们远未达到一首音乐的百分之一的纯粹。

八　音乐是对沉默的诠释和解说

二胡最好的共鸣音箱，是用蛇皮绷成的。一条沉默的、从来没有发出过声音的蛇，最终守在声音的路口，为声音送行。这是沉默的蛇永远想不到的。这也是沉默者的功德。

或许，音乐，就是对一切沉默者、对一切不能发声的事物表达的问候和敬意？

音乐是对沉默的诠释和解说。沉默是一切声音的起源和归宿。沉默是宇宙的起源和归宿。沉默也是所有冲突和矛盾的事物的最终和解。沉默是万有的和解。沉默是宇宙的辞源和辞海。死亡只是对沉默的部分解释，而远未触及沉默的本质，因为死亡过于斩钉截铁、过于武断，未能说出沉默的晦涩而浩瀚的意涵。沉默是神的词典。沉默解释和暗示着一切。沉默是神为宇宙这个巨大产品写下的产品说明书。沉默是宇宙的母语。

音乐通过诠释沉默的晦涩含义，让我们隐约听见了宇宙的部分心声。

我不能想象陪伴了爱因斯坦一生的那把小提琴的忧伤和幸福。我不能想象它木质的灵魂里，深藏了多少沉思、孤寂、悲悯、狂喜和无言的颤栗。我不能想象它木头的芬芳骨髓里，沉积了多少对于声音、对于手指、对于心跳的记忆。我不能体会也不能表达一个木质灵魂的悲喜。

但是,一个木质灵魂却可以体会并表达我们,甚至能体会和表达伟大的爱因斯坦。这就是造物的神奇:我们只有依靠那些从不发声、从不表达自己的事物才能表达我们自己深不可测的内心和生命本体。

反复聆听一首音乐,却依然不解其意,不解其意却让我更乐于反复聆听,在一遍遍的聆听中,我有了一种无中生有的平静和欣慰。

这就是音乐带给我们的神秘感。有了神秘感,美感才是有底蕴的真正美感,而不仅是好看、好听、漂亮以及表面的所谓和谐与富丽堂皇。具备了神秘感的美感,才会有触及灵魂的力量和深度。

九　在丧失神秘和诗意的现代荒原,音乐为我们保存了珍贵的神秘主义和古典诗意

在诗意稀薄、神性荡然无存的这个过度世俗化、物质化、商业化、程序化、格式化、技术化的世界上,神秘感也随之消失了。神秘感的消失,使我们好奇的灵魂没有了值得好奇的对象,使我们孤独不安的灵魂没有了来自大自然和宇宙的深刻安慰和神奇解药。

没有了诗意,没有了神秘感和神性深度,所谓的现代文化,也就成了没有灵魂、没有精神本源的一片话语的噪音、符号的积木、信息的沙滩和知识的荒原,人的所有的言说与书写,都与本源、诗、真理和终极关切无关,而仅仅是人如何消费和处置这个物的世界的自言自语、自嘲自恋、自惊自吓、自高自大、自暴自弃、自证自慰。于是,我们的灵魂完全搁浅于这个实际上已无法安顿灵魂,而是否定灵魂、与灵魂已成陌路,甚至与灵魂为敌的灵魂的荒原。抑郁、焦虑、恐惧、迷茫、烦、无聊和空虚,就成了灵魂的日常功课。抑郁、焦虑、恐惧、迷茫、烦、无聊和空虚,成了灵魂的常态,甚至成了许多现代人的"内心生活"。

好在,所幸我们还有音乐,音乐为被物质主义掏空了内脏的现代文化保存了一点古典的灵魂,音乐为被消费主义掏空了心灵的现代人类,保存了一点唯美主义,保存了一点神秘主义,保存了一点古典主义,保存了一点浪漫主义,保存了一点形而上的意味,保存了一点远古人类面对苍茫宇宙和无常命运而生发的神秘感、敬

畏感、崇高感、永恒感和苍凉感。

　　我每天都要听一会儿古老的音乐,我每天都要到远古去待一会儿,到公元前的原始苍凉宇宙面前,体会先民们睁开眼睛看宇宙的第一瞥的那种苍茫、敬畏和震惊,体会万物向我发出的神秘邀请,体会星空深邃的暗示,体会一条河流穿越无边长夜的孤独叹息。

　　我每天都要听音乐,有时,我长时间沉浸于音乐,我长时间让自己沉入无边的浩瀚和神秘,这时候,我是一个彻底的神秘主义者。
　　也许,宇宙本身与被我们的文化解释的那个宇宙毫无关系或关系不大,我们的文化只是用我们发明的一套符号、逻辑和定义在解释我们自己,解释我们对自身的迷茫和对宇宙的迷茫。我们用一套与宇宙本质相去甚远的符号、概念、知识和理论,解释或猜测那无限地大于我们的智力也根本不可能最终被我们的心智窥破和知晓的宇宙,用以安顿我们在宇宙面前的根本无知造成的惊慌、恐惧和窘境。也许宇宙还如远古之前一样苍茫和神秘,它从没被真正解释过更未被深刻揭示过,宇宙似乎满不在乎那些形形色色的幼稚猜测、可笑解释和所谓"深刻揭示"。宇宙仍然缄默不语,宇宙仍然坚持着它的伟大的神秘主义,宇宙并没有也不会向我们泄露它真正的"真相"和"天机"。我们自以为有了自己了不起的宇宙观。而殊不知,宇宙自己坚持的宇宙观才是真正的宇宙观。宇宙坚持的宇宙观,就是宇宙的神秘主义。

十　好的音乐和一切好的文艺之所以好，是因为它表达了我们对宇宙万物的谦卑的情感

"无限空间的永恒沉默使我颤栗"！法国大哲帕斯卡尔的这句感叹，是人类送给宇宙的最谦卑也最深沉的献词，具有不朽的价值。而我们滔滔不绝的语言是如此浅薄和速朽，没有几句能活过一块石头，甚至活不过一个塑料袋。这句谦卑的感叹是可以不朽的，一百万年后，假如人类还在，还有人在星空下默诵这句感叹，我想，它仍然是最动人心魂的，假如宇宙听见了，也会为之动容。

是的，在无限与永恒之中，在如此苍茫浩瀚的宇宙之中，只有谜面，没有谜底；只有过程，没有目的；只有汹涌的幻象之海，没有任何可以接应我们心灵的坚固方舟，将我们摆渡到不朽之岸。只有流逝、流逝、永远的流逝。只有沉默、沉默、无尽的沉默。我们，在无尽沉默之中匆匆穿越，一闪而逝——在此境遇里，真正的智慧，就绝不是喋喋不休说些什么，而是无言、颤栗、畏惧，继而生起深深的谦卑，生起对这永无答案的寂静之谜的无限尊敬。

因之，我对好的音乐（包括一切好的艺术和文学）的理解是：它表达了我们对存在的谦卑的情感，也即表达了我们对永恒沉默着的一切的谦卑与尊敬，包括对生命、对自然、对环绕我们的星空和万物，对一株狗尾巴草、一只甲壳虫的谦卑和尊敬。因为，我们对狗尾巴草、对甲壳虫的生命历史和情感秘密，其实也是一无所知的。它们也是那永恒沉默的一部分。

神走了,白发苍苍的圣母,已无力照料她的孩子们。时间陷于漫长的昏聩,历史进入神圣缺席的荒凉季。心灵无处投奔,赤子无家可归。星星失眠,宇宙失眠,赤子们集体失眠。这时,恩雅来了,爱尔兰为这个失去圣母的荒凉世界奉献了音乐的圣母。恩雅代圣母说话,代圣母发声。恩雅,她在为焦躁的世界催眠,她在为惊恐的宇宙催眠,她在为失魂落魄的赤子们催眠。通过恩雅,我们还原和复活圣母的形象和声音,我们静静地接受圣母对我们灵魂的抚慰和照料。今夜,我在恩雅的音乐里泪流满面,我去了天上的花园。我和失眠的星星们、和那些无法在荒原上安然入睡的赤子们,都熟睡在她音乐的花园里,熟睡在圣母的花园里。

十一　音乐是有神论者和无神论者的共同宗教

　　我相信一种纯洁、神圣的情感,就是宇宙的精微元素结晶成的最高级的精神形式。那神圣的心灵,就是这情感的至深涌泉。我不相信宇宙仅仅始于物质的喷发又最终毁于物质的溃败,我不相信宇宙用它无限的资源和永恒的运动,竟不是为了一个不朽的精神目的,而只是为了玩一场物质循环最终毁灭的游戏。我不相信被我们如醉如痴崇拜着的宇宙却没有自己的信仰也没有自己的崇拜,我不相信宇宙是一个没有灵魂的庞然大物和混世魔王。我相信就像我们崇拜宇宙一样,宇宙也在崇拜着那创造了它的无限的精神本源和神性力量。

　　伟大感人的音乐可以作证:即使什么都没有,仅仅是一些情感、仅仅是一些记忆和缅怀、仅仅是一些颤栗的心灵音符,就把我们带进一个存在于时间深处的净土和仙境。而万有皆备的宇宙,竟甘于只玩一场最终归于毁灭和虚无的徒劳的物质游戏吗?我不相信。伟大感人的音乐,出示了弥漫于物质又高于物质之上的透明神性和深沉感情。这正是宇宙最高的精神属性的证明,这就是宇宙的神性,也是我们生命内部的永恒本体,我们至深的神性。

　　听一段神秘感人的音乐,就是确认自己是神秘主义者,确认宇宙是神秘主义者,并与宇宙进行一次难忘的神秘会晤。真正的幸福是神秘的,神秘的幸福难以言传。难以言传的幸福,才是真正属于灵魂的幸福。

我喜欢音乐开始之前大厅里的寂静,甚于喜欢任何好听的音乐。然而,买了票进来,正为着要听这场音乐。

这就像婚姻,我结婚前对爱情的浪漫想象,超过了任何实际的婚姻,然而,后来我还是结婚了,并安于平淡无奇的婚姻。

比起任何有明确教义的宗教,音乐的"教义",即音乐的内涵和主题是最不明确的。然而,多数人都喜欢音乐,即使听不懂音乐对他到底说了什么。人们相信一个没有确定意涵的声音的神灵,甚于相信一个有确定意旨的宗教的神灵,这正说明人们生命里都深藏着一个难以命名、无法确认的深不可测的精神的"内宇宙"。有明确教义的宗教,并不能真正安顿这个不确定的、深不可测的"内宇宙"。但是,没有确定意涵,但颤栗的旋律里却笼罩了无边情思和渴望的音乐,却正好与那朦胧的"内宇宙"有着深度同构和对接。当人们沉浸于一段音乐中的时候,是他最不需要宗教的时候,因为,他已被隐藏在声音里的神灵拯救了。音乐,是有神论者和无神论者的共同宗教。

在完全世俗化的生存里,人们已经没有了精神的彼岸,人们都是此岸的过客和看客,也是此岸的囚徒和流浪者。欢乐和受苦都止于此岸,止于物质的得失和所谓命运的成败(而所谓命运成败也与物质的多寡有关),止于今生今世和此时此地的生存境遇;欢乐和受苦,都仅仅只是这个物质世界的际遇,与一个终极真理和本源世界没有关系,与永恒没有关系。心灵全然失去崇高的依据、内省的空间、深刻的安慰和升华的方向。精神世界在失去了内在的灵性源泉之后,精神既不可能有沉浸的深度,也不可能有超越的高度,因为灵性丧失了,那必须由灵性才能证悟的深度与高度,也即灵性要进入并与之默契合一的那个永恒博大的"道",就成了空无,精神就这样失去了方向和空间,失去了"道"。于是人们眼里和心里、生前和死后,就只剩下了这个眼见为实的物质世界。这也是现代人普遍抑郁、空虚、无聊和焦虑的原因,心魂无以安顿,精神失去源泉,抑郁、空虚、无聊和焦虑,遂成了许多现代人的"精神生活"。

　　好在还有音乐,音乐用一段段非物质的音响、颤栗和旋律,为物质世界搭建了一个小小的精神彼岸,搭建了一些小小的永恒,为深陷于精神废墟的人们提供了一个精神的秘密去处和远方。即便是通俗音乐,也有着并不那么俗的情感诉说和心灵倾吐。这让实际上已没有永恒可以相信的我们这些现代可怜人,能在声音的乌托邦里,随时感受到一些小小的永恒,一些小小的慰藉,一些短暂的属于心灵的永恒碎片;也让我们搁浅于物质此岸而无处投奔的灵魂,有了可以出走一会儿、喘息一会儿、走神一会儿的临时的、小小的彼岸和远方。

十二　喂养我们心灵的古老粮食

　　我们的身体和我们的心灵都一样古老。我们每一个人都是那古老身体和古老心灵的遗址,我们每一个人都是古老生命的重现,我们每一个人都是从远古传下来的非物质文化遗产。
　　然而不幸的是,现代人的身心出现了严重分裂:我们古老的身体,至今还基本,甚至完全保持着它的古老本能和属性,要依赖那些古老的食物,依赖包括古已有之的粮食、蔬菜、水果以及动物,才能让身体生存并保持健康,上苍为我们身体安排的食谱,几千年来基本没变;可是,我们古老的心灵,那一直为它提供食物的古老粮仓已经告罄甚至被拆除,那些古老的心灵食粮,如心灵信仰、祖先崇拜、彼岸寄托、神性冥想、终极关怀、般若证悟、禅悦法喜、灵性密契、山水诗意、田园幽思……已经不复存在,若说还依稀有那么一点点,也不过是残汤剩水,难以为饥渴的灵魂充饥和解渴。
　　现代社会给我们古老的心灵端上来的,是科学的餐盘,科学餐盘里配送的食物,无疑也是科学的主食,以及技术的甜点。可是,科学是对物质世界之成分、结构、功能的实证、解释和描述,技术是对物质世界的利用和处理手段,它们对应和满足"智"的好奇和"欲"的需要,却无法对应和满足"灵"的渴望,科学,它或许是脑的食物,但不是心灵的食粮,或者不是心灵最好、最精微、最重要的食粮,心灵渴望的是纯真、深情、神圣、微妙、崇高和永恒的精神世界。

但是,能满足我们古老心灵需要的那些古老粮食都没有了。心灵不甘坐以待毙。有的人就选择了饮鸩止渴,于是毒品大行其道,充当心灵的粮食和致幻剂。邪教也乘虚而入,为迷途的心灵搭建致命的彼岸和怪诞的天堂。

好在,我们还有音乐。音乐,是现代已经基本告罄的心灵的古老粮仓里,仅存的能对应和满足心灵渴望的,一点点古老食粮。

可是,仅靠这点食粮,心灵无法脱贫,无法摆脱饥饿,更谈不上心灵的健康和丰盈。

古老的心灵,渴望找到它丢失了的丰盛的、古老的粮仓。

也许,当你自己找回了那颗古老的心灵,也就同时找回了古老的粮仓。因为,心灵自带着它的粮仓。你只有找回自己那颗古老的心灵,你才能找回心灵自带的古老粮仓。

十三　用旋律谱写的生命哲学

我们的文化和日常心理,夸大了死亡的恐怖,也夸大了死者的不幸。其实死亡虽不可爱,但也不那么可怖。在我们活着时,每天不就需要一次次小小的死亡,才能保证生命的质量吗?我们的睡眠,就是我们小小的疑似死亡,也是对死亡的提前演练。而深度睡眠,则是我们十分渴望的较为彻底的小规模死亡,其特征是生命彻底为自己松绑,生命自己把自己搁置起来,而完全进入无忧愁,无焦虑,无压力,无心事,甚至无梦境的"万境皆空、一灵独存"的乌有之乡。这样睡过一觉,我们醒来后会很高兴,呵呵,睡得真好,连梦都没做,比做神仙还舒服!哈哈,睡得真香,被谁抬去卖了都不知道!

死亡与深度睡眠很相似,差别仅在于那人一直睡下去了,竟没有醒过来赞美这永恒的深度睡眠。死者其实是在以他们永恒的深度睡眠,不再打扰生者,从而永恒地保证无数生者和后来者的生命质量。我想,这也许就是"死者为大"的原因,这也是死者值得生者去尊重和缅怀的原因。

古希腊哲学家柏拉图说,哲学就是死亡的练习。音乐是与哲学相似的一门功课,或者说音乐就是用音符和旋律谱写的哲学。一遍遍听着莫扎特的安魂曲,我一遍遍冥想和经历着平静而圣洁的死亡。萦绕于潜意识深处的对死亡的焦虑和恐惧,渐渐平息了,心灵澄澈而安详,我似乎对迟早要到来的属于我的那一份死亡,已做好了从容以赴的准备,我甚至一改以往对死亡的敌意和恐惧,而对死亡有了一种至深的谢忱:谢谢你,你其实是仁慈的,你不忍心衰老肆无忌惮地摧残我,直至剥夺我最后的一点自尊,于是你适时领走了我,只把我对人世的无尽感念,留了下来。

当然,我对你(死神)还是有一份也许稍显苛求的祈愿,祈愿你来的时候,气势不要太凶猛,请脾气稍微温和一点,最好能含蓄一点隽永一点,比如,能否让我正在写一首诗的时候,突然,轻轻地,你领走了我,我走了,我不见了,人们只看见那首写了一半的诗。

若能这样,就太好了。这哪是什么死亡?这是一次有趣的出走。我是隐藏在一首诗里了。我是在一首诗里越走越深越走越远,我将在这首诗里永远走下去。若真能这样,我不仅不惧怕死亡,我甚至会热爱死亡,我甚至不满足这只有一次的死亡。我想再死一次或死很多次——这就意味着,我还想再活一次或活很多次,从而与更多的生命之诗相遇。

是的,未知死,焉知生?

我们被音乐感动和融化,被再生和哺育,我们在音乐的产床上死去活来,我们获得了一次次生命的诞生。但是,在音乐面前,我们只能沉默,因为我们没有比音乐更好的语言来向音乐表达我们感激的心情,万一要表达,那就只能再用一段音乐来表达。我想,这就是世上为什么有那么多层出不穷的音乐的原因了:所有的音乐只是为着向它的前一首音乐表达敬意和感激,前一首音乐感激它的更前面的那首音乐,后面的音乐又感激它前面的音乐,由此汇成了音乐的长河。这,恰如诗的情形,一首诗向它前面的那首诗表达感激和敬意,一首接着一首诗,都在表达对前面的诗的感激和敬意,表达对最高的那首诗的敬意,由此形成了诗的历史,形成了我们的心灵史。

十四　音乐是时间的语言，
　　　是心灵和宇宙的语法

　　音乐是什么？——它是时间的语言。时间在飞逝着，时间挟裹着万物不停地飞奔，不停地告别此刻深入未知，时间像奔腾的河流那样，不停地放弃两岸的群山、树木和风景，不停地带走流沙、带走万物的影子。时间在飞逝着，它从我们身体上和心魂里走过，它不停地经历我们又告别我们，时间经历我们的时候，以它的全部丰富和深邃，发现了我们身上的丰富和晦涩，发现了我们还不知道，也无法被我们已有的语言所能揭示和描述的我们自身内部收藏的无限夜色和秘密情感。于是时间说出了它对我们的发现，这就是音乐。音乐就是飞奔的时间与我们相遇时说出的它对我们的深刻发现。时间用最动情的语言说出它对我们的发现，这就是音乐。

　　我们倾听音乐，其实是在倾听我们自身。倾听我之上更高的我，我之内更深的我，我之外更多的我。通过这看不见的天梯，我升上星辰之巅，拥抱那生活在另一个星系的我梦中的情侣，拜访那逝去千载的我高贵的先人。通过这看不见的隧道，我到达时间的那边，我看见了无数年代的母亲，都成为了我的母亲。我同时被许多母亲怀抱着、疼爱着，此刻，我不是孤儿，母亲们爱着我，此刻，宇宙就是一颗巨大的爱心，我被这颗心深藏着。我在微笑，晴朗的天空就是我的表情……

  我倾听音乐,音乐也在倾听我。音乐在走,我也在走;音乐在飞,我也在飞。音乐在回忆,我也在回忆,我们一同返回远古的第一个早晨,返回纯真的童年。音乐在燃烧,我也在燃烧,火焰里我看见了自己纯洁的灰烬,在纯洁的灰烬里,我举起灵魂不灭的灯。音乐停下来,我也停下来,我轻轻地长成一片芳草地,长成一片茂盛的森林。音乐哭了,我也哭了,我静静地汇成一片海洋,在纯粹的盐和深情的泪水里,我怀抱里的月光,正在慢慢结晶成不朽的珍珠。音乐消失了,我也消失了,我变成了元素、空气、化石、泥土,我弥漫成极地的雪、地层深处的熔岩、银河两岸的量子纠缠、宇宙远方的星云。音乐消失了,我也消失了,这就是说:音乐和我,已化成一切。一切,都是音乐的化身,都是我的化身……

第三辑

在医院

输　血

病房外,雪下得更大了。

白色,渐渐覆盖了灰蒙蒙的视野。

病房里的白,和窗外的白,连成一片。

墙壁是白的,被单是白的,病人的脸是白的,窗外纷飞的雪是白的。

在一片寂静的白里,一脉殷红,缓缓地流淌着,缓缓地注入你的血脉。

疲惫的心在接受陌生的问候,曾经陷于绝境的内脏又看见了日出前的霞光;鸟鸣的声音,在生命的四周响起来。

一度搁浅的船,又感到了潮水的推动。

滴答着,滴答着,从高处,从离生命最近的高处,流淌着如此动人的殷红。

或许生存也曾伤害过你,或许,你对漠然的命运也报以漠然。

然而此刻,这殷红的情感,毕竟也是来自世界的深处。它或许忽略过你,但在你疼痛和虚弱的时刻,它没有忽略你,甚至,它在一片苍白里,准确地找到你那无声期待着的、细细的静脉。

任何时候,都不能以恨的目光与命运交换眼神。或许有荒漠,有冷酷,但是在岩石的深处,有古老的火种;在冬日的深涧,有温暖的泉眼。

至死都应该相信,是爱在维持和灌溉这个世界,在荒凉的宇宙里,是那些燃烧的恒星,给了我们生的信仰和爱的温暖。
　　雪仍在下着,白色漫向天边。
　　病房里的白,和窗外的白,连成一片。
　　一片寂静的白里,流淌着一脉殷红……

静脉注射

这时候才发现,在生命的山脉,交织着这么多的青藤。

从头顶到脚底,从内脏到皮肉,从血里生发的线索贯穿始终。

即使最卑微的脚趾,最边远的毛发,它都一视同仁,哪怕是无端生出的一枚黑痣,都从它的温度里获得温度。

而它是如此安静,如此本分。它支持着生命的庙宇,晨钟暮鼓都由它敲响,而它始终不发出声音,谦卑地隐埋在烟火后面。它好像对自己的存在无动于衷,而生命因它的存在才能存在。

我们不过是浑身交织着静脉的一种生物。

一动不动的静脉,安详的静脉,清静无为的静脉,在幕后,支持着我们的"动"。有时欣赏着我们的"动",有时,或许它厌恶我们的那些"动",比如,疯狂的冲动,邪恶的举动,阴暗的行动。

忽然发现自己已经病得不轻,大量的病毒,已经侵入内脏和血液。

是这无辜的静脉承担了我的疼痛。大剂量的药液,大剂量的苦涩,它都一一接纳。

它吞服着命运强加给它的毒,它为我解毒。

它忍受着痛,它为我止痛。

即使暴君和恶魔的身上,也交织着这安详单纯的青藤。

即使白痴和奴才的身上,也交织着这智慧清明的青藤。

我忽然明白了，造物者对每一个生命都用了相同的功夫，都企图把他们造成精品，只是，许多生命糟蹋了自己，终于把自己篡改成次品和赝品。

你瞧，在我们躁动的、被欲望扭曲的身体上，原本就潜伏着如此安详、如此单纯、如此静若赤子的生命血脉，这该是我们与生俱来的善根吧？

可是，我们很多时候辜负了这善根。

此刻，这无辜的静脉承担着我的疼痛……

一条条血的线索交织着，它是如此安详清明，每一根线索，都发端于那颗心。

心啊，心啊，它应该为爱而跳动……

艰辛的肺

我十分地同情我的肺,我也同情几乎所有人的肺。今天早晨,医生来到病房,说,可不能再吸烟了,你有轻度肺气肿。医生说,烟有什么好吸的,吸烟,不就是吸尼古丁、二氧化碳等有害气体吗?医生又说:还用得着专门花钱吸有害气体吗?有害气体还少吗?城市里、公路上、工厂里、烟囱下,哪里不弥漫着有害气体?你瞧瞧城市里有多少车辆在奔跑,在喷云吐雾,你想想每天有多少吨汽油在城市里燃烧,它喷吐的多少有害气体都要在我们的身体中寻找归宿,最终都要找到我们的肺。这些气体可不通人性,可不与你商量,无论是刚刚出生的婴儿的肺,十七八岁少女的肺,还是七八十岁高龄的肺,你去看看,都被有害气体纠缠上了。唉,我们可怜的肺啊,它无法谢绝这些不友好的常客,这些有害气体。

我不由得同情我们的肺了。它悬挂在我们的胸腔里,像两面招展的旗,不倦地呼吸着,为生命召集氧,召集土地和天空的问候,即使我睡着了,肺仍然醒着,仍然在为心、为肝、为脑、为血液和梦境而工作。我们的肺,分分秒秒时时刻刻,都在忘我地工作,因了它的忘我,才有了我。我行走或静坐在土地上或单元楼里,而我的肺,既在我之内又超越于我之外,它貌似无知无识,而又全知全能,它时刻都在和我身体之外的河流、树木、草地,以及广阔的大气层建立着亲密的联系。这样伟大的工作只有肺能胜任啊。我伸出手,手能抓一把云雾,却不能呼吸;我放开脚,脚能深入山野幽谷,离开了肺,脚竟不能吸收一丁点花香和氧气。这平凡的呼吸,只有肺能完成。我们渺小的胸腔里,那从不抛头露面的肺,是真正伟大的君子。

然而我得肺病了。想想,每天有多少废气尘埃袭击它、包抄它?它顾不得自己的安危,它带着病、带着伤为我的身体工作。想想,大气层已经出现若干臭氧空洞,文明的废气、生存的尘埃越积越厚,小小的肺呀,面对着多么大的忧患和压力,它面对的是整个生病的大气层。但是它仍然忠实地守护着我的身体。

现在我已经知道:我的肺,我生命的两面旗,已由殷红变得灰黑。那分明是硝烟弥漫的战场上两面布满弹洞粘满尘埃的破败的战旗。

那位医生还告诉我:解剖过死去的鸽子,它们的肺也是灰黑的,虽然它们的毛色仍然似乎鲜美,它们的哨音仍然似乎悠扬。然而,解剖了死去的鸽子也等于解剖了活着的城市和文明。它灰黑的内脏告诉我们:城市和文明的内在颜色,是灰黑色的。

这不祥的解剖,令我同情我胸膛里那忍辱负重地工作着的肺。当我看见十七八岁的纯真少女在面前走过,对她短暂的欣赏之后,紧接着就是控制不住的担心:她那鲜艳的肺叶上,是否已落上了一层尘埃?

而鸽子的哨音已很难引起我听觉上的美感,看着灰蒙蒙的天空,我忧郁地想:空中飞翔的,是一片片受难的肺叶。

生存、生命,不仅仅是肺的问题和呼吸的问题。但当肺变得可怜、呼吸变得困难的时候,你就不能不想想:我们的文明是不是有很不文明的地方?你就不能不想想:我们有时候狂热追求的所谓奇迹——比如工业奇迹、科技奇迹、商业奇迹、消费奇迹等等,是不是都在剥夺自然、剥夺万物,最终彻底剥夺我们自己,包括剥夺我们健康的肺?

每当想起我那艰辛的肺,我就情不自禁地摸摸我的胸腔,然后,就抬起头来,看看头顶的天空和大气层;低下头来,我对每一枚树叶,对每一根草叶,对每一片苔藓,都怀着深深的感情——我猜想,我们那被废气和雾霾折磨的艰辛的肺,如果看见一片草叶、树叶和苔藓,也会报以感激的微笑的。

输　氧

　　晕眩、乏力，随时会倒下去，地心引力变得特别强大，自己像一朵水沫，快要消失于一个庞大的急剧转动的黑色旋涡。
　　首先感到的是鼻子四周的荒凉。
　　接着是身体的荒凉，生命的荒凉。
　　没有思想和回忆的能力了。
　　时间和空间一片荒凉。
　　宇宙一片荒凉。
　　这才忽然明白了生存的真相：在一个缺氧的宇宙里，生命在努力搜集氧，喂养肺、喂养心、喂养记忆、喂养人对供氧者——对大气层、对河流、对植物、对宇宙的思想。
　　人，是以一点氧维护着和宇宙万物的联系的。
　　终于明白一句俗语，简单而深刻：人活了一口气。
　　人气、地气、天气、生气、浩气、清气、正气、英气、义气、大气、灵气……
　　人活一口气。而此刻，我的气快断了。
　　氧气罐推到病床前，输氧管伸进我的鼻子。
　　我开始吸氧。
　　我重又和大气层、植物、河流、白云、雨水、花朵、黄昏的清凉、黎明的清风，建立了友爱的联系。

我小小的身体,大口呼吸着古老的宇宙,呼吸着在天地间万古轮回着的空气。

这是从雨的小手指上、从花朵的睫毛上提炼的氧气,这是从风的口哨里、从云的情绪里提炼的氧气,这是从被鸟的羽毛刚刚擦拭过的有些沉闷的天空里提炼出的氧气,这是从屈原沉没的那条江里、从李白涉过的那条河里提炼的氧气,这是从妹妹采茶的那座山头、从母亲丢失了蓝头巾的那个松林里提炼的氧气,这是从《诗经》的车前草和童年的狗尾巴草上提炼的氧气,或许,有一种暖流和积雨云从遥远的欧洲或美洲漫过来,漫过我生活的这个小小城市的上空,它们携带的氧气,被压缩进这个小小的铁罐里。

我小小的鼻子,环绕着、流淌着古今中外的氧气。

我在想,此刻,是否因为我,人类上空的氧含量,是否略微降低?

我在想,是否仅仅因为这"一口气",这维持生命存在的基本呼吸,这环流在我们生命四周的氧,我就应该对万物,包括对那小小的三叶草和忙碌的蝴蝶,心存敬畏,并报以深深感激?

我终于能够从容呼吸了,思想和记忆也渐渐恢复。

我看见了我枕边正在阅读的那本古书,我想起图书馆,我想起我喜爱的书,我想起语言。

这时候终于明白,它们都是氧气,必须呼吸古往今来的氧,才能维持心灵和生命的清新、健康。

"人活了一口气",而这口气连接着整个大气层和人类精神的全部历史。

我对妻说:把那个氧气瓶给我拿来。

妻纳闷:你不是刚输过氧吗?

我指了指那本书,这才知道自己"语误",由于长时间输氧,把一切都看成氧了。

"人活一口气",确实,氧是须臾不能离开的,无论肉体,还是灵魂。

再不要砍伐那些森林,大自然的森林,情感的森林,信仰的森林,人类精神的原始森林,都不能再乱砍滥伐了。

大面积消失的自然植被和精神植被,大面积扩张的生存荒漠和心灵荒漠,将导致严重缺氧以致断氧,我们会窒息而死。

氧教我明白了:人活了一口气。

按 摩 师

头部、颈部、胸部、背部、足部……

太阳穴、合谷穴、明堂穴、玉枕穴、涌泉穴……

你都一一按摩过了。

推、拉、揉、捏、搓。你把手指和重力，都落实在密密的穴位上。

是的，穴位、穴位，我这才明白，我们小小的身体上，密布着如此众多的穴位，痛苦的穴位。

是这么多痛点，这么多痛苦的根基，筑成了生命的庙宇。

你的手指携带着小小的火焰，点燃了穴位深处隐藏的灯。我感到，你的手经过的地方，我身体里的灯一盏盏亮了。

鱼一样，你的手游过浅滩，我的感觉深处，溅起一片海浪。

一些重要的驿站，都经你打扫、修复和加固。

我知道，我身上这些叫作灵台、迎香、阳关、石门、涌泉、天枢、风府、悬钟、临泣……的穴位，曾经也在孔夫子、屈原、李白、渔父、农夫、樵夫身上，曾经也在美女、英雄、强盗、乞丐、帝王、天才、白痴身上。

万古千秋，一代代流传下来的，是相似的身体，相同的穴位，是相似或相同的痛感。

我由此知道，由我临时保管的这个身体，是古老生命的新址，是寄存时间的庙宇。

生命到达我之前,秘诀已经写好,而命运之针,已把密密的穴位凿在恰当的位置。

当生命到达我,痛苦的穴位也同时到达我。带着一身的痛点,我开始追逐生命的欢乐。

而疼痛一次次亮出了生命的底牌。

我这才明白,虚妄的欢乐并不存在,欢乐,只是从痛苦的深穴溅出的泡沫。

我感谢你——查找我的痛点。要不是你的触摸,我真不知道,我的身体里和命运里,隐藏着如此众多的痛苦穴位。

你满头大汗的时候,正是我觉得轻松通畅的时候。

你以略略使我疼痛的方式,减少我的疼痛。

你让我知道:我们每一个人的命运里和生命里,都布满了痛点。

即使帝王或美女的身上,也都被一根看不见的针凿满了痛苦的深穴。

按摩结束的时候,正是黄昏,我走出病房,抬起头,发现我与刚刚黑下来又渐渐亮起来的天空撞了个满怀。

我惊异地发现,伟大的宇宙的身体上,也凿满了星星,这数不清的痛苦的穴位。

上帝,是否就是宇宙的按摩师?

忧郁症患者

忧郁着,忧郁着,依旧忧郁着。
看见你,我就看见了这个时代的表情。
忧郁里更交织着迷茫,这是我在连续的阴雨天里,看见的天空的那种表情,它一直俯下地面,我看见高处不胜寒的宇宙,把它超载的苦闷都倾泻给大地上的事物。
你躲在走廊的外面抽烟,无烟室禁止抽烟,但无法禁止你忧郁。
烟雾从你手中升起,渐渐就笼罩了你。
我惊讶,你的体内竟藏着这样多的烟雾。
听一段快乐的流行歌曲吧,但流行的快乐无法驱赶你的忧郁。
听一段相声吧,可惜那些通俗的笑声触不到你忧郁的穴位。
市场上流通的"爱情",当然不会嫁给忧郁。
一切都在涨价,蔬菜、海产、房租、官职、文凭,包括伪劣商品、伪劣偶像、伪劣真理。
而忧郁从来都贬值。
连忧郁也不喜欢忧郁。
忧郁的海水夜夜倒灌进你的内心。
我担心,你内心的盐怕已千吨万吨?
抬起头来,望一眼天上的银河吧,让通达的天空分担你内心的重量。

可是你说,天河的波涛正汹涌着你的忧郁。

到高山顶上去对天长啸吧,让漫天的白云擦拭你的忧郁。

可是你说,白云正是从你忧郁的河湾里升起的。

那么拈花微笑吧,看流水无忧,明月无言。

可是你说,花在手中正一点点凋零。

那么去请精神医生看看吧。

可是你说,精神医生或许是更严重的精神病人,他只能加重我的病情,并且加重我的债务。

那么读书吧,与大师们谈谈心。

读书?哪一本书不是忧郁的记录?哪一个大师不是深陷在忧郁的长夜?

忧郁,莫非是另一种绝症?冰冷的月亮和燃烧的太阳,都是忧郁病人?

我为你的忧郁而忧郁。

我发现,我已是忧郁症患者。

直到有一天,为你治疗而被你拒绝了的那位精神科医生,突然走进我的病房。

他的到来加重了我的忧郁。

他无疑在证实:我已正式成为忧郁病人……

梦游症患者

我向医生建议,这种病可以不治疗。它根本就不是一种病。

医生说,它是神经科的一种病,自古以来都算一种病。

即使算一种病,也是最浪漫、最有意思的一种病,一种有着魔幻色彩的病。

浪漫?有意思?魔幻?病人却觉得痛苦啊。

这位医生,一定是受了偏执医学的误导。这种狭隘而庸俗的医学,实在已经病得不轻,对它不理解的生命存在方式,一律宣布是病。当然,病人中的多数确实是病了,确实需要治疗,但是,梦游者,一个在梦境中游历的人,怎么算是病人呢?

是的。是梦游病人。

一个富于梦想并且热爱梦想的人,就是病人?

但是他不应该以梦为真以梦为马,并且跑出来到处游走。他应该躺在床上做梦,最好不做梦。

这样就不是病人了?那么,熟睡的石头和猪,才是最健康的了?

我不与你争论了,我看你也有病。你对梦游如此热衷,一定也是梦游症患者。

是的,但是我拒绝接受你的治疗。我拒绝承认我有病,如果一定说我有病,那么我热爱我的病,我热爱梦游,如同人们热爱金钱、虚荣和官位。

医生和他的医学离开了我。我从病历里逃出来,我从药和处方里逃出来。

我继续梦游,继续我美丽的病。

在无梦的大地上,我坚持我的梦境。

这的确是已经失去梦境的大地,被金钱锁定被物质主义套牢被市侩理性绑架的大地。

除了金钱和消费,已经没有了诗意的生活。

除了性和快感,已经没有了纯真的爱情。

除了竞争和抢夺,已经没有了别的想法和追求。

我庆幸我仍然有梦。仍然害着我可爱的梦游病。

入夜,当城市数着钱、搓着麻将、喝着伟哥渐渐亢奋起来又昏睡过去以后,我骑着梦中的白马,踏踏地走出房间,走向大地。

瞬间越过千年。我看见我刚刚逃出的城市,已变成古老的废墟。几位考古学家,围着一堆破碎的医疗器械和药瓶,研究那些古人们死于何种疾病。

沿着一条河流溯源而上,我很快找到唐朝,我看见两岸悬崖上挂满诗的瀑布,在渡口,我看见几位诗人坐在月光里,坐在神秘的意境里。

路过一个采石场,横七竖八的石头们,用哑语和我交谈,表达对秩序和仪式的渴望,认真听,我听出了它们对坚固和永恒的渴望。我于是将它们一层层堆积起来,按照北斗星座暗示的结构,我修了一座神庙,我无家可归的心魂,终于有了停靠的居所,有了沉思和练习精神飞行的道场。

在河的上游,我看见了她——雾中隐约的女神。她诱惑着我,却绝不与我靠近。她拒绝与这个世界同床共枕。这是一个只知寻欢作乐、醉生梦死、完全丧失浪漫情怀和彼岸之光的无趣世界。对它的轻蔑,就是对它的拯救;而完全投身于它,就是与它同归于尽。我因此更加热爱她,像一个暗夜里的池塘,热爱着并收藏着天上的星光。但是,女神啊,请你稍稍靠近,我想看清你的眼睛里,除了轻蔑,还有没有别的,比如怜悯和期待?

……

就这样,我在生活的深处经历生活,在时间的远处经历时间。在无梦的土地上,我就是梦境。

多少次,你们都做了我梦中的场景和情节,而你们浑然不觉。

在现实的、过于现实的土地上,在无聊的、过于无聊的酒宴上,在经济学的、过于经济学的生活里,我坚持我这浪漫的病,并且感到些许的幸福——与经济学无关的灵魂的幸福。

在无梦的土地上,一个梦游症患者,大约是精神王国里最后的公民、最后的贵族、最后的骑士了。

谢谢你,医生,我不用治疗。我最害怕谁说:你的病已经好了——这就是说,我的梦游结束了,我的梦醒了——我已经病入膏肓,你们却说,我已经恢复健康。

幸亏,我仍在梦游,我漫游在你们之外的时间里……

疼痛的牙齿

疼痛绝不是件幽默的事。疼痛是不好玩的。

但是,想一点幽默的事,却可以缓解疼痛。

牙疼,就想一点牙齿的幽默吧。

此刻,我在内心里开了一个隐秘的诊所,自己为自己止痛。为我正在受难的两枚病牙止痛。

据野史记载,古时候一个很厉害的君王,在位四十年,其功不小,其恶也大,生平梗概如下:

第一个十年杀遍天下,灭诸侯,除异己,踩着一路血水登上龙椅。

第二个十年吃遍天下,天上飞的、地上跑的、水里游的、洞里藏的,除了墓地的乌鸦和穷人脚上的草鞋,一切好吃的,他都吃过了。

第三个十年操遍天下,美貌女性一律收进后宫,他的龙床夜夜剧烈摇晃,地球的地壳裂变、地震频发据说与此有关。

第四个十年疑遍天下,他总是怀疑有人篡他的王位,夺他的江山,要他的性命。于是实行特务统治,全国一半人口都做了特务,监视另一半没做特务的;而没做特务的也想做特务,就认真监视那做了特务的,并随时告密。结果全国的人都成了特务。一国之君就成了特务头子,在大家的战战兢兢人人自危中,他稳住了他屁股下快散架的龙椅。

然而,暴乱和危机,却发生在他的牙齿里。

一些看不见的勇士,在他的金口玉牙里闹事了。在他那一言九鼎的嘴里,在他那吐一口唾沫就能使江海涨潮山岳崩裂众生颤抖草木枯萎的伟大牙齿的后面,这些小小的勇士,特务们根本看不见也捉不住的勇士,秘密集结起来,并且发动大规模起义。

如果能听见它们的口号,也许是:造反,从牙齿开始;搬掉这狰狞的牙齿;为一切被欺凌被伤害的复仇,清算这血淋淋的牙齿……

皇帝当然听不见这些,满朝文武遍地特务当然也听不见。

皇帝只感到牙疼一日甚于一日。但是他不相信任何牙医,他怕他们在他的口腔里塞进毒药。

皇帝疼得呲牙咧嘴。他站在楼上望远处的山,那些山也是呲牙咧嘴,它们也疼?

皇帝终于疼死在他的王位上。那些看不见的小小勇士一直在搬他的牙齿,搬掉了他的门牙,动摇了他的满口牙齿,一直追进坟墓,也没有放过他的牙齿。

于是就有了一段没有门牙的历史,嘴斜眼歪的历史,疼痛的历史,溃烂的历史……

就是这样,幽默吗?反正一想到这位帝王,我的牙疼就减轻了。

如今的人类像不像这位帝王?

不同的是,我们有足够的手段保卫自己的牙齿。保卫自己咀嚼一切的权力,咀嚼到手的一切和想象中将要到手的一切,在死亡咀嚼我们之前,我们就是死亡的替身,我们让一切死亡。

没有昨天和前天,我们只咀嚼今天。

没有远方和彼岸,我们只消化此岸。

没有上帝和崇高,我们只管争夺魔鬼烹调出的一切食物。

……我的牙齿又疼起来了。

我又想起那位可笑的帝王。然而我笑不起来。此"药"失效。还是请医生取掉我的病牙。

其实我的病牙,恰恰是觉悟了的牙齿。它提醒我:你的牙有病,你这个人有病。

它说出了我的病痛。它让我难受,它让我深陷在痛苦的感觉里。

我因此拔掉了它。

医生为我镶上了洁白的瓷牙,并清洗了我的所有牙齿。

洁白洁白的,我的满口牙齿纯真得像从来没有咀嚼过什么,像没有任何污点的孩子的牙齿。

不再想象那位可笑的帝王。我的牙齿已经不痛了,我不需要用他止痛。

你瞧,我满口快乐的牙齿。

然而,我听见了呻吟。

在我锋利的牙齿之外,在我失去痛感的牙齿之外,我看见大地的疼痛,大自然的疼痛,生灵的疼痛,万物的疼痛。

远山,正呲牙咧嘴地,疼痛地看着我,看着我快乐的牙齿。

我的牙齿,又开始隐隐作痛了。

除了那枚假牙没有痛感,其余的,都开始疼痛。

于是,我又想起那位君王。

而医生的镊子,伸不进我那藏得很深的痛点。

他的止痛药,对我无效。

注定,牙疼将伴我一生……

眼角膜捐赠者说

我决定,在我死后,我将把我的眼角膜捐赠给需要的人。

注定有一个人代替我凝视和观察,但我已经不知道他对世界的观感。

他会是怎样一个人呢?他会是怎样一个人呢?

我忽然想到我不应该对此浪费想象。当那个人看见什么的时候,首先是我的视线看见了。那时,我与他浑然一体,只是我不认识他。

我忍不住仍要想象,我留下来的眼角膜,已经失去我的体温的眼角膜,它未来的主人是谁呢?

他会是一个屠夫吗?我不禁为我的眼角膜难过了,从今它将不停地为死神效力,不停地目睹死。而曾经,我的眼球有着注视内心的习惯,我不禁又为屠夫悲哀了,他就用这样的眼睛,一边注视外面的疼痛,一边注视内心的疼痛?世界是否必须这样:以死的情节推动生的戏剧?以大量的痛苦喂养有限的欢乐?我能想象屠夫的眼神了,三分的残忍里笼罩着七分的忧郁。

他会是一个国王吗?我卑微的眼角膜,一下子看见了宏大的图像:权力的图像,国家的图像,臣民的图像,天下的图像。但是,国王啊,我请你将目光下移再下移,你应该看看那些皮包骨头的穷人,皮包骨头的牛羊,看看那些皮包骨头的村庄,皮包骨头的山河,正是他们和它们，养活着你，养活着你的国家，养活着那些体面的富人。国王，你不能蔑视穷人，我留下眼角膜不是让你用于蔑视的，我也是个穷人，你用的就是这个穷人的穷眼角膜和他的穷视力，国王啊，如果你要蔑视，那就首先蔑视你的蔑视吧。

或者，是一个女人吗？我真有点难为情了，用我这男人的眼角膜，你会看见什么？你还会欣赏男人吗？也许它放大了男性世界的浑浊和荒漠，忽略了浑浊之河里潜隐的那一脉清流和荒漠的边缘那星星点点的绿意？对不起，它加深了你对命运的恐惧和迷茫，加深了你对男人的疑惑和失望，而这正是世界的真相；但是世界还有另一种真相，即：它在秽土里生长芝兰芳草的奇异能力，以及它在虚无中不断生长着与它的虚无本质相对抗的一种叫作希望的东西。女人哪，你必须在温暖的细节里逗留，才能继续守护寒夜里的摇篮和灯火。因此，我请你在路上走慢一些，看仔细一些，校正我那粗糙的有些挑剔的视线，尽量从坚硬的路途，从坚硬的岁月里，发现柔软的希望和草叶吧。

……在我活着的时候，我一刻也没有离开过我的眼角膜，我知道我的眼睛的习惯，它喜欢看日出、看远山、看云、看星星，看露水里生长的庄稼，看深渊里燃烧的闪电，看庞大的宇宙，看细小的昆虫，看贤淑的女人，看纯真的孩子，常常，也不得不看那些残酷悲凉的景象，看坟墓、看沙漠、看灵魂的废墟，看生存的戈壁滩，看时间的风暴席卷过去之后，曾经鲜活的生命园林会留下怎样破败的瓦砾和枯叶？

在静夜，它望着无穷的星空，一次次被宇宙，被这伟大的奇迹震惊得如醉如痴。

它经常流泪，为世界深处的痛苦，为被资本和权力剥夺得一无所有的穷苦的人们，为徘徊在金玉其外败絮其内的"文明"的街头，贱卖青春和身体的可怜的女孩们，为生命难以摆脱的苦难和最终的死亡，它一次次泪流满面。我的脸记得，内心里的海，一次次从眼睛里漫出来,凝结成盐,我的脸,因此成为世界最苦涩最悲悯的海滩。

只是,我不能把泪腺也留下来,我不能把视网膜上的图像留下来。

我留下了我的眼角膜,它暂时看不见什么,但不是目空一切。当它属于你,它首先看见你,也被你看见。然后,你将通过它看见一切。

我不知道你是谁。但是,我希望,我相信,当你在我的眼角膜的帮助下,你突然睁开明澈眼睛的时候,这个在痛苦和混乱中一直期待着的世界,忽然感到了一种仁慈的注视……

血 液 化 验

血脂超标了。你是否经常吃动物内脏？比如猪肝、狗心、牛肺、羊肠、驴肾？——医生问。

我点点头。我知道，那些不幸的生命，终于在我内脏的峡谷林莽里，秘密集结起来，发动起义。

（我不敢自诩我的文明。我审视我的身体，我发现它至少有一半的建筑材料，是其他生命的骨肉。我的身体，如同一座豪华的庙宇，总是由死亡之物搭建，却声称要福泽生命；不断加剧着世界的痛苦，却标榜自己在抚慰世界的痛苦。未必要拆了这庙宇，但它的神圣性是没有的，连正当性都值得怀疑。是的，怀疑，人，这座庙宇充满了疑点和破绽。人，当不断质问自己怀疑自己。人存在的意义，并不自动降临，也并非人的自以为是就能赋予。人，质问自己和怀疑自己的时候，才略微显得高贵；在苍凉和虚无的宇宙里，终于有了一种自我辨认的目光和自我质疑的思想，这大约就是人在宇宙中仅有的意义。这座庙宇里终于有了思想的位置并被供奉，人的身体，因此略微具备了一点神性。）

然而，血脂超标，这就是说，我存在的疑点超标，破绽超标。别的生命的骨肉，在我体内申诉痛苦，我比任何时候都明白：我一路走过来，一路制造了多少痛苦。一个似乎善良的人，曾经也是这个世界痛苦的原因之一。一个自以为没有债务的人，你欠世界的债也不少呀。

而且,你的动脉已经出现浊样硬化。这病可不能轻视——医生说。

这可是我早已料到的。大河断流,小河浑浊,多少次我站在荒芜的岸边,就感到我身体里异常的动静。世界的灾难正是我身体的灾难,至少,我的身体也是这灾难的现场之一。世界不过是我放大了的身体,我的身体是它的微缩标本。它病了,我绝不会比它更健康;它痛苦,即使我快乐那也是虚妄的快乐;在世界的废墟上经营自己的天堂,上帝也没有这个本领。

所以,动脉浊样硬化,再清楚不过地显示了我身体的病相、血液的病相,以及我们灵魂的病相、文化的病相。

是的,动脉硬化,也是大地的病相之一。那一次,我在梦中遇见李白,他举着干裂的酒壶,徘徊在一片废墟上,问我:他的河流哪去了?他的月光哪去了?他的酒哪去了?我对他说:对不起,我也不知道它们哪去了。我只知道我是病人,我患了动脉浊样硬化。

我真不知道,我的动脉何时能够清澈,我的血液、我的灵魂何时能够清澈?

我一点也不相信医生的处方和他卖给我的药。

天地是个大药房。这个药房已经如此硬化、破败和浑浊,能从它里面取出好药?

我们该如何拯救我们的动脉?

夜深了,我徘徊在故乡浑浊的河边,想着身体里的河流,大地上的河流,文化的河流,灵魂的河流,还剩几条没有"浊样硬化"?还有几条能照见生命的倒影和诗意的倒影?

我们能否重新找到清澈的动脉?

以及清澈的心灵和感情?

路过太平间

在医院看病,路过太平间的时候,难免就想:迟早,我也会来到这里。

思绪往往被强行中止。对于"死",我们最敏感也最脆弱,我们常常表现出非理性的固执。虽然,怕死,是我们的最大理性,而在更强大的死面前,这种理性就捉襟见肘,暴露出非理性的真相。

有那么一两次,我强力越过理性的高墙,让思绪漫游于死的黑暗河流,我想象着自己死后是什么样子。

我肯定会被推进太平间,从那一刻开始,我就中断了和人群的联系,中断了和时间的联系,我被逐出时间之外,我是虚无的一小部分。虽然我还似乎占据着空间,但我已经失去了时间,空间,对于我是虚拟的,是空无。

那么,我到哪里去了呢?这个问题我已经无法回答。

一个显然的事实是:我已经不存在了。

然而,不存在也是一种存在。

我不在时间之内,我在时间外边,而更其浩渺的时间之外的时间笼罩着一切时间和全部时间,笼罩着人的时间和神的时间,我因此无时不在。

我仍在空间之内,虽说空间对于我是虚拟的,我已经不需要实用的空间,虚拟空间正适合我,而相对于小小的生物,天空、银河系、无数的星河、无际无涯的宇宙,不也是虚拟的空间吗?那么,已融入虚拟空间的我,不正是融入无限了吗?我因此无处不在。

的确,我已经不存在了。这就是说,我已经进入更辽阔更久远的存在。

可以肯定的是:从今,我加入了土地的无休止的绵延起伏,我加入了海的无休止的奔流,我加入了大气层的无休止的循环和呼吸,我加入了银河系永不停顿的悲壮涨潮和汹涌燃烧——虽然,我在其中是那么微不足道。

然而我的存在又是这般具体——

我随一场场细雨一同降落下来,抚摸树木、屋顶和你家门前篱笆上的牵牛花,有时就打湿你光滑的脸。

我会变成一丛丛三叶草生长在你和你的牛经过的路旁,我撩拨着牛的嘴唇,你采下我,猜想着,三片叶子指着三个方向,那么,还有一个方向呢?

有时候,我会在高空加入雷电的游戏,我在云层里兴奋地奔跑,用高嗓门说话,我抽出明晃晃的闪电的剑在天上舞动,真不知道会不会把谁吓着了?

你在海边观潮,一个波浪追着许多个波浪漫过来了,我肯定就藏在某个波浪里,每一次我都想上岸,每一次我都退回到更深的海里;但是,我肯定还要上岸……

这就是说,我已经走了,我汇入了更广大的时间和空间。

然而,在那个小小的太平间里,你们,我的亲人们朋友们,却围着我的遗体哭泣和哀悼。

我真想坐起来劝说你们:不要哭了,不要伤悲了。你们应该庆贺才是,我终于越过有限的门槛,我终于走进了无限。这么大的喜事,应该是值得庆贺的盛典,我不明白你们为什么哭泣?

说真的,我的遗体,已经与我没有了关系。

我已经走了。

生前,我们千方百计拒绝死亡,就是想让我们留在这里,暂不远去。

而死亡,就是一次出走和远行。

什么是医学呢?医学就是与死亡谈判的学问,劝阻死亡不要急于领走我们。

医生就是谈判者,高明的医生就是谈判的高手。

病人到医院治疗,就是与医生一道,参与和死亡的谈判。

我们千方百计推迟着那个日期。

最终我们到达这里。太平间,生命与死亡和解的地方,生命与此岸惜别的地方,生命从此出发,赶赴彼岸,赶赴另一场永恒的盛宴,赶赴无边宇宙的邀约。

现在正是子夜,太平间安静地坐在月光里,它的上空,高悬着天琴星座,我似乎听见,古老的音乐漫过苍穹,漫过无数个年代,缭绕着无穷的时间……

一个医学外行对高血压病的
人文和社会学研究

　　高血压患者越来越多。降压药物、降压读物、降压器械也如走高的血压一样快速增长，充塞市场。高血压已经拉动了一个庞大的产业：病理研究、药物开发、制药卖药、诊断治疗，等等，带动了学术和产业，带动了大量从业者。"祸兮福所倚"，病人之苦，却成了产业之福。你在街上行走，不停地就有守在医院和门诊所门前专门拉客就医、手握血压计的白大褂们热情邀请：快来量量血压吧，免费的。假如你量了，不用问，肯定，十有九甚至接近百分之百都是高血压，那么，就医吧，吃药吧，住院吧。而且要终生服药，终生治疗，从此，你将以高血压患者的身份度过一生。

　　据说高血压已经低龄化了，有的婴儿一出生就是天然的高血压患者，令人忧心和同情，他有何辜？疾病竟与命相随。

　　置身于满是高血压患者的人群里，会感到一种紧张、压抑、危险和戾气，有一种一触即发的膨胀、高压的气场。

　　医学说：血压是血液流动对血管壁形成的压力。压力过高则会造成血管壁因过度冲撞磨损变厚、变脆，失去弹性，进而使血管老化、变窄，血流不畅、凝滞，浊状淤积物在血管壁形成斑块，斑块脱落形成血栓，造成血管堵塞破裂，从而导致病人中风瘫痪或死亡。

　　高血压为何在现代社会如此普及？

据我有限的阅读和思考，我感觉在漫长的古代，我们的前人和祖先，是很少有高血压疾病的。这从那些节奏平和、韵律匀称、意象蕴藉、意境悠远的诗经、唐诗、宋词、元曲和古典散文的字里行间可以充分感受出来。古人过的是一种慢节奏的生活，古诗文描述的是一种慢节奏的意境和情调，是那种柔软、散淡而意味无穷的心灵漫步和神游。

漫长的农耕社会，是慢节奏、低消耗社会，我想也是正常血压或适度血压的社会，虽然物质相对短缺，生存也颇不易，但人们普遍心性平和，血气平和，气度平和。这是因为，绿水青山，田园稼禾，鸡鸣狗叫，草长莺飞，缓缓飘动的炊烟，依依摇曳的杨柳，这些天然的原生态的养生环境，养着天地和人的身心；辽阔鲜活的大自然，循环有序的四时八节，调节着人的生命节奏。在此种天人环境里，心态失常、心律失常、血压失常之疾患，是不容易发生的。平静的自然生态，造就平和的文化，平和的文化，造就平淡的生活，平淡的生活，造就平常的心性，平常的心性，造就正常的身心。

当农业远去，自然远去，田园远去，青山绿水远去，四时八节远去，天然的生命节奏远去，天然的养生环境远去，人置身于一个完全人工化的非诗意、反自然的机械、电子、商业环境里和充满竞争的人际环境中，天人分裂，人与自然分离，人与人分离，必然导致身心分裂，而在完全人工化环境里由文化产业刻意制造出来的天人分裂、身心分裂的商业文化和消费文化，又加剧了人的身心分裂，遂导致普遍的精神疾患和生命病态。作为最能体现人之身心节奏的血压，就出现普遍的乱象和病象。

人的血压的改变和走高，反过来又内在地影响了文化的品格和人群的心性。

以我的阅读经验为例。如今，无论在书山书海里；也无论在汪洋般汹涌浩渺的电子网络里，我很难读到几本自身安静也让人安静下来的朴素之书、忠厚之书和沉静之书，甚至，在海量的文字里，想找到几篇平和安静、让人心清气爽的文字，也成了不容易实现的奢侈想法。充斥我们视野的要么是急于渴望被承认、被点赞、被喝彩、被走红、被卖出高价的过度炫示、自恋和作秀的文字，其掩不住的功利动机令人厌烦和压抑，或是弥漫着暴烈、暴力、暴躁、暴戾的书和文字，有些竟是埋着火药、藏着匕首、透着恶意的文字，我想，这样的文字或许是出自高血压患者之手吧，过剩的成功动机和名利欲望加剧了他们精神的症状和文字的病情。我们这个世界的著书立说者，我怀疑有不少也许都是高血压病人，那些燥热迷乱的文字，显然出自燥热、混乱、病态的心。这样的文字和文化，对世道人心的纯正和健康，能起到多少正面作用？如果文字本身也带着高血压和心律紊乱的病象，那么，它不仅不能扶正祛邪，反而只能加重社会和人心的病情。文字尚且如此，更不用说那些充斥网络的暴力游戏、恶俗影视、淫乱视频、污秽直播，它们更是直观地污损和颠覆人们的心灵，多少青少年就是狼吞虎咽着这些垃圾文化，而为心灵打下了恶俗的"底稿"。许多人是垃圾文化的受害者，又反过来以自己的言说和行为伤害世道和人心。毫无疑问，暴力、暴烈、暴戾、淫乱、恶俗的文化，绝不会对人性注入任何正面营养，它只能造就身心分裂、德行扭曲的病人，其中有的会成为暴戾狂躁、心藏险恶的病人。

在人山人海里，你也不容易碰到一个见之如遇天人、即之如沐春风的气象纯和、神态清逸、言行仁慈的真人或高人，置身人海，常常会立即被一种紧张的气压和压抑的涡流所挟裹，你的血压也不禁骤然升高了。稍加留意，会大致看清这人山人海的构成：惶惶不可终日者众，气定神闲者寡；心狂气躁者众，怀朴抱素者寡；争名夺利者众，淡泊自处者寡；愤愤不平者众，安分守己者寡。高血压患者和疑似高血压患者充斥的人群，是不安分不安静的人群，是极度敏感和处在亚健康状态的人群，任何气候的些微变化，包括市场气候变化、官场气候变化、名利场气候变化，都会导致血脉偾张、血气躁动和血压陡升。

据说,人类对自然无休止的掠夺和伤害,导致气候异常,全球变暖,南极北极冰川消融,喜马拉雅积雪融化,雪线逐年升高,海平面上升,陆地减少,沙漠扩张,大量动植物灭绝,大气层臭氧空洞扩大,紫外线乘虚而入,伤害地球上的植被和生灵。

阳火太炽,阴柔不足,乾坤颠倒,阴阳不调,地球的高血压病似乎越来越重了。

地球的高血压疾病,不是原生性疾病,而是患了高血压病的人类给折腾出来的。

种瓜得瓜,种因得果,寄生在一个患病的星球上,本来就有病的人类,如何不杂病缠身?

我们真该有一种血压计,测测社会的血压,测测文化的血压,测测人性的血压和人心的血压。

医学家发明了许多降压药物和降压疗法,用以缓解和治疗人的高血压病。

地球的高血压病,社会的高血压病,文化的高血压病,人性的高血压病,如何缓解和治疗?

心有病,然后身有病。病了的人,再将天地万物折磨成病。

这就是人、地、天相互感染、相互映射的疾病生成机制。

天地有病,而病因在人有病,人之病,病在心。

因此,治病先治心。

心好,则人好。

人好,则山好、水好、天好、地好、万物好、万事好。

治心病,需安静。尤其是欲望高涨、血压高涨、躁动不安的现代人,特别需要一种安静的文化、安静的哲学、安静的信仰、安静的生活方式。

古人曰:静以修身,俭以养德。

静与俭,是治疗惊魂失魄、贪得无厌、狂躁不安现代疾病的一剂祖传秘方。

让我们安静些,谦卑些,本分些,俭约些,朴素些。

让我们把生命的血压降下来。

把欲望的血压降下来。

把文化的血压降下来。

把心灵的血压降下来。

然后,把社会的血压降下来。

把地球的血压降下来。

让一切失常的事物和生命,都返本归真,回到正常。

让失神的天空,恢复宽广的襟怀。

让失血的大地,恢复鲜活的容颜。

让失身的万物,恢复天赋的贞操。

让失声的江河,恢复古老的歌唱。

在一个血气平和、阴阳和顺的宇宙里,才能找回我们清正的心性、清澈的血脉、清洁的血液、正常的血压。

若如此,我们失常的心率,将重新均匀起伏,按照平平仄仄的节奏,诗一样优美地、健康地跳动。

看望王医生

　　那天我感冒了,就到药店买了一点药。人的身体的变化常常左右人的情绪,头痛,全身不爽,于是有关病的思绪就活跃起来了。走在街上,我一会儿想,我的晚年不知会被什么病纠缠住,什么病会把我转交给死神;一会儿又想,这奔忙的、紧张的、看起来充满活力的人群,或迟或早都会陆续被某种病盯住,甚至击倒,几乎所有的人最终都被时间摁倒在病床上,死神,终将捉拿每一个人……就在这时,我的一个喷嚏拯救了我病态的想象,我对着太阳俯仰了大约一分钟,发出不那么悦耳的一串怪声,思绪就在这会儿转了一个弯,由幽暗忽而明朗,我使劲揉了几下太阳穴,心里对自己说:不过是感冒,干吗思绪这样低迷?看看太阳吧,它正当盛年,举着火把仍在宇宙中奔跑;再看看远处的山,多少亿年了,仍站在那儿,时间并没有降低它的高度,削弱它的风骨,或改变山脉的走向。怕什么?赶快吃药,好好活着,向人群、也向自己祝福吧。

　　于是我微笑着把目光再次投向人群,向他们道歉,请他们原谅我刚才的不良想象,祝他们健康、好运。当然,这一切都是在内心里进行的。

　　又在街上走了一会儿,路过一个医院,我停下,忽然想起来,在十五六年前,我曾在这里做过两次手术。记得那年秋天,我的后背上生了两个毒疮,疮很大、很痛,据说是多头疮,疮的周围同时有几个地方化脓,围绕一个疼痛的中心,它们像浓艳的花朵,绕着病灶盛开。我连续几天几夜无法在床上休息,困极了,就倚在桌子上打一会儿盹。后来有人介绍说这所医院有一位专门治疗毒疮的外科医生,医术好,对病人也和蔼周到。于是我就找到了他的科室,他好像姓王,当时约有四十来岁,瘦高个,背微驼,看人时眼神很专注,好像盯在身体的某个点上——大约是因为他面对的病人身上总是带着一个或多个伤口或病灶,而且他必须一一解决和清除它们,年深月久,就形成了这种眼神,他看一个个人,就像在注视一个个痛点。

第一次手术比较简单,他用镊子清点了红肿的疮口,又用蘸了酒精的棉球涂抹,最后敷上黄色的药膏,用纱布包好,用胶布固定下来。他说:这药膏是催脓的,让疮熟透,然后再排脓。他叮嘱,千万不能自己挤疮,弄不好会引起更大的麻烦。生疮,说明体内有火毒,疮,就是火毒自己为自己找的出口,你不能堵截它,堵回去,它会在体内捣乱。就给它留个出路,让它在那里充分地释放、燃烧,像花朵,像果实,熟透了,就凋落了。他的描绘很生动,我不由对他多了几分尊敬。他能以幽默的态度看待那些不免让人恶心的毒疮,我心想,这也许会缓解这种枯燥职业带给他的无聊、焦虑和烦闷。我问他每天能接待多少病人,也即接待多少毒疮?他说,不多,也不少,也就二十来个,总之,手是不会闲的。这时,我看见有两个病人弯着腰、咧着嘴进门来了,我知道疮又来了,急忙点头向他告别。

第二次手术是在四五天之后进行的,用他的话说就是瓜熟蒂落,其实就是排脓、清理伤口。工具依然是镊子、剪子、棉球等。倒不是很痛,剧烈的疼痛已过去了,毒火经过充分的燃烧释放,把我身体的一部分、皮肉的一部分折腾成废墟和沼泽,折腾成废物。王医生轻轻地说,不要怕,不要紧张,病毒就要离开你了,放松一些,为它送行。过了一会儿,他说,愿意看看吗?这些废物。我转过身，我看见手术盘子里我那废掉了的一部分皮肉，真是不忍目睹，我们美丽的肉身，一旦被病毒或死亡控制，竟会变成这样。我当时忍不住望了一眼墙角的垃圾桶，好家伙，多半桶，都是死掉的皮肉，曾经，它们在多少身体上被珍藏被爱抚，作为肌肉、线条、美感、性感的一部分，存在着鲜活着，后来被毒火蒸腾成沼泽，焚烧成废墟，如今竟成为人们避之不及的秽物和垃圾。

我在医院外面想着这些往事，真快，一晃十五六年过去了，那时我还是刚三十岁出头的小伙子，他，王医生也不过是四十岁出头的中年人，现在，我们都有些老了，王医生大概快退休了吧？我下意识地摸了摸自己的背部，正好摸到了两处疤痕，没错，正是它们，两个疮的遗址，两个废墟，两个当年的痛点，它们仍完整地保存在我的身体上。像大地上发生过的所有战争和灾荒，苦难和疼痛过去了，而伤痕永久地留下来。人类的考古，多一半是在考察过去的痛点，我们兴高采烈的重大考古发现，很可能是若干年前一场天塌地陷的灾难。我背上的疮痕，记录着多年前那令人难以忍受的疼痛。王医生，他缓解了、最终解除了我的疼痛。疤痕保存着对他的手的记忆。这是他经手过的一次身体事件。疼痛把一双手邀请到我的身体上，一双陌生的手为一个陌生的身体效劳；病痛，使它们相识并熟悉。疤痕，如此忠实地保存着对一双手的感激和记忆。

我忽然想去看看这双手，看看王医生。

我上到医院的三楼，还是当年那座楼，科室的位置也没有变化。我找到了外二科，我站在门口，向里面望去，我看见屋里挤满了病人，这么多害疮的人，这么多痛点。记得一位外国作家说过的一句名言：在医院才知道这世上，有这么多这么多病人；在医院才知道，其实我们全都是病人。在许多病人许多痛点的包围里，我看见了他——没错，正是王医生，他在手术灯下弯着腰为那个也弯着腰的害疮的病人做着手术，我记起了他十多年前对我说的那些话：熟透了，就瓜熟蒂落……

那么多害疮的人，那么多痛点等着他，我实在不好意思打扰他，我本来是要向他问好的，并且想再次感谢他当年的周到治疗，如果他记不起来我是谁，想不起我与他有什么关系，我也有可能撩起衣服，让他看看我背上的两处疤痕，那里，保存着对他的手，对他的医术的记忆。

然而我只能站在门外，远远地看着他。比起当年，他是老多了，头发几乎全白了，背也驼得更厉害，那专注的眼睛上已架着深度近视眼镜，他手里拿着的仍是镊子、剪子、棉球；墙角，是一个塑料垃圾桶；略有不同的，是那手术灯，比当年精致些，也更亮些。

我想着他的那双眼睛，几十年里，就盯着病灶、疮和痛点，就目送那些废掉的皮肉离开一个个身体。

我想着他的那双手，始终重复着一些固定的程序和动作，揭开疮疤，剔去腐肉，清洗伤口。就是这样，总是这样：解除一个痛点又接待一个痛点，抚平一个伤口又面对一个伤口。

就这样，一生，或多半生，就快过去了。

他的腰，因为总要弯下去才能面对疼痛和伤口，所以看起来是越来越驼了。一种职业就这样为一个人的身体和他的一生确定了弧度。

我又看了一眼王医生，他白发的头，他弯着腰的身体，他手中忙碌的镊子、剪子。

我慢慢地下了楼，走上了街，我忽然有些难过：一种职业，可以让一个人在层出不穷、络绎不绝的伤口里度过一生；这个世界固然有无数美景，但日复一日年复一年，他的眼睛只能全神贯注地审视那些身体中腐烂疼痛的部分。

就因为有这样的手，和这样的眼睛，我们的手和眼睛，才获得了较多一点的自由和美感，去手舞足蹈，去拈花微笑，去焚香诵经，去读书写诗，去登高望远。

过些天，等感冒好了，我一定要去看望王医生……

生　病

　　只要不是绝症或致残的疾病,生病,也是人的一种福分。

　　生病就要找医生,这就使我们有缘结识人群中特殊的一类。他们终身与疾病、呻吟、苍白的脸、扭曲的表情、处方、药打交道。他们以救治病人的痛苦为天职,病人的痛苦也拯救了他们,使他们有饭吃,有学问可做,使他们得以了解人的肉体和心灵承受的种种痛苦和磨难,这就使他们有可能成为最有同情心的人。作为病人,如果我们有幸认识一位医术和品格都很高的医生,我们会从他的精湛医术了解到关于"病"的学问竟是如此深奥,人体也是天体,他面对一个被病痛折磨的人体,就是面对一个阴阳颠倒、水火迷乱的宇宙,他治理病人,也是在治理一个混乱的天地,这该需要多大的智慧和胸襟啊。如果不幸遇到庸医,那也不失为一次认识人性的机会——虽然着实危险了一点。如同瞎子为我们讲解天文学,骗子为我们传授伦理学,庸医的工作主要是加重我们的痛苦,他倒不一定是铁心做死神的帮凶,虽然他事实上就是死神的帮凶,他的信仰是从我们的痛苦里收取更多的钱。如此看来,此类"医生"实际上是一些天才的矿物学家,他要从我们的病灶里挖掘出他所期望的"矿藏"。我们从庸医诡诈的处方里逃出来,我们已是半个医生了,对于人性的病理学,我们已有了自己的心得。医院是个小社会,社会是个大医院。从此,对病人尤其是被庸医和"江湖医生"们

"爱抚"过的病人更多一些同情和体贴,而对普天下越来越多的"杏林高手"多了一点存疑,因为我们懂得了一个常识:病入膏肓者,不宜从医。

生病就要吃药。凡药皆苦,糖不治病,山珍海味不治病。我们必须吞服一剂剂苦药,才会挽救沉沦的肉体。世界的本质进入我们的口腔、咽喉、内脏,药是苦的,世界是苦的,以苦为食物才能疗救我们的虚妄症、狂躁症、贪得无厌症、冷漠无情症,以及种种病症。苦能解毒,我们活着,就是一个中毒的过程,苦使我们从病毒中逃离出来。走出病房,我们倍加珍惜明月清风白雪,它们,不正是永不失效的一剂剂仙药?吃药的日子里,我们翻阅了卷帙浩繁的《药典》,才知道天下百草都是药,苍天呀,你造我们的时候,就提前准备了如此丰富的药物,莫非你知道我们注定都是一群病人,你才把世界造成一个大的药房?

生病使我们安静,老老实实地和自己待在一起,和自己的病、痛苦、药待在一起。这才发现活着并非那么复杂,原来是很单纯的,不就为了个健康?问诊、切脉、打针、吃药、CT扫描、透视、换肾、移植心脏、截肢、输血……如此复杂、昂贵的努力,都仅仅为了一个简单到极致的目的:健康。而在我们发现自己生病之前,我们活得多么复杂多么神秘莫测。病了,才知道我们对生命的索求竟是如此简单,仅仅是两个字:健康。

在生病的日子里,我们沉静下来,回归到自己的本心,我们变得单纯和仁慈。在生病的这段日子里,我们的心灵最健康。在其余的日子里,我们一直是病着的。

第四辑

动物解放

城市鸡鸣

住在城里,好久没有听到鸡叫了,大概有二十多年了吧。在乡下路过或采风,是听见过几次,但匆忙来去,那鸡叫声也就零星、破碎,如同流行的手机浏览和碎片化阅读,东一句,西一字,还没看清题目是啥,更远未触及心魂,就刷完了许多页面,心里却依然空荡荡的,而且似乎比以前更空荡荡了。

而最近,我却听见似乎完整的一声声鸡叫了。鸡叫声音来自小区外面的街上。我默默感激着也羡慕着哪一户有自家院落的人家,他散养着一群鸡,也为我们养了一声声天籁清唱,养了内心里的一点乡愁和温情。

我家住八楼,声音是从低处向高处飘的,市声混杂着各种声响,但由于鸡叫声既有日常的亲切,又有着热烈的个性,所以我就听得很清楚。尤其是那雄鸡的叫声,如一个满怀激情的黎明歌手和纯真的大自然的抒情诗人,它对阳光的赞美是如此激情洋溢,它对混沌时光的大胆分段是如此富于创造性,虽是一厢情愿,却暗合了天道人心的节奏:黎明、日出、晌午、黄昏,子时,午时,寅时,卯时……它从不失信误时,在准确报时的同时,还向人间朗诵了一首首充满古典意境的好诗——雄鸡既是现实主义者,也是浪漫主义者,既有务实精神,又有超越情怀。我听着鸡鸣的声音,对照我自己,觉得惭愧得很,我要么过于拘泥现实,要么过于凌空蹈虚,无论为文或做人,都远未到达虚实相生的意境。那么,虚的灵境与实的意象,出世的精神与入世的作为,应该怎样结合?听着一声声鸡鸣,心里想着自己仍需潜心修行,先贤虽逝,但榜样不远,榜样就在小区附近——就是那忠实地为人间报时,为天地服役,为众生抒情的一只只雄鸡。就这样,每天听着久违了的鸡鸣声,我那一直很寂寞、也难免有些抑郁的耳朵,竟因此有了幸福感,我终于听见了童年的声音,听见了故乡的声音,听见了大自然的声音,听见了唐朝、宋朝的声音,听见了公元前孔夫子听过的声音。

听久了,我还听出,那鸡鸣声总是在不停变着调子和嗓音,每天都不一样,甚至过一时段都有变化。前天听着很抒情的声音不见了,昨天突然换了个调子,显得生涩有些沉闷,而今天又换了嗓门,似乎欲言又止,还带着忧伤——我们的抒情诗人,在世事快速变化、场景匆忙切换的年代里,难以形成自己稳定的抒情风格和个性化语言,才如此急切地变换着言说方式,发出慌乱凄惶、极不沉稳的声音吗?

昨天下午上班时,我绕到小区外面的街上,想看一看鸡鸣声的出处,想看望一下我们的抒情诗人——它唤醒了我的乡愁和童年记忆,我应该去看看它们,顺便了解它们何以不停变换调子和嗓音的真实原因。

走着走着,我没有找到想象中宽大的绿草茵茵的院落,我没有找到诗,也没有见到诗人,却走到了一个生鸡屠宰场,在各种刀子和开水桶旁边,关押着一只只鸡,仔鸡,母鸡,雄鸡,在铁笼里拥挤着颤抖着。

我默默看了一眼那些垂头丧气、灰头土脸的鸡们,心想:那黎明的抒情、黄昏的咏叹和午夜的诉说,就是从它们中发出的。

然而,它们无法从容言说,无法跟随宇宙的时序和万物生长的节令,去深情地唱完一首完整的生命之歌。有的刚刚还在欢呼日出,就被迫终止了歌唱;有的正在朗诵挽留落日的诗篇,只朗诵了一半,就被一刀封喉,突然与落日一起失踪。

原来,我是听错了,不是歌手在频繁变调和改换嗓门,而是死神在不停点杀歌手——在死亡流水线上,次第走过的歌手们,只能留下匆忙的绝唱。

这才觉出了我的幼稚和可笑,在商业的城堡里,却幻想着田园的牧歌;把一群羁押在市场铁笼里的、已经标好价钱的死囚,想象成大自然的抒情诗人。如此南辕北辙的诗意妄想,比起那位总是在幻觉中与风车作战的堂吉诃德先生,真是有过之而无不及,我啊,可笑甚矣!

城市的履历表里,没有土地的籍贯,没有自然的消息,没有生长的年轮,没有生灵的户口,没有天籁的内容;只有消费的记载,只有买卖的账目,只有屠宰的程序,只有利润的涨幅;市场的网页上,没有诗,没有露水,没有古老而清新的歌唱为荒芜的时光标示出生动的段落,只有消费和消费的竞赛,只有购买力的排序和攀比;现代的天空下,只有欲望的气球飘升,只有楼市车市股市的攀升,只有消费的风帆不分昼夜地飞升,不会有心灵的太阳在诗意的地平线上冉冉上升,因此,城市,没有抒情的鸟儿,没有歌唱的雄鸡,没有真正的日出。

我不无悲凉,而且十分荒凉地忽然明白:我所听到的鸡鸣声,绝非抒情诗人的深情朗诵,而是大自然留下的最后的几声苍凉遗言……

鸟

万千生灵中最爱干净的莫过于鸟了。我有生以来,不曾见过一只肮脏的鸟儿。鸟在生病、受伤的时候,仍然不忘清理自己的羽毛。疼痛可以忍受,它们不能忍受肮脏。鸟是见过大世面的生灵。想一想吧,世上的人谁能上天呢?人总想上天,终未如愿,就把死了说成上天了。皇帝也只能在地上称王,统治一群不会飞翔只能在地上匍匐的可怜的臣民。不错,现在有了飞机、宇宙飞船,人上天的机会是多了,但那只是机器在飞,人并没有飞;从飞机飞船上走下来,人仍然还是两条腿,并没有长出一片美丽的羽毛。鸟见过大世面,眼界和心胸都高远。鸟大约不太欣赏人类吧,它们一次次在天上俯瞰,发现人不过是尘埃的一种。鸟与人打交道的时候,采取的是不卑不亢、若即若离的态度。也许它们这样想:人很平常,但人厉害,把山林和土地都占了,虽说人在天上无所作为,但在土地上,他们算是土豪。就和他们和平相处吧。燕子就来人的屋子里安家了,喜鹊就在窗外的大槐树上筑巢了,斑鸠就在房顶上与你聊天了。布谷鸟绝不白吃田野上的食物,它比平庸贪婪的俗吏更关心大地上的事情。阳雀怕稻禾忘了抽穗,怕豆荚误了起床,总是一次又一次提醒。黄鹂贪玩,但玩出了情致,柳树经它们一摇,就变成了绿色的诗。白鹭高傲,爱在天上画一些雪白的弧线,让我们想起,我们的爱情也曾经那样纯洁和高远。麻雀是鸟类的平民、勤劳、琐碎,一副土生土长的模样,它是乡土的子孙,从来没有离开过乡土,爱和农民争食。善良的母亲们多数都不责怪它们,只有刚入了学校的小孩不原谅它们:"它们吃粮,它们坏。"母亲们就说:"它们也是孩子,就让它们也吃一点吧,土地是养人的也是养鸟的。"

据说鸟能预感到自己的死亡。在那最后的时刻,鸟仍关心自己的羽毛和身体是否干净。它们挣扎着,用口里仅有的唾液舔洗身上不洁的、多余的东西。它们不喜欢多余的东西,那会妨碍它们飞翔。现在它就要结束飞翔了,大约是为了感谢这陪伴它一生的翅膀,它把羽毛梳洗得干干净净。

鸟的遗体是世界上最干净的遗体……

动物的眼睛

我遇见动物总是先观察它们的眼睛。这好像并不是受了教科书的影响。当然书上说的也有些道理,比如"眼睛是心灵的窗口",这个比喻好像只限于人的眼睛,透过这"窗口"就能看见"屋子"里摆放的那颗"心灵"。照一般的理解,动物是没有心灵的,它们的眼睛自然也就不是"心灵"的"窗口"。那么,动物的眼睛是什么呢?

有人说动物的眼睛仅仅只是眼睛。

那人又说:当然,你也可以把动物的眼睛比作窗口,不过,从这窗口你什么也看不见,"窗口"里面是一间黑屋子。

黑屋子里摆放的是什么呢?那人说:是胃。

我不信那人的说法。我相信我的观察。我所看见的动物眼睛,有的很妩媚,有的很谦卑,有的很伤感,有的很忧郁,有的很愤怒,当然有的也有些凶狠,有的呢,还有着难以说清的迷茫、厌倦和悲苦,给我印象特别深的,是有些动物的眼睛里流露着一种令人同情的痛苦和祈求的眼神。

见得最多的是牛的眼睛。小牛的眼睛是透明的,猜想它眼中的世界是一片碧绿的草场,所以它眼神里洋溢出的光亮总那么纯真和自信,它相信生活给它准备的都是蓝天、溪水、绿草坪,它不知道什么叫负重,什么是鞭子,它更不知道这个世界还有屠宰场,还有牛肉罐头,还有牛皮鞋……除了知道母爱和好吃的东西,再也不知道还有别的什么,这就叫童年。我想,我们的童年不也和牛的童年一样无知吗?无知给了我们幸福、幻想、青草遍地的感觉。后来见识了鞭子、牛轭、重量、泥泞,见识了荒凉的悬崖和干涸的河床,见识了疾病、疲惫、伤口,这时候,牛已是成年或者老年了,眼睛里的透明和喜悦渐渐消失,忧郁的眼神,浑浊的泪水,我们看见的牛总是刚刚哭过的样子。

马的眼睛都有好看的双眼皮,雄马英俊,母马健美,马不需要做美容手术,个个都是美丽又透着英气的好马。马的鬃毛飘洒下来,正好做了眼睛的"窗帘"。"帘子"后面的眼睛时隐时现,透出几分朦胧和神秘。它们的眼睛很专注,总是望着前方,好像前方有急切的召唤,有温暖的家。马很少瞻前顾后或左顾右盼,除吃草或睡觉的时候,它们都在凝视远方。如果人走在路上也这样不瞻前顾后左顾右盼,人的一生要走多远的路?可惜,大量的岁月人都在瞻前顾后左顾右盼中虚度过去了。望着这些有着美丽眼睛的马,有着大家风姿、英雄基因的马,我有时候真为它们抱屈:驰骋疆场的英雄岁月远去了,就这样做一头家畜?和驴一样拉杂货混一口饲料吃?就这样在规定的路线上周而复始地走来走去,直到颓然倒下?我看它们的眼睛里好像对此没有多大怨忧,平静得有些麻木,我一想,它们是退化了,英雄的后裔终于变成平庸的家畜。但我又为它们的麻木庆幸,要是它们总惦记着那些驰骋的往事,眼前这负重的、雷同的、碌碌无为的日子该怎么忍受?但我再一看它们那英俊的眼睛,就由不得想:这本该是英雄的眼睛呀。

笃诚,这是驴的眼睛给我的印象。笃诚的眼睛总是感动人的,至少是让人信任的。许多文人诗人对驴都有好感,我想,除了它的脾气好,大约还因为它那不存恶意的诚实的眼睛。数千年来,驴就是普通劳动者的好帮手,老百姓总爱说"驴儿",这是昵称,亲切的称呼里包含着对它的感激。"细雨骑驴入剑门",陆游骑驴走在细雨蒙蒙的宋朝,那头可爱的驴丰富了诗的意境。今天的诗人如果谁说"细雨骑摩托入剑门"、"细雨骑飞机入剑门"、"细雨骑火车入剑门",是没有半点诗意的。驴再卑微,驴也是生命。飞机再豪华,飞机也不是生命,只是金属制作的运输工具。更重要的是,再高级的工具都没有眼睛。而我们知道,驴有一双笃诚的眼睛,所以陆游骑着它,就把宋朝的一段山路走成了不朽的诗。

羊的眼睛单纯极了,那真正是孩子的眼睛。我多次站在或蹲在羊面前,看它的眼睛,那是一片晴空和月色,那是没有被污染的大自然的眼睛。野心家、阴谋家、奸臣、恶棍、市侩、骗子,在这样的眼睛面前应该感到自己是多么脏、多么邪恶、多么不地道,不仅失去了人之为人的本真,而且连动物也具有的纯朴的自然属性都丧失了,说他不是人,是在骂他;说他是动物,简直是抬举了他——动物所具有的诚实、质朴、单纯,他有么?我最爱看羊低头吃草的样子,它咀嚼得那么认真,仿佛不是在为自己,而是为着一个更遥远的目的,它最喜欢有露水的青草,它带着欣赏的神情品味着大自然的礼物。我忽然明白了,一个以露水、青草为食物的生命,它的性情里肯定也带着露水的纯洁和青草的芳香。我想,这大约是羊天性良善的原因;这大约也是羊总被狼吃的原因。食草动物常常要输给食肉动物。我不仅为羊忧虑起来:羊的悲剧就这样演下去?但是,羊对此浑然不觉,羊的那双孩子般的眼睛,仍在寻找露水和鲜美的植物。

人们总是骂势利眼为"狗眼"。可见狗天生一双势利眼,如那些势利小人。但是还有另一句评语为狗平了反:"狗不嫌家贫。"比起忠实的狗,势利的奴才们是远远不如的,奴才们总是根据风吹草动不断变换自己效忠的主人。我观察过狗的眼神,倒不像有些人说得那样势利或下贱,相反,狗的眼神里有机智、有褒贬,也有自尊。有一次我长久地凝视朋友家里那只白狗的眼睛,开始,它也望着我,似乎在与我交流,四目相对,过了些时候,那狗仿佛觉得这样互相呆望着太没趣,有失尊严,便不好意思地将眼睛移往别的方向,过一会儿,又偷偷瞥我一眼,看见我仍在望它,便转身走了,好像在说:"这不知趣的人的眼睛。"我望着狗远去的背影,忽然想到:人失去了尊严,真不如这尊严的狗。

"眼睛是心灵的窗口",这是人自己表扬自己的眼睛,动物自然是不配的。但我在许多时候,在动物的眼睛里看见了纯洁、正直、尊严等动人的东西,我想象,那眼睛后面肯定也有情感和心灵,只是我们不能或不愿去认识和发现罢了。相反,我倒是从人的"窗口",窥见了伸手不见五指的黑屋子。难怪有人说:见多了人的眼睛,你会觉得动物的眼睛更美。因为它纯洁。

对几份菜谱的研究

清 蒸 鸽 子

曾经,在硝烟和弹火弥漫的天空,你冒死飞过,为我们搜集黎明的消息。

晴空的鸽哨,飘过恋人的窗口,抚慰了荒凉的心。

从一个大陆到另一个大陆,你是上帝的飞梭,从事着何等伟大的编织。

从一片海洋到另一片海洋,你是哥伦布,你是郑和,你是他们的先知,你比他们更早知道地球是圆的。飞了一圈又一圈,你重新返回原点,那么谦卑平和地继续做一只朴素的鸽子。

在高高的天空,你那飞翔着的小小心脏,使寂寞的上苍感到了一点奇异的温暖。

你一次次俯瞰低处的尘世,一定有着不同于人类的心得。你那么清楚地看见人不过是尘埃的一种。但你从来不说出口,你生怕伤害了人的那点渺小的自尊。

屈尊于我们低矮的屋檐下,你同情我们,但从不蔑视我们。你知道,我们不会飞,我们只能过这种琐碎的日子。

每当我看见你,我就看见了天空的灵魂。我总是不由得抬头望天,这时候,我就看见了无限,也想起了无限,琐碎的日子于是也似乎笼罩了深广的意味。

此刻,面对你,我却无话可说。

原谅我吧,原谅我吧,亲爱的鸽子,可怜的鸽子。

据说和平年代,更适宜精心烹调……

红烧孔雀肉

既然这道"菜"注定要做,我建议:

把那钢琴拆了吧,用它做一个灶。

把那小提琴、中提琴拆了,用它们做柴。

如果柴火不够,就把那大提琴也拆了吧,塞进灶里,继续红烧。

把那古筝、古琴、二胡、笛子都投进灶膛,继续红烧。

这样就匹配了——用美的燃料,红烧美的肉。

一边听着高雅的音乐,一边吞噬着美丽的生命,我们已经进化到如此伟大的境界:能把截然相反的两极放在一个盘子里,心安理得地享用。

我忽然有了一个发现:这菜谱是杀戮的记录……

烤 乳 猪

一生下来,就落进烤炉。眼睛还没睁开,就被迫彻底闭上。

这样也好,索性不看这个世界,等于没来过,等于没当过猪,等于没死过——因为本来就没活过。那烤熟的,飘着热气和香味、被我们称为美味的,只是一种不曾作为生命存在过的、没有名字的肉,很嫩的肉。

为什么不发明这样一种东西:它没有形体,没有生命,没有心脏,没有血液,没有情感,没有痛感,而仅仅是一堆肉,或者更直接、更彻底——它生下来就是一盘美味的熟肉?

生命,千辛万苦地降临了,与其把生命当作肉去处理,去消灭,不如不让它以生命的形式出现,干脆就让肉直接降临到我们的盘子里吧。

这样,或许作为生命的我们,就不再是别的生命的厄运和坟墓——我们仅仅只是在吃肉。

爆炒青蛙

"稻花香里说丰年,听取蛙声一片。"

可是我们听见的却是别的声音——不祥的声音。

在商业的油锅里,田园和诗意正被爆炒成利润。

那个在田野长大的少年,稻花曾缀满他的衣衫,蛙声灌溉了他的梦境。如今,他早已进城做了饭店老板,主打的乡土菜之一,就是青椒爆炒青蛙。昔年清贫的农业、昔年单纯的田园、昔年月光里的蛙声,都被架在火上、扔进锅里,或清蒸,或红焖,或油炸,或爆炒,变成一盘盘美味,一捆捆钞票。

而饭店的招牌,就是"回归田园"。

沿着这油炸、爆炒的路,我如何能回到我的故乡、我的田园?我如何能追上那越去越远的蛙声?

"稻花香里说丰年,听取蛙声一片。"辛弃疾先生的背影越来越模糊,很快消失在田园诗的尽头,留下我在深夜的大街上徘徊复徘徊,受困于霓虹笙歌,于无可去处,眺望沦陷的乡土……

动物们的知识

猫熟悉夜间侦察、翻越、活捉老鼠的一整套业务和相关解剖学知识,而不必涉猎关系学、厚黑学、行贿受贿、投机、谄媚、说谎等学问。

狗以忠诚为立身之本,精通看家护院、扑咬等业务,而对社会学、潜规则、"包二奶"、腐败经济学等毫无兴趣。

鱼熟悉河流的深浅、清浊、流速等情况,掌握了高超的游泳技术,对岸上复杂的织网、贿赂、贪污、持刀抢劫或持权抢劫等百科知识不闻不问。

燕子对农家房舍的建筑原理和朴素美学十分欣赏,并进行了画龙点睛的补充,而对如何在地上打洞、偷盗、卖官买官、组建黑社会等老鼠们和人类们擅长的专业,则视而不见,从不模仿。

萤火虫从远古就掌握了自我发光、带电穿越黑夜的高科技,对能源大亨们主导的旨在毁灭地球的高耗能、高消费的生活方式从来都是嗤之以鼻、决不效法。

雄鸡熟悉太阳的行踪,对时间奔跑的节奏了如指掌,无疑它已经掌握了天地运行的某些秘密知识,它从来不崇拜浑身挂满时间刻度和财富指数的疯狂的人类,绝不认同他们变态的时间表,绝不向他们请教快速升官和快速敛财的方法。

蝉一出生就投入歌唱的事业,始终坚持真唱,用高亢的激情,款待夏天和秋天,款待每一个好奇的孩子们。它们的一生都是在义演中度过的。而对明星们精通的假唱、天价出场费、吸毒等等后现代学问一无所知,也不想知道。

……

所有生命都掌握了其种族世世代代传承的神秘知识,都最大限度地达到了它们各自的博学多识。

所以,它们无须向人类学习,更无须拜人类为师。

因此,它们单纯而天真,它们少了许多邪恶的"智慧"。

狗 的 知 识

我无法弄清一条狗所具备的知识系统，但是，我相信，它对人的观察和了解，一定不亚于我们人对自身的了解。

狗不会去崇拜一只猫或一头猪，也不会去崇拜一头比它高大的牛，但它可能会崇拜一个小孩，它知道这个小孩就是正在长大的他的主人。狗对人的研究可追溯到人与狗第一次见面的那个时刻，大约在数万年前的某个上午，狗来到人的屋檐下，答应了人的苛刻要求，与人结成了不平等同盟，人给它提供一些残汤剩饭，它负责帮助人看家护院。狗也从此开始了对人的长期观察和研究。

人豢养狗，其实是豢养了一个人性的研究者，一个人类学专家，一个人心的洞察者。狗对人的心理的了解超过了对它自己心理的了解。你要是问一只狗在想什么，它是说不清的，但它一定知道你在想什么。

狗是严重被人同化了的动物。狗的忠诚与其说是美德，不如说是无奈，是不得不如此的选择。随机应变，随缘而化，狗不认识"缘"这个字，但在随缘、惜缘这方面，狗做的最出色。穷人养它，它就忠于这个穷人；圣人养它，它就忠于这个圣人；傻瓜养它，它就忠于这个傻瓜；流氓养它，它就忠于这个流氓；恶棍养它，它就忠于这个恶棍；好人养它，它就忠于这个好人。这无关狗对善恶的理解和评价，而与狗的知识结构有关。

狗的知识结构的核心,是对主人的无条件服从,是对主人收养之恩的报答。但这不能简单地视为奴性,这是一种忠贞情感和报恩意识,可以视为狗的宗教信仰。

当一个人失去了一切,失去了财富、权力、亲情、友谊,但还有一只狗忠于他,把他看作教主和朋友,还有一只狗与他相依为命,还有一只狗爱他,同情他,甘愿与他一同去受苦,去流浪,去死;这条狗就有可能拯救这个绝望的人。我们可以这样理解:这是狗代表世界拯救这个人,或者这样说,世界委派一只狗去拯救这个人。

狗跟随和研究人,已经多少万年了,他对人性一定有自己的判断和评价。

那么,狗掌握的有关人性的主要知识是什么呢?他对人性的理解和评价是什么呢?

是贪么?似乎是,其实不是。在狗的眼里,人对权力、钱财、情色、虚荣、功名利禄的膜拜和贪图,与它对几根肉骨头的膜拜和贪图是一样的,并非是人性的核心部分,他们所贪图的,只不过是人性中核心部分的替代物和填充物。

那么,人性中的核心部分,也即致命部分是什么呢?

作为资深人类学家,作为长期从事人性研究达数万年之久的人性专家,狗提供了这样的答案:

人性中的核心部分也即致命部分,是他们生命深处的空虚、找不到生存意义的苦闷以及对死亡和虚无的恐惧。

一言以蔽之:人心和人性中的致命部分,是怕自己的一生被迟早要来的死亡给彻底否定了,是怕自己所有的努力到头来都成为毫无意义的一场徒劳,是怕自己这一辈子白活了。

狗这样回答:所以,他们就不停地用那些替代物(权力、钱财、情色、虚荣、功名利禄等等)来填充自己装饰自己麻醉自己——这就是我所看到的隐藏在人的贪婪后面的核心本质,对此,我是十分地可怜他们;出于同情,我选择了对这些貌似贪婪实则可怜的生物的无条件忠诚,以缓解他们的空虚、苦闷和对死亡与虚无的恐惧。

由此,我们得知:

出于对人性中的致命部分的长久观察和理解,狗的知识结构的核心部分乃是:对人性的致命困境的深刻洞察,以及对他们难以摆脱的对死亡与虚无的恐惧和焦虑的由衷同情……

堂哥李自发和牛

堂哥李自发,已去世多年,他在世的时候,我还小,不太懂事,对他有些印象,但不曾往深处想,觉得他就是个一般的人。如今我已活到他在世的那个岁数,终于懂了些事,回过头想些旧人往事,就时常想起自发哥,觉得他是个很有意思的人。他最有意思的事,是他年年都要为牛过生日。

自发哥养了一头黑牯牛,个子高高的,很壮实,走路的样子极威风,好像认定了一个值得专心奔赴的目标,好像要去做一件极其重要的大事,步子很稳很有力,我们放学路上遇到它,总是赶紧提前让路,怕挡了路惹它发脾气。其实呢,它却比我们更提前靠向路边,主动为我们让路,它在另一边走着它那很稳的步子。我很自然地对这所谓的"畜生"有了好感,觉得它是懂道理、有感情的。

我也见过自发哥用它犁田的情景,自发哥跟在牛后面,一手扶着犁把,一手举着鞭子,那鞭子只是一根青竹条,并不打牛,时扬时放,倒像我后来在电影上看见的音乐指挥手中的指挥棍,在为他哼着的牛歌打拍子,那歌词我至今还记得几句:"牛儿牛儿莫嫌苦,我扶犁来你耕土,五谷丰登忘不了你,青草任你吃,豆浆喝个够;牛儿牛儿莫嫌累,你耕土来我扶犁,自古百姓离不开你,太阳在看你,月亮在夸你……"牛歌很长,调子是固定的,歌词即景而编,脱口而出,有夸奖牛的,有批评牛的,有说田园景色的,有说村里趣事的,有说古今传闻的,幽默风趣,边唱边续,越续越长,就像田垄和阡陌,不断延伸。那牛似乎听得很入迷,随了歌的节奏迈着起承转合的步子,卖力地拉犁。歇息的时候,它站在犁沟里,有时也哞哞几声,好像觉得听了主人那么多好听的歌,也想唱一首表示回敬,但却不成腔调,于是刹住,头低着,沮丧的样子,感到对不起人。

到了冬天,记得是腊月初,这一天是牛的生日,自发哥就为牛脖子上系条红布带,让牛吃最好的草料,招待它吃麸皮,喝豆浆,还要放一挂鞭炮,牛圈门上贴着红纸对联,记得有一年的对联是:种地不负天意,吃粮谨记牛恩。横批:感念生灵。

这一天,再忙也不让牛干活,让它彻底休息,自发哥陪牛晒太阳,为它梳理卷曲的毛,擦洗牛眼角的眼屎。我不能得知牛到底知不知道这一天是自己的生日,但是能看出来,这一天,牛是高兴、温顺、满足的。四季辛劳,牛总算过了个干干净净安安闲闲的日子。

尊重和保护动物,是一种美德

其实这个话题并无新意。我国传统文化中一直就有"无缘大慈,同体大悲""众生平等""民胞物与"的博爱情思。而更古老的"厚德载物"四个字,其内涵和境界又何其深广。有敦厚之德行,才能化育和呵护万物,反过来,也被万物化育和呵护。

这就是说,人不能随便去虐待一头牛、一条狗、一头猪、一只鸡、一匹马、一条鱼、一个虫……虽然它们确实不幸成为了人的家畜或牺牲品,它们的命运基本上就掌握在人的手里,它们的结局都不那么美好,甚至很可怜、很惨,正因为这样,你就更不能去随便伤害它们。你想一想,它们也眷恋着活下去,它们也希望活得自在和幸福,它们也有自己对骨肉亲情的牵挂和单纯的情感生活,然而,在多数情况下它们不得不被迫终止自己的生命,不错,它们是为自己活着的,然而却是为我们而死去,而捐躯。很遗憾,我们无法把严酷的食物链按照我们博爱的情感修改得柔软温情一些,我们甚至无法修改我们自己的本能。正是在这里,在本能和自然律的单行道上,分开了一条温暖的路径——在这里,人性和道德律走出来,对本能和自然律说:或许我们不能改变结局,但我们完全可以让过程变得仁慈和温暖一些。最终我们可能对不起它们,但我们尽可能做到对它们的尊重和同情,绝不额外增加它们的痛苦。

这不是伪善,人在两难处境下,在无法选择的时候,其选择都带着极大的矛盾和悖论。而最人性最道义的选择,是既不违背自己的意愿,又不把自己的意愿看得太神圣,就是说人在任何时候都不要过于自以为是。在人性的上空,有着更高的道德领域,它虽然原谅了人在自然界适度的"恶",但它更期待着善,当人意识到并反省自己的局限和恶的时候,人性就发出了善的光芒。

不侮辱憨厚的猪,不伤害负重的马,不打骂生病的驴——它们是弱者,它们帮助我们承担了生存的压力,它们以痛苦的劳作和无奈的牺牲成全着我们的生活,即使在病中,它们仍然为我们工作,想一想吧,这是怎样可贵的付出,难道就不能得到我们的同情和尊重吗?人和人之间的举手之劳,都要感恩、致谢,甚至要付酬,马向我们要过什么?驴向我们要过什么?牛向我们要过什么?猪向我们要过什么?不过是一点麸皮草料——所谓"干牛马活,吃猪狗食"罢了,难道它们就不能在我们这里得到点友谊和尊重吗?我想,这些沉默辛苦忍辱负重的动物们的内心里,怕是一直盼望着得到人的友谊的。可是人在这方面一直表现较差。在它眼里,人怕是很有些"恩深仇重""恩将仇报""忘恩负义"的吧,我们真是不应该啊。

对怀孕的动物,就更应该多一点怜惜和呵护——它们要做母亲了,它们是有着天赋的母爱的——一点也不低于人类的伟大母爱。它们要用情感和母乳培养自己的接班人了——实际上是在帮助我们培养。我们就不能对它们也有一点仁慈和同情吗?它们受苦受累开膛破肚仅仅是为自己吗?它们是在为维持大自然的伟大秩序而受苦,最终是为我们而受苦。我们应该向这些高贵的无助的母亲致歉并致敬。

当着许多活鸡宰杀那只母鸡是不应该的。你不应该用这种恐怖的方式折磨那些弱小无助的生命——它们从生到死都无害于我们,都在帮助着我们。你不应该掐断那只正在鸣叫的雄鸡的喉管,它对着太阳深情歌唱,它曾一次次报告黎明的到来,你应该让它把最后一支歌唱完,你应该尽量让它无痛苦地死亡。

把洁白如雪的鹅鸭捆绑倒吊在车把上或车后座上——把天使倒吊在那里,任僵硬的水泥路面摩擦它们,任污泥浊水丑化它们——我实在不忍心看这场面,不应该啊,美丽的生灵被损毁、折磨成这个样子,让人心疼,让人类的美学难堪,让人类的伦理学难受。

你把那么忠实的狗用绳子捆了,押解到狗肉馆,推进沸腾的火锅,就为了换几个钱,狗对人一生的忠诚,化成一锅狗肉汤!你下得了手啊,那一刻,狗的痛苦和绝望,没有语言能够形容,无论狗语,还是人语。狗是人的最亲近忠实的朋友,狗始终忠诚于人,人常常背叛了狗。真的不应该啊,我们太不仗义了。

你就不能为窗外饥饿的小鸟撒几粒米吗?它们在空中舞蹈,在林中唱歌,在水上为春天剪彩,它们常常将我们的目光引领到广阔的天空——它们是流浪歌手、自由艺术家,它们世世代代为我们义演,它们丰富了我们对生活对大自然之美的感受,它们用高高飞翔的身影,减轻我们灵魂的负担。我们就不能对它们多一些友爱吗?……

据报载:德国、英国、法国等国已经把爱护和尊重动物写进了宪法,甚至把爱护昆虫写进了法律条文。我国也有热心环保的人士呼吁为保护动物立法(不仅仅只对珍稀动物);生态学家、伦理学家也在思考着怎样重建人与自然、人与生灵之间的联盟;生态伦理、生态道德、生态美学——这些,都不仅仅是学者的话题,也应该成为大众的自觉。

人与自然、人与环境、人与生态、人与生灵之间关系的人性化、和谐化、善良化,不仅仅改善和优化了人的生存环境,而且也净化、美化和升华了人的心灵。一个不虐待动物的人,才会更加懂得尊重人。对自然行善的过程,也是培养善意和爱心的过程。大自然和整个生命界,都会因为得到了人的尊重而加倍地尊重和回报人。大自然是善解人意的,人呢,是不是也应该善解天(自然)意?

动物解放

前些时候,我到一家现代化养鸡场去参观。这是一次痛苦的经历,当时心里难受,过后仍然难受。我们的所谓参观,只是在袖手旁观生灵的痛苦,袖手旁观它们生不如死的惨状。

为了把成本降至最低,使利润最大化,数万只鸡被关押、囚禁在窄逼的空间里,每只鸡仅占有一页小三十二开作业纸那么大一点地方,就在这一页"作业纸"上,它们不能走动,不能转身,就那么呆滞地站着,被迫做那痛苦的"作业"。站着,站着,这一站,就是一生。

它们的一生是多长呢?在过去,自然放养的鸡,至少要到两年左右方可食用,若能得享天年,鸡的寿命可达到十年左右。而在现代化养鸡场,在鸡的"集中营"里,肉鸡顶多活50天左右就被宰杀;蛋鸡,因为它们是下蛋的"机器",可以多活些时日,一旦过了产蛋高峰期,则立即宰杀,成为麦当劳、肯德基的肉馅。

它们的食谱,体现了人用智力篡改自然之道、剥削弱小生命已经无所不用其极。鸡的饲料里,添加着激素、抗生素、镇静剂(为防止它们因拥挤、肥胖、亢奋、烦躁、压抑而疯掉)等多种化学物质,鸡吃着这些精心配制的毒药般的食物,只能按照化学的命令和商业的意志,在极短时间里快速长肉、快速下蛋,为加害于它们的人类生产源源不断的蛋白和脂肪,完成一种"肉体机器"的指令性宿命。

它们休息和睡觉的权利也被完全剥夺,生物钟彻底被人篡改,为了让它们时时刻刻进食和疯长,灯光二十四小时一刻不停地照着,它们从没有感受过夜色带来的安静和安全的感觉,长明的灯光和失去睡眠的生活,使它们几乎全都患上了严重的青光眼。它们像瞎子一样在冷酷的光亮里遭受着黑暗和光亮的双重折磨。它们瞎着眼睛忍着剧痛为我们源源不断地生产蛋白和脂肪。

它们短促的生命里,没见过一缕阳光,没见过一片绿叶,没见过一滴露水,没见过一个异性,没有舒展地伸过一次懒腰,没有自由地奔跑过哪怕片刻,没有舒畅地鸣叫过哪怕一声,它们活着,不曾有过丁点快乐。

作为与人类相守数千年的温顺可爱动物,鸡沦入如此悲苦、可怜境地,我一边看,一边暗自叹息,并为自己吃蛋、吃肉自责不已。

看着这样的现代化的鸡的"集中营",若是你以前不相信世上有地狱,现在你只能说,你不仅相信了,而且看见了真实的地狱。

鸡如此,那些专供吃肉、挤奶、制革的猪呢?牛呢?羊呢?驴呢?马呢?与鸡一样,它们都是关押在地狱的囚犯和奴隶。除了供我们役使和宰杀,它们作为生命已经没有任何野性的快乐和天赋的自由,除了无条件服从和服务于人的欲求,其作为物种的生命特性和生长过程,已被人彻底掌控和剥夺。更有甚者,有人或为了口腹之乐,或为了追逐暴利,竟丧失起码的怜悯之心,不择手段地残害动物:曾几何时,活吃猴脑竟成了一些新兴"贵族"们的时髦;为了得到新鲜的"补阳"之物,有人竟残忍地从活驴身上割下阳具;为了源源不断取得胆汁,活熊身上竟然被人常年插上导管。

还有,美丽的孔雀、慈爱的袋鼠、善良的麋鹿、神秘的小青蛇小白蛇,这些曾经带给我们激赏、感动、心疼和偶尔的惊悸的大自然的生灵,如今也纷纷被商业饲养、被市场宰杀、被利润烹调。

多少次读《聊斋》,印象最深的是那充满人情味的林妖狐仙,想不到,在蒲松龄笔下出没的妩媚多情的精灵,如今已成为养殖产业被计入 GDP。在时尚而倜傥的狐皮大衣上,在红烧或油炸的狐肉里,我分明知道,大自然最后一点荒野、最后一点秘密、最后一点诗意,都被投进滚烫的消费欲火里,化为一点虚荣、几盘美食、一阵饱嗝,随风而逝。

如今,除了旅游景区里被刻意挽留的一些贵族式动物,天空中稀疏的几只麻雀,鱼塘里被激素催肥的鱼,鸟笼里学舌的囚徒鹦鹉,玩具般供人娱乐和把玩的格式化宠物,此外,你见过莺飞草长、令人心胸为之怡然的春景吗?你见过鸢飞鹤鸣、使人情怀为之激荡的夏景吗?你见过大雁在天空写它们的美丽十四行诗的感人秋景吗?你见过乌鸦在积雪的旷野集体出动为夕阳送行的苍凉冬景吗?

几乎一切飞的、跑的、爬的动物(除了濒临灭绝不得不强制保护的),都被视为可吃的、可制作皮革的、可消费的"资源"(而不是生命),几乎都被纳入我们那致命"目的"——即以消费和享乐为唯一目的的盘子里。而在我们的"目的"之外,在我们的欲望"盘子"之外,几乎已经一物不剩!那些野性的、生动的、斑斓的,世世代代陪伴我们、带给我们无限美感和诗意、令我们对大自然的丰富和神奇产生无尽想象和惊奇的生灵们,有多少已经带着血泪和恐惧,头也不回地走了,而且,一去不归……

没有哪一样动物对不起我们,是我们对不起它们。

当我们蔑视上苍,丧失悲悯之心,无视生灵蒙受的巨大苦难,为了我们一己、一时的所谓"目的",剥夺它们的生命过程和目的,当自然和生灵们不再有活着的目的了,当万物的生路都被我们阻断了,那么,我们活着的所谓"目的",又是什么呢?我们的生路,又能延伸多久呢?在一个自然生命不断凋零、大地生机不断萎缩,只有垃圾、废气、污水、沙漠无限增长的匮乏、枯竭、险象环生的世界上,人类的存在又有什么诗意、美好和希望呢?

英国一位关注动物生存状况的作家在 20 世纪 70 年代写过一

本《动物解放》的书,他痛切地指出,人为了自己的福利,而剥夺动物的天然福利并把动物置于苦难的境地,是不道德的,是反自然、反宇宙的,最终也有害于人类自身。因为,人与万物共处于一个统一的生物场或生命场里,在这个共同的"场"里,强势的一方若总是无节制地加害于弱势的另一方,加害者从被害者身上赚得了短暂的好处和收益,虽然,直接受害者承受了最大痛苦,但是,共有的生物场、生命场(也即生物链)的痛苦总量增加了,每一种生物和生命承受的痛苦也就随之增加。当生命场的痛苦总量大到极限,则生命秩序将彻底崩溃,所有生命就将消亡。作者深刻地指出,即使人能够在动物们的苦难深渊里暂时获得富足的生活,这种生活却是完全缺少道义和美感的,没有任何高尚可言,而且根本不可能持久。扭曲了别的生命的过程,剥夺了别的生命的基本权利,人其实也丑化了自己的生命过程,恶化了自己的生存处境,最终也丧失了人自身得以存在的广阔生命背景。

　　如何缓解大自然承受的重压而使之永葆生机?如何减少动物的痛苦而使之像生命那样活着而不是作为工具和奴隶被奴役被剥削被压榨?作者提出了解决的方案,一是改善动物的生存环境,恢复它们的天然福利,停止对动物的一切施虐行为,即使有的动物为了人的生存不得不死去,也应该尽量让它们无痛苦死亡;一是人类要尽量少吃肉而多吃素,这样就减少了动物圈养和宰杀的数量,一些动物就可以不为人而只为自己活着,也即只为自然而活着,它们就可以回到野外生活,重新成为大自然的成员(而不是人的奴隶)。这样,被人彻底洗劫了的沉寂、单调的自然,将因此恢复生物多样化的原生态,反过来,人类也可以从重新变得丰富生动的大自然那里获得更多的生存支持、生命感受和审美体验。

　　我对作者深沉博大的善良情怀和闪耀着理想主义光芒的生态主张,深为感动和共鸣。

　　正如马克思所说:"无产阶级只有解放全人类才能最后解放自

己。"这是从社会学角度说的;从生物学角度来说,人只有让动物从被奴役、被压迫、被剥削的悲惨境遇里得到适度解放,也即只有降低和减少动物们承受的巨大痛苦,让它们获得一定的福利和自由,人类与生物界和大自然的对立、紧张关系才会因此而得到缓解,自然和生灵的痛苦总量将因此有所减少,这样,适度优化了动物的生存环境,其实也就优化了大自然,最终也优化了人的生存环境和质量。爱因斯坦说过一句十分感人的话:"人类应该把爱心扩大到整个大自然和全体生命。"若能如此,在宇宙面前,人类呈现的就是一种善的存在、美的存在和道义的存在,是一种有着更高觉悟和终极关切的存在,而不是恶的存在、贪婪的存在、暴力的存在,人就不再是万物的浩劫者和别的生灵痛苦的根源。从而,人的觉悟也就成为宇宙的自我觉悟,人的善行也呈现了自然的伦理并有助于自然的修复,人的形象也就成为宇宙中闪耀着道德光芒的动人形象。当人类不仅拥有智力,同时又懂得节制和适度使用自己的智力,把智力锁定在伦理的半径之内,而不是无节制地放纵和滥用智力,以至于智力变成了暴力、破坏力和毁灭力,在利己的同时懂得利他、利众生、利万物、利天地,那么,人就进入了"民胞物与""厚德载物""替天行道"及与天合一的高尚、慈悲、智慧、圆融境界,成为宇宙和大自然中的正面能量和有益环节,从而,人类成为自然秩序、生命诗意、宇宙生机的呈现者和维护者,而不是自然和生灵的加害者和毁灭者。

第五辑

水果诗篇与植物传奇

橘　子

一瓣一瓣紧挨着，围绕一个芬芳的轴心，它们均匀地排列、旋转。

那封闭的穹窿，是它们的工地，它们认真施工，它们仔细酝酿、构思和校正自己，让每一瓣都尽可能符合思念的质地和美学的尺寸，让每一瓣都是上好的建筑材料。

它们认真镶嵌自己，把自己镶嵌在另一个自己和更多的自己旁边。

仿照太阳和星星的造型，它们修建一座圆形的建筑，一座梦的建筑。

它们如此安静，不声不响，它们深藏不露，它们要在难免有些生硬、荒凉、危险、粗糙的宇宙里，另外建造一个柔软、多汁、温情、精致的宇宙。

它们既是建筑师，也是建筑材料，也是建筑本身。

它们是三位一体的心灵建筑师。

如此圆满和纯粹，如此安静和温润，这是我们能看到和能想象到的最好的圆形建筑了，这是绝不次于，很可能优于佛经、圣经里所描述的任何天堂的最好的建筑了。

在这座建筑里，除了柔软、温情、甘露，除了爱的纤维、思念的经纬，再没有任何杂质，再没有任何杂味，再没有任何杂念。

这圆形的、梦的建筑,芬芳的建筑。

这心形的建筑。

不,它就是一颗心。

除了这么好的橘子,我实在想象不出还有更好的橘子。

就如同,除了诗经里的句子,我实在想象不出还有更好的句子。

苹 果

据说,牛顿在苹果树下沉思,一颗苹果掉下来,砸出了一个伟大灵感,牛顿忽然顿悟:为什么苹果只能落下来,却不能飞上天去?他认为,这是因为地球引力的缘故。他于是发现了著名的万有引力定律。

由此就解释了天上密集的星星们为什么不向宇宙深处掉下去,而是围绕各自的引力场,各安其位、各循其路,旋转复旋转,始终不迷乱,从而维持了稳定的宇宙秩序和一以贯之的永恒天道。

今天下午,我手捧这颗苹果,也陷入了沉思,但我没有再想它为什么会掉下来却不会飞上天去的问题,因为这已经不是问题,牛顿早已给出了答案。

我想的是:世上有无数无数的苹果,为什么恰恰是这颗苹果,来到我的面前,我伸出手,就一下子握起了它?

而且,我发现这颗苹果上,有一个细细小孔,很可能是哪一只小鸟啄过的,它也想尝尝秋天成熟的味道?很可能一阵风或口哨惊吓了它,它终止了它还没来得及开始的午餐,就匆忙地飞走了。就这样,苹果粉红的脸上,留下它细细的唇印,留下它小小的心事。

一只我永远也不可能见到的远方的鸟儿,曾经,它一路寻觅和飞行,在一个向阳的山坡,它看见无数闪烁的、微笑的光芒,在向它深情示意,它俯冲下来,它落在那个轻轻颤抖、特别芬芳的枝头上,它用激动的鸟语,赞美了上苍的盛情,然后,它开始品尝——

就在这时,风或口哨响了。它受了惊,它飞走了。

我遗憾,一只鸟未能分享上苍的美意,却完整地留下了这个苹果,留给了我。

然而,我无法心安理得地独享。

我与那只我注定见不到的鸟儿是有缘分的。我和它,都发现了这颗苹果,也都赞美了这颗苹果。

在同一颗苹果上,留下了一只鸟的体温,也留下了我的手温。

就是这颗苹果,短暂地接待过天上飞来的鸟儿,最终,接待了我。

就这样,我迟疑,我惭愧,我放下了手里的水果刀。

我把苹果放在一页纸上。

这页纸上,记录着我最喜欢的一首诗。

这就是说,我把一颗苹果放在一首诗上。

不经意间,我做出的这个举动,是什么意思呢?

是把苹果当供品供给诗呢?还是把诗当供品供给苹果呢?

我想,这其实是同一回事。

把苹果供给诗,把诗供给苹果,都是最相宜的。

唯独,用刀子谋杀和解剖如此美好的苹果,是不应该的。

久久望着苹果,我想,是不是这样呢?

此刻,我坚决认为,它不应该是让我们切开、嚼碎,然后吞进肚子的东西。

它太好了,我实在不忍心用尖利的刀子去切开它,用粗俗的嘴去咬它,去吃下它。

世间总有一些纯粹、美好的事物,原本就不是供我们消费的,原本就不是供我们吃的。

她们原本就是只能用来作供物的。

她们原本就是上苍颁发给心灵的礼品和供品。

此刻,我觉得:把苹果供给诗,把诗供给苹果,是相宜的。

是的,这么好的苹果,应该与一首好诗,在一起。

她的好,诗的好,合成一个纯粹的好。

这样,很好。

枇　杷

　　我的初恋,就刻在邻居英子家门前那棵枇杷树上。

　　几十年前的那个下午,趁英子一家人都不在家,趁院子里空寂无人的时候,我用铅笔刀一笔一画刻着英子的名字,一笔一画刻着一个小学生的秘密。

　　我希望这棵名叫英子的枇杷树,永远不长大,永远不变老,永远结枇杷,永远长在这里,哪怕永远不进我的家门,哪怕永远只做我的邻居。这样,每天早晨开门,我都看见一棵名叫英子的枇杷树,站在清风和露水里。

　　英子的名字,在枇杷的甜露里发育,渐渐长大,渐渐长高。

　　英子很快就出嫁了。

　　枇杷树质地坚韧,可作手杖,可刻印章。邻居家的大人后来就把那棵枇杷树卖给了县城的印章社。我的秘密,就被分成了无数份,被刻成许多人的印章,签署各种契约,见证许多事件。

　　可是,对我来说,它最终只是见证了:伴随着许多印章的消失,许多岁月的湮没,我那小小的秘密,也彻底失踪了。

　　枇杷富含营养,味道甜而略带酸涩,我想,不管后来的人们怎样嫁接、改良,哪怕用转基因技术对它实施基因修改,枇杷也许显得更大、更浑圆了,但是,枇杷的味道,仍然是甜而带着酸涩,这是无法改变的。

哲人说:有文皆苦,无食不酸。

被苦涩的海水浸泡的地球,是苦涩的,生命和万物,因此都带着苦涩的胎记。

我眼中和记忆里的枇杷,以及别的水果,总是甜而带涩的。

甜味会很快过去,那涩,却久久在着,久久令我们回味。

终于,我们的内心,渐渐有了海的深邃……

木　瓜

真的,至今,我还没有吃过木瓜。

但是,我相信木瓜的味道是纯正的,是甘甜的,是厚道而富含营养的。

何以为证?

有最权威的证据。

我们高贵的祖先可以做证,不朽的《诗经》可以做证:

诗曰:"投之以木瓜,报之以琼琚,匪报也,永以为好也。"

你拿木瓜送我,我把琼琚赠你,这不是简单的物质交换和回报啊,是希望我们的心里,永远记住这份恩爱啊。

字字真挚,句句温润。

留下这首诗的古人,他们是何等的纯真和深情。就像那时的大地万物没有被污染,古人的心灵也荡漾着天真纯洁,他们的诗句才如此晶莹如露,洁净如雪。

我相信留下这首诗的诗人,他先是尝过了多种水果,觉得就数这木瓜味道最好最醇厚,他才把它作为信物,赠给他所挚爱的伊人,见证他们"永以为好"。

遗憾的是,《诗经》以后,《木瓜》以后,似乎再没有了感人的木瓜诗篇。

如今,木瓜以及许多古典的木本和草本事物,已不配做人们的信物了,人们拜的是真金白银,要的是豪车华宅。

假设有人为他们物质主义的"幸福生活"写下这样一首诗:

"投之以宝马,报之以别墅,真报也,门当户对也。"

是诗吗?

百分之百的非诗、伪诗。

挪用了诗的形式,其实只是一则唯利是图的商业广告。

难怪现代寡情,难怪现代无诗。商业化的生活,商业化的人格,已将万物定价买卖,唯独无价的心灵和真挚的情感,日渐贬值和短缺。

放眼今日之世界,市场之外,商品之外,买卖之外,还剩下几处诗性的意象?还剩下几颗天真的心灵?还剩下几个醇厚的木瓜?

好在,我无限尊敬的远古那些高贵的先人,我无限思念的远古那些纯真的诗人,他们把一种最纯正、最醇厚的木瓜,保存在一首不朽的诗里。

不朽的诗,是可以为心灵保鲜,为万物保鲜的。

那么,我相信,最好的木瓜的种子,还活在那首诗里。

我们,还可以继续播种。

虽然我至今还没有吃过木瓜。

但是,我一定要种一棵木瓜树。

我一定要尝尝木瓜。

我一定能见到《诗经》里的那种木瓜……

枣

多年前,在我很小的时候,看见我外爷的坟上长着很多树,有柏树、松树、冬青树等等,还长着一棵枣树。

枣树比别的树长得慢,但比我长得快,不久就结枣子了。

我们这里的枣子比北方的枣子要小一些,但味道更甜。大人说不论啥果子,个头小的,味儿才浓,他们不说"小的是营养和精华浓缩的精品"之类洋话,他们说,老天爷给谁的元气和福气都是有定的,谁把架势撑得过大,里面就撑空了,架势小的、谦逊的,才与老天爷给你的本钱相般配,才实在。

我吃着又红又甜的枣子,回想外爷活着时候的样子。记忆模糊,我只能像在小学课堂上做填空作业那样,一点一点填写出外爷的模样。

记得外爷是个老中医,高个子,圆脸,瘦,眉毛淡,好像铅笔随便在那画了几下,让人担心一出汗就会洗掉,当然那是不会的;眼睛总是笑眯眯的,但很少见过他眉开眼笑;嘴抿着,像自己与自己在低声商量什么,说出声来,总是温和的,缓慢的;耳朵大、厚,脸却清瘦,就觉得耳朵有点过分了,耳朵对不起脸,耳朵把本该长在脸上的肉肉多拿了过去。可能外爷的脸太忠厚,耳朵太聪明,耳朵就做了对不起脸的事,就让外爷的脸瘦了。那时,我喜欢并同情外爷的脸,对外爷的耳朵有点意见,觉得外爷的脸那么瘦,耳朵要负责任。

外爷走路的样子一点也记不起了,他多大的脚,穿什么鞋,都没印象。记得他的手,软、轻、暖和,他摸过我的脸,记得那是下雪的冬天,他摸了一会儿我的脸,热乎乎的,我希望他一直摸下去,等于烤火哩,可是,他把手收走了,他要给病人治病、抓药。哦,记起了,外爷身上总有一股好闻的中药的气味,与他药房的味道是一样的。只要是在外爷身边,就等于进了中药房。

后来知道中医是要望、闻、问、切的,就觉得外爷身体的样子就是为望闻问切准备的。才觉得我以前冤枉了外爷的大耳朵,外爷要不停地问世间的病,问病人的苦,问救苦的药,耳朵就要不停地听,仔细地听,听着听着,那太多太多的声音,就把耳朵拉长了,养大了。

中医的望闻问切,很重要的是那个闻,闻味识病,闻息知病,这要靠鼻子,鼻子,怎么忘了鼻子呢?这就记起外爷的鼻子,他的鼻子尖上,时常是红的,外婆背过他就叫"你糟鼻子爷爷",我一直听成"枣鼻子爷爷",是啊,那红鼻子并不糟,倒像一颗小红枣。记得那时的病人多数都瘦弱,外爷说那是虚寒症,药方里总少不了枣子,说枣不仅好吃,也是一味补药,有扶正温补、益气养血之效。我心里想,难怪外爷长了个枣鼻子,原来那是一种补药,长在他的脸上。

外婆活着时,我们年年秋天都去外婆家,在那个叫"阳山"的山湾,在外爷坟上的小树林里,在枣树下,跟着大人摘枣子,吃枣子,摘着,吃着,我就想起外爷那红红的枣鼻子。

我忍不住悄悄研究起枣子和外爷的关系,研究枣子和已经藏进土里的那个我想念的枣鼻子的关系。我想它们是有关系的,但我不敢说出口,虽然我还小,但我知道有些话是不能说出口的,何况我和大人们都在吃着枣子。

我看见树木的根须,包括枣树的根须,都隐隐约约缠绕在坟的周围，看得出来，那根都扎得很深，它们在努力寻找什么，像是要寻找已经走远了的东西，像是寻找一个失踪的人，像是寻找一种越走越远越走越深的声音。而那棵枣树，它固执地伸出那么繁密的手指，生怕把好不容易找回来捧在手里的珍贵东西，又被风或闪电抓走了，就长出一些刺来拦截风和闪电；它的根就一直往土里走，它相信很多好东西都深藏在土地深处和时光深处，它一定要把它们找回来，然后，再把找回来的好东西高高地出示在枝头，让人们、让生灵们来认领。

　　是的，就是这样，我在外爷坟头，看见了一棵枣树的秘密，看见了年年如期归来的我那么思念的枣鼻子，看见了人世间永不失效的一种补药。

山　桃

你们乘坐农用拖拉机,一路颠簸着,好不容易来到了城市。第一次走出山林的女孩儿,见什么都新鲜,见什么都胆怯,见什么都羞涩。在街道边,你们端端正正、一个挨一个坐在篮子里。你们害羞地微笑着。你们不露声色地看着、思忖着,缄默中含着纯真、紧张的期待。

你们,整个儿全是汁液,全是月光和露水凝成的思念。每一丝笑纹都含着维生素,含着城市不小心流失了的珍贵矿物质,含着纯洁的感情。哦,怎样的耐心和天真,怎样的对于成熟的迷信!多少寂寞的日子和风雨的日子,你们默默忍受着,默默酿造着内心的秘密。海在远方咸涩着,河流在远方浑浊着,你们全然不知道那些庞然大物们在分泌什么,你们只相信山泉的启蒙和溪流的叮咛,你们全然依照天性和天意,固执地封闭了自己。你们对外面知道的太少,你们只知道专注地在自己的内心里酿造,直到把自己的每一根纤维、每一次心跳都酿成芬芳和甘美。

此刻,我凝视着你们,但久久不敢接近你们,我不忍伸出我的手,我的手,根本不配握起你们。

在你们的纯洁和羞涩面前,我感到我的手很不厚道、很不干净,这老辣的手以及手中的水果刀,都带着市场的冷漠、尖利和病菌;在你们的纯洁面前,我觉得我的手太脏,太世故,太像一个阴谋……

葡 萄

　　星期天的夜晚,我在葡萄架下散步,一滴露珠,嘣——哒,掉在我的额头上,有点凉,可能还很甜,可惜额头顾不得品尝,额头忙着胡思乱想。
　　我仰起额头,提示额头看远些,想远些,既然你承天露之泽,又受天意点拨,你该想点遥远、神圣的事情。
　　这时,我透过葡萄架,我看见了银河——我看见天国的葡萄园也正忙着扯藤、挂果,偶尔有几颗流星——不,那其实是一些早熟的葡萄,兴冲冲地向天国的酒窖坠落下去。
　　我发现,我的葡萄架与头顶的银河——那古老繁密的天国的葡萄架,正好对应着,形成两条平行的河流,分别流经天上和尘世,都泛着芬芳的波涛。
　　我就想,天国里的神,此时在做什么呢?天黑了,他是否也要散会儿步啊?他是否就在葡萄架下散步呢?因为,从我这个俗人的角度望过去,那古老繁密的葡萄架,也应该是天国里最好的去处。
　　我这么猜想着天国和天国里的神的日常生活,不觉间,就在葡萄架下走了好几个来回。
　　也许此时,天国里的神也在他们的葡萄架下走了好几个来回。
　　我一边在葡萄架下散步,一边想着神在天国那葡萄架下散步的情景。

就这样,整整半个夜晚,我和神,分别在天国和尘世,在大致相同的葡萄架下,进行了大致相同的散步,度过了大致相同的周末生活。

这完全是有可能的。因为,神辛苦了一星期,周末他也是要休息的。天上那古老繁密的葡萄架下,若没有一个神在那里散步,也未免太可惜了。

我这么想着,就觉得劳作了一星期或奔波了一生之后,在一个周末之夜,能远远地陪着神,在大致相同的葡萄架下,进行大致相同的散步,这日子还是值得一过的。

即使离这片葡萄园不远,就种植着大面积的黄连、黄芩、大黄等等苦药,即使疾病、疼痛、受苦,也是我们必须要过的日常生活;但是,我们不能忘了,在离黄连、黄芩、大黄不远的地方,毕竟有一片葡萄架,可供我们散步。

即使最后的钟声响了,我仍然要为孩子们认真栽一棵葡萄。当然,我也要在葡萄架下,再一次远远地看看天上那葡萄架,并好奇地想:神,也许正在那里散步吧?

梨

假若梨树看见了我,他会羡慕我吗?他会羡慕我们这些据说是"万物之灵"的人吗?

"做了千万年梨树,还从没吃过梨,不知道梨的味道。咱不做梨树了,去变个人,也当一回万物之灵,尝尝梨是什么味道。"梨树会动这个心思吗?

我想,这是不大可能的。

理由如下:

之一,梨树从来没有离开林子去找人,倒是人老往梨树那里跑。

之二,看见人来了,梨树也从来没有盯着人看这看那,问这问那,他对人视若无睹,他只是安静地开他的花,结他的梨,或者既不开花,连一片叶芽的微信都没有,就干干净净站在冬天的萧瑟和自己的寂寞里。

可见,梨树一点都不羡慕人,很可能到现在梨树还不知道啥叫人,不知道人长什么样子。

倒是,我这个勉强也算"万物之灵"中的一个微灵,常常羡慕着梨树,仰望着梨树,有时还攀援着梨树,想变成梨树。

我常在心里苦思冥想:梨树,你怎么就能在无滋无味、有时甚至在苦滋苦味的土里,提炼出芬芳和甘甜呢?即使在没有任何欣赏的目光,也没有任何神灵监督的偏僻荒野,你也要认真诚恳地开花、结果,尽量用鲜美的语言礼赞上苍,用饱含汁液的意象,表达着我们难以体味的你那深藏在根部和年轮里的艰涩心路历程?

而我以及我们这些据说是"万物之灵"的家伙,即使站在丰厚肥沃的历史土壤上,即使饮着阳光的甘霖,即使有着上下五千年圣人们的耳提面命,我们却难得抽出诚恳芬芳的情感枝条,难得绽出鲜美的心灵绿叶和道德花朵,很少结出温润饱满的智慧果子,连像样的果子都很少有,有时结那么几枚,干瘪无味,有时是苦果,有时还结些毒果,有时就结些假果子,自欺欺人,空的壳子里,盛满颓废、虚无和谎言。

梨树,为什么你就那样可爱呢?我却是如此不可爱呢?

那年春天,梨树开花的季节,我来到山上梨树林里,梨花如雪,微风里一阵轻扬,白雪落了一地,我不忍踩踏如此芳洁的处女地,我停下来,躺在梨树下,我想:我这么浑浊的一个"万物之灵",在天地间从没开过一朵花,从没播洒一缕芬芳,也从没捧出一枚甘果。我有何用呢,有时却还有害,就让这白雪把我埋了算了。

白雪果然就把我埋了。我在雪里越埋越深,埋着埋着,我这个"万物之灵",就附着在了梨树身上,我慢慢伸出我的手臂,我把我的手臂嫁接在梨树上,它不再荒凉而僵硬,渐渐变得柔软、多汁、修长起来,指尖擎着露珠和月光;我忽然一阵阵颤栗,感到来自骨髓深处的痛和痒,我开花了,洁白、清凉、馨香,风吹来,我开始轻扬,我开始飘雪,我的雪,和梨花的雪落在一起,继续对我进行着更彻底的埋葬。我,被深埋在白雪的坟茔里了。

我一边埋葬自己,一边庆祝着这美好、洁白的埋葬。

就这样,由白雪主持的葬礼,埋葬了那个浑浊的、自以为是的家伙。净化了我前生今世的一切不洁和污秽。肃穆的圣歌,响彻心灵的苍穹。

突然,一声鸟唱。我出土了,我爬出坟茔,我活了过来,我醒了——

原来,我在梨花的白雪里做梦,我梦见了一直沉睡在我生命深处的,那个本来洁白、温润、芳香的自己。我梦见,我被白雪埋葬之后,我一直为自己喊魂,一直找啊找啊,终于找到了我丢失的另一个自己,我回来了,我开花了,接着,就要结梨了。

……

你看,即使在我被埋葬之后,即使在梦中,我也梦见自己把自己的手臂嫁接在了梨树上,并且开出雪白的梨花,结出甘美的梨。

我是如此羡慕、崇拜梨树,那么,回到开头的问题,梨树羡慕我吗?梨树如果也做梦,梨树会梦见我吗?我品尝了那么多的梨,梨树,你是否也想尝尝我呢?

心诚则灵。我相信我的诚意会感染敏感多情的梨树。

梨树,你就尝尝我吧。

现在,我刚刚从你白雪的坟茔里醒过来,我死而复生,我被一种圣洁的襟抱重新怀孕和分娩,我刚刚重新诞生。梨树,请尝尝我,看我新生的生命里,有没有与你近似的鲜美的心灵汁液。

请你鉴定:我,作为据说是"万物之灵"中的一个微灵,是否真有那么一点可信、可口、可心、可爱,甚至可敬呢?

此刻,我谦卑地站在你的面前。

梨树,请你品尝,请你鉴定。

野草莓

人活世上，人有人格；物活世上，也该有物格吧？

人之情感、心肠、智慧、识见、言语、气度、德行，合在一起，成其人格。

物之功用、气息、形态、品质，形成物的"物格"。

若此说成立，那么，土有土格，水有水格，瓦有瓦格，笔有笔格，鸟有鸟格，树有树格，草有草格……

作为人，有时我觉得自己的人格很高尚而且高贵，有时候就觉得不怎么高尚高贵，有时候竟觉得自己的人格连一株植物都不如，心里还真为自己惭愧不已。

一个人若是被人性中的低级情欲，如贪嗔痴、嫉妒恨支配的时候，其为人处世的表现，肯定是低劣的，其人格，不仅不及格，而且很可能降至负值以下，因为他对人、对世界带来的不是正面的增益，而是负面的伤害。

这时候，这个人的人格，实在低于任何一个物的"物格"——

低于一片瓦的瓦格：瓦在庇护贫寒，人可能在恃强凌弱。

低于一撮土的土格：土在滋养化育，人可能在抢掠毁坏。

低于一棵树的树格：树在制氧增绿，人可能在追腥逐臭。

甚至，低于一泡牛粪的"粪格"：牛粪藏在土里默默支持禾苗、托举花朵，人可能躲在暗处嫉贤妒能、陷害忠良。

就说我自己吧。

大前天,我公然对人撒了一次谎,说自己到西边出差去了,其实是在东边忙自己的事。

——看看头顶的燕子,这吉祥鸟也这样撒过谎吗?说自己到美国飞了一趟,其实一直就没有离开祖国的领空。燕子从古至今没有撒过一次谎。我的人格,实不及一只鸟的鸟格。

前天,读了一本境界不高的书,网上看了几个没意思的视频,心里泛起一些见不得人的俗念,还说了不止一句脏话,一整天的光阴白白浪费了,心魂里罩上了一层灰。

——看看那汪泉水,心地洁净,谈吐清澈,闲暇时,就静下来,收藏树影鸟影云影月影,何曾有过不洁的念头和浑浊的言语?我的人格,实不如一汪泉水的水格。

连续两天没干正事,游手好闲,心里杂念丛生,我竟然不以为过,还以为比起那些贪污盗窃之人,自己还算高尚的,也不想想自己每天的生活,已经占有了自然界多少资源和同胞们的多少劳动,我吃了那么多,喝了那么多,用了那么多,有意无意中糟蹋伤害了那么多,而论起我究竟拿出了什么,去回报同胞,去反哺自然,去感恩上苍,实在是汗颜,简直连"以滴水之意报涌泉之泽"都是谈不上的,却还以为比起那些多吃多占的贪婪之徒,自己并没有多占,自己享用这些都是理所当然。

——此时,我走在偏僻山野里,面对这一丛丛、一串串野草莓,心里一阵微颤,接着,心里很深的地方,被触动了,醒过来了。

我坐下来,静静地凝视她们。

她们本是草的一种,谦卑地生长在路边溪畔或杂木林中,作为草,她们有时就长在草丛里,一眼望去,你只看见一片杂草,你甚至看不清她们朴素的面容。她们,这默默无闻几乎埋没在草丛里的草,却是那么认真地生活,认真地度过自己简单朴素的一生。她们只有小小的藤叶,细细的根须,只占一点寸土,是的,是寸土,这不是形容，她们真的只有寸土。她们占的那点土，放不下我的一根手指，若是把我的手种在那土里，能长出什么？啥都不长，种进土里半年、一年，就种一年吧，我也不会长出什么，为了保证我活着，这一年，还得为难家庭或国家，专门安排一个人给我送饭喂饭，一年后，拔出我的手，一看，啥都没长出来，仍是那荒凉的手，只不过有些浮肿变形。可是，你看这野草莓，她就生在这草野里，在寸土上，安静本分认真地生长着，雨来了，她记住雨的情义；风来了，她不忘风的叮咛；她懂得并感念蝴蝶的善意，她理解并同情蜜蜂的辛勤；她看重并珍惜毛毛虫对她的问候。谁从她身旁经过，都能感受到她芬芳的呼吸和温润的心意。惨白的闪电，凶险地划过她羞怯的眉睫；甲壳虫的齿轮，蛮横地碾过她单薄的衣裙；她受过大惊吓，遭过大伤害，她虽然渺小到卑微，卑微到谁都可以对她视若不见，但是卑微的她却知道山高水长地厚天阔，她小小的胸怀里，揣着一颗我们看不见的宽阔的天地心。所以她不记恨，不记仇，不埋怨，她把自己的灵性和聪明，都用来感受雨对她的好，风对她的好，蝴蝶对她的好，蜜蜂对她的好，毛毛虫对她的好，她把自己的灵性和聪明，都用来感受天地对她的好。她知道太阳没小看她，月亮没小看她，星星没小看她，连天上那么大一条银河也没有小看她，每一个晴朗的夜晚，整整一条银河的温暖波涛，都慷慨地洒向这山野，洒在她露天的闺房里，洒满她小小的手心手背。她把这恩情都铭记在心里，都珍藏在叶脉里。在清晨，早起的行人，总能看到她用羞怯、微颤的小手，捧着晶亮露珠，向路过的人、马、牛、松鼠、兔子，以及蚂蚁、蝈蝈、毛毛虫们，表示问候并以露珠的眼神致注目礼。

现在，她长大了，成熟了，她认真地总结自己小小的、朴素的一生。她的总结报告，就是这浑圆的、饱满的、温润的草莓。她把短暂一生里的所见、所闻、所得、所失、所疼、所苦、所感、所念，她把闪电的训诫、甲壳虫的刺激、蝴蝶的馈赠、蜜蜂的劝慰、毛毛虫的邂逅，以及土地风雨的恩泽，以及整整一条银河对她的语重心长的教诲和神谕——她把收藏在她小小心房里的这一切,是的,这一切都在她的芳心里,得到了最温柔、最细腻的酿造,和最纯正、最精致的提炼。现在,她把自己小小的、短短的一生的总结报告拿出来了,就是这一串串甘美,一行行诗句,一颗颗宝石。

那么,路人,请鉴定吧。

我坐在草莓面前,我俯下身,久久凝视她,心里升起对她的由衷怜惜和敬意。草莓,一种草本植物,野草莓,一种野生草本植物。她是草的一种,然而,草有草格,多么纯洁感人的草格!在一种草面前,在她近于完美的品格面前,我觉得,我作为一个人是不怎么纯粹的,也是不怎么高尚的,我的人格是有待继续完善和修行的,在她面前,我自惭形秽,自愧弗如。

我终于没有采摘草莓。留她在山野里吧,千万别让她失传,也不要用转基因技术修改她质朴的基因,就让她生长在山野里,为古道不存的人世,保存一种古老的物种,保存一种古风古德,保存一种醇厚的营养,保存一颗来自上古的纯真芳心……

核 桃 树

秋天来到我们家院子。

爹爹指着院子里这棵茂盛的老核桃树,说,核桃熟了,想吃,就用竹竿打吧。

爹爹还示范了一下,举起手中的竹竿,用力打树枝上的核桃。

核桃就噼噼啪啪落到地面上。

爹爹下地去了,我一个人待在院子里,举起竹竿练习打核桃。

核桃三三两两落下来,有一颗掉在我头上,好疼。

我停下竹竿,拾起地上的核桃,皮都破了,我们对它,又是打,又是跌,它们一定是很疼很疼的。

难怪,它们都藏在树叶后面,躲避着恶狠狠的竹竿。

我就想,它们一生出来就高高地站在树上,站在生活的头顶,它们把地上的事情看得很清楚,对人,对生活,它们一定有点害怕。

难怪,它们都藏在树叶后面。

仰起头,我看见,站在枝头上的那些核桃,好像也仰望着天空,它们是不是想逃到天上去?

当然这是不会的,没有听说也没有见过它们逃走过。去年冬天我就看见,那几颗站在最高枝头上的核桃,在下雪的时候,最终还是随着雪花落在了地上。

除了土地,核桃是无处可去的,人也是这样。

一次次举起的竹竿,一次次垂下来,认错似的停在我的手上。

我觉得很对不起核桃树,它为我们结果子,我们却打它。

我心里想,我若是核桃树,我就不结果子,或者不做核桃树,变成别的树,也就不会挨打了吧。

后来听我妈说,这棵核桃树已经有二百多岁了,春来发芽,夏来遮荫,秋来就捧出满树核桃。

二百多年了,它一直陪伴着一个家族,它目睹了多少往事,它给了人们多大的恩泽,然而,不幸的是,它挨了多少打啊?

再后来,我上学了,学了很多词语和成语,有不少词我不大理解,想想我家院子里的核桃树,我就有点明白了,比如这几个词——

"忍辱负重",核桃树不正是用它的一生,注解着这个词吗?

"恩深仇重",恩深的却似乎反而成了仇重的,结果子的反而要挨打,我们不就是这样对待自然万物,对待我们的恩人吗?

"以怨报德",我们不就是这样对待核桃树,对待许多事情吗?

那么,核桃树为什么从古至今总是这样,而且有可能永是这样——庇护着人又总是受着人的反复伤害,恩泽着岁月却总是遭到岁月有意无意的虐待和打击?

直到有一天我理解了这个古老成语,我才终于理解了核桃树,以及类似核桃树的许多事物。

是哪个成语呢?

"厚德载物"——就是这个古色古香温柔敦厚的词。

以浑厚深沉的道德,负载和养育万事万物,自己则甘于无名无功无我的境界。

大地是这样,大地上的众多事物,不都是这样的吗?

圣人说:天无私覆,地无私载,日月无私照,四时无私行。是为圣德。

去年夏天回老家,看望老娘,当然也看望了比我老娘更老的老核桃树。坐在它的浓荫下,依稀看见它老枝新叶里密密的嫩果。

我想起它二百多年的年轮里记录着多少不为人知的往事,记录着多少念想、喜悦、疼痛、委屈和辛酸,我想起从它的浓荫里走过了多少先人们的背影。

　　这是一棵伤痕累累的老树,这是一棵忍辱负重的老树,这是一棵厚德载物的老树,是的,这是一棵厚德载物的圣树。

　　于是,我用小刀子在树身上恭恭敬敬刻上"厚德载物"四个字,以礼赞他的大恩大德。

　　刻完,细看那字,笔笔画画都是伤痕。

　　我忽然悟到,即使我赞美它的时候,也依然在伤害它。

　　厚德载物,厚德载物,厚德载物。

　　我能做到吗?你能做到吗?我们能做到吗?

　　哪怕我们德也不厚,载物也不多,就用一点点德,载一点点物,我们能做到吗?

　　苍天不语,厚土无言,核桃树不说话。

　　他们厚德,他们载物,他们顾不得说什么。

　　天地有大美不言。天地有大善不言。天地有大道不言。天地有大德不言。

　　高山仰止,景行行止,虽不能至,心向往之。

　　我生天地间,我也是被至大至深的天地厚德所载之物,那么,我也该载点什么吧?

　　我立正站在核桃树面前,恭恭敬敬,深深鞠躬。

　　刀痕里的四个字看着我。

　　厚德载物,静静地看着我……

一棵古老岩松的传记

　　从一千九百年前,从三国那个春日下午,那个长满松树的山坡,从军营前踱步的诸葛亮的注视里,一只鸟儿,扑棱飞起。
　　衔着刚刚采摘的松子,顺便衔起那人一边沉思着一边沉吟的句子,然后,飞离他焦虑的视线,连续转了几个弯,越过沉闷压抑的平原,终于抵达靠南的群山,降落在线装史书里的重要段落,在定军山背阴的一面,在那险陡的历史的剖面,它停了下来。
　　悬崖上一块冰凉的岩石,接待了它扑扑的心跳。
　　它胆怯、温润的站立,使残雪刚退的石头,微微颤栗。
　　没有什么礼物能够留在这里。鸟儿能拿出的厚礼,无非是几声或温柔或刚烈的鸣叫。
　　它鸣叫了。先是温柔了几声,接着刚烈了几声。它把能拿出的礼物都拿出了,赠给这在危险的悬崖接待它的憨厚石头。
　　较为庄严的仪式完毕,它当然要方便一下。
　　于是,它方便了一下。
　　方便之后,它有了解脱了历史性巨大苦闷的轻松和愉悦。
　　当然是身体的轻松和愉悦,无关心灵;但纯真的鸟儿,身体和心灵是合一的,它没有灵肉分裂之苦,所以,在身体方便之后解脱之后,它也有了解脱了历史性巨大苦闷的心灵愉悦。
　　就在它刚刚方便结束,山上,箭矢开始飞过来,接着箭矢横飞;

刀斧开始劈起来,接着刀斧铿锵。

就在它方便的时候,历史也用另一种方式进行方便。人们用箭矢和刀斧,试图解脱历史性巨大苦闷,释放和缓解肠胃梗塞的难受与疼痛。然后,用血泪冲洗现场,用挽歌装订往事。

所幸它赶在历史方便之前,它已经结束了方便。

它急速飞离刀光剑影,逆着历史的惨烈强光,向没有历史的天空,迅速飞去,飞去。

……两千年过去了。

此刻,在高高的定军山北麓,在这著名古战场的遗址,我想寻找点什么。

我没有找到英雄们的足迹和遗物。

当我抬起头,仰望,我忽然有所发现。

在时光的悬崖峭壁上,历史、白骨和血泪,是多么容易滑落过去,甚至无影无踪。

此时,我看见的只是一只鸟儿留下的遗物。

它的一次微不足道的方便,竟种植了历史。

那古铜般苍劲的枝丫和依然蓬勃的树冠,危险地趔趄着,却飞渡了千年的危险。

一抹阳光斜斜投过来,打在那趔趄的树荫上,似乎在抢拍一个凌空倒立的悬念。

鸟儿的一次微不足道的方便,在寸草不生的峭壁,填补了植物史,升华了自然史。

而它那次不经意的方便,就一直留在这里,一直在忆想历史的阵痛导致的一次次腹泻,感叹和质疑那过于惨烈的方便方式。

它悬在那里,在植物史的缝隙,它一直在释放氧气,它一直在默祷人类史……

一粒葵花籽的秘密奋斗

在一辆长途闷罐运输车上，一粒葵花籽拥挤在拥挤的梦里，它苦闷不乐。可是，它只是沧海一粟，沧海不知道一粟的苦闷。

此番远行，它们要穿越少量绿洲和大片沙漠，抵达炎热的内陆。

然后抵达市场，抵达烈火焚烧的炒锅，和电流奔涌的烤箱。

最终抵达消费的牙齿。

然后化为碎壳和垃圾，灰飞烟灭。

它驯服了吗？它心甘情愿就范于时光和命运的暴力了吗？

植物有着我们不能想象的隐秘幻想和庄严梦境。植物把千万年的幻想封存在种粒里，那是密封的遗嘱，只能在一个庄严时刻，虔诚地开启，然后我们才能读懂植物缤纷的心事；那是土地原教旨的神谕，只能在阳光的注释下，我们才能理解和欣赏，土地的浩瀚潜意识和它高贵、热烈甚至华美的情怀。

可是，这一望无际的一列列闷罐运输车，却让海量种粒离开土地，更远更远地离开土地，更远更远地离开神性，更近更近地逼近商业的烤箱和欲望的烈火，接着，更近更近地逼近垃圾并最终变成俗世的垃圾。

我们只知道我们活得难，活得不容易，有时活得很苦闷，活得焦头烂额。

可是，我们可知道植物的难，植物的不容易，可知道种粒的苦闷，可知道它们岂止是焦头烂额？

一粒葵花籽苦闷、绝望得不行了。它知道，不用打听，整整一个闷罐车里，挤压着的都是数不清的苦闷和绝望。

时光庄严的遗嘱，将被爆炒成干货；土地神圣的暗示，将被烹制成垃圾。

遗嘱将被作废，神谕将被篡改，时光托付的遗嘱执行者，土地之神的神子啊，该是何等焦虑苦闷？

这粒葵花籽，苦闷的心都快要炸了。

它想逃出这苦闷的海，逃出苦闷的闷罐车，逃出这牢狱。

终于，情况有了点变化。在公路急转弯处，闷罐车狠狠地颠簸了几下，苦闷的沧海出现倒流，但是，并没有流出海之外，无数的苦闷只是互相交换了苦闷，立刻，挤压成更大更深重的苦闷。

就在闷罐车颠簸的那一刻，这粒葵花籽儿，身子一个趔趄，它顺势蹦出了闷罐车。

它掉在了戈壁滩一个土堆上……

若干年后。我流浪来到这里。

一望无际的荒原上，出现了一小片绿洲，一浪浪、一排排向日葵，正在向大地鞠躬，向落日致敬。

它，在土地怀里，开启了时光密封的遗嘱，宣示了土地的神谕，它向神圣的太阳捧出心灵的诗句。

它侥幸逃出了商业的闷罐车，逃离了消费的火焰和烤箱，逃离了俗世的牙齿们对神性的大规模粉碎和否定，它守护了植物的尊严、荣誉和神性。

它庆幸那九死一生的冒险出逃。

它怀揣着一个巨大梦想，它要绿化和改良无边的人类沙漠。

此时，它一边向落日致敬，一边向大地鞠躬，它在对大地宣誓……

蕨草一直在我家门前目送恐龙

题记：蕨草，一种数亿年前蔓延至今的原始植物，曾经是恐龙的食物。如今，在我老家的山野上，仍随处可见……

六千万年前的一个黄昏，恐龙集体失踪。

地球浑然不觉，海水依旧傻乎乎地蓝，蓝着五亿年前的蓝；群山依旧肃立，保持着白垩纪的身姿和风骨。

上苍连眼睛都没眨一下，没事儿，雨刚下过，斜阳出来了，赶紧织个彩虹玩玩，不然，这么蓝盈盈的天，空荡荡的，不配个彩色插图装饰一下，没意思，不好玩。这样想着，呼啦啦，彩虹就弄好了，拱桥样式的，从豪华通向豪华，从梦通向梦。但是，谢绝通行，是上苍自娱自乐，仅供神灵通行，供自己欣赏的。

大河小河依旧流着，自言自语着，静下来时，就与影子们面对面捉迷藏，影子们互相辨认着，打捞着。偶尔，影子们愣怔一下，好像少了一种大影子，愣怔一下，也就算了，反正河里有的是影子。

只有蕨草知道出事了。往日，往年，往世纪，蕨草一直是某类精英、某种著名成功人士——后来被命名为恐龙的特供食物。

蕨草养活了这庞然大物，也目睹了这庞然大物是如何遭了灭顶之灾，彻底完蛋了。

你可以想象这样的场景：两亿多年前，蕨类和其他众多植物，把地球打扮得葱茏如茵，如碧毯，如绿海，如太平洋，如无边足球场，恐龙、飞龙、鱼龙、始祖鸟和它们的众兄弟，粉墨登场，奔跑着，追逐着，吼叫着，欢呼着，踢着太阳、月亮和星星，踢着满地滚动的石头和满天滚动的星球。原始的大地上，生命，上演着粗犷的合唱。

忽然，灾难自天而降，山崩地裂，生灵哭泣，沧海凝固成山岳，高陵下陷为深谷，彩虹骤变成遮天的白幡，英雄们还没来得及转身，就已纷纷倒下，连背影也没留下。

在被噩梦洗劫的悲惨大地上，白骨累累，磷火闪闪，天神偶尔俯身往下看一眼，悲悯的眼睛再也不忍看下去了，那颗旋转的星球已经变成一个大坟包。

天神也有看走眼的时候，他过于高傲的眼睛只看见了大事件，没有看见那潜伏在大事件后面的小细节。

天神没有看见，在那大坟包上，在无边废墟上，有一种总是匍匐着的、柔弱、谦卑的植物，却奇迹般活了过来。

在石缝里、在背阴的山坡上，在毫不显眼的阴湿卑微之地，蕨，这平凡的草民草根，被地母拯救了。

它喂养的那些庞然大物，那些恐龙、飞龙、鱼龙，是精英豪杰，是当时地球上最成功的人士，是最有权有势有产的高端阶级，是掌控地球资源的大款大腕大佬大亨，但是，它们都不知所终、灰飞烟灭了。

在被它喂养的那些精英、成功人士，那些巨无霸——在那些恐龙们的眼里，它绝对是任由践踏和吞食的失败者、卑微者、弱小者，但是现在，那些高端阶层彻底沦落埋葬于深黑的地层，貌似强大的成功者彻底失败而且消失了，曾经卑微弱小、被践踏的失败者却成功地活了下来。

被英雄们反复践踏、踩蹋、蚕食和伤害的植物们，覆盖了英雄们的尸骸和坟墓。

它们一如既往地,担当起复活大地绿化荒原的天职。

它们仍然像最初那样,柔弱而谦卑地,匍匐于地母胸前,扎根于群山之间,在阴湿卑微之地,默默续写大地的葱茏史诗。

就这样,从两亿多年前,它们一路走啊,走啊,目睹了无数次地质变迁和物种们轮番上演的喜剧和悲剧,它们锯齿形的书签,一直夹在地质史和生命史最为晦涩费解的段落,向懵懂的时间反复提示着悲怆的涵义,有一点虚无,有一点苍凉,也不乏怜悯、揶揄和自嘲。是的,是自嘲,它的锯齿形的脸谱,就是自己在给自己暗示:就这么拉锯吧,拉来拉去,锯来锯去,直到把时间锯成粉末,从时间的粉末和腐殖土里,又生出时间和别的什么。于是,就这么锯来锯去,锯来锯去。

从两亿多年前,它们一直锯啊锯啊,走啊走啊,它们葱翠的脚步覆盖了无数英雄们的骸骨和坟墓,覆盖了我们有限的智力和想象力无法理解和想象的无穷往事和无边荒原,覆盖了那只有经过充分覆盖才能最终被猜想的一切。

它们葱茏的步履,走啊走啊走啊,一直走到我老家的门前。

今天早晨,在我家乡李家营,我轻轻推开老屋的木门,在门外小路,我低下头,就看见父亲的菜园旁,路边石缝里,从汉朝以及从更久远的源头流来的溪水边,长满了柴胡、灯芯草、麦冬、鱼腥草,还有那深蓝色、锯齿形的蕨草,在众多草里,它显得兴冲冲、很高兴的样子,好像被草药们的味道陶醉了,或者它总是这样高兴,好像它每天都在过生日。此时,它高兴地,然而也是很谦逊地向我招手,它伏在药草们中间,它向我打着诚恳谦卑的手势。

我忽然想到:亿万年前,恐龙们也曾看见过这样的手势。

——这就是蕨的简史。

中午,我吃着母亲做的好吃的蕨粉,我想着一个不太好想的问题。

无疑，人类是现今地球的霸主、精英和成功人士，也即现代恐龙。

那么，蕨，这古老的植物，这时间的见证者，沧海桑田的目击者，你究竟能陪我们多久呢？或者，我们究竟能陪你多久呢？

在地球的史诗里，谁是最有生命力的章节？

在时间的长河里，谁是激流中一闪而逝的漂浮物，谁又是岸上久远的风景？

此时，我的思绪里，时间在加速奔跑，时间拽着我穿越广袤的宇宙空间。

一千年后、三千年后或五万年后，我在哪里？各位在哪里？著名们、精英们、富豪们在哪里？据说十分了不起的大款大腕大鳄们都在哪里？被我们挖掘和展览的恐龙化石又将被深埋在哪里？我们又将被谁挖掘和展览，并将被怎样命名和解说？然后，被挖掘和展览的我们的化石，又将被深埋在哪里？挖掘者又将被谁挖掘，展览者又将被谁展览，解说者又将被谁解说，被怎样解说？那时，我们在哪里？

哗的一声，时光的史书翻过千万卷。

此时，正午的阳光照在老屋前的菜园，闪烁着三亿年前的那种炫目光斑。

父亲正在菜园锄草、培土、浇水，白菜、芹菜、葱、菠菜、莴笋们，长势良好。

母亲在菜园旁边长满蕨草的小路上，拄着拐杖看着菜园，慢慢来回踱步。

母亲苍老慈祥的身影，投在路边蕨草丛上，母亲的身影慢慢移动，蕨草们就一明一暗，好像在换衣裳。

更久远的时光我且不去想。

此时，看着母亲的身影和一明一暗的蕨草，我心里有一种暂且的安稳。

我且安于这有母亲、有父亲的日子。

我且安于这一碗蕨粉,一盘素食,一身布衣的日子。

门外,那蕨草,从我家老屋门前的小路旁、菜园边、溪流畔,一直向远处葱茏着,汹涌着,漫延着,漫向大野,漫向远山,漫向苍穹,漫向时间尽头……

我不读诗的父亲一直在维护陶渊明的东篱

说起来,我也算是个诗人,性情质朴、诚恳、淡远。古国诗史三千年,我最喜欢陶渊明。南山啊,东篱啊,菊花啊,田园啊,归去来啊,桑树巅啊,这些滴着露水粘着云絮的词儿,在我心里和笔下,都是关键词和常用意象。

可是,翻检我自己,自从离开老家,进了城,几十年来,我没有种过一苗菜,没有抚摸过一窝庄稼,没有刨过一颗土豆,连一根葱都没有亲手养过。几十年了,没有一只鸟认识我,没有一片白云与我交换过名片,没有一只青蛙与我交流过对水田和稻花香的感受,没有一只蝈蝈向我传授民谣的唱法,那些民谣都失传了,只有在更深的深山里,有几只蛐蛐,丢三落四地哼着残剩的几首小调。

其实,不说别的,就说我的鞋子吧,我的鞋子,它见过什么呢?它除了见过水泥、轮胎、塑料、污水、玻璃、铁钉、痰迹、垃圾,见过大同小异的鞋子和无数鞋子,也时不时见过车祸、塌方和陷阱,它还见过什么吗?它再没见过别的什么了。

从这阅历贫乏的鞋子,就可以看出我们是多么贫乏,就可以看出我们离土地、离故乡、离田园,离得有多么远,我们离得太远太远了。

当我被噪音、钢铁、轮胎、垃圾纠缠得烦闷憋屈的时候,被水泥浇灌得僵硬寂寞的时候,被地沟油喂养得虚胖浮肿的时候,我就一次次钻进诗经里,寻找公元前的露水和青草,绿化、净化和湿化一下我龟裂的心魂;有时就一头扎进唐朝的山水里,吸氧,顺便闻闻纯正的酒香,在李白们的月夜走上几个通宵,揣上满袖子清凉月光,从唐朝带回家里,在沉闷办公室里,也放上一点清凉和皎洁,用以清火消毒,解闷提神,修身养性。

　　这些年,也许年龄渐长的原因,拜访陶渊明就成了我经常要做的事,动不动就转身出走,去渊明兄那儿,在东篱下,深巷里,阡陌上,桑树巅,有时就在他的南山,靠着一棵松树坐下,久久坐着,一直到白云漫过来漫过来,把我很深地藏起来,藏在时光之外。

　　我以为这就不错了,觉得也在以自己的微薄心智和诚恳情思,延续着古国的诗脉和诗心,延续着田园的意趣和意境,延续着怀乡恋土的永恒乡愁。

　　直到二零零一年初夏的一天,我才突然明白:我的以上孤芳自赏、不无优越感的做法和想法,只是我的自恋,带着几分小资情调和审美移情的自恋,这自恋被一厢情愿地放大了,放大成了竟然关乎诗史、文脉、乡愁的延续了。

　　为什么是在那天,我才突然明白这些呢?

　　那天下午,我回到老家李家营,立夏刚过,天朗气清,小风拂衣,温润暖和,我沿着麦田里的阡陌,横横竖竖走了一阵,其实,若是直走,一会儿就到家了,我想多走一会儿田埂,所以,横的、竖的阡陌我都走了个遍,横一下,竖一下,就在田野里写了好几个"正"和"田"字。然后,我就到了家。

　　走进老屋院子,看见父亲正在维修菜园篱笆。他用竹条、青冈木条、杨柳树枝,对往年的篱笆进行仔细修补和编辑。菜园里种着莴笋、白菜、茄子、包包菜、芹菜,一行行的葱和蒜苗,荠荠菜算是乡土野菜,零星地长在路坎地角,像是在正经话题里,顺便引用几句有情趣的民间谚语。指甲花、车前草、薄荷、麦冬、菊、扫帚秧等花草,也都笑盈盈站在或坐在篱笆附近,逗着一些蛾子、虫子、蝴蝶玩耍。喇叭花藤儿已经开始在篱笆上比画着选择合适位置,把自己的家当小心放稳,揣在怀里的乐器还没有亮出来,就等一场雨后,天一放晴,它们就开始吹奏了。

"结庐在人境,而无车马喧",我忽然想起陶渊明的诗句了。但是,此刻,在这里,在人境,结庐的,不是别的哪位诗人,是我父亲,是我种庄稼的父亲,是我不识字、不读诗的父亲。但是,实实在在,我的不读诗的父亲,在这人境里,在菜园里,仔细编织着篱笆,编织着他的内心,编织着一个传统农人的温厚淳朴的感情。我的不读诗的父亲,他安静地在人境里,培植着他能感念也能让他感到心里安稳的朴素意境。

"采菊东篱下,悠然见南山",当然,此时正值初夏,还不是采菊的时候,菊,连同别的花草和庄稼,都刚刚从春困中醒来不久,都刚刚被我父亲粗糙而温和的手,抚摸过和问候过,父亲还在它们的脚下轻轻松了土,培了土,以便它们随时踮起脚,在农历的雨水里呼喊和奔跑。而当到了删繁就简的秋天,夏季闷热的雾散去,头顶的大雁捎来凉意,我的父亲也会在篱笆边,坐在他自己亲手做的竹凳上,面对村子边漾河岸上的柳林,向南望去,他会看见一列列穿戴整齐的青山,正朝他走来,那是巴山,我们世世代代隔河而望的南山。

我突然明白了:我的不识字的父亲,正是他在维护陶渊明的东篱啊。

而我呢?

我读着山水之诗,其实是在缓解远离山水的郁闷,同时用山水之诗掩护我越来越远地远离山水。

我写着故园之词,其实是在填补失去故园的空虚,同时让故园之词陪着我越来越远地告别故园。

我吟着东篱之句,其实是在装饰没有东篱的残缺,同时让东篱之句伴着我越来越远地永失东篱。

于是,在那天下午,我无比真诚地感激和赞美了我的父亲。

是的,是的,我那不识字、不读诗的父亲,他不知道诗为何物,他不知道田园诗长什么样子,他不知道陶渊明是谁,但是,正是我的父亲,和像我的父亲一样的无数的农民父亲们,正是他们,一代代的父亲们,延续和维护着陶渊明的东篱,延续着古国的乡愁和诗史……

银杏手里捧着什么账单

秋风来结账了。

我家院子里,刚满三岁的小小银杏树,也知道秋风就要来结账了。

不等秋风上门,他就亮开了自己一年的积蓄,他仔细清点一页页账目,然后,高高地,每一片叶子都高高捧起,请秋风过目。

匆忙的秋风要为整个天下结账,路过这里,也就匆匆浏览一下,至多顺手抽查一两页账目,瞅瞅正面的数字和账目背面叶纹上的详细记载,见情况属实,说声知道了,就走了,哗啦啦又去别处翻阅和抽查天下的流水账。

三岁的银杏是我亲手栽在我们家小院子里的,是我看着长大的,也是我五岁女儿看着长大的,她叫他银杏弟弟。

银杏弟弟的手掌里捧着什么账目呢?

账目一笔笔都记得很清楚,植物的账目都是老老实实明细账,没有一笔假账。

银杏弟弟的账目有如下记载:

毛毛虫儿在春天到处找零食吃,在这页啃了几口,觉得味道有点涩,它就不啃了,走了。这页账上就有了个小漏洞。

两个甲壳虫,一上一下,将坦克费劲地开到树丫上,练习要从这里出发,驶向天空,驶向苍穹那无边的大绿叶子。它们开到了银杏树高处,发现自己驾驶技术不行,天空还很远,怎么也开不上去了,又沮丧地开回地面。它们的履带就把几页账本碾皱了。

一群蚂蚁举行爬树比赛,一二三四,女儿还为它们喊加油,它们爬上了银杏弟弟的肩膀,与地心引力保持相反的方向,它们坚持要爬上地球的最高海拔,最后它们都爬到了银杏弟弟的头顶,爬上了最高的那片叶子,它们用汗津津的嘴舔舔云彩,尝尝天空,发现天空原来很平淡,没什么味道。它们聚在最高的那片叶子上议论着,比较天空和土地的不同味道。这里成了它们的天文台了,好多研究天空的蚂蚁,一整天就把这片叶子压得晃来晃去晃来晃去,叶子眩晕了,有点脑震荡吧,发育不是太好,有点瘦。所以这页账目就小了,有亏空,装订的也不整齐。

邻居家的母鸡领着她的几个孩子,叽叽喳喳来这儿春游、野餐,亲近自然,寻找古时候的可口食物——那是在春天的一个下午,女儿一字一句背诵"离离原上草""草色遥看近却无",母鸡听见了唐朝的句子,就急忙带着孩子,从水泥地板那边一趟子就跑到我家这个泥土的小小院子里,来到这一小片唐朝,草色轻浅,却没找到唐朝的虫子,母鸡觉得对不起自己的孩子,就东张西望,非要找到点好吃的,让孩子尝尝古代的味道。母鸡忽然看见,银杏手上停着一只蛾儿,她踮起脚,仰起头,叨那蛾儿,那蛾儿灵性,噗一下飞了,离开了唐朝。母鸡很沮丧,觉得在唐朝也不容易找到可口的。其实她错了,是我们家这泥土的小院太小太小了,这一点点袖珍的唐朝,打不过转身,能养几只可口的虫虫呢?母鸡叽叽喳喳地批评了一阵,怪我们怎么不弄个很大很大泥土的大院子,弄个很大很宽的唐朝。其实她不能怪我们,我家有这个小小土院子,有这几根草,有这棵小银杏树,已经很奢侈了,在水泥浇铸的城市里,你能找到几粒泥土?能找到几个这种泥土院子?我还没来得及向母鸡解释和道歉,她已领着小鸡回到水泥那边去了。母鸡叨了一口的那片叶子上,就有了一个豁口,账目就扣除了一点。

一天正午,太阳正晒的时候,一只蝴蝶困乏了,沿路寻找午休的睡榻,路过我家院子,就在银杏弟弟右肩上的那片叶子上睡了个午觉。他醒来,继续赶路,太阳已经偏了,附近高楼的影子盖住了银杏树。蝴蝶午休睡过的那片叶子,就少晒了一次太阳,叶子稍稍淡一些。这页账目就不是很丰满,欠一点零头。

一只过路的小鸟儿在靠南的第六根细枝丫上打了几个秋千,那根枝丫儿就稍稍倾斜,像银杏弟弟发愣怔时的一次小小的走神,但页面上账目齐全,还略有盈余。

女儿有一次看几只虫儿排着队,从一片叶子跳到另一片叶子的惊险场面,她看入迷了,口水都流出来,滴在那片叶子上,口水里有盐,银杏弟弟没见过大海,海水却溅在他害羞娇嫩的脸上,咸啊,他叹了一声,叶子就起了斑点,留下了对海的记忆。这页账目还算浑全,稍显费解。

其他的,就没必要再做详细说明了。

结账的秋风看到了,你们也都看到了:除了以上有趣的瑕疵,银杏的账单上,笔笔都是纯金,页页都是纯银。

女儿说,银杏树好可爱啊,好真诚呀,银杏真是一个好弟弟。

而我呢,我在银杏树上看见了什么?

我不想再说什么了,我不好意思说。

这是怎样纯真唯美的植物呀,他保存着我们人类丢失了的全部美德:纯粹、真诚、仁慈、惜福、磊落、慷慨。他只有三岁,却呈现了上苍向我们暗示的一个完美生命应该具备的几乎所有高贵品行。我都五十多岁了,我一直在岁月的激流里被冲刷着,丢失着,丢失了许多珍贵的东西,却淤积和储存了许多不好的东西。我所丢失的那些珍贵的品质,却被一个刚刚三岁的银杏树小心地捡拾起来,收藏在他的记忆里,收藏在他的账面上。我用五十多年的时光抛掷心灵的纯金,积攒生命的负值。而三岁的银杏树,向宇宙积攒的和出示的,全是心灵的纯金和情感的纯银!

我不应该啰啰唆唆用散文来说他了。对如此充满神性和诗性的可爱植物，我应该礼赞他，我应该向他献诗。何况他是我女儿的好弟弟。我要向他，向我女儿的好弟弟，向被童心崇拜的完美童心——他呈现了一棵树一生都不会改变的童心，他同时呈现的是植物的童心和宇宙的童心，我要向他献诗——

　　　　静静地亮出自己的积蓄
　　　　让我们这些拜金主义者
　　　　突然感到自己的惊人贫穷

　　　　我看见时光诚实的手掌
　　　　一直在纷乱的风里剔除杂质
　　　　我虚度的年华都被它提炼成黄金

　　　　静夜，月亮赶来清点这里究竟落下多少月光
　　　　却发现这里的月光
　　　　比月亮上的月光还要纯粹

　　　　我站在树下，贴紧明亮的树身
　　　　尽量缩小我的阴影
　　　　我发现，我投下的阴影

　　　　是这个夜晚最黑的阴影

在父亲的菜园之外，喇叭花已不再吹奏

父亲转身走远，老家门前的那片菜园，从此荒芜，第二年就被夷为平地了，那些带着父亲的目光、体温和气息的藤藤蔓蔓根根茎茎叶叶芽芽，都被陆续铲除。水泥迅速追过来，以时代的名义，为这片曾经的菜园，钉上了永恒的封条，将田园的记忆，一举封死。

在父亲们的身影里，吹奏了几千年的那些蓝的、紫的、红的、白的喇叭花，在我的老家竟然彻底失踪，音讯全无。

如今，我老家那些一茬茬到来又很快走散的孩子们，再也听不到那古老喇叭水灵灵的演奏了。

所幸在父亲离去前的那年，一天下午我回到老家，我在他最后侍弄的菜园里，在那与陶渊明的东篱有着相同结构的篱笆上，我遇见了从杨万里先生诗里飞过来的一只蜻蜓，它当时停在喇叭花的藤蔓上，它是在回忆宋朝的农事或意境？我相信这是一种暗示，一种机缘。当蜻蜓转身离去，我在那轻轻颤栗的藤叶上，采下了刚刚被蜻蜓点赞过的那朵喇叭花儿的花籽，夹在我随身带着的《古代田园诗选》里。让诗保管田园的种子，让诗保管田园的歌谣，我觉得这是我的一个小小创意。在安埋了父亲之后，我就带着夹在诗里的种子，回到城里。我想着，一定要把这点农耕的美感和田园的记忆，把父亲菜园里喇叭花残剩的这缕余音，保存并延续下去。

可是，在城里我早已无地可耕，想听一声蛙鸣、一串鸡啼，也只

能在梦里听到,还必须要患上"幻听"这种美好的疾病,才有可能听见疑似天籁之声;想有一排东篱,一方菜地,那也只有走进厚厚的古诗,向隐居的诗人和背影越来越模糊的农夫,打听那耕种了几千年的故园,被我们撂荒在了哪里?

我只好将那被我小心保存的种子,种在十八楼我家阳台的几个花盆里,希望在明年春天的某个午后,它能及时醒来,在这十八楼的海拔上,在经过了一阵阵轻度晕眩之后,它也许会渐渐适应这悬空、缺氧、干燥的环境,慢慢回忆起我父亲的目光、体温和气息,慢慢抽出记忆里农历的线索,缠绕在钢筋混凝土和不锈钢防盗栏上,缠绕在我女儿常常被雾霾和噪音袭击的窗口,为她擦拭出一小片语文课本里多次描述的湛蓝晴空或碧澄时光,顺便也为我吹奏一首我无比思念、久已荒疏的故乡歌谣。

我每天都追着阳光的脚步,按时将花盆放到光线充足的地方,以便让仁慈的太阳看见并多多给它以关照,这对着他深情吹奏了千万年的小小号手,如今已来到离他更近的高海拔,继续对他深情吹奏。在连续的雾霾天里,阳光隐遁了,我就以我热烈的目光代替阳光,一遍遍安慰和照耀它。

好不容易,它发芽了,它出土了,它扯藤了,它卷叶子了,它开始制作喇叭了;可是,过了几天,渐渐地,几个花盆里,叶子黄了掉了,藤儿蔫了枯了,制作了一半的喇叭和刚刚开始制作的喇叭,纷纷瘪了。女儿的博客和日记里,出现了大段大段的疑惑,质疑现在的春天是真实的还是虚拟的?质问如今的太阳,除了孵化病菌,还能否培育一首温婉的诗歌和古典音乐?

我向植物学家和熟悉乡土风情的诗人请教和询问,他们从植物学和诗学的角度,分别给出了答案。他们说,这些植物们,从你父亲那充满雨水、地气和春墒的故园里,离乡背井,一下子来到无根的城市、悬空的现代和缺氧的环境,它们水土不服,它们头晕目眩,它们心境枯寂烦闷,哪有心思和气力,为你女儿擦拭窗外的天空,何况是那么难以擦拭的雾腾腾的天空？它们哪有心思和气力,找回父亲们带走的田园诗的线索？又哪有心思和气力,为你吹奏失传已久的故园歌谣？

作为农耕的后裔,我曾经何其有幸,我有一个熟谙乡风乡情乡俗的父亲,我有一个虽不识字却也在以自己朴实诚恳的耕作延续着陶渊明田园诗意的乡间父亲。作为农耕的后裔,我又是何其不幸,如今,我已没有了一寸可耕之地,没有了一眼可汲之泉,连一个想随时走走的田埂都没有了,我只能在寸草不生的纸上和没有二十四节气滋养而常年发着高烧的网上,种几苗蔬菜,种几缕炊烟,种几声鸟语,种几亩乡愁。

作为农耕的后裔,我已没有了一声蛙鸣、一滴露水,一穗稻香。作为农耕的后裔,我之最大不幸和荒凉,是我已经将仅存的那点采自父亲菜园的种子,那水灵灵吹奏了千万年的喇叭,那谷雨一样温润、小满一样丰盈的故乡歌谣,已彻底丢失的不剩一粒了……

勿 忘 我

　　走在朝圣的路上,当你看见路旁的野花,就情不自禁地放满了脚步。

　　(生活中的许多细节,妨碍我们走向崇高,但却使我们对生活感恩——已故诗人骆一禾的诗句)。

　　你俯身,或坐下来,久久凝视春天的容颜。

　　是谁说的:上帝创造了美好的花朵,却忘记为她安放一颗同样美好的灵魂。

　　错了。你此时面对的,难道不正是一颗美好的灵魂?

　　你无法想象花朵的后面,和深处,不是一颗纯真的灵魂,而是一缕邪念或一个噩梦。

　　只有表里俱清澈,肝胆皆冰雪的事物,才有如此动人的形象。

　　只有从灵魂深处绽开的生命之美和精神之美,才能照耀灵魂。

　　你真想用露水的语言,与花朵签订一个美的合同:让花朵借用你的方言与你交谈,让你拥有一颗花的灵魂。

　　一株植物,用整整一生的心血,来创造和绽开一朵花。

　　植物所追求的,乃是灵魂的完美,以及完美灵魂所释放的精神的芬芳。

　　植物的唯美主义理想和高尚的生命境界,令人类羞愧和汗颜。

　　宇宙定然有着神性的构思和方案,河汉、星空、飞鸟和草木,无不显现着神性的光辉。

路旁这小小花儿,她的小小的心上,定然藏着她所认领的神的暗示。

哦,紫苜蓿、灯盏花、水仙、野百合、野菊花、勿忘我……

其实,你们的名字可以概括为一个名字:勿忘我。

匆匆地,默默地,她们开了,谢了。花瓣,随风飘散,零落成泥。

现在,你与她相遇,你停在她面前,默默地,你与她交换灵魂。

你听见她说:勿忘我。

你回答她说:勿忘我。

是的,浩浩荡荡的时间,会淹没和席卷一切,使曾经发生过的一切,形同乌有。

即使这灵魂与花朵的动人相遇,即使你的灵魂里绽开了花朵,即使花朵里安放了你的灵魂,多么美好的事件!然而时间的暴力,也会使之消失,无形,无影。

勿忘我,勿忘我,勿忘我……

你固执地相信,你与花朵交换灵魂的那个时刻,整个宇宙都慢了下来,停了下来。

整个宇宙都凝眸和静止于这纯真的一瞬。

宇宙,在时间之外,度过了最纯真的瞬间。

宇宙因此有了另一种元素,另一种呼吸,另一种深度,另一种记忆。

这一刻,爱,阻止了遗忘;美,战胜了死亡。

你听见健忘的时间,也学会了一个新词:勿忘我……

第六辑

石头记

为父亲的磨刀石献诗

握在农业手里的东西总是柔软、谦逊的。且不说扁担、竹竿、木桶、箩筐、背篓、蓑衣、竹篮、蒲扇、井绳等等这些脾气温和柔软的家什,即便镰刀、菜刀、砍刀、斧头,这些貌似坚硬的家伙,其实是外刚内柔的,它们总是虚心地请教忠厚的石头,如懵懂未开但绝不顽劣的孩儿,却乐意接受老师的开导和教育。

在过去的乡村,几乎家家门前,在显眼的位置都竖立着一块或数块磨刀石,那是金属农具们接受启蒙教育的简易课堂。如果哪家门前没有这种设施,那就有点奇怪,如同牧师手头没有经文,如同琴师家里没有琴箫,令人怀疑其职业是否真实。

我家门前的两块,并肩立于那棵高大槐树下,猛一看,像两枚闪闪发光的勋章,像两枚深藏于民间的古代皇家玉玺,其实呢,只是两块浑厚质朴、被磨得发亮的磨刀石。细腻一些的那块,用于磨砺镰刀、菜刀这些比较精致的物件;粗糙一些的那块,用于打磨锄头、砍刀这些憨蛮的物件。

父亲磨刀的时候,有时是坐在凳子上细磨,有时是站着弯下腰粗磨,无论粗磨细磨,他都全神贯注,表情肃穆,俨然在打磨日月,钻研季节,切磋天地。

在磨刀霍霍的恢宏声浪里,父亲手中的物件很快返老还童,迟钝的变得灵性了,生锈的变得锃亮了,豁了口的又有了完整的嘴唇;而父亲,也被他制造的雷声感染了,他生命里某些迟钝的、生锈的、豁了口的部分,也似乎得到及时磨砺和修复。现在我想,父亲磨刀,其实也是在打磨和激活他因为连年辛劳焦虑而变得黯然的心情。

父亲主持着铁器和石头的不定期交谈,那时,我只觉得它们时起时伏的对话是亲热的,有时难免也有激烈的辩论,但是,石头对铁究竟说了什么,我不得而知。

但从它们明亮的刃口上,我看到一种被提炼得十分纯粹的好心情。至于怎样切割生活,怎样在复杂的环境里掌握分寸,这需要手去慢慢体会。

石头与铁的切磋是真挚的,它们绝不敷衍对方的信任,每次磨完刀,石末与铁末融和在一起,再也无法分开。

到了夜晚,磨刀石并肩站在月光里,就像从月亮上刚刚分离下来的两块月亮石;在没有月亮和星光的漆黑之夜,磨刀石就与黑夜抱在一起,默默地成为夜的骨头,它知道白昼只是混沌宇宙的短短片段,黑夜才是宇宙的真相和万物的故乡。

磨了一辈子刀的父亲,敦厚得就像这块石头,他说,他是不得已才磨刀,世上为什么非要刀不可呢,满世界的锋利有什么好呢?

对此,磨刀石好像与父亲有着同样的想法,它逆来顺受地磨着刀,也悄悄磨着自己,它越来越瘦,越来越单薄,终于在磨完父亲的一生之后,它也彻底风化,变成泥土……

为故乡的一条河流和石头哀伤

　　河边,那棵幸存的大柳树还在等我,老根紧紧抓着记忆里残剩的水土,颤巍巍支撑着对我的眺望。
　　我坐过的那块形态高古、如佛似仙的大青石不见了,也许被商人强行拉走、高价出卖,点缀在富翁权贵的别墅豪宅,它该如何忍受纸醉金迷的腐蚀?它该怎样忍受没有波浪和水声、没有倒影和深度,没有灵性、不再被日月的目光凝视的乏味生活?我无法体会沉默的石头与生俱来的孤独和忧伤。
　　堤岸隐蔽处,那个蛇洞已经坍塌、毁弃,我曾与它神秘的主人交换过惊悸的眼神,它是花白色的,精灵一样的身段,闪电一样的眼神,它令我想起白娘子和许仙的哀婉故事。想不到,这么多年过去了,它仍是单身,孤独地挣扎在这个被机械和化学一网打尽的恐怖世界上,东躲西藏,艰难求生,惨淡经营着奄奄一息的命运。在秋天,那一闪而过的尾巴,是我看见的最后一点古老神话世界的残余线索。
　　昔年可爱的白净沙滩,竟然彻底消失了,童年的白沙已经无迹可寻,我看见的是沿岸散发着恶臭、苍蝇和老鼠招摇出没的四处绵延的垃圾!这小小河湾也集中了这毫无诗意的消费时代的一切丑陋特征:掠夺万物而不对万物负责,消费自然而把自然变成废墟,直到连一棵树、一座山、一块熔岩、一眼泉、一条溪、一个美好得如唐诗一样的幽静河湾也不放过,也要把它消费成不可收拾的垃圾,直到把我们的生命过程也消费成无益而有害的垃圾!一阵彻骨的荒凉掠过我的心尖。生命中最好的部分,当是大自然的诗性与人的内在灵性交融而成的那种纯粹浑然的美好意境,这样的意境丢失了,我怎能不心痛?朋友,你难道不心痛?

  我难以平息白净沙滩被毁掉带给我的伤怀和痛心,我只好面对那残剩的被垃圾废水污染的可怜沙粒们,艰难地展开似乎丰富而实则勉强的联想,借此补救我荒凉破败的心情:也许,昔年的白沙,有的被浇铸进高楼大厦,有的被修筑成监狱的围墙;也许,有一小部分被激流带到更远的大海,它或许正躺在太平洋的某个海滩,默默怀念它纯真、平淡的陆地生活,而其中的更小一部分,被一位看海的少女带到岸上的某条小路,从此,它将永远被岁月踩踏,有时就溅起细小尘埃,盘旋在异国上空。

  当我从冥想里抬起头,放眼打量我那么热爱而如今令我如此心疼的亲爱的小河:坍塌断裂的岸上,树木稀疏光秃,地上布满新旧不一、留有刀印斧痕的树桩,有几个还残留着树的汁液,那是它含恨诀别的眼泪。再看,脚下的水位比往年更低了,就如同我日渐落潮的激情。而在不远处,淘金船如嚎叫的水怪,这没有灵魂的东西充满了疯狂拜金的冲动,它的机械装置恰到好处地模仿着时代贪婪的兽性,正在加快速度恶狠狠地,不舍昼夜地大口大口吞噬,直到彻底掏空河流的内心……

我童年坐过的三块大石头

我家门前三块大石头,坐过我的童年。它们生于盘古年代,因为粗糙,没有被女娲砌上天空,就随意丢弃在地上,被我的先人请来,放在祖宅门前,避邪、镇宅、看守岁月,也随时供人落座。在朴素的老屋前,它们一蹲就是几百年。

我爱那块马鞍形的,骑着它,我一动不动却已经征战千里,一个幼稚的孩子乐意参与任何一场梦中的战役,直到英雄们全都被我战败,只有我独自骑马归来。

那块弯月形的,给了我多少幻想?每当月夜,它就专注地搜集月光,眼看着它就要把自己雕塑成月亮,这时,我就不忍心坐在它的身上,我怕我身体的阴影耽误了它想幻变为月的美好工程。

另一块中间凹下去一个方形,横竖画几笔,正好是一张棋盘,对应着星空那繁密的棋局,生活,在这里浓缩成严谨、有意味的秩序。节庆时刻,劳作间隙,乡亲们总爱围坐在这里,体味楚河汉界的变迁,感悟历史与人世的幽深,顺便也纾解了疲惫的身心,领会了五谷桑麻之外的别样趣味。一局局下完之后,祖辈们退身隐去,儿孙们又次第出场。人世悠悠千载,苍穹渺渺一瞬,抬望眼,天上的棋盘,竟不曾移动一粒星子。

远离故乡这么多年,无根的生活,让人失重、眩晕、迷惑,不知何处是岸?但我始终没有被泡沫灌醉,总有一种重量帮助我在激流里入定。肯定是那三块童年的石头深入了我的骨髓,在我的体重之外,故乡悄悄在我体内放进了别样的重量。这样,无论我坐在哪个房间,哪个座位,我其实都坐在那三块大石头上,我其实一直都坐在故乡厚实的膝盖上。

今年我回家乡,祖宅已拆,故园不可复识。大哥领我四处寻找当年的三块石头。马鞍形的已被摔碎丢弃多年,英雄早已失踪,童年的梦想不幸化为尘埃,它的某些碎片或许已埋进泥土,只在雨后的泥泞里硌疼某双跋涉的脚;在邻居家的鱼塘边,我找到了那块月牙石,它不仅未能幻变为月,而且连石头的样子都没有了,都被丑化了,如今,它守着一塘污泥鱼腥,钓鱼的人,坐在它身上,一遍遍投下欲望之饵,钓着时代的泡沫;那块棋盘形的,早已残缺模糊,看不出那上面闪回过多少手纹和手语,它谦卑地躺在重修的柏林寺路边,它已经黯然退出尘世的迷局,静卧于山路转弯处,任凭香火时浓时淡,反正上来下去的人,都要从它身旁走过……

鱼形镇书石

是那年夏天游泳,我从汉江里拾来的。一条鱼,从此游进我的生活。

相信它比世上任何一条鱼都要高寿,它一路游过蛮荒峡谷,游过春秋秦汉,游过唐风宋雨,它从时间的上游顺流而下,终于抵达我。细想想,这该是准备了万古千年才发生的相遇的缘分,我岂能不珍惜?

浅陋的书,不配让它厮守,我总是把诗经给它,把陶渊明给它,把曹雪芹给它,把杜甫或李白给它,把孔子或苏东坡给它,把鲁迅给它,把老庄和释迦牟尼给它,把它不认识的爱因斯坦和托尔斯泰给它。一条饱经沧桑的鱼,穿梭在安静深沉的文字里,它看见了怎样的心灵旋涡?它听见了怎样动人的生命叮咛?

无疑,它的到来加深了我的水域,置身于时间和心灵的长河,我知道我是多么短暂易逝:一条鱼是河流的过客,而我,只是一条鱼面前的过客。

百年之后,在我注定失踪之后,这条鱼仍将漫游在它的河流。每念及此,我不免有些黯然神伤:是的,曾经,我与它端坐在某页书里,同时为我们不认识的人和事揪心、动容,一次次洒下真挚纯洁的泪水,我们一次次被同一种激流打湿、淘洗,心灵变得异常清洁。可惜,这一切,再不会有谁记得……

母亲们的洗衣石

　　它们守在这里,至少三千年了,对河流的热爱,使它们实在想不起,世上哪里还有比河湾更好的地方。

　　当母亲把等待拆洗的衣服,把生活的各种颜色和款式,放在上面揉啊,搓啊,它们坚硬的内心,也微微颤栗了。

　　它们渐渐被揉搓得发亮,喜欢对周围的事物作出热情的反光。河水照出母亲苍老的容颜,河水带走两岸落叶和炊烟,河水带走多少母亲的身影,只有这闪光的石头留了下来。

　　它的每一个纹路都熟悉母亲的手纹,是的,一年复一年,一代复一代,母亲与石头,都在彼此交换着手纹,都那么细腻、隐忍、温润、谦卑和诚恳。它们也许曾经是顽石,但接受了母亲的反复抚摸和反复叮咛,这些石头的内心,已渐渐有了玉的成分、宝石的成分、贵金属的成分。

　　如果有一天,这些石头忽然飞上天空,我一点也不感到意外和吃惊,因为,我一直相信它们应该,也完全能够飞天而去,变成恒星。

　　这是因为:被一代代母亲们温柔的手反复抚摸过,被母亲的目光反复凝视过,它们注定会变得异常温暖,也因此有了强大而美好的磁场,当它们飞上苍穹深处,将会凝聚起宇宙中散落的珍贵元素,最终形成永恒的星系……

眺望日出的石头

老家后面的山顶上，有一巨型花岗岩，少年的我，经常站在上面看日出，研究太阳是怎样睡醒、揉眼睛、伸懒腰、起身，怎样独自一人在陡峭的天空攀缘，举着火把不停地在宇宙奔跑。

当第一缕阳光打在石头上，也打在我身上，我是那么激动，天上许多温暖的手一起向我伸过来，将我心疼地搂起来，我感到，远道而来的慈祥父亲，就要把我抱上天空。

接着，就有无数根耀眼的针，在空中晃动，使我无法直视。大人说，这是因为太阳没有穿衣裳，太阳害羞，他不愿意人们看他赤裸的身体。太阳每一天都赤身裸体，太阳一辈子都赤身裸体，我心想，兴许，伟大的太阳，伟大的事物，都是不需要穿衣裳的。

看日出几乎成了我的生命仪式。在冬天，在连续的阴雨天里，在我被最初的苦闷袭击的日子里，我一次次爬上山去，站在这块忠实的石头上，眺望日出的方向。这时，我闭起眼睛，就感到体内有很多太阳，破土而出，冉冉上升。

春夏时节，我常常脱光衣服躺在石头上，裸身的太阳看着裸身的我，我也看着裸身的、光明正大的太阳。啊，天空是裸身的，星星们都是裸身的，整个宇宙都是裸身的，那无边无际的坦荡心胸里，只有透明的星光在源源流淌。

如今，匍匐在窄逼的尘世已有多年，我们很少抬头仰望，即使仰起头,也很难看到那早年的纯真日出。我多么想念并且羡慕那块石头,它端坐在峰峦高处,太阳是它伟大的邻居,星空是它心灵的源头,大地是它牵挂的母亲。

　　百年之后,一万年之后,在我早已不存在的日子里,那曾经被我的体温暖热,那托举着我朝拜日出的石头,它仍然端坐山顶,望着同一轮日出,我相信,它也在代替我仰望……

我坐过的那块陨石

　　据考古学家说,它是唐朝开元年间某个夜晚落下来的。当时,李白正在月下醉酒吟诗,他举杯,仰头,正准备把银河一饮而尽,忽然看见天神殷勤递过来一个发光的酒杯;玄宗走出梨园,打了个呵欠,恰好一个火球从宫殿上空斜斜飞过,他不由得打了个寒颤,唐朝也跟着打了个寒颤;熬夜苦吟的杜甫,灯下揉了揉眼睛,就见一抹亮光透窗而来,被他顺手捉进诗里,细加雕琢,就成了一首诗的诗眼,那首杰作一直流传到今天;那位在旷野里连夜耕作的农夫,对天上的动静,他比躲在宫殿里的皇帝和囚禁在衙门里的官吏们都要看得清楚,他目睹了天上那古怪东西坠落的全过程,但他顾不得多想什么,只是借助这遥远的一闪而过的光线,为手边瘦弱的麦苗多培了一锄土……

　　考古学家这么一说,我就不敢随意坐了,难怪我以前坐在上面总觉得身上发热,原来这石头上收藏着唐朝多少豪放灼热的眼神。现在,我常常蹲在它面前仔细研究,从那密密的纹路和斑点,我特别想取出李白的眼神,诗仙啊,请你用钻石的眼神,校正我日渐老花和近视的视力,请你帮助我在越来越僵硬的现代夜晚,在金钱和商业统治的物质主义的夜晚,在诗的废墟,重新找到诗的意境,重新播下诗的浪漫种子。

　　又据天文学家说,这石头来自一个毁灭了的遥远行星,在离我们很远很远的若干光年之外的远方,它所属的星系早已坍塌、解体、毁灭,那个苦心经营了数百万年的遥远文明,一瞬间化为灰烬,它在太空漂泊了数百万年之久,才好不容易抵达唐朝的地面。一个伟大的文明,终于仅剩这一块无人辨识的石头。

听天文学家这么一说,我惭愧不已,我那速朽的屁股竟无礼地一次次压在一个文明星系的舍利子上,我缺乏教养的二郎腿,竟在德高望重的宇宙面前胡乱晃荡,真是不该啊。

我摘下头上戴的那顶假冒伪劣的现代礼帽,端端正正恭恭敬敬站在这尊石头面前,深深地,向时间鞠躬,向永恒致敬……

山顶，停靠初恋的那块石头

　　那夜，星星们踮着脚尖，列队从我们面前走过，并以我们为圆心，散开去，散开去，在苍穹里重新布置星空的秩序；那夜，在我们头顶，集中了全宇宙最亮的星星。

　　那夜，我用露水擦拭月亮，庄重地戴在你的手指上；当滔滔银河横流过来，注入你清澈的眸子，我们飞溅的泪水，使天上的河流迅速涨潮。

　　那夜，满山虫鸣热情为我们演奏，为了今夜的出场，它们至少排练了五千年之久，高音、低音、颤音、共鸣音，恰到好处地对应着我们的心跳；那夜，远处的磷火，也亮得那么亲切，那是祖先们举起了多年前预备的灯盏，在为我们照明和祝福。

　　那夜，我们紧紧相依，星星们也紧紧相依，仿佛时间与空间都迅速压缩在我们周围，整个宇宙压缩成一颗小小的心脏，压缩成我们的心脏；那夜，我们紧靠在一块古老的石头上，石头被我们暖热，石头收藏了我们的情感；那夜，这绝对是真的：两颗心相偎的那块石头，停靠过我们初恋的那块石头，注定要变成钻石……

大理石门墩

老家那座老房子,前些年被拆了。我回到老家时,看见新房已经修好,水泥墙,铝合金门窗,钢筋防盗栏,瓷地板砖,流行的那种,家家户户一样的那种。

站在新房前,放眼看去,村子里,分不清你家他家,都是面目相同的水泥的家。

我没有太高兴,也没有流露半点不高兴,亲人修新房了,只能恭贺、祝福。这是规矩,也是常情。

老房子,连影儿都没有了。老地基,门前的院场,全刨掉了,从此,水泥钢筋覆盖了千年万古。

从今而后,这座房子周围,再不会长出椿树、竹林、桃树、梨树、花椒树、芭蕉、灯芯草、柴胡、指甲花、喇叭花、薄荷、灰灰菜、荠荠菜、狗娃娃草、车前草、扫帚秧……

从今而后,这片土地再不会分泌半滴露水,也不会长出一声虫鸣。

我想起,小时候,我和小伙伴在房前屋后的院场上、竹林里、野地里踢毽子、猜谜语、放风筝、滚铁环、捉迷藏、采野花的情景。

这座老房子据说至少有二百多年的岁数了,我的先人们,曾在这房前屋后进进出出,种菜、收谷、喂牛、纺织、交谈、读书,也曾在这里捉迷藏、拜月亮、焚香、祭祖、养儿、嫁女……

去了,全去了;没了,全没了。

我的先人们曾经真真切切存在过,在这儿生活过,如今连一点蛛丝马迹,连半点消息,都没有了。

我一致认为,曾经活过的一茬茬人,若是一旦彻底丢失了生存的痕迹、记忆和线索,他们就和没有活过一样,等于白活了。

我在四周搜寻,想找到与那座已经不存在的老房子有关的东西,找到与先人们有关的东西,哪怕是一橼半柱、一砖半瓦。

我的这种固执的寻找,已不仅仅是寻找一个物件,我是在与强大的时间暴力作战,我是在努力打捞正被消费的洪流无情卷走的我的先人们的影子,我不愿意他们彻底消失,我不愿意他们彻底被遗忘,我不愿意他们彻底死去。我不愿意他们全都白活了。

没找到。还是没找到。

一打听,都当作垃圾烧了、扔了、埋了。

第二天早上,我转到村外一个养鱼的池塘,看见鱼们吞食着可疑的化学饲料,很满足地打着幸福的饱嗝,很时髦地喷吐着快乐的泡沫。

在鱼塘靠西一侧,我看见一个供钓鱼者垂钓的钓台,光滑、残缺,显然备受磨损,饱经沧桑。

端详一会儿,觉得面熟。细辨认,我记起来了。

这不就是我家老屋正中的堂屋前那个大理石门墩吗?

那门墩原是有一对儿的,在乡村里算得上较大、较为讲究的门墩。除了门在上面开合的用处之外,伸出的部分还可供人落座。小时候,我们常常坐在门墩上休息、看书、聊天。天凉了,就铺上布垫;天热了,坐上去正好凉快。

我有时和哥哥面对面坐着,有时和弟弟面对面坐着,有时和妹妹面对面坐着,有时和妈妈面对面坐着,有时和父亲面对面坐着,有时和远来的亲戚面对面坐着。

还记得,很小的时候,与外婆面对面坐着。

有时，一人独坐，就转过身，与天空面对面坐着。

到了夜晚，就经常与月亮和星星面对面坐着，偶尔，也与流星和闪电面对面坐着。

我们的先人，一代代也一定都这样坐过。

这样，即使一人独坐，你也并不孤独，你对面那个空着的门墩上，安静地坐着一个古人。

总之，你任何时候在此落座，你都与时间和一部家族的历史，面对面坐着。

你这样坐着，浑厚的情感和深沉的缅怀油然而生。

坐在古老的时间上，你不会无根而悬浮，你不会无道而贪婪，你不会无魂而迷乱。

坐在古老的时间上，你不会浅薄轻狂嚣张。

你知道你只是暂时落座在这里。最终，坐在这里的，是不老的时间。

因此，后来，我把这一对老门墩视为我们家族的史官、时间的信使，同时兼任伦理学老师和哲学教授。

它们的上面雕着龙的图案，点缀着吉祥的花卉，一笔一画，都那样认真、谦恭。那时，我已经能感到祖先对生活的庄重态度，以及对无尽岁月的虔敬，哪怕更多的未知岁月是与他们没有直接关系的，他们也不敢轻慢，而给予了太多太深的瞩望和托付。你看连一对门墩，都打凿得有如圣物，在先人眼里，那不只是仅供一扇门的开合，不只是仅供某些人的落座，那更是供时间和记忆落座的，那是永恒的座位。

祖先坐过，父辈坐过，一代代人坐过，霜晨晓月、梨花柳絮都坐过。

记得，家里的小猫和小狗也坐过，且常常是面对面坐着，两双眼睛就那样对望着，望不透对方的心事，更望不透人世的幽深。

去了，都去了。

而今,它被人埋进瓦砾垃圾堆里,又被人拾来"委以重任",在这里,厮守着满塘浑水、鱼腥和钓钩。

它成了钓台,人们或蹲或坐于其上,钓着内心的迷狂,钓着一个时代的泡沫。

我蹲下来,久久端详、抚摸。

面对它,我发出长长叹息。

我要想办法搬走它,把它放在一个类似于庙宇但比庙宇更神圣的地方。

要么索性在一个秘密之地深埋了它,为祖先,也为我们自己,向后面的岁月留下能够证明我们曾经存在过的证据。

若干年后,有人挖掘出它,他们会由此联想到从前,以及从前的从前:

很古很古的时候,那生活的门是如何开合的,是如何发出吱呀的声音?

那长袍短袖的人们是如何走进或跨出门槛,最后,像风一样陆续去了远方?

坐在其上的人们是怎样的坐姿,他们用怎样的方言和语调与生活交谈?当月光走过檐沟,拾级而上,来到屋檐下,将门墩和他们的一部分身体,渐渐刷成雪白,这时,他们一时无言,抬起头,他们在天上看见了什么?想起了什么?接着,又会说些什么?

……

我要将它移出鱼塘,让它逃离浑浊、钓钩、诱饵和腥味,逃离一个时代疯狂的泡沫。

我将把它深藏在一个比庙宇更神圣的地方……

望城山顶，那块石头托起我

儿时，在我的故乡，据大人们说，在月明星稀的夜晚，站在西边那座高高的望城山的山顶，就能看到数百里之外的那座著名古城。

那天，我跟随几个兄长，带着干粮和心跳，穿过荆棘，翻过陡崖，谢绝了雀鸟的一路劝阻，我们要爬上望城山顶眺望远方的城市。

当我们好不容易爬上山顶，夕阳已经坠落，夜色很快笼罩。

兄长们都陆续看到了远方古城的隐约轮廓，那令他们心跳的灯火，纷纷种进了他们的瞳仁；而年幼的我，总是比群山矮一头，也比夜晚矮一头，我一次次踮起脚尖，却怎么也看不到远方的城市。

兄长们抬起我，举起我，我仍然无法高出林立的山尖，我在夜晚里睁得很大的眼睛，看见的仍是无边的夜晚。

兄长们只好将山脊上那几块高大石头，艰难地、缓缓地抬上山顶，细心垒起来，以此加高这座山的海拔，使我们站立的山顶，成为夜晚的最高主峰，然后，大个子宝元哥站上去，成为顶峰上的顶峰，我则骑在他的肩上，然后，我使劲向远方眺望，啊，突然，我看见了，一片灯火，一座城市，闯进我惊讶的眼睛……

一晃几十年过去了，如今，我深陷在城市的尘埃里，被欲望的洪流和飞溅的泡沫挟裹、席卷，我的心时常迷乱、缺氧、窒息，一次次抬起头，却不知道该向哪里眺望，即使固执地朝向某个朦胧方向,企求望见一封远方的来信,或望见一粒星子的神秘暗示,却终归望不见什么,于是,又更深地把头埋下去。

直到午夜梦回,我忽然梦见童年的那个山顶,那个山顶的那些石头,以及山顶上的那些眼睛——

为了眺望,我们曾加高了那个夜晚的海拔,加高了童年的海拔,如今才明白,我们其实是在加高记忆的海拔,使之成为后半生里,我们回望的方向。

是的,似乎正是这样,我们抵达的所有地方,都不是生命的归宿,而告别的地方,却都成为心灵的故乡。当我们走出很远,才发现:我们一次次回头眺望的,正是出发的地方,比如,童年的那座山顶,山顶的那些石头、那些眼睛、那个眺望之夜……

在山上，那人将石头推下去

总想着到高处去，到山顶上去，一路上踩死了多少辛苦奔波的蚂蚁——它们，也向往着它们的高处，你一路的脚印，竟有许多成了它们的墓地。

到了山顶，你仅仅为了想试探一下幽谷的深浅，想领略深谷里传来的回响带给你的快感，你把一块石头从山顶推了下去。

你仅仅是在做一个有趣的游戏，为你的记忆增添一个快活的细节；你仅仅是摆弄了一个没有意志的石头，你仅仅是想听见那响亮的或幽微的声音。是这样吗？

你将手上的暴力，传导给那石头。那石头疯了，它无数倍地放大了你的意志和你潜意识里人性的恶，放大了你内心的黑暗——那石头疯了，挟裹着毁灭的风暴，它狂啸着扑下去——

那些刚刚绽开还没有摆好姿势的野百合，那正在微风里向附近的蜻蜓打着手势的三叶草，那从睡梦里醒来睡眼朦胧伸第一个懒腰的小白蛇，那幽会的兔子，那生第一胎孩子的松鼠，那正在察看地形准备重修住宅的狐狸……

石头从它们身上碾过去。

命运从它们身上碾过去……

山顶那人，他不知道他伤害了多少生灵，他不知道他改变了多少事物的命运。

咚——他终于听见深谷里一声幽响。

"就这么单调的一声?"他咕隆了一句,"没劲"。

他搬动更大的石头……

秦岭深处的拴马石

秦岭南麓，一块青色巨石，岿然立于隘口，任数千年夕阳擦肩而坠，溅起漫天星群。

拴过曹操的马，那匹马据说是枣红色的，此刻，我把耳朵紧贴石缝，就听见一串马嘶，由远而近；老黄忠在此磨过战刀，我刚坐下，就有几星铁末，从石头里呼啸而出，差点灼痛我的骨头。

还是陆游风度好，细雨骑驴入剑门，走累了，就停下来，驴围着石头嚼几茎草，他背靠石头打一个盹，一觉醒来，抬眼望去，王朝之外，依旧是广袤民间的水碧山青。

也停过樵夫的辛劳，也偎过农夫的疲倦，偶尔，一头公牛醉醺醺走来，将犄角打磨得铮铮发光，长哞一声，竟挑落残月。

踏踏的蹄音去远，匆匆的足音去远，滔滔的时光去远，石头上，那神秘的纹路没有丝毫改变，它目送着，回味着，亘古无言。

手抚石头，我对所有一转身走过去，再也不知所终的人们，表示深深的缅怀——此时，当我从石头面前一闪而过，作为与过往的人们毫无二致的一个匆匆过客，我所能做的，仅此而已。

在山顶,那个人与天空交换灵魂

那个人坐在山顶上。坐在山顶最高的那块石头上。那个人的头顶,是虚静的天空。

那个人不说话。面对天空他好像无话可说。天空就是一句永远也说不完也理解不透的话。那个人在天空面前谦卑地沉默了。天空笼罩着他,一篇深奥的寓言笼罩着他。那个人安静地倾听。

那个人是从山底下,是从一个低洼地带攀上山顶的。那个人要把自己潮湿发霉的胸膛敞开,放在天空下面晾晒。那个人要与没有心事的天空交换心事。

那个人正在深呼吸,此刻他感到大气层也在深呼吸,宇宙也在深呼吸。那个人在与天空接壤的地方加强自己的肺活量,加强自己灵魂的吞吐量。

那个人在高高的山顶也许想着低处的事情,想着屋檐下的事情,想着黑屋子里的事情,想着鸡毛蒜皮的事情,那个人感到在辽阔的天宇下动这些小的杂念实在有点荒谬,那个人默默地笑了,他在嘲笑自己,嘲笑自己的小、琐碎、浑浊和愚顽。那个人这么自嘲了之后,就轻松了许多,也澄澈了许多,他感到自己渐渐变得辽阔了,辽阔得像没有尘埃的天空。

那个人忽然想起一些可爱的往事、可爱的微笑、可爱的眼睛,在远离人群的山顶他好像更真切地看见了记忆中那些动人的细节。那个人没有终止自己的回想,在无限的天空下想这些小小的好的细节,他觉得并不是他的渺小,他觉得天空要是知道了他珍藏的这些"渺小的美好",天空也会喜悦的,天空从来都珍惜那些小小的羽毛、小小的尘埃、小小的云彩、小小的流星。

那个人低头看见自己坐的石头上刻着唐人的一首诗,唐朝的手纹和呼吸仍保存在这块碑石上,他忽然觉得自己是坐在唐人的手温上。星落星起,云聚云散,一千多年的岁月竟没有涂改一首诗的意境,连一个字、一个韵脚都没有改动。他忽然意识到:我们速朽的生命唯一能留下的不朽之物,并不是别的,乃是对生命的那份感念和诗意。而天琴星座仍在弹奏公元前的那首古曲,北斗星座仍在忆想上古的往事。那个人想:千载之后,坐在这块石头上的人也许会产生同样的联想,那么,他会否被千载之后登临的那个人想起呢?

那个人忽然痛哭失声,他用拳头砸自己的胸口,忏悔自己曾经丢了良心。那个人在山顶上,在辽阔的天空面前,把什么都想开了,把什么都原谅了,但就是不能原谅自己曾经有过的罪恶、曾经对人、对生灵造成的伤害。那个人把自己灵魂中的黑暗掏出来交给天空审阅。在伟大的天空下,那个人审判着、忏悔着自己的卑鄙、自己的罪恶。那个人渴望上苍原谅他,那个人渴望整个天空走进他的胸膛,那个人渴望获得天空一样辽阔光明的情怀。

那个人被一大片白云擦拭和包裹了,那个人与白云一起商量着今后的天气,白云从他身上和心上漫过,他变得和白云一样柔软、温存、充满水分。远远看去,那个人与那片白云融为一体了,此刻,站在山下的你,只看见了满山白云,已看不见那个人。高高的山上舒卷着白云,那个人的心在白云里微颤。

那个人在黄昏的时候,看见一群鸟从头顶路过,几片羽毛掉落下来,那个人接受了天空的礼物,那个人牵挂着鸟们的命运和归宿,牵挂着天空下所有生灵的命运和归宿,他想知道这些鸟儿们将在哪里过夜。那个人在鸟声里,捧着一片羽毛祈祷,为每一双在黑夜里期待的眼睛祈祷日出,为每一个生灵祈祷平安。

那个人在深夜里仍然站在高高的山顶,他看着月亮平静地升起,星星们平静地出现,他看着银河那古老的河床奔腾着光的洪流、激情的洪流、思想的洪流。他看见夜空中的葡萄园敞开着,向每一颗敞开的灵魂敞开着,他似乎嗅到了天国的葡萄酒香。他看见无穷的空间无穷的时间无穷的星光,他看见无穷的时空里弥漫着崇高的精神和神圣的启示。那崇高的精神和神圣的启示像温暖的父爱一样无声地进入他的身体和心魂,他被一种无限澄澈和宽广的激情所充满,仿佛整个宇宙的能量涌入了他的心,而他的心已遍布整个宇宙,无穷的星星都是它颤动的心。他变得如此透明又如此丰盈,如此激荡又如此宁静,如此崇高又如此天真。他在深深的宁静里,感到作为渺渺众生中的一个小小人子,能生于天地之间,真是一个不小的奇迹。他意识到他既是一个凡间人子,同时也是宇宙之神的神子,他比任何时候都更强烈地意识到:作为一个人子和神子,应该为众生、为宇宙担负起崇高责任。

夜雾和星光笼罩了山顶,那个人和神圣的星光站在一起。

当他走下山来,像一滴水消融于红尘人海,他似乎不见了,但是,我们有理由相信:尘世的某个角落,会增加一点高尚的亮色;生活的某个页面,会出现一些奇异的诗句;人群里的某些情思和行为,会超越狭窄的洼地,主动向永恒和崇高靠近——这都是因为,在山顶,一个与天空交换过灵魂的人,他有了一颗被星空提炼和结晶的灵魂,那是闪耀着神性光泽的灵魂。当他走下山来,不经意间,他把天空的旷远、辽阔、深邃、崇高、安详和洁净,以及一种神性的启示,一种宽广的意境,带进了庸常的人群和生活……

小时候踢过的小石子

我竟然十分想念它们了。

故乡的土路上，小时候被我边走边踢过的那些小石子呢？上学和放学路上，放牛和割草的路上，与小朋友结伴游玩的路上，与兄弟一起走亲戚的路上，我们踢过多少小石子，它们如今在哪里呢？

小时候好像没有好好走过路，走一路，就踢一路石子，穿着鞋子踢，赤着脚也踢，一个人走着踢，几个人走着也踢；早晨踢，就觉得迎面升起的太阳是被天上的一双大脚踢出来的；黄昏踢，就感到那齐刷刷蹦出来的星星是神仙们踢亮的石子。

我们小，路上的小石子更小，我们不知道我们这调皮的小脚丫子，随便一踢，就改变了多少小石子的生活和命运：有的被踢到了水渠里，它就和水草一起生活；有的被踢到了田地里，它就和庄稼一起生活；有的被踢进了粪坑里，它就和屎尿一起生活；有的从路的左边被踢到了右边，它就有可能把走右边的哪位大妈的脚硌一下；有的呢，现在想起来还觉得对不起人家，小小的石子，被我一脚踢进了河里，河里吼叫着很急很大的波浪，它如何站得稳呢？它很快会被河水揉搓成沙粒的吧？

还记得有一次踢猛了，被石子碰破了脚趾，带着血的石子急忙藏进了路边草丛里，好像怕我再踢它，好像它也怕疼。

那时只知道踢石子,却不曾想这些石子的来历,后来才懂得它们都是很不寻常的(天下没有寻常的事物,寻常,那是因为被我们看成了寻常,其实一切都不寻常,一切皆是奇迹)。

兴许,在很古很古的时候,它们就来到我的故乡,有的曾被砌进墙壁,有的曾被码在井台;有的曾在庙里的神坛上,托起神的庄严的身子;有的曾是塔的根基,保管过高僧的舍利子。有的还曾做过先人的界碑、墓碑、诗碑、路碑、功德碑,它们见过春秋,见过秦汉,见过唐朝,见过宋朝,见过民国,见过许许多多我们没见过的世面和人物。后来被时间磨损了,被生活碰碎了,碎片满地散落,有的就流落到岁月经过的路上,又正好被孩子们发现,就被他们踢来踢去。踢着踢着,孩子就变成了大人,大人又有了孩子,孩子又接着踢,直到踢走了无忧无虑的日子,也变成大人……

现在想来,那时,我们踢着脚下的小石子,其实是踢着千年万载的时光啊,那些小石子,就是时光的舍利子啊。

被我踢过的那些小石子,如今你们在哪里呢?我想找到童年的旧址,我想找到你们。也许,有的已经风化成泥土了,泥土里该有我的些微痕迹和气息;有的已经变成尘埃了,尘埃里该有我的细弱踪影和动静。那被我踢进河里变成沙粒的,肯定早已到达远方的海,到达远方的国家,在世界某国的某个海滩,孩子们奔跑的脚底会有一阵奇妙的微痒,他当然不会知道这些沙粒的神奇来历:若干年前,一个远方小孩踢过的那些石子,穿越迢迢时空,缓缓抵达另一些孩子,此刻,正在他们的脚底搔痒儿呢。

当然,肯定还有质地坚硬的小石子仍然还保持着童年的样子,我想找到它们,我要脱了鞋赤着脚,贴近那些被我踢过的石子,贴近那些被我踢过的日子,贴近那亲爱的土地,亲爱的故乡,亲爱的石子,亲爱的日子。

第七辑

他们

饮　者

　　粮食、菊花、艾草、泉水,这些世间的美物,应着一个深情的邀请,欣然而来,赴一场约会。
　　邀美物聚会,使之美美与共而酿出新美,这是何等盛事?岂可造次?据说古时酿酒,必选在一个晴好的月夜,必有最多的星星莅临在场,必有最密集的露水照拂原野,必有最充沛的月光源源而来,然后,将星辉、露气、月华、粮食、菊花、艾草、泉水,恭敬地请进坛子,然后,就交给一言不发却深怀妙道的时光,它将负责把这满坛秘密,教诲成一泓天香。
　　天意、美物、人心,聚于一坛,那小小的坛子,是把静夜里整个大地的声息和情意、把整整一条银河的波光和涛声、把随着月光不停降临的天界的神话和人间的风情,一同认领,一同收藏了。
　　所以,古人才说:"酒里乾坤大,壶中日月长。"
　　那是浓缩的天地情意和日月精华,那是从无穷的时间长河里提取的一脉意味深长的眼波啊。
　　所以,古之饮者,最爱酒,惜酒,也最知酒。
　　他们是酒的知己、情人,是一生一世忠诚相伴的挚友。
　　他们也是酒的贴身秘书和最卓越的发言人。
　　那浓缩着天地美物和人间寄托的好酒,它深藏了多少妙悟和情愫,要对天地倾吐,要向人间归还?

人在酿造酒,酒何尝不是在酿造人呢?

人在选择酒,酒何尝不是在更严格地选择它的饮者呢?

酒是得道的粮食、泉水、星辉、月华。

有道,则有真趣,有好眼力。

酒一眼就选中了它的最好的饮者:陶渊明、李白、杜甫、苏东坡、辛弃疾、张孝祥……

他们既是酒的最好的饮者,也是酒的最卓越的发言人。

酒里有妙道、有真趣、有无限诗意。

且听他们,这些饮者,这些酒的发言人,如何代酒发言。

酒入情肠,一开口说话,就说出了令天地动容的深情的话、有道的话、有味的话。

他们说出的都是感天动地的诗(请打开那如长江黄河一样激荡雄浑、感人肺腑的中国诗歌长卷,打开诗经楚辞唐诗宋词元曲吧,你会看到在我们生活中早已失踪,而在那时无处不在的可爱酒神,曾经主持了怎样动人的心灵和诗的盛宴。限于篇幅,笔者不在此引用和赘述)。

酒在坛中、壶中、杯中,在他们的心中,荡漾着,蒸腾着,氤氲着。

酒说:好样的,谢谢,我的朋友,我的知音,我的发言人,你们说出了我的肺腑之言,说出了我收藏的天地人间最好的东西:诗。

这酒,你们没白喝。

酒入情肠,或化作相思之泪,或化作人间好诗。

古之饮者,与作为天地精华的酒,是般配的。

人虔敬地酿造酒,其理想是酿出美酒玉液;酒也郑重地酿造人,其梦想是酿出君子诗人。

他们都没有让彼此失望。一坛坛美酒款待了一代代诗人,一卷卷诗歌款待了万古江山和人民。

今天,还有真正的美酒吗?还有真正的饮者吗?还有真正的诗吗?

今天的酒,与什么都有关,唯独与诗无关,与月亮无关。诗与酒,诗与月亮,在古典中国,它们是一体的,诗主持着酒宴,月光照耀着酒杯,酒宴的过程,是诗的酝酿、激发、生成、欣赏的过程,诗,也是酒宴的结果和产品。在古典中国,如果一次酒宴不吟上几首诗,不留下几句诗,这酒就白喝了,就白白浪费了。

几千年来,中国的文化,中国的诗心,是在醇厚的酒香里荡漾着的。也可以说,酒,主持了中国的诗;诗,主持了几千年的中国文化。

如今,诗早已退出了酒宴,诗与酒,已经分离,诗退隐到厚厚的、寂寞的典籍里,在古老的文字里深居简出。如今的酒宴,已经彻底取消了诗的席位。

没有诗主持的宴席,酒,已失去诗性和灵性,精神元素变得十分稀薄,没完没了的宴席也成为了一场场表面热闹、内里空洞的物质主义的浅薄狂欢。

而随着诗神退隐,酒神因不堪孤独也已经作古。现在的酒,仅仅是含有酒精的液体,仅仅是配方、工艺、品牌和价格合成的商业饮料。

没有诗主持的酒宴,谁在主持呢?

金钱、官位和身份,成了宴会的常任主持。

酒宴上,只听见官职在恭维官职,身份在讨好身份,金钱在巴结金钱。

升官、发财、生意经、荤段子,则是通用酒令。

在这样的酒宴上,你若有幸竟然听见一句诗来,我想,那要么是你出现了幻听,要么是地球也被灌醉了,开始醉醺醺倒转,于是时光倒流,你回到了唐朝,并且很荣幸地撞见了李白。

——我只能说,这样的情景,只能出现在被物质主义彻底挫败的某个当代潦倒诗人的梦里——他那久治不愈、时常发着低烧、有时发着高烧的梦里,总是出现银河倒流、时空颠倒的诗性幻象。

真实的情况是:如今的酒,与什么都有关,唯独与诗无关。

是的,在这样的酒宴上,即使人人都喝醉了,都吐了,除了吐出一堆又一堆垃圾,决然吐不出半句诗。

所以,我深深为酒感到遗憾:美好的粮食粉身碎骨,与水、与酒精、与时光紧紧抱在一起,在酒窖里默默发酵、久久酝酿、苦苦等待,竟等不来一场真正的精神聚会,竟酿造不出一句诗。

充满激情和等待的酒,都被我们糟蹋了。

多少酒,都白喝了。

没有诗神陪伴的酒,没有真正的饮者相知相守的酒,是寂寞的。

没有诗的生活,是寂寞的。

我们曾经那么优秀的酒神,一直在退化着退化着,直至退化成了俗不可耐的财神,成了金钱拜物教的唯一大神,唯一教主。

酒神失踪,诗神因不堪孤寂而渐渐走神,渐渐失神,渐渐无神,甚而,诗神也终于失踪。

但是,我相信,寂寞的酒仍在等待,等待酒神归来,等待诗神归来,等待真正的饮者归来。

深藏在以往的酒里,而被人们遗忘了的,那些沿时光之河一路荡漾而来的赤子情怀和诗的情愫,一直在孤寂地等待着,等待着谁用纯真清冽的语言倾吐出来,把我们丢失太多太多的诗,还给我们,还给我们。

是的,在苍白的月光下,在空洞的酒杯里,在诗的废墟上,我是如此思念着诗……

隐　者

也许,他已经转身出走,与现代保持相反的方向,朝时光之河的上游踽踽独行。

也许,他就在我们中间,体会着置身人群的孤独,而在内心里,坚定地过着与我们貌合神离的另一种生活。

也许,他就是我们生命中冰清玉洁的那部分,游离于我们不慎陷落的深渊之外,以保全我们自身最珍贵的那部分不致丢失和湮没;而我们,只是他留在尘世的比较耐脏、耐磨损、耐伤害的部分替身,历尽劫波和浊流,最终,我们还会回到他那里去赎回真身。

他其实就是那泓地底潜隐的泉。他并没有蒸发或离开大地,有时似蛰龙深潜,有时如灵光乍现,他只是到大地更深的地方保存和提炼着自己,以最接近本源的纯粹和澄明,映照天空,保持对沿途相遇事物的深度体认,并打捞事物投下的倒影,从中提取残剩的诗。

他常常背过霓虹灯转身而去,但不是一概反对光亮。他是隐于灯芯根部的点灯人,体会那未被照亮的幽暗部分,也得以看清了那些被光亮放大的影子们的虚幻,自己则安于某种晦涩的本质。

他惯于沉默,但不是一概反对语言。是因为流行的语言已构成对思想和心灵的伤害,说得越多、写得越多、表达得越多,意味着与真理背道而驰得越多。于是他逃离流行词典,逃出烂俗语法和陈词滥调的枪林弹雨——他知道,真理也是因为不堪忍受陈词滥调的狂轰滥炸和重重围困而出逃的。在远离语言泡沫、远离众声喧哗的孤寂之地,也许,他会和孤寂的真理邂逅。

他总是与生活保持距离,但不是反对生活,不是全然拒绝与生活握手言和。只是拒绝生活中的垃圾部分和非诗意部分。而现代生活,几乎多由垃圾和非诗意构成,除了垃圾和非诗意,现代其实已经没有了真正有意味的生活。于是,他悄然转过身去,在生活的背面和深处,在被浮光掠影的生活们省略了的偏僻生活里,或被生活们一哄而过其实并未真正经历的那些安静的生活里,在古人们尚未过完而被时间强行中断的那些古典生活里,他默默生活,静静沉浸,并从头理解,究竟什么才是值得一过的生活?

那被一首首古诗反复擦拭、依然保持着青铜光芒的山间初月,正好从他瓦屋前那泓古潭里的第三棵野百合影子的旁边升起;雨后初晴,突然出现在窗外的妩媚青山,他看见了——辛弃疾和王维的青山,正向他迎面走来;他种竹、种菊、种菜、种豆、种药,早晨起来,就看见诗经里的那丛芍药,议论着治疗现代抑郁症和偏头疼的处方;在深山更深处的鸡鸣声里(而不是现代养鸡场的点杀声里),他听见陶渊明那声天真鸡鸣的回声;尚未被旅游公司租赁的那挂瀑布,仍然在对面悬崖上耐心镌刻那首从公元前就一直在镌刻,至今也不愿公开发表的费解的诗句……

每当这时候,他体会到了一种保持着原初贞操的纯真世界,才会有的那种含着羞涩的、真正的美好。他的内心里,从而有了近似于收藏了什么秘密一样的狂喜,有了对生活意味的心领神会。

这位隐者,这位貌似放弃生活的人,他却有着远比我们丰富得多也深刻得多的内心生活。我们津津乐道的所谓生活,只是他废弃掉的那部分极其浮浅的生活。

歌　者

我们的血脉里奔涌着古老的江河,却未必都能找到入海口,在很多时候,生命被激情席卷,内心里一片涨潮的汪洋,生命却不得不困在自己身体的内陆,盲目的波浪冲撞着,汹涌着,苦闷着,也渴望着。

这时,歌者出现了,你用颤栗的音符,将生命的洪流,引向精神的远海远洋;你用旋律的闪电,为内心的夜空打开天窗,搭起天梯,让生命扶摇而上,窥见高处和彼岸的幻象。

我们的胸腔,不只供养自己的那一颗心脏,我们既根植大地又魂系宇宙,既承受自己的悲喜也呼吸大时空的忧乐,因此,十万山河与亿万星光,一己命运与千古兴亡,全都收藏在那微小而细密的心房;我们小小的心房,因为如此拥挤和沉重,经常感到某种迷茫和惶恐。

这时,歌者出现了,你轻轻几句呢喃,似乎在劝说,周围暴躁的空气在你的劝慰里变得清凉下来,夜幕远处的星子也陆续应声擦亮;接着你沉默,沉默,人间似乎一时消失,天地退回到史前的鸿蒙,每一个人仿佛在尘世已不复存在,默默返回到女娲面前,等待着接受她第一次抚摸和塑造。

终于,一阵颤音惊醒了时间。倒流的时光回转过来,女娲变成了年迈的母亲,颤巍巍渴望着孩子们的呵护;我们发现,大地的摇篮已被我们摇晃得过久和过于剧烈,已出现很多破绽和漏洞;星子们的眼神有些迷离忧伤,含着深长的期待。

我们觉得自己重新活了过来,沉睡在身体雾霾里那个纯真的生命复活了,我们周身的热血,重新开始清澈地奔流,它不仅仅为着自己在窄逼的池塘做自私的循环,它接通了一个更深远的血缘。

你那深情的歌声,将我们的血脉,与无穷的远方做着持续连接,我们的血脉渐渐延伸到自己的身体之外,延伸到人群深处,延伸到时间深处,延伸到大地和苍穹深处……

真正的歌者,因此只能是这样的人:他是为我们混乱而激荡的生命激情赋予旋律感的人,我们混沌的潜意识因此被我们以灵性的语言打捞和认领,我们的生命因此有了美感和仪式感;他用心灵的语言接通更多的心灵,甚至他将我们带入到他也未必到过的更远的心灵的天空——这倒不是他有多么伟大,而是他接通和使用了一种伟大的语言:心灵的语言。那是不仅能感动人,也能感动万物的语言。

那么,在海量的过剩声浪里,究竟谁是真正的歌者呢?

我心里有个判断,真正的歌者是这样的:他是心灵中的心灵,他到过最深的心灵和最远的心灵,所以能说出不为人知也不为神知的许多情感的秘密;他是语言中的诗句,他是来自海底的涌浪和盐,他能告诉我们沉船的遗像、鱼的往事和海的苦涩生平,以及沉沦于深渊里的月光是如何结晶了李商隐那含泪的珍珠;他是极地的雪,也是正午的暖阳,他把我们冰封在某个纯洁的时刻,又及时将我们融化,变成下一次心灵的落雪,去覆盖孩子们奔跑和初恋的原野。他不是以甜腻的声音哗众取宠,不是以轻薄的手指为饱食终日的耳朵们搔痒取乐,相反,他一次次从纸醉金迷的华筵悄然出走,独自走向夜晚的荒野,为寂寞的群山、不眠的星斗和迷途的山羊,含着眼泪深情歌唱,一曲又一曲,直到泪水暖热母亲的衣襟和流浪汉的黎明。

如今，在众声喧哗、流星满天的娱乐广场，无休无止的声浪和泡沫，一次次将我们挟裹，也一次次将我们掏空。我们的耳朵和心灵，都被那纷飞的声音的废弹壳击成重伤。我们体会到置身人海的彻骨的孤单，而无关心灵的轰轰声浪，却在扩大着我们心灵的沙漠。我们深感寂寞。

这时，我看见了那个孤独的歌者，他背过身去，一声不发，陷入长久沉默，从他沉默的背影，我却听见了一种震耳欲聋、感人至深的寂静。

而在他的身后和远方，我看见了——

古老的废墟，正午的大海，深陷于追忆和沉思中的千年老树，头顶无声奔流的天河和无边星云，寂坐于苍茫黑夜里的白发万丈的雪山……

他们，都是深情的歌者，无声无语，却唱出了我们心中的一切。

圣 者

　　一个彻悟了宇宙和生命之真谛、虔诚地接受真理和美德的熔铸与提炼的人,也许早已用光速横渡了此生此世,乃至穿越了来生来世。从凡俗的角度看,他已经提前过完了生活,留下来,不过是重复那已经走过的程序,就像今夜出现的闪电,不过是再一次穿越那早已无数次穿越过的黑夜。

　　但是,他没有辞别此世绝尘而去,他留了下来,留在尘世,留在人群中,留在了生存的夜半。一个以光为魂的人,有必要留下来,他感到,在似乎被越来越炽烈的物质的太阳照得一览无余的尘世的白昼,其实,更深的内在的暗夜却被表面的强光遮蔽了,于是出现了白昼笼罩下的漆黑夜半。他留了下来,不是要壮大那表面的物质之光,而是要静静地向那被强光忽略了的更幽暗的水域和丛林,向那些失败者、受苦者、迷途者、失魂落魄者聚集的低洼暗昧之地,出示一些慰藉之灯和心灵之火。

　　肉身于他,虽非多余,已不是本体,只是他灵魂的寓所,恰如庙宇只是神灵的寓所,若神灵不存,则即使再豪华的庙也是空庙、黑庙或废庙,因为那信仰之神才是庙宇的本体。而灵魂才是他生命的本体。一颗清澈透明的灵魂,是用真理之光、情感之光、星河之光和宇宙之光凝聚、结晶的光之库房。除了散发同情的温暖、真理的觉解和启示的光芒,这样的灵魂,已经没有了自私的念头和纷杂混沌的意识。连潜意识、无意识的幽邃深海,也已被光芒照亮,因此,真正的圣者其实已经没有了所谓的潜意识,他的潜意识只是作为意识的蕴藏和储备,其实都是觉解、爱意与善念的富矿。

对于一颗以光速穿越尘世、也早已超越了自我肉身的伟大心灵来说,他仍然在尘世留了下来,这意味着什么呢?难道尘世还有他所企求的功名利禄?难道肉身还有他痴迷的醉生梦死?——这就等于说,伟大的银河还会念念在兹于搞一个皇家亮化工程以博取恩宠?壮丽的太阳还会惦念着赶赴一场纸醉金迷的酒肉宴席?这显然是笑话。

当然,大量的尘世事务已由商业和市场代理,但是,那些孤寂的事务,仍需要圣者去为之默默服役,比如,于浊浪滚滚的垃圾河里打捞溺水之诗,于瓦砾累累的语言废墟抢救深埋的古玉,于狼奔虎突的现代丛林为善良麋鹿找到一片仁慈草地……

圣者,其实是历史铁血惯性的反作用力,是大自然冷酷理性的反作用力。他置身于历史和自然中,但又不完全服膺历史和自然的冷峻力量,他以怀揣的那个叫作良心的怀表所出示的时针,来试图校正历史所追随的粗暴时间表,以心灵的温情抚慰那没有心灵的自然依照其冷酷理性所制造的血泪和伤痛。

尤其是,在失去海拔与高度,除了成功之神和财富之神之外,已无所仰望、无所追慕的越来越下沉的现代荒原,我们是否更需要圣者呢?

一个没有圣者的完全俗世化、物质化、实用化、功利化的世界是没有深度、没有高度、没有宽度,也没有温度的物质主义的势利冷酷世界,也是失去心灵之源、精神之源、价值之源的失魂落魄的浅薄世界。

是的,我们是如此渴望圣者。

但是,在一个疯狂、混沌、迷乱、贪婪的纸醉金迷的年代,圣者会出现吗?

这时,我从万丈红尘里抬起头,揉了揉眼睛,终于,我看见了圣者:

　　那安静地在远方出现的明净雪峰,仿佛梦中的一个场景,但并不炫目,一种柔和的力量保存在高处,如同诗的出现,拯救了散文的平庸和商业应用文的老谋深算,在灰暗的山脉,你推出了洁白的峰峦,一束烛光,静静地推高了我们心灵的天空!你站在变幻的季节之外,站在胡涂乱抹的时尚和消费日志之外,一直坚持着内心的柔软和皎洁。在石头狂吠、钢铁腐烂的燥热之夜,你从时间深处吹来的寒意,使我躁动的灵魂渐渐降温,重归澄澈;当庙宇坍塌,世上的大理石再也雕不出我心中的女神,这时我看见了你,烛光仍在你手上,被续燃、拨亮。仰望因此变得与呼吸同样重要,使我有别于猪(虽然我尊重猪),与猪圈相邻的我的房子因此不是猪圈,因为这里有一个凝视苍穹和膜拜洁白的秘密窗口。我无法完全匍匐于当下,越过生存的栅栏,从你,我找到了被流行词典遗忘的纯真语言,我找到了被疯狂的岁月丢弃的神圣时间;你以明亮的手势,一次次将我从暗夜里认领回家。寒冷提炼了你,你又以适度的寒冷将我提炼。我真的害怕你消失。若你消失了,曾经出现在你周围的深远的蔚蓝、沉思的星斗、虹、青鸟、遥远的暗喻着终极之谜的启示之光,以及许多古典事物的身影都会消失。没有了你,即使用再多、再高大的石头代替你,也只标示一个漠然的海拔。随着你的烛光熄灭,我的内心也会迅速转暗,灵魂拒绝泥沼却很有可能深陷于泥沼。

　　但是,实实在在,你真的还在那里,这怎能不是一个奇迹?你是怎样一点点搜集,那散落在空中的古典音乐,和我们在低处曾经为着热爱而滴落的不免有些忧伤的透明泪水?你一点点将它们搜集、积攒,保存在离天空最近也最靠近心灵的地方。你让我们看见:神话的时光,童年的时光,初恋的时光,挚爱的时光,以及心灵在最纯洁的时刻所体验到的生命和宇宙的纯洁与美好。就这样,你一言不发,只是缓缓地向着你所认领的天空,静静上升,上升,而我们默默地凝视着你,长久地与你交换眼神,交换内心的语言。就这样,你用适度的寒意,按照心灵所渴望抵达的纯洁的境界,你持续提炼着自己,同时提炼着我们的心灵,也提示着一个纯真的世界并未转身出走,更未彻底失踪。由此,你恢复了我们一度失去的对世界的信赖,也恢复了我们对于自己心灵的信赖,就这样,我们的心灵,在更高处的心灵的照拂和呼唤里,渐渐到达更广袤、更清澈、更崇高的心灵。

圣者,他就是世界灵魂的显现,是尘世里高出尘世的那一种光芒,反过来又照亮尘世,使此岸的尘世有了某种彼岸性,有了神性和诗性。

圣者,也未必都站在雪峰上,更未必是峰顶上炫目的那部分。

圣者,很可能就在低处,就在命运打不过转身的荒寒窄逼的峡谷,就在被飓风摇曳的树和草的根部,他最知道苦根之苦,也更多地体会着草木返绿的颤栗和欣悦;圣者,他并不一定是所谓的成功者,世俗的、物质世界里的成功者当中不大可能有真正的圣者。因为,成功的物质世界的后面,也许就掩埋着一个失败了的精神的废墟。圣者的头顶也会有成功和荣耀的光环,但圣者的心魂和志趣不会止于世俗的荣耀和光环,只有俗世的赌徒才耿耿于俗世的输赢,只有池塘的钓者才孜孜于池塘的鱼腥。圣者的心魂高出俗世的庸常海拔一千万倍以上,高于天空之高,直抵上苍的心胸;圣者的情怀深于名利的池塘一千万倍以上,深于沧海之深,饱含无言的悲悯。圣者是以慈悲的眼睛凝视着万象万物、苍穹苍生的,他天高海深的心里,最知晓貌似欢乐的泡沫下面,和貌似很诗意的蔚蓝下面,隐藏着无所不在的海的真相:咸涩的盐、沉船的骸骨、青花瓷的碎片、美人鱼无尽的眼泪、鱼虾们没有目的的血腥竞逐、海蚌在苦痛的伤口里用流泪的月光提炼李商隐的珍珠……圣者说:虽然我可以生活的很好,但这个世界不好,所以我的眉头总是皱着的;圣者说,以神圣法则和终极理想的尺度衡量,这个世界远不是成功的,而依然是在痛苦的漩涡、失败的泥沼里徘徊和挣扎着,在一个失败的世界上,没有谁可以独善其身,没有谁是真正的成功者,除非自私自利的人,才会为一己之得而自诩为成功者;在这个世界完全成功之前,不会有哪一个人是真正的成功者。圣者羞于在一个失败的世界里做自私的成功者;圣者耻于在一个痛苦的世界上做富贵荣华的享用者。在圣者的内心,他越成功,越是优于或高于这个失败的世界,他越是惭愧和内疚,他越是觉得自己就是一个失败者,他不能离开这个失败的世界,而躲在自私的豪宅里独享尊荣,他应该奔走和沉思在众多的失败者中间。因为,在永远苦涩、动荡的生命之海里,他的心不会独个儿甜着,他的心经常是有些苦涩的。他希望大海变甜,这纯真的念想和祈求,因总不能得到兑现而使他屡屡遭遇失败感的打击。他因此只能是失败者,在大海变甜之前,他的心里始终灌满失败的海水。在良知、美德、同情、真理、正义、普遍的解放,还没有实现之前,在人类的崇高理想包括万物的生命梦想没有获得真正胜利之前,他不会认为自己是成功者,诚如佛教圣徒所言:地狱未空,誓不成佛;众生未度,永不离苦。他与真理一同受苦受难,与大多数失败者一同感受失败,与众多受伤害的生灵一同分担着无常之苦和无助之悲。他是最低处的磁铁,感同身受地体验着生命普遍的艰辛、坎坷和痛苦,并将无数痛点集于一身,他成了这个世界痛感最密集的深穴;同时,他以自己的爱心和善意,以自己所觉悟到的真理和真诚的行动,尽可能地分担命运的重压,尽可能多地栽植如古诗一样仁慈多情的草木,从而为这个尘世减少心灵的戈壁滩,增加大气层的含氧量,增加人和生灵命运中的含氧量。

以光速提前穿越了世界和此生,但圣者留了下来。圣者那由光明和温暖结晶的灵魂，一直在为这个多难尘世默默跳动和工作，一直试图把彼岸的星光带入此世此刻。圣者，就是为当下的命运和永恒的真理虔诚服役的人。圣者不会在霓虹闪耀的地方盛装出场，不会在众声喧哗的华筵闪亮登台，圣者在荒寒的寂地、在幽暗的深谷、在苦闷的丛林、在受苦的人和受伤害的生灵中间，默念着良心的叮咛，默默地用自己的心血，为他一直在等待着的那个与真理邂逅的时刻，为那个在所有时间中最有价值、最仁慈的时刻，为众生离苦得乐的时刻，默默守候，默默点灯。凡他出现的地方，都留下光的轨迹和温度，这轨迹和温度，也许并不能持久，但是，被闪电的轨迹和温度一再质疑、删改和照亮过的夜空，毕竟与没有闪电出现的黢黑夜空有了不同。

圣者的存在，使我们不再怀疑：那无边的银河与浩瀚的星空，不仅仅是一个物理学和天文学的巨大现场，它同时也是一个心灵、道德和美学的巨大作坊，它以无限的光芒和无尽的星辰的材料，布置着永恒的篝火，布置着宇宙的崇高拱门和壮丽壁画，同时也在为我们这小小的尘世，启示和提炼着与它的宏大规模和深邃内涵相互映照相互对称的崇高心灵——圣者的心灵。

也许，圣者就是你，是你生命中高贵、宽广、纯真、朴素、谦卑、仁慈、温暖、可爱、可敬的那一部分。

第八辑

婴儿颂

婴儿的笑容是神的面容

婴儿脸上的笑容，单纯到没有任何含义，却十分神秘，具有一种奇特的、莫名其妙的感染力。婴儿的笑，是笑本身在笑，是生命本身在笑，而不是欲望或别的什么在笑。从古至今，成人世界变化很大，越变越俗越变越贪，而婴儿却没有变化，婴儿一直保持了远古的纯真心灵和赤子笑容。

婴儿的笑，没有成人世界的任何含义。婴儿还没有入世，婴儿与这个世界还没有关系。婴儿的笑是露珠、彩虹、白云、花朵的表情。婴儿的笑是雨后晴空的表情。婴儿的笑是宇宙星云的无限神秘表情。婴儿的笑是另一个世界的表情。婴儿的笑容是神的面容。

从婴儿的笑，我们发现并相信，我们这些成年人确实把好东西丢失了。因为我们也曾经与他一样纯真，我们也曾经有着神的面容。而现在，我们脸上却淤积着世故圆滑的表情，即使偶尔笑一下，也显得假而俗，有时那笑也倒是真的，却是媚笑、谄笑、窃笑、冷笑、狞笑、奸笑或苦笑。

婴儿的笑，是向成人世界出示的招领启事：你们，很不幸地把许多天赐的好东西丢失了，我替你们保管着，你们快来认领吧。可惜，我们丢失那好东西已经很久很久了，错过了保质保鲜期，我们已无法认领回来了。我们只能羡慕婴儿，甚至崇拜婴儿。

婴儿是我们贞洁的上古之神

  婴儿是我们清澈的上游之泉,婴儿是我们贞洁的上古之神。婴儿,在唤醒和教诲我们的心灵。
  你以为婴儿无所事事,除了傻笑,他什么都不会做吗?
  其实,婴儿做着很重要的工作。婴儿从事的工作是我们绝没有能力承担的,婴儿担任着神职:婴儿负责打扫我们的灵魂,婴儿负责重新修订我们的精神世界,婴儿要引领我们返回生命的清澈源头。
  我们这些成熟的男人,都曾经是或正在担任着婴儿的父亲,其实呢,从心灵和精神意义上,婴儿才是我们这些成人的父亲,是我们的精神父亲,你看,婴儿正在用纯真无邪、晴朗宽阔的笑容看着我们,感染着我们,召唤着我们。
  婴儿——我们的父亲,他怜悯我们,他关怀我们,他很想培养我们,他知道我们这些成年人,只是一群丢失了纯真心灵的可怜人,他想认领我们,他要重新培养我们,把我们这些庸俗成人重新培养成纯真无邪的可爱孩子。
  婴儿,我们贞洁的上古之神;婴儿,我们的父亲,他在笑,他在深情地若有所思地注视着我们,他思考着怎样重新培养我们。

你看着我,就是在治疗我

婴儿,你看着我,就是在治疗我。婴儿,刚刚从时间的远方走来,婴儿来自的时间,在时间之外,在世界之外,婴儿给我们带来时间之外和世界之外的纯洁和神秘。婴儿其实不想加入这个世界,婴儿与我们不处在同一个时间和空间,我们的日历和档案与婴儿毫无关系。天上的白云不需要日历,清晨的露珠不需要档案。婴儿没有日历。婴儿没有档案。婴儿还没有世界。婴儿是永恒之国的使者,婴儿看着我们,就是永恒在看我们,就是无限在看我们。我们在琐碎的时间碎片里迷茫和徘徊,在艰辛的生存沼泽里劳碌和挣扎,婴儿却在永恒和无限里翱翔和神游。婴儿看着我们,就是代表永恒和无限向我们表示同情和慰问。

婴儿想拯救我们,想把我们从时间的囚笼里释放出来,想把我们从生存的沼泽里打捞出来,与他一起向无限和永恒飞翔。婴儿本来想拯救我们,然而却是我们在养活婴儿,婴儿感到惭愧、为难和力不从心,于是婴儿不好意思地笑了,婴儿在向我们致歉。

婴儿本来是要来拯救我们的,但婴儿却要由我们养活。造物者对这件事没安排好,但也没办法另作安排,有点来不及了,因为已这样安排好久好久了。培养者却要由被培养者伺候,培养的方案就难以落实;拯救者却要由被拯救者养活,拯救的使命就难以完成,被拯救者反而以为是他拯救了拯救者。婴儿左右为难,婴儿哭笑不得，这就是为什么我们看见的婴儿总是又哭又笑、时哭时笑。他实在是很为难啊。

　　但是，不管怎么说，我们多数时候看到的总是微笑着的婴儿。婴儿笑了，那是无限在笑，是永恒在笑。微笑的婴儿看着我，就是在治疗我。这一刻，我被永恒和无限注视，我被纯真注视，我被神注视。这一刻，我从时间的锁链和生存的奴役里暂时解脱出来，我复归于婴儿，我与永恒面对面，我找回了羞涩的情感和纯真的心灵。

　　婴儿，你看着我，就是在治疗我。

柔弱无力的婴儿

是谁让我们想起我们也曾经那样纯真？是谁让我们发现了自己的无知、贫乏和庸俗？是谁唤醒了我们内心的无限慈爱和柔情？是谁让我们忽然有了返璞归真的渴望？

是婴儿，柔弱无力的婴儿，却有着绝大的神力。

婴儿让英雄谦卑地匍匐在春天的摇篮面前，乖乖地放下宝剑，捧起奶瓶。婴儿让英雄明白：比起耀武扬威的宝剑，摇篮和奶瓶，才是这个世界的起源。

婴儿让国王彻底放下身段，恭敬地跪拜在他稚嫩的裸体面前，为他撩起浸着奶腥味和尿骚味的尿布。婴儿让国王顿悟：比起高高在上的皇宫和王座，尿布，才是我们每一个人真正的坐垫——我们最初是坐在尿布上吃奶咂手指，我们最后也将躺在尿布上向瑶池出走。

婴儿让富翁忽然发现自己的惊人贫穷，因为除了对着利润和财富微笑，富翁已经不会笑了，他有了很多钱，却丧失了纯真的情感和柔软的心肠，丧失了比金子珍贵无数倍的赤子之心。而眼前这位一无所有的婴儿，他对着白云微笑，对着月亮微笑，对着雨点微笑，对着雨后的彩虹微笑，对着青草微笑，对着露水珠珠微笑，对着蚂蚁微笑，对着鸟儿微笑，对着远山微笑，对着永恒微笑，对着万物微笑，他属于万物，他拥有万物，他是万物的朋友，他是宇宙的精灵,他是无限的使者。比起这位一无所有的婴儿富翁,物质世界的富翁们,只是一些表面腰缠万贯而灵魂一贫如洗的可怜乞丐。

婴儿让博学者发现了自己的浅薄和无知,博学者以为自己博学而知万物,在婴儿面前,他才知道自己原来对婴儿的内心竟一无所知,对婴儿天使般笑容的含义一无所知。是的,我们所知道的,仅仅是有关这个世界的极少、极肤浅的一点点所谓知识,而婴儿却知道另一个世界的真理,他刚刚从另一个世界远道而来,他掌握着那个我们已经遗忘了的世界的神秘知识,我们只知道这个世界表象的、相对的道理,婴儿却知道另一个世界的绝对真理。婴儿掌握的知识领域,都是我们的未知领域。但是婴儿不愿意告诉我们太多,他怕他说出了真理会吓我们一跳,让我们掌握的那些浅薄庸俗的所谓知识体系瞬间全部崩溃。再加上婴儿的语言是另一个世界的语言,与我们使用的语法和逻辑决然不同,即使婴儿说出来,我们也听不懂。所以,婴儿索性就不说,只是似笑非笑地看着我们,有时急了,婴儿就哭,他为我们的无知而哭,为我们的傲慢和自以为是而哭,为我们的堕落而哭,为我们的贪婪而哭,为我们的庸俗而哭。他哭我们为什么就不懂他呢?为什么除了知道那一点点有关物质、有关占有、有关掠夺、有关消费、有关虚荣、有关名利的世俗知识,我们对心灵世界的真理却懂得那样少呢?对天真高尚的事物知道得那样少呢?他急哭了。他经常号啕大哭。

哭完,婴儿忽然想起,眼泪并不能让这些愚蠢的成人们完全明白他们遗忘了的东西有多么珍贵,于是婴儿笑了,婴儿宽厚地笑了,婴儿知道正是这些不理解他的成人在养活他,他们也很不容易,何况,婴儿毕竟已经从另一个世界迁移到这个世界,他的使命是提醒这个世界和这些成人:这个世界的高处和深处,还有一个他们不慎遗忘和丢弃了的纯真世界,婴儿只是提醒这些成人不要忘了自己生命的上游和心灵的源头,并时时自净自洁,返本归真,婴儿并不是非要把这些成人转移到另一个世界,比起这个世界自以为是的愚蠢和强大惯性,婴儿也根本不具备让时光倒流、让世界回心转意的能力,更不具备让这些顽固、庸俗的成人重新返回纯真世界的能力。于是,婴儿宽厚地、无可奈何地笑了,自嘲地、惭愧地、遗憾地、若有所思地笑了。

在心灵的荒漠,我们渴望婴儿
带着纯真的甘泉降临我们中间

　　在现代世界,神灵已被废除,一切神权也随之被废除,关于神灵的神秘知识,也被废除被遗忘。当然,为了使人的生存变得明晰、实在、有序,这样做也是有必要的,免得那些装神弄鬼的人把世界搅浑,使人无所适从。但另一方面,由于失去了精神信仰和神性的引领,我们的"心源"也就越来越浮浅了,甚至枯竭了,我们对高尚的心灵生活和宇宙的终极奥秘也就失去了念想和叩问的激情,人面对的也就似乎只剩下了眼前和当下的这个世俗和消费的世界,我们的心智也完全搁浅于此,终结于此,懒得再追问和沉思宇宙的本源与生命的奥义。我们生活在一个没有绝对之光照耀的相对世界,我们生活在一个没有神性笼罩的完全物质化的平庸世界。我们所拥有的知识也成了关于物质世界之成分、结构及其如何被人利用和消费的完全物质化世俗化的实用知识,即所谓的"科技知识"。我们的所谓美学,也成了商业的廉价装饰和对消费的精致修辞,而全然丧失了"外师造化,中得心源"的内在底蕴和浑然诗意。我们把属于心灵和情感领域的知识则交给了心理学,而心理学描述的则是心灵的物质(生理)成因和状态,说到底,心理学描述的也是关于人的身心层面的属于物质(生理)功能的延伸部分——内在部分的启动和生成机制,而非精神现象之绝对本源的描述和呈现。这就是说,除了关于物质世界的科技知识、消费知识、娱乐知识、升官和发财的知识,现代人类实际上已经没有了关乎心灵奥秘和生命意义的精神领域的知识,其实已经没有了那个所谓的精神领域,我们全部的也是仅存的唯一的领域,只剩下了一个领域,即物质领域和关于物质领域的科技知识和消费知识。而我们貌似热闹的心灵,其实已经撂荒了,早已荒漠化了。我们折腾来折腾去,似乎很缤纷很丰盛很多元,其实折腾来折腾去,不过是在物质世界里变着法子消费别人或消费自己,娱乐别人或娱乐自己,恭维别人或恭维自己,推销别人或推销自己。我们像一只彩色橡皮船,轻浅地来回滑行在消费的池塘,而在消费之外,池塘之外,我们已没有了别的海洋,没有了别的地平线,没有了别的宇宙——没有了精神彼岸。

可是,人的心灵是指向彼岸、指向绝对、指向永恒的,人虽然生活在相对和有限的世界,但人的心灵则有着对绝对和永恒的渴望,因为人的心灵正是起源于冥冥中的绝对和永恒,人的心灵渴望一个绝对的彼岸,只有绝对的彼岸才能对应于心灵对绝对的渴望,只有绝对的彼岸才能与心灵达成密契,才能让心灵获得归属感、圆融感、意义感、崇高感、永恒感和深刻的安慰,从而摆脱和超越死亡的恐惧和生存无意义的烦恼。

然而,完全物质化的此岸世界根本难以安顿高度精神化的心灵,难以为心灵提供一个可以眺望、泅渡、皈依和与之相融合一的彼岸。心灵的去向,被全然物质化的此岸堵截了、遮蔽了,心灵搁浅在此岸,心灵无法远行和飞翔,心灵放弃了永恒和绝对,永恒和绝对也抛弃了心灵。心灵只好被羁押在物质的囚笼里承受迷茫、焦虑、无聊、荒凉和饥渴,承受生存无意义之烦恼,还要忍受死亡的逼视、压迫和最终的寂灭,有的人只能靠饮鸩止渴麻醉心灵,或者充当权力拜物教、金钱拜物教的奴隶,让自己完全沦为没有灵魂的"欲望之躯"和消费机器,顶多用一些快餐文化的油彩,来涂抹和装饰消费的过程,使之看上去似乎很有情调和小资趣味,然而,抹去那层稀薄的文化油彩,我们会发现,那个消费的过程,除了物质还是物质,除了欲望还是欲望,除了空虚还是空虚,除了无聊还是无聊,它并没有一丝一毫的迹象,指向有意味的精神旨趣和深远的生命意境。

在一个剔除了神性和诗性的完全物质化的世界,人不再是低于神的谦卑物种,而成了高于万物的疯狂物种,成了生物链的最高一环,成了食物链的贪婪顶端,人终于由宇宙之子变成了宇宙的孤儿,由万物之友变成了万物的天敌。人的浅薄媚俗语言之上,再没有更高更本源更神圣的语言,对人进行纠偏、教诲并提供心灵启示。人的实用知识、消费知识体系之外,再没有更高、更深邃的精神涌泉,为心灵注入灵性乳汁和智慧甘泉。

在心灵的荒漠,我们渴望心灵的救赎,我们渴望心灵的甘泉,我们渴望来自绝对和永恒之神谕的启示和救援,我们渴望纯真的婴儿随着旭日一起降临,降临到我们中间。

唯一拥有神权的人

不幸之中有大幸。好在，我们还有层出不穷的婴儿。谢天谢地，我们的婴儿，今天终于来了。满天星星列队迎迓，遍野露珠齐声鼓掌，我们的婴儿，终于来到我们中间。

婴儿为焦渴的心灵带来了荒漠甘泉，婴儿带来了我们失去已久的纯洁和神秘，婴儿为一览无余的生活带来了充满暗示的生命寓言，婴儿重现了神的面容，婴儿为这个被成人用旧了、用腻了、用锈了的沉闷老世界，带来了上古的清新、清澈和清欢，带来了创世之初的鲜活、鲜美和鲜艳。

婴儿让我们返回世界的第一个早晨，在婴儿到来的这一天，我们看日出的眼神都变了，以往觉得寻常而不怎么留意的日出，今天，我们却忽然意识到自己是多么愚蠢麻木，对伟大的日出竟然也熟视无睹浑然不觉了，而自己戴一顶什么帽子、系一根什么颜色的领带倒成了天底下的极大之事，这是何等的本末倒置？这是何等的荒诞？日出，怎么会是寻常的日出呢？那是奇迹的喷涌，那是灵性的飞升，那是一颗孤独伟大的心灵，在宇宙的长夜里，呕心沥血地写着一首注定无人读懂却注定要一直写下去的孤独悲壮的宇宙史诗。

在婴儿到来的这一天，我们同时看到了被女娲刚刚换洗过的比白更白、比纯洁更纯洁的白云，我们看到了盘古时代的一列列青山,那是环绕我们笃诚站立,世世代代深情注视我们的祖先;我们看到了露珠,每一颗都保持着公元前的透明,我们看到了诗经里的露珠,看到了打湿过祖母眼眸、打湿过母亲手指的露珠,上苍把最好的宝石挂在我们经过的路旁,放在每一片与我们曾经相握或准备相握的叶子的手心上。这一天,我们还听到了最密集的鸡鸣和鸟唱,我们听到了来自时间深处的激荡灵魂的钟声。

是的,婴儿为这个深陷于劳碌、抑郁、愁苦、混乱的世界带来了新生的节日,婴儿让这个迷失于浅薄的消费狂欢却不懂得沉思生命奥义的貌似极度繁华、实则极度空虚的商业世界,忽然猛醒过来,意识到自己的致命贫乏和极端浑浊,我们在惭愧和自省之后,终于有了心灵的澄明和觉悟:我们不应该是临时镶嵌在一个老去的机械世界里供命运把玩的时髦的、一次性的玩具,我们更不应是寄生在一沓钞票上的消费的虫子,我们的每一天都应该在精神宇宙里开天辟地、潜海追日!婴儿提醒我们:只有当我们纯洁地热爱、谦卑地皈依的时候,我们才真正拥有生命,反之,当我们揣着一颗市侩心、睁着一双势利眼的时候,我们就是没有灵魂的欲望之躯和竞争机器,我们就是制造废墟的废墟、排泄垃圾的垃圾。是的,只有当我们纯洁地热爱着的时候,这苍凉的老世界,每分每秒都在我们的心跳里重新诞生;当我们谦卑地向无限敞开自己的心灵,这浩瀚的大宇宙,每一颗星辰都向我们举起启示的灯盏,每一条星河都用神的语言向我们传递奥秘和神谕。

婴儿的到来,使我们每一个家庭都有了自己的圣诞节。上苍为我们降下了婴儿,我们做父母的,只是被上苍雇佣的仆人和保姆。天降婴儿在今晨,天降婴儿在今夕,休去说什么"天意从来高难问",其实,天意从来何须问,天降婴儿有大用,婴儿有其天命和神职。是的,婴儿担任着上苍授予的神职,婴儿默默地、深情地、微笑着注视我们、打量我们、暗示我们、治疗我们,婴儿安详地,对我们实施着面对面的生命洗礼、心灵治疗和精神救援。我们对此却常常浑然不觉,不知道我们正在被婴儿拯救,还以为是我们在养活和伺候婴儿。

婴儿,是丧失神性的现代世界的最后的神灵,也是这个被过度技术化、商业化因而变得越来越浅薄庸俗的物质世界的唯一神灵,婴儿是现代世界里唯一享有"神权"的人,婴儿不可侵犯,婴儿的"神权"不可侵犯。婴儿貌似什么都不会做,其实婴儿担负着神职,婴儿负责对我们进行心灵洗礼和精神救援。

被婴儿注视的世界,渐渐恢复了童年的清澈、纯真、羞涩、广阔、神秘和宁静;被婴儿注视的人们,渐渐有了母性的慈爱和父性的宽厚,渐渐有了一点神性、诗意和童心。

他刚刚从永恒那里赶到尘世

　　我常常看到这样的情景：在街巷，在路边，在村头，在农家院落，在小区草坪，在住家门前，几个或十几个中年人和老年人，其中有妇人也有男人，他们围着一个少妇或大娘抱着的婴儿又说又笑，有时不说也不笑，只是安静、专注地簇拥着这个婴儿，看着婴儿的表情和手势，猜测着那表情的深奥含义，和那手势所指示的方向，他们多半是猜测不出来的，但那婴儿并不生气，只是微笑地看着这些簇拥在他四周的人。有时，婴儿一边笑着一边沉吟着自言自语了那么几句，好像在默念经文，又好像在布道或祈祷，围着他的人们突然若有所悟，大笑着，开始了热烈的议论；但那婴儿却微笑着举起手来，做起了含蓄的手势，似乎暗示这些成人们的议论都是错误的，这些成人们遂收起了笑声，又开始琢磨婴儿微笑的含义和他的手势所提示的奥秘，场景一时进入到几分肃穆庄重。过了一会儿，婴儿的表情忽然由微笑转为喜悦的欢笑，突然，他那小手果断指向一个慈祥的妇人，妇人就受宠若惊地抱起他来，婴儿也不拒绝，就离开了他母亲或外婆的怀抱进入了那妇人怀里，而别的妇人意犹未尽，也想抱抱他，他就依序进入她们的怀抱，将这个混合着奶腥气和神秘气息的初夏的记忆，均匀地留给她们，留给这些已经过了生育期的妇人们。

　　我当时看到这个情景，心里涌动的情感已经不是一般的所谓感动,我的心里产生了类似于古典宗教时代的宗教信徒经过虔诚的静修,内心无比澄明时才会涌动的那种沐浴了神恩、与神灵交换了灵魂才有的那种圣洁的喜悦与感恩之情。我当时想,我眼前的这个婴儿,他仅仅是一个不懂事的、流着口水傻笑的婴儿吗?是的,他也许真的一点也不懂是非之事,不懂商业之事,不懂虚荣之事,不懂成人们纠缠的那些世俗之事。他对世俗世界的事情,什么都不懂,他的心灵是透明的,天真的,他唯一懂得的是爱,他唯一的工作是爱,除了爱,还是爱,你看,此刻,他正在做着一件多么美好的事情:他慷慨地把他的纯真之爱和赤子之爱,均匀地分给他遇到的每一个爱他的人。

  心灵透明,只懂得爱——这不是只有神才能达到的境界吗?那么,此时,我们簇拥的这个婴儿,他不正是我们的小神灵吗?或者,他至少是传递神恩和神谕的牧师吧?不,他其实是刚刚接受了神的委派、刚刚从另一个世界走来的爱的使者,他担负的神职比牧师更纯粹也更称职,牧师是从俗人中产生的一种职业,有时也被一些人当作饭碗,成了所谓的"吃教的",而婴儿担任神职,却是直接从天国里派到人间,婴儿没有任何世俗世界的习染、杂念和偏见,婴儿刚刚从神那里走来,刚刚从天国降临人世,他要原原本本地向我们传递神的面容,神的心意,神的叮咛,神的礼物。你看,此刻,这些簇拥在婴儿周围的成人们,不正在围绕一个神的使者,虔诚地沐浴神光,聆听神谕,领取神恩?

婴儿引领我们看见了不朽的深蓝

有一次,我在一个小区的门口,看见几个大人围着一个少妇怀抱中的婴儿,正在高兴地说笑。那婴儿微笑地看着大人们,继而,婴儿的目光快速地越过这些好奇的大人们,忽然就仰起头来,不看任何人,却惊讶地仰望着天空,于是,簇拥在婴儿周围的大人们也齐刷刷地把目光望向天空,他们想看见婴儿到底在天上看见了什么,然而看来看去,却并没有发现天上有什么动静。但是,婴儿却就是不把目光从天上收回来,他久久地看着天空,久久地看着那接近于无限的深蓝,那永恒无语的深蓝。他刚才一直微笑的表情,此时变得似笑非笑,痴迷得好像在沉思和做梦。他究竟看见了什么呢?簇拥在他四周的人们一时都不明白,他们不具备婴儿超凡入圣的眼神,他们看不懂婴儿的看。

过了许久,成人中的一位忽然如梦初醒,他悟得了婴儿眼神的深意,他激动地说:婴儿,他在我们的头顶之上,在我们生存的小小屋顶之上,看见了不朽的深蓝,他是看见了永恒!他是从天上来的,是从永恒那里刚刚来的,他此时引导着我们,也让我们的目光高出了尘土,高出了鸡毛蒜皮,他让我们看见了我们早已遗忘的苍穹和永恒。

那一刻,一个婴儿引领着一群大人,齐刷刷望着深蓝的天空,那一刻,他们追随着婴儿的目光,他们看见了无限,他们看见了永恒,他们被永恒震惊得如醉如痴……

第九辑

头顶的星空和心中的道德

一 在这茫茫宇宙里,我们相遇

很小的时候,就十分痴迷宇宙和宇宙的起源之谜,不知不觉间就爱上了天文学,二十岁前后几乎读遍了能找到的天文学书籍,有些章节和数据今天还记得,比如:银河系大约由四千多亿颗恒星构成,银河绕银核自转一圈需要约2.5亿年时间,也就是说,银河的一天相当于地球的2.5亿年(而地球诞生至今只有五十亿年),假如让银河老人描述地球上恐龙灭绝的事件,他会这样说:今天早晨恐龙失踪了(而在我们人类的时间表里,恐龙已经灭绝约六千万年了)。银河如此壮阔浩瀚,但在我们可以观测到的宇宙里,类似银河以及比银河更大的星河约有千万亿条(《宇宙演化》)。我们的银河,只是无限宇宙中微不足道的一条小溪。最新的天文观测还证实,宇宙仍在膨胀和扩大,仍在遥远的太空开疆拓土,这伟大的史诗,仍是一部未完成的草稿(霍金《时间简史》)。

大空间产生大尺度,大尺度产生大参照,大参照产生大视野,大视野引领大襟怀,这样的襟怀又氤氲出崇高、丰富、复杂、深沉的胸臆,生发出有时至大无外而充塞天地、有时至小无内而涵摄秋毫的浩茫、细腻的情思。有时,他(她)会对人们津津乐道的了不起的所谓的大事件和大功业,比如王朝更替或总统登基,这些似乎惊天动地的事件,报以平常心和似乎无动于衷的、适度的平静,因为,若放在稍稍大一些的宇宙时空里考察,这些不得了的功业,也只是可以忽略不计的过眼云烟和微末细尘。他(她)反而会对一只断翅蜜蜂、一只受伤小鸟的遭遇和命运放心不下,对一条可爱小溪的断流和一棵树木被粗暴砍伐感到痛心和忧伤,且挥之不去。因为,这些柔软、细微、可爱、可亲、可怜惜、可尊敬的事物,在命运暴力和时间洪流面前,它们更不容易,更容易受到伤害和毁灭,它们一次性的生命一经消失便永远消失了。

前苏联一位天文学家这样描述宇宙的不可思议的无限辽阔:伸出你的手掌,手掌后面的任何一个方向,至少有四百条银河系(《天文学入门》)。天哪,我小小的手掌后面竟有如此众多的银河在奔流!翻手覆手之间,我已浏览了无数天河,浏览了太空深处无数不可知的世界,浏览了时间远方无数不能相遇的生命。读到这个描述我十分震惊和激动,当晚就去到旷野里,面对星空,向一位朋友解说手掌后面的宇宙。我们的两双手不停地开合起落,翻阅着缤纷的星象,丈量着无尽的天河。我们如痴如狂,如梦如幻,似有大觉悟,又恍惚间沉入更深的颤栗、冥想和梦境。

我们的手掌被滚滚的天河波涛拍打着,我们的心被时间和空间的无限光芒充满。那一刻我们都有一种苍茫感和隐隐的虚无感,但我们是在与一个无比伟大的存在发生着心灵交流,实际上是以"人心"吸纳"天心",将"天心"接入"人心",我们更多的是被净化、被拓展、被提升,心胸在一种辽阔透明的召唤里扩大了深化了,而对细小的事物更懂得了珍惜:在无限的宇宙里,任何事物都是一闪即逝,一朵花、一条虫、一只狗、一个人、一个王朝、一颗星,莫不如此,匆匆而来,忙忙而去,转身就是永别,一去即成终古。我和朋友忽然都对平日里并不甚理解其深意的一些哲人之言有了会心的领悟:"时间是奔跑着的坟墓""生命是两个永恒长夜之间的一道闪电""我们只是偶然出现在我们注定要消失的地方",诗哲们说得多么好啊。朋友望着星空,说起了他与家人的事情,他说他对她不好,现在觉得对不起人家,今后一定对人家要好,在此悠悠宇宙,相遇,是多么不容易啊,他结实地说了两个字:惜缘。

二 "我们唯一能够获得的
　　 智慧是谦卑的智慧"

　　我觉得学习哲学、开启智慧、净化心灵、扩大心胸的最好的地方,并不是在教堂,也不是在大学的哲学系或宗教系,而是在静夜,在无边星空笼罩下的旷野:远山为你讲述地质的历史,河流为你诉说人类心灵的饥渴,头顶旋转的星群奔流的天河,为你展开一个无限深奥、无比宏大的"更高的结构"和"精神的彼岸",每一颗星都在向你暗示什么,每一片云都在向你回忆什么,每一只鸣叫的昆虫都在试图肯定什么,但否定的声音又从高处降临,接着,奔涌的天河送来令人动容的浩叹——无数"天问"蜂拥而至,你在与一个无限领域对接和沟通的时刻,开始了对宇宙奥秘和人生意义的追问、沉思和领悟。

　　在二十岁左右的时候,我买了一架简易天文望远镜,单筒、黑色,像黑夜的一点把柄,我却用它眺望黑夜深处黎明的消息和时光的启示。它虽然是简易的,但它呈现的宇宙却不是简易的:视野里,星光源源而来,天河滔滔而来,我看见苍穹的深处,星空是那般庄严华美,宇宙是如此博大雍容。我清楚地看见月亮上的环形山,起伏的峰峦静静地坚守在自己的海拔里,但并不期待谁的攀缘,那里的山脉,一律保持着从亘古寂寞里修炼出的笃定和安详。我看见大大小小的陨石坑,那是月亮的伤口,宇宙的暴力无处不在,即使嫦娥逃到天上,也难免被宇宙的暴力袭击和伤害。我看见了北斗星座、天女星座、天鹅星座、天琴星座,我看见了天狼星座,地球上的狼已经快要灭绝了,那高处的天狼,是否是狼的最后遗像?我看见了织女座星云,据天文观测它比银河系还要大无数倍,据说那是一片年轻的星云,也许有智慧的生命星系将从那里诞生,织女的梭子,正在殷勤地为他们编织新衣。就在我仰望浩浩星天的时候,浩浩星天的远处,有多少生命也在仰望,也在寻找,也在想象,也在像我一样叹息,叹息宇宙无涯而生命有尽,叹息竟不能横渡永恒的时间之河,去结识散落于星海深处,寂寞地等待着的无数远方朋友……

对星空的仰望,是一种最好的哲学自习、宗教洗礼和心灵体操,是最好的修行方式和最有效的精神的深呼吸。天无言而自高,地无语而自厚。星空是这样一位伟大平和的导师,他让你在更大的尺度里,更高的参照系里,去领悟世界、生命和人的存在,真正看透一些什么,然后更真实地做人做事,把自己的小小存在与天地的无限存在连接起来,与万古千秋连接起来,以虔敬之心去为众生工作,为万物工作,为天地工作,为你认同的真理工作。这时候,人的内心不存凶狂,没有仇恨,没有贪婪,没有虚荣,只有发自内心的谦卑、感恩和对某种崇高境界的尊敬,正如诗人艾略特所说:"我们唯一能够获得的智慧是谦卑的智慧";正如中国古代智者所说:"仰观宇宙之大,俯察品类之盛……死生亦大矣";正如我们的远古大哲留下的教诲:"厚德载物。"

望天观星之夜,的确是我的哲学之夜,宗教之夜,觉悟之夜,诗性之夜。对无限领域的倾听和沉浸,校正了我渺小的狂妄和杂念,消解着人性易染的丑陋和精神病毒,使我能在一个混乱的世界和纷杂的人群里,保持比较宽广、澄明和健康的心态,我的成绩极为有限的写作,如果多多少少还有一点诗性气质和哲学意味,那多半得自对星空的长久仰望、颤栗和沉思。

三　月全食与灵魂的复活

　　有一夜观察月全食,为了看到全过程,我爬到数十里之外的南山最高峰。我清楚地目睹了月亮、地球、太阳三星相遇的动人情景。月亮暗下去了,群山暗下去了,大地暗下去了。寂寞的月球顿时堕入黑暗的地狱。我忽然想到,此时的地球正是横亘于太阳和月亮之间的一道阴影,那么,我不也是这阴影中的一小部分阴影么?一个追求光明的人,此时也成为遮挡光明的阴影,我是另一个星球之所以变黑的原因之一。我由此想到,万物,包括人的存在的相对性,且不说人类那些公然的罪恶和贪婪、愚昧和丑行,即使我们自以为崇高和有意义的事情,若换一个角度来看,或许也是对存在的另一种遮蔽和伤害?人在任何时候都不可狂妄嚣张,都不可自以为是,都不可得意忘形,人更多地只是在为自己这一物种和族群的福祉和利益而工作,这当然也没错,但人的更高的觉悟当是站在整体和普遍的立场上去反观人的存在,使之既合乎人心,又顺乎天意(即大自然的意志和更具普遍性的"更高的规律"),像人那样生活,又像神那样思想,如此,人就不只属于和限于他自己,人以有限的形式演绎着无限,人成为无意识的宇宙的最高意识和最精致的伦理,人成为宇宙精神的体现者和参与者。我常常为人类丧失信仰找不到精神归宿而痛苦,无信仰的生活就是无意义的生活,就是动物式的生活。金钱拜物教拯救不了人类荒凉的灵魂,技术乌托邦也安顿不了人类的情感世界。面对浩茫的宇宙和永恒的时间长夜,人类必须找到一种把自己的有限存在与无限的宇宙连接起来的心灵通道、价值线索和精神信仰,才能从更高的层次上和更深的精神根源上,重新为生活找到意义,为心灵找到归宿。

在月球丧失光明,于黑色中迷茫徘徊之际,我想着人的灵魂与万物和宇宙的关系,想着被物质主义、消费主义误导下的现代人类精神家园的荒芜,想着当今文化的迷乱和信仰的丧失,想着地球生态和人类心灵的持续沙漠化,想着"哀莫大于心死"的古老格言,想着价值的重建和信仰的复活。我想,此时堕入地狱之夜的月球,恰似失去信仰之光照耀的人,一定也是迷茫和痛苦的。

当月亮走出黑暗重获新生、重新灵光四射的时候,我忘情地对月朗诵:"青天明月来几时,我今停杯一问之"(李白),"此时瞻白兔,直欲数秋毫"(杜甫),"明月几时有,把酒问青天,不知天上宫阙,今夕是何年"(苏轼),我将随身携带的小酒瓶高高举起来,邀请月亮同饮,庆贺它灵魂的复活。此时的月亮,像一位新婚的新娘,宇宙中最幸福的新娘。从望远镜里我看到,她的每一块岩石每一座山峰都沐浴在透明的阳光里,连那些大大小小的陨石坑——她记忆中的伤口,都盛满祝福的美酒,盛满宇宙赐予的吉祥光芒。在她的环形山的最高峰,最高峰的南侧,我看见阳光特别强烈,瀑布一般倾洒着,我猜想那一定是她最向阳的主峰,在那里,一定有更多的大理石和钻石,在岩层深处记忆深处形成着、生长着,就如一个重新获得信仰的人,他与更高的精神光源和心灵磁场重新建立了心灵契约,他将从那无限的源泉里汲取无尽的光明和神奇的暗物质,去熔铸经得起时光验证的精神宝石。是的,一个像月亮一样与更高的精神本源建立了心灵连接的人,他留给人世和时间的,绝不是荒芜的灵魂。

四 "宇宙便是我心,我心即是宇宙"

我国宋代哲学家陆九渊说:"上下四方曰宇,往古来今曰宙。宇宙便是我心,我心即是宇宙。"这段话后两句看似费解,但若你在静夜仰望星空,沉浸于无边宇宙的笼罩里,你会感到那无穷的星光星河,那永恒的时间和绵延无际的空间,都在默默地表达着你内心激荡的心绪,那滔滔的星河,恰似浩瀚的词典,都在注释你的意识、潜意识和生命深处的无意识。而最新的天文观测数据这样揭示:银河系大约由四千多亿颗恒星构成,而人的脑细胞大约也有四千多亿个,人脑与银河在数据上的对称、同构关系,有可能说明人脑是银河系漫长演化史的产物,也即:人脑是银河系的"压缩版",积淀着至少可能囊括银河系演化史的"全息"。

从这个意义上理解陆九渊的"宇宙便是我心,我心即是宇宙"之说,就会十分叹服,那并不是谬说,而是智者的心灵在绝对宁静的时刻,对人的生命、人的灵性世界与无限宇宙有可能完全对称、同构的量子纠缠真相的直觉顿悟。这也与我国古代哲学强调的"天地与我并生,而万物与我为一""心物无二""物外无心,心外无物""天人合一"的经典之论一脉相承。细加感悟,就不由不惊叹我们的古圣先贤的智慧真是太高了,在他们发现这些奥秘的那个年代,西方的聪明人们在干什么呢?他们要么在制造希腊神话,要么在发明那个据说用七天时间就造出了宇宙和万物的人格化的"上帝",西方的一神教宗教、扩张性文化就是这样发明出来的。

同时,这个关于人的内在灵性宇宙与浩瀚的物理宇宙之对称同构关系的天文发现也说明,人的大脑乃至人的精神生命里蕴藏的智慧、灵性、潜能和道德意识,至少与银河系的规模是对等的,足够浩瀚而深邃。但大部分现代人的脑智慧和心灵世界,只开发、启动不足百分之零点一,且只停留在小聪明、小智慧、小谋略、小机巧的浅表层面和欲望、本能层面,远未触及对生命和宇宙之深层真理的智慧领悟和心灵认知。

这就是说,人类远不是一种已经"进化到位"的物种,在许多方面他还没有走出动物性的桎梏,还被体内潜伏的兽性所左右,这使得人类社会的整体现状还呈现出一种带有动物世界浓厚特征和气息的"丛林社会"的景观,试看当今由资本主义和极权主义主导的这个混乱的丛林世界,竞争日趋剧烈、纷争日趋酷烈,包括动用军事武器的看得见的战争,以及动用"隐形武器"的看不见的战争,即运用金融武器、政治武器、文化武器、宗教武器、基因武器、信息武器、网络武器、心理武器等软武器进行的一个国家对另一个国家的渗透、掠夺、侵略和暗算,这比之于弱肉强食的动物世界又进化、高尚、美好了多少呢?若是让动物们看了人类社会竞争、纷争和战争的纪录片,不用虚构的艺术片,就让它们看拍客实拍的人类争斗的纪实片,它们定然会被吓得毛骨悚然、魂飞魄散,发誓再不与这种生物打交道了。在人类眼里,动物当然是动物;在动物眼里,人类未必就不是动物,而且比它们凶残,它们至少肯定不会把人类看作高于它们或优于它们的"神灵"。

人的优长在于,人是一种可能性,人有灵性和灵魂,人是一种"未完成存在",人是一种在文化、信仰、道德引导熏陶下可以无限生长和升华的可能性(反之,人也会在一种不良文化、反文化的邪恶"文化"和不道德氛围的诱导下向黑暗的深渊持续沉沦和堕落),人是无意识的宇宙的自我意识,人的高贵心灵、高尚道德和高深智慧是宇宙自我意识里的最高意识,人在高级的心智生活中领悟到的对宇宙和生命的理解和觉悟,可以视为宇宙对它自身的自我理解和自我觉悟。且不说我们意识到的宇宙的无限性和永恒性,仅把时空缩小到人类所置身其中的银河系,就是它直接演化和塑造了人类,包括人的大脑就是银河系全息的浓缩和投影,是银河系的"袖珍版""缩微版",可以说在人的大脑里和人的性灵里,就储藏着至少包涵整个银河系无数亿年的沧桑、记忆、潜能、智慧和情感,这是一个多么巨大的内在的灵性空间、智慧宝藏和道德王国?从这个角度来理解佛学所讲的人的"自性圆满""慧根通天",我们会有更深的感悟,深感佛学的高深和高明,它在两千多年前就彻悟了生命和宇宙的真相,就打通了天地与人心的内在关联,心即宇宙,宇宙即心,心是浓缩了的天地,天地是无限展开着的心。这与陆九渊对心与宇宙之对称同构关系的论述完全一致。所谓"自性圆满""慧根通天",即人的内在的性灵世界是一个蕴藏着万古宇宙之奥秘的精神的"内宇宙",一个人潜心于自身性灵世界的觉解、修行和开悟,同时在现实世界中进行真诚的道德实践,就可以达成对生命和宇宙真谛的证悟与觉悟,从而获得大智慧、大慈悲、大光明、大解脱、大圆融。

看来,人类,是多么需要一种境界更高、界面更宽、意境更深、情思更美的高尚信仰和伟大文化,来照耀和引领迷途的人类,从金钱拜物教和消费主义的泥沼里走出来,从对物质享乐的迷狂、迷失和迷雾中走出来,从金钱的枷锁和欲望的牢笼里走出来,而把智力、精力、时间和兴趣更多地转向精神领域和灵性世界,转向更丰富、更纯粹、更美好的对生命的"内宇宙"的感悟、挖掘、关照和修炼,向更高的精神境界、道德境界和智慧境界升华。

历代的圣贤大哲仁人志士,那些人类精神文化的开天辟地者,无一不是从天(宇宙)、地、人、神(道)四位一体的宏伟结构里获得心灵激荡和启示,通过虔诚的学习、吐纳和修行,从而熔铸了与宇宙对称的宽广心灵,创造了崇高优美的信仰和文化,孔子、老子、庄子、屈原、李白、杜甫、苏东坡、张载、陆九渊、文天祥、曹雪芹、释迦牟尼、泰戈尔、柏拉图、康德、黑格尔、马克思、列夫·托尔斯泰、爱因斯坦、霍金等等莫不如此。现代人若要在智慧、道德和心灵上得到砥砺、熔铸和升华,我以为也需要在现代科学(包括天文学)揭示的宇宙背景上,综合传统的信仰、哲学、道德和文化的精华部分,创造出既吻合宇宙真相又能引领和慰藉人心的高尚、超越而温暖的信仰和文化。

　　从这个意义上说,星空,永远是召唤和启示我们心灵的伟大经典。

五 "万物皆备于我":把生命放在大时空里观照和熔铸

从哲学上讲,也许我们必须通过对一个巨大领域的观照,来确认自己的存在,确认自己是在一个宏伟的结构里存在着,即使我们和众生是这般脆弱和渺小,但我们并没有被无限和永恒忽略,我们也是宇宙无限进程中的一个细微、精致的部分,我们也以自己的方式参与了这个不可思议的伟大宇宙的永恒运动。生命是大于我们自身的东西,也即:生命是大于职业、阶层、身份的一个神奇事件,生命是宇宙的精美杰作,然而,在现实的生存活动中,我们对生命的理解、定义、安排、分工、操作、处置,实际上是对生命做着格式化处理,常常是缩写、缩减、缩小了生命本身的无限内涵。严密精细的现代分工,更把每一个人锁定在狭小的格子间和固定的键盘上,人变成了一个庞大冷漠机器的标准零部件。如今,我们已经看不到真正意义上的人和完整的人,我们看见的人只是人的某一部分肢体和器官:精巧的手指、有力的臂膀、敏捷的双腿、如簧的巧舌、高亢的喉咙、老谋深算的奸商式嘴脸……因为他所从事的职业规定了他必须指靠这部分肢体和能量在严酷的商业社会立足谋生,这样格式化的结果,人的心灵世界难免被抑制、挤压、扭曲、戕害、阉割、异化、悬置和荒芜,生命格局就无可避免地被矮化、窄化、单面化、工具化了。一个杀猪的屠夫,难道他生来就只能杀猪吗?当然不是,但很遗憾,精细化分工,就把他格式化了,他这一生就和刀、猪、肉绑定在一起,以此类推,在现代社会,几乎所有人都这样被格式化、类型化、工具化了。生命本身的无限内涵就这样被缩减被抽空。人,是既可以被无限缩小也可以无限放大的生命现象,人是一种可能性,本来有着广阔的生成空间,现代社会却有意无意(也许是不得已)对人这个生命现象做着无限缩小的"工具化处理"。其实,人在本质上是绝对大于公司人、企业人、单位人、职业人、政治人、文化人、商业人、城里人、乡里人……的,甚至是大于国家人、地球人的,当你面对自然、面对星空,面对宇宙,你就回归到自然人、宇宙人的本来状态,你的生命幅员、心灵疆域、精神半径、想象空间就无限地延展和扩大,此时,你不再仅仅只是杀猪的、卖肉的、开车的、站岗的、卖艺的、作秀的、发电的、造枪的、买票的、算账的、劳心的、劳力的、管人的、被人管的……此时,你卸掉了生存世界加诸你的种种有形无形的枷锁,你甩开了职业、等级、体制、身份对你的压抑、奴役和剥夺,你进入到一种自然、自在、自由的状态,你是自然之子,正如古人所说的"万物皆备于我矣。反身而诚,乐莫大焉。"(译文:天将万物备于我身。反躬自问诚实无欺,便是最大的快乐)。即:你是拥有无限时间和空间的宇宙公民,你属于无限,无限也属于你,你只需尽到你的本分,你就是一个在宇宙中大写的人。

　　仰望星空的时候,我们的内心会有一种难以名状的庄严、静穆和旷达,虽然我们仍有作为沧海一粟的渺小、短暂和迷茫,仍有对自己的生命终将随风而逝的悲哀。但在宇宙面前,我们体验到作为一个有思想的人的谦卑和珍贵,体验到作为一个有神性的生命对远比自己浩瀚无穷倍的"更高的存在"的内心体认和崇高敬意。这是一种把自己置于无限的光芒和能量海洋中,让生命获得解放的精神运动,这是一种跨越时空的"神游",这是一种生命的无止境的飞翔,这是一种身、心、灵在浩浩无涯的宇宙海、能量海、智慧海里的沐浴和漂流,这是一种在内在灵性世界里进行的"精神宇航",

这是一种以宇宙为炼丹炉的炼心、铸魂工程。仰望星空，可以视为一种生命解放仪式，精神升华仪式，灵魂安放仪式，能量交换仪式，道德修行仪式，心灵再生仪式。在壮丽星空显现的崇高、永恒和无限面前，我们被亿万条浩瀚银河呼唤、照耀、灌溉的心，已然延展到无际无涯的规模。就这样，我们和一个比自己坚固且永存的辽阔存在建立了一种内在的能量交换机制和精神秘密通道，宇宙的精微能量源源不断地注入我们生命深处的潜意识和无意识，我们无限丰盈也无限清澈，无限辽阔也无限谦卑，我们感受到彻底洗净了污秽尘垢后如莲的洁净、喜悦和清凉，我们表里俱清澈、肝胆皆冰雪，我们是被宇宙重新怀孕和再生的鲜美纯洁的婴儿，是的，我们是宇宙的婴儿，这个婴儿的身、心、灵，全由宇宙的精微能量结晶而成，他是宇宙用无穷的星河、无穷的星座、无穷的能量提炼、结晶而成，他应该成为宇宙的圣婴，才不辜负宇宙花费的浩大功夫和殷殷期待。就这样，沉默的星空下，一颗被无限与永恒提炼、熔铸的心，一颗带着人的温度却闪着神性光泽的心，在宇宙海里迢迢飞渡，当它照临尘世的一隅，那尘埃里，就亮起了一盏心灯，升起了一缕莲香。

正如伟大的智者爱因斯坦所说，"个人的生活给他的感觉好像监狱一样，他要求把宇宙作为单一的有意义的整体来体验"；正如亚圣孟子说："我善养吾浩然之气"；正如宋代哲学家陆九渊说："宇宙内事乃己分内事，己分内事乃宇宙内事。""人须是闲时大纲思量：宇宙之间，如此广阔，吾身立于其中，须大做一个人……"

在浩瀚星空面前，生命的窄逼感、压抑感、虚无感、迷茫感、速朽感、无意义感得以稀释和化解，内心里有了一种"我与万物同游，我与宇宙同在"的崇高、庄严、宽广、安妥和宁静，心灵获得莫大的舒展、深刻的慰藉和崇高的升华。

六 心理治疗：让心灵融入无限的深蓝

　　从心理学上讲，人活着，总有烦恼、压力、焦虑、恐惧、忧郁、失意、迷惘、空虚，等等情绪时不时的轮番袭扰，有很多人罹患严重心理疾病，甚至自杀。心理医生、精神疗法应运而生，且成为规模产业。我们都非圣贤，乃是凡人，难免都会被上述不良情绪袭击。但我和我的朋友们，很少或从不找心理医生，心里还以为他们也许是更严重的心理病人，民间有言"久病成医"，心理医生也许只是病久了积累了很多患病经验而带病行医的病人而已。找同是病人的人为自己治病，也许由于人家毕竟"久病已成医"，且掌握了一套特殊的专业话语，对患者或许多少有些用处，但对根治人生大病和大患，我以为最终是不会有效果的。因为心理问题不只是技术、药物和一套话语体系可以解决的。在我看来，一个人若不从哲学上、信仰上解决生命的根本问题，病根就始终深扎在心里，生命本身就成为了一个病灶。

　　在我眼里，星空就是一个免费行医的伟大医生，星空就是为每一个人免费开放的公共医院，是谁都可以自由进出的大教堂和修道院。当我遇到烦恼、焦虑、忧郁，我就来到旷野、河湾，或爬上山顶，久久仰望星空，此时星空和我面对面，无穷的星斗无边的星河，都来到我的身边，对我进行会诊，进行醍醐灌顶的开导，施以大彻大悟的诊疗。整个宇宙，似乎都在询问我的病情；满天星辰，都向我捧出了救心的仙药。在宇宙面前,在无限和永恒面前,我那小小的私心,小小的忧伤,小小的烦恼,小小的得失,小小的痛苦,有那么严重吗?有那么了不得、有那么不得了么?有什么过不去的呢?我凝望永恒,除了永恒,还有什么是永恒的呢?我俯仰宇宙,除了宇宙,才是属于"真正的巨大",还有什么是大不了的呢?是的,星空下不应该有趾高气扬的人,也不应该有垂头丧气的人,星空下我们该是怀着谦卑之心聆听真理的人;同样,星空下不应该有灵魂嚣张的人,也不应该有灵魂晦暗的人,星空下我们敞开赤子之心,卸掉人生的枷锁,我们起舞弄清影,万象为宾客,融入澄明的彼岸和无限的深蓝。

当我们沐浴着无穷星光,神游于无极苍穹,我们会有这样的体验:无限和永恒正源源不断注入了我们的精神生命和灵性世界。那建造了宇宙——建造了万物之神庙的神圣之手,此时,已从苍穹深处缓缓伸来,携带着无限的温热、暗示和精微能量,笼罩、抚慰和灌注着我们的身心,渐渐地,那暖流、光芒和能量,已进入我们生命的内部,疏通着我们凝滞的生命血脉和精神气场,让它接通和参与一个更大的宇宙气场的吐纳和循环;这神圣之手,正在拿走盘踞在我们心中的病灶,卸掉捆扎生命的绳索,廓清弥漫在衣服里、头发上和胸口上的那些从公元前就开始一直试图涂改人心的古老的、不怀好意的阴霾。这神圣之手,正在重新组装、激活、刷新、拓展和加固我们的心魂。它正在我们内心里进行着修补天地、重整乾坤的浩大工程——

你看啊,盘古来了,他知道他早年开辟的那个天地,至今依然健在,依然坚固如初。但是,他也知道,你那时常有些倾斜、发出坍塌之声的内心,却需要时时整理,经常加固,以保持它的天阔地稳,保持它的山高水旺,保持它的月明星朗。此时,他那柄开天辟地的巨斧,却变得如此细腻,如此温柔,正适合修缮你裂缝频出的内心的天地,请他来吧,请这打造过天地的巨匠,走进你的内心吧。心灵的工程，是只有巨匠才能胜任的。而他，是巨匠中的巨匠，是大师中的大师，是开天辟地的，宇宙的祖父，是我们种族血缘的上游和源头，也是我们精神血缘的上游和源头。来吧，巨匠，今夜，我的这颗裂缝频出、有些倾斜、有些摇摇欲坠的心，就交给你了。你曾经亲手创造的作品，是那无限的天地。今夜，你将以天地为原型再造我的内心。这造心的工程，显然较最初那个造天造地的工程规模要小，但却细微精致，幽深无比，因为人心连着久远的天地之心，连着万物的心，因为人心连着更多的人心。造心的工程，也是古老的工程，就用那造天造地之古法。你看，他进来了，我们的祖父盘古，来到了我们摇摇欲坠的内心的天地，在他看来，我们就在天地的内心，而我们内心的天地，就是天地的内心。继续开天辟地，继续修天补地，在你内心的天地，在天地的内心，修理吧，加固吧：这座信仰的天桥要加固，这是人心通达天心的桥，不可拆迁；这条同情的大路要加宽，这是人心通向人心的路，不可废弛；这一汪叫作善良的温泉不能断水，疏通堵塞了的泉眼，让泉源接通良心；这一个叫作智慧的灯盏不能熄灭，它灭了就万古长如夜，它燃着就万古亮如昼。这一片叫作道德的森林不能砍伐，他是人性的植被，凭着它，我们道通天地，我们德化古今；这一座叫作灵魂的高山不能坍塌，它的峰顶的白雪，辉映着苍穹深处那永恒的天光。

　　后羿来了，他要射日，不，他要帮助你摘下那多余的烈日，现在，他进入了你那十日并出、火焰四溅、阴阳错乱的灵魂的天空，他正在把多余的太阳摘下来，储存在不远处那银河的库房里，当你的内心极度寒冷、出现南极冰窟的时候，他又会及时把储藏的太阳重新挂上你极地的穹窿。当然，此时你的心里，十日并出，火大于水，阳盛于阴，阴阳失调，水火煎熬，乾坤颠倒，仇恨的、贪婪的、嫉妒的、恼怒的、烦躁的、绝望的烈焰，焚烧着德行的植被，蒸发着情感的河流，你急需降温，你急需消火，你急需清凉，于是，他摘走了你内心里那多余的烈阳，取走了那过量的火焰，而只留下那一颗温暖的太阳,那被孔夫子、老子以及历代圣贤反复推敲过的太阳,那也是你的祖母你的母亲反复抚摸过的温良的太阳。你渐渐感到,山水明净,生灵安详,天地湛澈,星空恢复了史前的壮丽,月亮看起来还和李白的月亮一样眉清目秀、神清气爽!你分明知道,清秋的季节降临了,这时,你感到天道有常,人心有救,人世有情,草木芬芳。你感到刚才还徘徊在远处的星辰,此时向你越走越近越走越近,最后都恰到好处地静止在它们该停留的位置,它们礼貌地围着你,热情地围着你,它们向你轻声歌唱,用你童年的嗓音,用那连你都早已记不起来的嗓音,你自己童年的嗓音,它们唱着,一首连一首,一遍接一遍,唱着那些一度失传的童年的歌谣,纯真的歌谣,祖先流传下来的歌谣。他们轻轻地唱着,唱着,竟把你的泪水唱出来了。当你抬起泪眼,一看,啊,今夜,你的头顶,集中了全宇宙最温柔的星星。

女娲来了,我们亲爱的老祖母,依然保持着她雍容高古的形象,保持着她史前的纯真和美貌,听见了吗?她在对你耳语和倾诉:在很久很久以前,在那乱石穿空的日子,在那一百多万颗陨石砸下来的日子,在一百多万个滚烫的拳头捶打天空的日子,天上,除了伤口和别的更深的伤口,更多的伤口,剩下的还是伤口,全都是伤口。怎么办?哦,不是都办好了么?一趟一趟、一块一块,我把那些五彩的石头扛上天去,砌好,砌稳,砌结实,按照后来老子说的"人法地、地法天、天法道、道法自然"的生命美学和工程美学,不是早已砌好了吗?多少世纪了,还是那么好看,那么结实,那么稳当。当时并没有什么工程监理呀,法律监督呀,严防豆腐渣工程呀,倒塌了要罚款呀,等等的玩意儿,我就按照上苍暗示给我的那份天意、那份天德、那份天责,尽我的本分,尽我的仁义,认真补我的天,补大家的天,补千秋万世的天。补这塌了的、倾斜了的、下陷了的、断裂了的天,补这被陨石砸得不成样子的天,补这被彗星、被垃圾、被妖雾丑化妖魔化得不成样子的天;补啊,补啊,我补,我不补这天,谁补这天?补啊补啊,定要补好这不像天的天。这天大的工程,我一人担当,谁叫我是女娲呢,谁叫我是你们的上古亲祖母呢?其实凭的也就是一个女人家怀素抱朴的纯真之心吧。凭的就是上苍给我的那副善良的好心肠。还真的给补好了,审美有效期、工程保质期至少在数万万年以上。你说,我容易吗?补天的活儿能容易吗?但我还是补了,你觉得补得怎样?还过得去吧?那么,你为什么就过不去呢?就那么难、那么愁苦呢?你的天,比头顶的这个天还要大吗?有多少颗陨石又掉下来砸着你了?那证明我没有补好天空,天上还留下些窟窿?是吧?哦,你说不是,没有陨石砸着你。说我补得很好。谢谢,恭喜你,你答对了!那么,你的天并没有塌。即使塌了,你就想想我一个女的,独自一个人在万古洪荒的宇宙荒原上补天,在乱石穿空的史前黑夜里补天,这样想上三分钟,你那稍稍有点倾斜、有点裂缝的内心的天空和生存的天空,就自动补好了。是的,会补好的,此刻,我就在宇宙苍穹里,在无处不在的空气里,暗暗地对你说,即使天塌了也没关系,何况天又没塌?何况只是稍微倾斜了些,我当年还把补天没用完的上好的石头,保存在你心灵的附近,供你随时选用。我就要返回到天上去了,听我再说一句,一个补过天的人,一个从陨石雨里走过来的女人家,你们上古的老祖母,我有资格说这句话:天,在被我补过之后,一般来说,是不会塌的,当然这需要大家敬天爱天护天。万一,你固执地感到你的天快塌了,也确实有点塌下来的危险,那就仰起头,面向群星闪闪、天河滔滔的宇宙,面对那按照美学法则,也按照你们内心的样式修筑的,后来又被我认真修补好的天,面向那星光闪闪的苍穹!望着那星光吧,想想我补天的往事。再想想,静静地想。你那灰蒙蒙颤巍巍的有点偏瘫的天,等一会儿,就重归安稳,重归明澈,重归辽阔,就像你那天真的祖先看到的,就像苏东坡那天晚上看到的那样晴好的天……

七　内心再造与升华：带着仿佛上古时代的纯真心灵，重返生活

水晶一样明澈的星群，簇拥在你的头顶和四周，它们也在冥想，陪着冥想的你一同冥想。你在冥想宇宙是什么，星星是什么，永恒和不朽究竟是什么。其实，宇宙和星星，也在冥想：这个沉浸于冥想中的人儿是什么？永恒和不朽也在冥想：这个冥想着不朽和永恒的冥想者是什么？他莫非就是永恒和不朽？或者，他是永恒邀请的替身，是不朽雇佣的仆人和祭司？他是要通过冥想，分担永恒的压力，分享不朽的思想？

今夜无眠，今夜是冥想之夜。远山笃定地静立在那里，它冥想了千年万载，把石头都想老了，把苔藓都想老了，把李白栽在山顶的小树都想成了古庙里的栋梁，把公元前那位女子头上戴过的野花都想成了天上的彩云，把地底深藏的涌泉都想出了地面。山仍在冥想，它已经想了千年万载，还将冥想千年万载，直到这十万大山，全都沉入大海。那时，它仍会藏在海的最低处最深处，继续想那最远的，也是最深的问题。

是的，大海是职业幻想家和思辨家。它永远把自己浸泡在苦涩的深渊里，翻来覆去地想啊想，翻来覆去都是深奥的难题，翻来覆去都是深奥的思想，翻来覆去都是浸透了盐味的思辨的波浪。

直到此刻,海仍然在想,它想的还是公元前的老问题,还是它刚刚变成海就想的那些问题。想来想去想来想去依然在想来想去。大海制造了所有的鱼虾和龙蛇,而最终所有的鱼虾和龙蛇都消失于大海;大海引诱出所有的船帆和水手,而最终所有的船帆和水手都失踪于大海。一切的原因都推演出似是而非的结果,而似是而非的一切结果都回到起点,回到虚无,回到原因。大海按照它的思辨逻辑不停地思辨,不停地自己与自己争吵,不停地自己打自己的耳光,不停地自己向自己吐口水,不停地自己否定自己,不停地自己声援自己,不停地做着雄辩而苦涩的推理。推到最后,推出的结论竟让它自己大吃一惊,这就是:一切的原因似乎都有了结果,而所有的结果全都回到起点,回到本源,回到虚无,也即:所有的结果最终全都回到原因。这也就是说,一切都似乎有结果,细究起来又全都没有结果,只剩下那永远留在起点上的原因;这样说来,原因倒成了唯一的结果。是的。是的。岸上的人类把多少书都翻旧了、翻烂了、翻丢了,天上的鸟把多少云都翻白了、翻散了、翻飞了,而翻动了几十亿年的海的波浪,还是几十亿年前的那些波浪,还是那么咸,那么苦,还是上帝勾兑的那配方,还是精卫尝过的那味道,还是龙王爷反复翻阅过的那些波浪,还是闪电和雷霆反复测试过的那些波浪,还是诗人和哲人用虔敬之手一再掬起又一再漏尽的那些波浪,那些公元前的波浪,那些荷马的波浪孔夫子的波浪释迦牟尼的波浪,还是那几十亿年前的波浪。憨乎乎傻乎乎的地球,就抱着这一大盆波浪泡海水澡洗海水浴,就一本正经一如既往一往无前端着这一大盆盐汤,傻乎乎憨乎乎在宇宙里奔跑流浪,流浪啊流浪不归,流浪不归啊千秋万古流浪。是的,是的。大海自嘲了一番,笑了,又继续重复它那永恒的、循环往复的逻辑的怪圈:看来这一切的一切,确实都有个结果但细究起来确实又没有什么结果。没有结果正好说明,一切结果都有原因,但最终的结果确实没有,也许那原因倒成了唯一的结果。于是大海翻了几个巨浪之后,陷入了正午的沉默,一个编纂了最大的辞海和最厚的辞源,掌握着地球话语权乃至宇宙话语权,语言和词汇浩若烟海,陆地的祖母、天空的乳娘,人类和一切生灵的爷爷的爷爷的爷爷,大师的大师的大师的大师,一切语言的语言的语言,却一言不发了,陷入了这个正午的辽阔的宁静和沉默,几千万平方公里的宁静和几十亿立方公里的沉默,它在催眠,大海之上的无边天空和天空之上的无边宇宙,全都被这位催眠大师带入了这个正午的睡眠,无边的睡眠和无边的沉默。而沉默是一切语言的总和与终结。沉默说:是的,一切,一切全都处在一个永恒的过程里,全都是过程里的一点起伏、一点水泡、一声唏嘘、一声低语,顶多是一声浩叹,比如李白的那一声,屈原的那一声,苏东坡的那一声,曹雪芹的那一声,荷马的那一声,瓦雷里的那一声当然也很著名——

  这片平静的房顶上有白鸽荡漾／它透过松林和坟丛,悸动而闪亮／公正的"中午"在那里用火焰织成／大海,大海啊永远在重新开始／多好的酬劳啊,经过了一番深思／终得以放眼远眺神明的宁静！微沫形成的钻石多到无数／消耗着精细的闪电多深的功夫／多深的安静俨然在交融创造／……太阳休息在万丈深渊的上空／为一种永恒事业的纯粹劳动／"时光"在闪烁,"梦想"就是悟道……

  许多时候,并不是光明照亮了一切,而恰恰是黑暗照亮了事物,正是黑夜的到来,使我们看见了浩瀚的星河,看见了无穷的星辰。白昼将我们锁定在狭窄有限的空间里,锁定在利益的店铺,锁定在市场的半径,锁定在生存的流水线,锁定在劳作的格子间。黑夜,我慈祥的祖父,撩开他古老的黑袍,敞开他宽广的胸怀,搂着我,用他那指点过万古千秋的手指,指给我在白天看不到的,那些宇宙的景象和心灵的景象,终于,我看到了巨大的事物,看见了亿万条银河,看见了宇宙的容颜,看见了永恒和无限,看见了一直在黑暗中召唤和等待我们的心灵彼岸、神的彼岸。

此时,你以永恒的视角注视永恒,你看见身边的一切,和远处的一切以及宇宙中的一切,全都是从永恒那里出发,散开去,散开去,散开去,散开在无限的怀抱里;然后,又朝着永恒的方向,回家去,回家去,回家去,回到永恒那里去。

哦,那些星光星河星斗星座,是金、银、铜、铁、锡、镍?这闪闪星空,是银匠的作坊,是金匠的手工坊,是铁匠打铁的地方,是钟表匠的车间,是首饰匠的临街店铺——当然,街道很长,比北京、纽约、东京、莫斯科最长的街道都要长,到底多长?宇宙从来不说,不推销,不吼叫,不炫耀,不爆炒,不做煽情广告,不搞眼球经济。实实在在明明白白坦坦荡荡堂堂正正,当然也平平淡淡和和气气大大咧咧恍恍惚惚朴朴素素。它也永远不会破产,不会歇业,不会倒闭。据理论物理学家爱因斯坦和宇宙学家霍金说,它已经营几百亿年了,有些年成了,至少比奥巴马就职总统的时间要长得多,比我的寿命要长得多。算是百年老店老街老城,哦,不对!该算是百万年千万年几百亿年老店老街老城。它上善若水,无为而治,随行就市,童叟无欺,男女平等,不搞恶性竞争,不打奸商算盘,不搞行业垄断,不卖黑心产品,不分贵贱,不论贫富,不分昼夜,不论闲忙,谁来了,谁抬起头,看见的都是相同的街景,相同的风情,相同的游戏规则,相同的天国闹市,看见的都是相同的永远不会倒闭的超级时光工厂、钻石工厂、星工厂、梦工厂。

哦,其实那是大理石、花岗岩、石灰岩、玄武岩,是女娲存放上去的,远古的那些英雄的石头,忠诚的石头,侠肝义胆的石头,血气方刚的石头,光明正大的石头,为天堂奠基的石头。看来是要用它们修造一个大的建筑物,很可能是准备修建一座宏伟的庙宇,哦,这庙宇不就是宇宙吗？是的，宇宙这座古庙早已修造好了，已经很古很古了，也很大很大，很亮很亮，这不，此刻，烛光燃烧，圣乐悠扬，所有的所有的神，所有的所有的人，所有的所有的生灵，所有的所有的有形与无形，所有的所有的存在与不存在，全都在这座伟大的古庙里，被供奉着，被祈祷着，被祝福着。包括你，孩子，你也在这座伟大的古庙里，被供奉着，被祈祷着，被祝福着。那么，孩子，向宇宙这座永恒的永恒的古庙，献上一炷心香吧，当然，你的这束心香，在被永恒的宇宙古庙收藏之前，首先，就照亮了你自己的心，也香了你自己的心，因为，它是心香，它就在你心里供着、燃着、香着……

八 精神超越：从经验世界迈向超验世界，进而净化经验，获得灵魂的新生

你头顶被星光笼罩和照耀的苍穹，并不是用水泥浇筑的冷冰冰的天花板，它是按照我们梦境的结构建造的，或者是我们的梦境模仿苍穹的样子，建造了我们一再经历却无法描述的我们自己的梦境。总之，苍穹的意思是说，一种巨大到你无法想象的事物，恰恰就是你可以触摸到的你自己心灵的一部分。这当然有点悬，也有点玄，但是，悬与玄，正是宇宙的特征和本体，就像老子说的，玄而又玄，众妙之门。我们置身在悬而又玄的宇宙之中，自然也有点悬和玄。这太像说梦，但是谁又能说宇宙不是一个永远展开着的不醒的大梦和美梦？它梦见我们了，于是我们出现。我们是被这个不醒的长梦中梦见的精致的细节。我们是梦中之梦。

那么，愉快地工作、学习、劳动、吃饭、睡觉、散步吧，包括，在需要打喷嚏的时候，就仰起头，对着天空痛快地打个喷嚏吧，虽然这显得有点过分得意忘形，竟然对着上苍，太不礼貌。但是，三秒钟不到的得意忘形，上苍不在意，一般来说，人们也都不太在意，只要你不正对着亲爱的人民搞那雷鸣电闪刮风下雨的人工降雨工程。那么，愉快地打你的不得不打的喷嚏吧。甚至可以享受和体会这一声声喷嚏，虽然进不了大雅之堂，比不上高雅音乐，比不上前些年的电视春晚，比不上已故男高音帕瓦罗蒂，但是，这是你必须在

患有轻度、适度的感冒但不太难受甚至比过分健康还要略感舒服一些,只有在这种无法人为设计的美妙的轻度症状忽然出现的情况下,才能发出这古怪的人体的奏鸣。若不是有了如此堪称恰到好处、符合中庸之道的有趣的小小症状,这人体的交响,这向着天空演奏、你一人负责举办的露天小型演奏会,怕是那些拿着高薪住着豪宅坐着名车的顶级策划师们拿了多少策划费也绝对策划不出来的。因此,你不妨认为这是一个不大不小的只属于自己的私人音乐盛典。

打完这个喷嚏,今夜,为天空举办的小型露天音乐会,到此结束。你向天空谢幕。谢谢。天堂音乐厅里,济济一堂的星星们全都向你热情鼓掌,有几颗流星还飞跑过来向你献花。嗬,你在仰望星空,你是那无穷的流星、行星、卫星、彗星、恒星、超新星们的追星族。你是银河系的追星族。而此时,被你追慕的这无穷的星星们却在为你鼓掌,为你献花。为你那三秒钟不到的喷嚏,为那微乎其微的微型音乐会鼓掌。星空下,你,一个小小的小小的影子,与草木的影子一样的影子,与兔子的影子一样的影子,与量子的影子一样的影子,比带电穿越黑夜的萤火虫的影子,还要暗淡的你的影子,我们人类的影子!然而,这浩瀚的苍穹,豪华的宇宙,它收藏恒星也收藏尘埃,收藏银河也收藏眼泪,收藏神圣的菩萨也收藏亵渎神圣的邪魔,收藏高贵的嫦娥也收藏悔恨的女神,收藏屈原发出的伟大天问也收藏人类制造的太空垃圾。收藏悲壮的雷电,也收藏一只云雀深情的颤音,哦,宇宙竟然也收藏了你那卑微的喷嚏之声!你忽然感到了宇宙的亲切和谦卑。啊,真的,只有伟大到谦卑的时候才是真正的伟大。"当我的灵魂大为谦卑的时候,才是真正接近神的时候。"你如此卑微的、根本不成敬意的礼物,他都笑纳了。伟大的父亲啊,亲爱的宇宙!

仰望,仰望,静静地,静静地仰望。凝视,凝神,静静地,静静地凝神。凝神仰望,凝目冥想。深呼吸,慢呼吸,让心沉入比太平洋还要深无限倍的丹田的深处,沉入心海的极深处,此时,最深的人心,抵达了最远的天心,抵达了最远最深的宇宙的心,抵达了比永恒还要深的永恒之心。

　　静静地,从冥想里仰起头,宇宙,它刚刚从冥想里诞生,这为我而新生的宇宙。纷纷向我靠近的,这么多这么多的星星,从童年就开始数到现在仍然没有数清的星星,古往今来的孩子们永远在数永远也数不清的星星,这么多这么多的星星,星星,还是星星,永远是这么多这么多的星星。我的亲戚朋友弟兄姊妹般友爱的星星们啊。此时,全都和我坐在一起,坐在宇宙的礼堂里。

　　与亲爱的星空面对面,与亲爱的星星面对面,此时,没有概念,没有逻辑,没有哲学,没有数学,没有文学,没有科学,没有天文学,没有经济学,更没有可鄙可耻可恶可笑可怜的厚黑学。甚至没有历史,没有文明,没有人类,没有时间,没有空间,没有词典,连宇宙这个词儿都没有。只有星,无穷无尽的星。只有心,无边无际的心。心对着星,心和星面对面,让星进入心,让心变成星,变成无穷的星光星河星空星云。整个宇宙变成了一颗心,一颗大心;整个宇宙变成了一个漫长的回忆,它在回忆它自己,它在回忆你。

　　哦,今夜的星空,他把篇幅接近无限规模的心灵教材,哗啦啦都打开了;他把那与永恒一样漫长的课时,压缩在一个最有价值的倾听的时刻和冥想的时刻,永恒负责为我们的灵魂授课,而教案,就写在无限的黑板上。永恒在讲解永恒,永恒首先把自己感动得不知道永恒到底是什么?于是永恒不说话。永恒不说话而永恒说出了一切。那一言不发的,隐藏在万物后面的,那闪烁在我们心海里的,究竟是什么呢?那不是永恒又会是别的什么呢?别的,无法与永恒面对面邂逅!注定与永恒邂逅的事物,必是被永恒打上印记的,它是永恒的化身和显形。永恒在我心中逗留,我心因此永恒。此刻,那么多的烛光,全都亮了,亮在星空的每一个角落,亮在心海的每一片海域。于是,我的宇宙全都亮了。

九　神圣体验：进入心中之心，体会和挖掘生命深处的生命，对真理和美德产生最真挚的认同

深呼吸，慢呼吸，心，沉入比太平洋还要深得多的丹田深处，沉到时间的初始和时光的尽头，沉到比永恒还要深的宇宙的心。沉到海中之海、天中之天、心中之心。继续冥想，对着海中之海、天中之天、心中之心，冥想，冥想，冥想；低语，低语，低语。

你做什么，你怎样做，其实不仅是你自己的事，也是苍穹的事，是宇宙内的事。因为，你是宇宙之梦里梦见的重要情节之一，你喜悦了，宇宙就喜悦；你愁苦了，宇宙就愁苦。因为，这道理其实很简单，你是被永恒的宇宙长梦梦见的重要细节之一，你影响着宇宙之梦的质量。这就像你母亲经常梦见你，你是你母亲梦中的梦，你好了，你母亲的梦就好。你的生活状况、工作状况、家庭状况、健康状况、你在路上行走的状况，等等细节，都影响着你母亲梦境的质量，也影响着宇宙之梦的质量。你存在着，生活着，劳作着，思想着，这就是说，宇宙的梦境里活跃着你提供的一部分重要细节。那么，晚安，孩子，做个好梦；也请你对着星空说一声，晚安，宇宙，做个好梦。当然，你梦见了宇宙，你是在宇宙里梦见了宇宙，就像但丁在一首很长很长的长诗里，引用了一句古诗，你和宇宙的关系也是如此，你正被宇宙之梦梦着，你是被宇宙构思着展开着的永恒史诗里，正在引用的一个生动的句子。晚安，孩子。

天河并不是某个无良跨国企业排出的工业废水,肯定也没有被日本的核泄漏放射和污染。哦,是的,天河依旧清澈,清澈得就像年轻的母亲第一次哺乳时那饱满、雪白的乳汁,那流泻不尽的纯真的乳汁,孩子们怎么吃也吃不完,于是,那些孩子们,那一代代接踵而至的孩子们,都接踵而至地哭了,幸福地,面对那怎么也吃不完的洁白的母亲的乳汁,充满着希望然而却是用绝望的哭腔大声哭着,哭他们吃不完这漫溢的母亲的白雪一样纯洁、江河一样汹涌的乳汁。然而,那乳汁还在发育,还在发源,还在荡漾,还在像公元前以及更遥远的神话时代以及还没有神话的更遥远的鸿蒙时代那么洁白、那么丰盈地荡漾着荡漾着,啊,荡漾着,荡漾着,永远永远荡漾着,直到世世代代出走的祖先们、大人们,再一次变成孩子,重新集结在天河的两岸,集体接受母亲的哺乳。那时,孩子,你看到的,仍然是这滔滔的、清澈的,白雪一样纯真的,江河一样汹涌的,永恒母亲的乳汁。

你继续冥想,往深处想,往远处想,往比孔夫子还要更远的史前的洪荒年代想。这样,你就来到远古了,那时,宇宙初创,天地苍茫,老子还不见踪影,孔夫子还没有出生,诗经还没有问世,天地间连一句诗都没有,连一句叹息都没有,连一句废话都没有。除了鸟声、风声、林子里生灵求偶的声音,大河里浩浩汤汤的水声,以及遍地青草和野花簌簌摇曳和款款绽开的声音,还有偶尔的雷鸣电闪的声音,几乎没有别的声音。人很少很少,史前的大地,没有一个地主,没有一个汽车商,没有一个军火商,也没有一个房地产商,三五个种地的人和七八个打猎的人,散落在辽阔的、过于辽阔的无边茫野。是的,史前大地的主人,就是大地自己。而史前的苍穹,除了星辰,还是星辰,无尽的神秘的星辰。史前的苍穹,没有天使或上帝出没,也没有精灵或魔鬼乱窜。没有救世主,没有造物者,没有创世神。史前的苍穹就是苍穹本身,不是神构造的不可思议的样子,也不是人描述的可以思议的样子。史前的苍穹就是苍穹本身的样子。苍穹就是苍穹自身。是的,现在,你来到史前,看到了没有地主、没有房地产商、没有汽车商、没有军火商的大地,看到了那真正应该被叫作大地的大地。大地真大啊。你看到的史前的苍穹,由于没有后来才陆续出现的过多的神灵和过剩的鬼怪,你看到的史前的苍穹,没有神灵飞升,也没有鬼怪乱窜,因此,苍穹是那么干净、明澈、高远、幽深。你仰望高天之高,极目大地之大。啊,如此高哉大哉,如此大哉高哉。苍天大地,如此神秘、神妙、神奇、神圣。谁造了它们?不是神,苍穹就是自己的神,神当然也没有见过神,神看见的唯一的神,就是宇宙,就是苍穹!小小的我,比萤火虫略大,但比萤火虫略暗,我,实在太小太小了,小小的我,来到这里,来到史前,是来看最初的大地,看最初的苍穹,我被它,被这神圣的苍穹和苍茫的大地震惊,我被无限和永恒震惊得如醉如痴!

　　星空,你又看到了星空。这依然保持着史前队列和造型的永恒的星空。这依然是老子庄子孔夫子李白苏东坡头顶的星空,这永远不会丢失的珍珠玛瑙,永不生锈永不变质的蓝宝石,永不会贬值的精神的宝石。几百亿年过去了,宇宙的库房里,天国的钻石一粒也没有减少,一颗也没有移动,只丢了几小粒陨石,但还在宇宙的房子里,并没有丢到宇宙的窗外。多少年了,强盗也没有抢去一颗,贪官也没有偷走一粒,皇帝也没有拿走一枚,富豪也没有收购半粒,去为他第八十八次豪华婚礼定做一枚豪华的戒指。一代代的强盗、一代代的贪官、一代代的皇帝、一代代的富豪,全都死了,带着他们的黄粱美梦去了黄泉。
　　啊,唯一能够保存下来和流传下去的,只有这永恒的钻石,只有这永恒的智慧、美德和真理,只有这永恒的星辰,永恒的神谕。

今夜,在无边星空下,我独与天地精神相往来,我和宇宙进行推心置腹的长谈。为了这万古难逢的灵魂晚宴,为了小小的我的到来,全宇宙的照明设备都为我打开了,整个银河系只为我一个人授课。是的,是整个银河系——如同哲学系负责传授哲学,文学系负责传授文学,历史系负责传授历史,银河系负责传授一门叫作"永恒"的心学,今夜,整个银河系只为我一个人传授永恒的心灵功课。银河啊,你是我的私淑老师,你向我传授了心灵的经典。这经典,你用永恒那么长的时间构思,用无限那么大的篇幅书写,你全都传授给我了,足够我此生和下一次人生,以及下一百次一万次人生,细细体会,用心认领。因为,写给心灵的经典,要用最真挚最纯真的心灵去聆听。

今夜,远山默立,领首旁听;河流环绕,凝神沉思。啊,你当惭愧。你当知足。你当喜乐。你当感恩。你凝神仰望,久久仰望,仰望,仰望。午夜的星空,如此辽阔,如此明澈,如此亲切,如此神圣……

于是,今夜,看不开的看开了,想不通的想通了;该放下的放下了,该涵纳的涵纳了。退一步海阔天空。转过身来,就是无限。从无限那边转过身来,还是无限。一个与无限交换过心胸的人,即使把他关进窄逼的牢房里,他依然属于无限。一个与永恒交换过眼神的人,他总能穿透那过眼云烟,看见真理的不朽星辰。

就像"君子贤而能容黑,智而能容愚,博而能容浅,粹而能容杂"(《荀子选集》)。就像大海,能容纳陆地的全部污秽;就像天空,能收藏一千万颗流浪的星星。在最黑的夜里,白雪向世界奉献的仍然是洁白;在苦涩的海水里,海蚌把疼痛的眼泪提炼成珍珠。远古那灼热苦闷的岩浆,结构了巍峨的山脉;白垩纪年代悲壮倒下的树木,化生为此刻炽热的煤火。

于是你看见,宇宙深处,有数不清的星光星座星河星云,仍在耐心提炼太阳、铸造北斗、打磨宝石,为可能的将来注定要出现的四面八方的孩子们,制作各种灯盏、焰火、玩具、首饰和响器……

　　望着星空,你心宇澄明,情思浩茫,你泪流满面,并不擦去,脸上有盐的气息,不很苦涩,也不甜,但它有着刚刚诞生的,从很远很深的地方带来的气息。

　　你知道,你被星光照彻的心海里,来自永恒的盐,正在形成……

十 "永远使人感到惊奇的是怎么会有一个卑鄙的人和没有信仰的人出现"

从信仰上讲,我们生而为人,在唯一一次的人生里,我们不可能不追问我们从哪里来,来做什么,将来又到哪里去,也即我们必须追问我们存在的终极意义。植物和动物可以不追问这些,但人若不追问这些,就无法找到活着的意义依据,无法找到心灵的方向,无法求得心安。正如古希腊哲学家亚里士多德所说:"未经审视的人生不值得一过。"在我看来,头顶的星空,既是上苍悬置的疑问,也是上苍出示的答案,这就是:我们来自于无穷,最终又回归于无穷。在这短促的时光里,我们做什么、怎样做才有意义呢?

其实星空也在暗示着我们,这就是:以有限之生,为无限服役,完善自我的同时完善世界,倾听真理的同时践行真理,参天地,赞化育——我们当怀着博大、纯正的情思,努力接近我国现代哲学家冯友兰先生所指出的最高的人生境界——"天地境界":怀正大之心,为众生效力,为天地工作,为宇宙的利益做各种有价值的事。冯友兰先生提出的四重境界依次为自然境界、功利境界、道德境界、天地境界。自然境界是指人知其行为只有生物直觉,功利境界指人知其行为是满足自己的私欲,道德境界指人知其行为是利他的,天地境界指人知其行为有超越社会和时代为天地立心的意义。冯先生著书立说,将天地境界看得最重,其他皆可丢,此说不可废。"人们大多知道自己在社会中的地位,却不知道自己在宇宙中的地位",天地境界既贯通了作为中国哲学精华的道德哲学,也包罗了为中国之所短而为西方之所长的科学精神。达到天地境界的人能够"养吾浩然之气",能够贯通天人,超越有无,勘破生死,较之道德境界中的人之"富贵不能淫,贫贱不能移,威武不能屈",不仅觉悟更高,心灵的境界更宽,知善的能力更强,行善的意志更坚,而且所作所为也更高明。一个人接近或达到了天地境界,他就能超越私心私欲而为一种更高的真理、为人世和宇宙的普遍利益而献身,就能做到"以德辅天,以诚事人,以善待物",尽可能以自己的善心善行和良知良能,减轻周遭事物的痛苦乃至减轻万物的痛苦,协助和改善生存的秩序,改善人与生灵普遍遭遇的苦难境况,在被冷冰冰的规律主宰的严酷的大自然里和无情的宇宙里,注入我们慈悲的关怀和心灵的温情。

这个"天地境界"与德国哲学家康德指出的生命境界不谋而合,康德说:"有两种事物,我们愈是沉思,愈感到它们的崇高与神圣,愈是增加虔敬与信仰,这就是头顶的星空和心中的道德律。"头顶上的灿烂星空,昭示我们以宇宙的无垠,让我们体会自身的渺小,感悟现象界的短暂;仰望苍穹,造化的博大启示着心灵所能领悟和可以抵达的境界是多么广远和深邃,从而引领我们接近天地的大光明和心灵的大觉悟。

现代最伟大的科学家和智者爱因斯坦也说:"有两件事情让我敬畏:布满星星的天空和隐藏在其中的人的精神世界。"这位智者对一切以人格化的神灵作为信仰对象的宗教均持怀疑态度,而他认为唯一可以信仰的宗教是"宇宙宗教",在他看来,宇宙就是一位奥秘无穷的大神,它那宏伟的结构,浑然的秩序,无限的涵纳,就是超越任何心智的智慧大典,是元素的交响乐,是时间的史诗。"我们所能有的最美好的经验是奥秘的经验。我们认识到有某种为我们所不能洞察的东西存在,感觉到那种只能以其最原始的形式为我们感受到的最深奥的理性和最灿烂的美——正是这种认识和这种情感构成了真正的宗教感情；在这个意义上，而且也只是在这个意义上，我才是一个具有宗教感情的人。我无法想象一个会对自己的创造物加以赏罚的上帝，也无法想象它会有像在我们身上所体验到的那样一种意志。我自己只求满足于生命永恒的奥秘，满足于觉察宇宙的神奇的结构，窥见它的一鳞半爪，并且以诚挚的努力去领悟在自然界中显示出来的那个理性的一部分，即使只是其极小的一部分，我也就心满意足了。"

由此可见，我们头顶的星空，从来就是那些大智大慧、大德大善者的心灵和道德的源泉，无限星空启示了他们的创造灵感，点燃了他们崇高的道德激情。爱因斯坦这样要求自己："我每天上百次地提醒自己：我的精神生活和物质生活都依靠着别人（包括生者和死者）的劳动，我必须尽力以同样的分量来报偿我所领受了的和至今还在领受着的东西。我强烈地向往着俭朴生活，并且时常为发觉自己占有了同胞的过多劳动而感到心里难过。"他认为，"一个人的价值，应当看他贡献了什么，而不应当看他占有了什么"。他批评现代人不崇尚道德而沉溺于物质享受是动物式的生存，"人们所极力追求的庸俗的目标——财产、虚荣、奢侈的生活——我总觉得都是可鄙的。我从来不把安逸和快乐看作是生活目的本身——建立在这种企图上的伦理基础，我叫它猪栏式的理想"，"照亮我的道路，并且不断地给我新的勇气去愉快地正视生活的理想，是善、美和真"，"一个人真正的价值首先决定于他在什么程度上和在什么意义上从自我的牢笼里解放出来"，"只有道德的实践，能够提供生命的美感与尊严"，爱因斯坦知行合一，他这么说，也是这么做的，再没人像爱因斯坦这般生活简单了：他日常总穿着一套不整齐的旧衣服，不喜欢常戴帽子，在浴室里常常吹口哨或哼着歌曲。他虽打算解决繁复深奥的"宇宙之谜"，但在日常生活中他却认为不能将人生的享用弄得过分地复杂，所以，他在洗澡后刮胡子时，就不用刮面香皂而仅用洗澡肥皂。因他认为：用两种肥皂真是浪费！

他不会开车,喜欢从普林斯顿的办公室走回家,他喜欢边走边拿雨伞在铁篱围墙上一格一格划过,错过一格就从头再来。在这些孤寂的时刻,爱因斯坦沉浸在对宇宙"永恒之谜"的思考之中。作为一个热爱思想的人,作为一个从思想中获得乐趣的人,爱因斯坦从未停止过思想,更难能可贵的是他一直坚持自由平等和反战的立场,对世界与人类的命运充满了终极关怀……作为"自然之子",爱因斯坦坚信自己对自然的理解,始终保持着一颗质朴而单纯的赤子之心,他说:"我们所能有的最美好的经历是对神秘的感悟。它是坚守在真正艺术和真正科学发源地的基本感情。谁要是体验不到它,谁要是不再有好奇心,也不再有惊讶的感觉,那就如同行尸走肉……"

爱因斯坦这样深情地吁请人类:"人类应该把爱心扩展到整个大自然和全体生命",我们不仅要爱人类,而且爱惜和同情自然界的所有事物和生灵,哪怕是一棵小草、一朵花、一棵树、一座山、一块石头、一滴水、一条河、一眼泉、一只鸟、一头牛、一匹马、一只羊、一头驴、一粒昆虫,都应得到尊重、同情和呵护,因为它们的生命和人类的生命是平等的,因为它们也只在这个宇宙里生存一次,因为它们也是构成这个壮阔宇宙秩序的一部分,因为它们也和我们一样要经历自己的生老病死,它们也与这个它们并不理解的宇宙一起同生同命受苦受难,因为正是它们构成了我们生存的背景并支持了我们的生存,它们环绕着我们的身体和心灵,它们养活和维护着我们的生命,也为我们呈现着启迪和滋养我们心灵的缤纷多姿的生命意象、审美图像和诗意幻象。爱因斯坦认为只有把爱心扩展到整个大自然和全体生命,人类才真正超越了仅仅为自己种群和族群谋取利益的一己之私和狭隘之情,才进入了真正的大爱和博爱的崇高境界。

可见,一个经常仰望星空、具有宇宙意识的人,也是更具道德自觉和善良情怀的人,他们博大的胸襟不仅热爱着人类,而且向整个大自然和全体生灵投去善意的目光和情感。因为他们从更宽广、更通透的视野,彻悟了什么才是真正的价值,什么是毫无价值的过眼云烟;彻悟了生命的脆弱和不易,彻悟了爱心和善意才是这个苍茫宇宙里最珍贵的感情。因而,真理、善行、美德,就成为他们自觉的人生追求。

列夫·托尔斯泰在他的一部著名小说中,写到主人公列文通过对星空的仰望和沉思,从而更深切地领悟了道德和信仰,那是在一个雷鸣电闪的夜晚,"列文倾听着水珠从花园里的菩提树上有节奏地滴落下来的声音,望着他熟悉的三角形星群和从中穿过去的支脉纵横的银河,每逢闪电一闪,不但银河,连最明亮的星辰也消失了踪影,但是闪电刚一熄灭,它们就又在原来的位置上出现,仿佛是被什么万无一失的手抛上去的……他自言自语,'我在探求各种各样的信仰和神力的关系。我在探求上帝向这星云密布的整个宇宙所显示的普遍的启示。我究竟是在做什么? 对于我个人,对于我的心,已经无疑地显示了一种远非理智所能达到的认识','是的,神力的明确无疑的表现就是借着启示而向人们显露的善的法则,而我感觉到它就存在我的心中'……"

是的,一个人信仰的获得和确立,不是只靠教堂的说教和僧侣的布道,恰恰是那种僵化的教义使人们疏离和误解了信仰。真正的信仰不只是一套话语系统和仪式教规所给定的,真正的信仰恰恰与生命体验有着深刻的、活生生的、感性的关联。那启示信仰、照亮心灵的灯火,既在古圣先贤的经典中,也在露天的旷野里,在露天的苍穹中,这无边的星空和伟大的宇宙,就是一座召唤灵魂、照彻生命的神圣大教堂,就是一个烛光灿烂、圣乐缭绕的永恒修道院。

"我在夜间打开我的天窗观察散布得很远很远的星星/所有我能看到的再倍以我所能想象到的最高的数字/也只不过碰到更远的天体的边缘/它们越来越远地向四方散布/展开着,展开着,永远展开着,伸出去,伸出去,永远伸出去/……我现在的这一分钟是经过了过去无数亿分钟才出现的/世上再没有比这一分钟和现在更好/过去的美好的行为或现在的美好行为都不是什么奇迹/永远使人感到惊奇的是怎么会有一个卑鄙的人或没有信仰的人出现/……"(惠特曼《草叶集》)。

让我们在星空下吟咏诗人宽广的诗句,体会那颗被无边星空照彻和引导着的优秀心灵,体会一种高远、神圣的信仰是如何在一个人的内心里发生。

十一　把自我的生命融入到
　　　宇宙的生命之中

如果不是像他们、像那些道德高尚的人们那样活着，而是相反，在我们活着的这段时光里，我们若以恶意和恶行，恣意欲望，践踏道德，毁损自然，劫掠万物，欺负同类，伤害生灵，那我们的生命就成了毫无意义且有害的一种病毒、一种癌细胞、一种负面的破坏性能量，我们的存在就成了别的存在的灾难和噩耗，成了别的生命痛苦的根源，最终也毁掉了宇宙的和谐秩序和地球的生命系统，毁掉了自己的存在基础。正如当代著名理论物理学家、宇宙学家霍金所说："现代科学技术极大地提高了我们的破坏力，使得我们身上的侵略性变成非常危险的品质，这是一种威胁到全人类生存和整个地球生态系统的危险性。麻烦在于，我们的侵略本性被编码到 DNA 之中。生物进化只有在几百万年的时间尺度上才改变 DNA，但是我们的破坏力以信息演化的时间尺度为尺度(即以更快的加速度)而增加。除非我们能够用智慧和道德来控制我们本性中的侵略性，否则人类的未来就非常不妙。"

现代人类丢掉了信仰而疯狂膜拜科技，陷入了另一种迷信，即对科技的盲目崇拜，以为科技可以取代信仰、上帝和天道，以为科技可以解决人的一切困境，以为"科技之神"可以把人带入天堂。而科技真有这种力量吗？科技只是人为了达到自身的目的而进行的智能活动，只是一种工具和手段，它本身是没有灵魂的，是充满了功利性、扩张性、盲目性甚至破坏性的一种工具和手段,人类却把科技——把自己操持的一种工具和手段,当成神灵来崇拜,这其实是人的一种自我崇拜——对相对于宇宙来说无限渺小的人的智能的崇拜,这是一种现代消费主义和物质主义文化催生出来的"现代拜物教",是一种更糟糕的愚昧和迷信。对此,霍金指出:"科学并不能预言人类社会的未来或者甚至人类有没有未来,人类的危险在于,我们毁坏自然和消灭环境的能力的增长比利用和控制这种能力的智慧和道德的增长快得太多了",而"宇宙的其他地方对于地球上发生的任何事情根本不在乎",这就是说,人类必须用精神的信仰、用不断增长的道德来控制过快膨胀的科技,来减少技术带给自然和万物的破坏与伤害,来净化自己的欲望,使人更多地在精神领域升华和完善自己。用我国古人的话说,就是:顺乎天理,节制人欲。由此我们可以在一个新的视角理解我国古代哲人提出的"以天理节制人欲"的良苦用心和其中蕴含的某种真理性,他们未必是要存心"灭人欲",而是要适度,不放纵,是要节制人的贪欲和私心,保持人与自然、人的身心之间的和谐。这是从更高的宇宙法则、从"天道"的层面,觉悟到人类只有节制欲望,才能守住朴素的天性和良好的道德,也才能使天地常保清朗而永远健康,万物常保生机而永续利用,从而使"天、地、人、神(道)"四位一体的天人结构不被破坏和颠覆,而成为一个可持续、可循环的良性系统。

已故英国著名历史学家汤因比认为,一切高级宗教、高级哲学,对人的行为都进过切合实际的良言,都指出人的最高目的就是要克制自己,不能为满足贪欲而企图征服宇宙,并指明克制自己的目的就在于为超越自己的某种更高境界的东西而献身。佛陀的慈悲也好,耶稣的爱也好,孔子的仁也好,老子的清静无为也好,就是要扭转欲望的方向,即把人从外在世界转向内心世界,从物质世界转向精神世界,从纵欲享乐转向朴素平和,从暴殄天物转向护生惜物,从狼奔虎突的生存竞争转向修身养性积德行善。总之是把人从欲望的枷锁里解放出来,使之从个人转向宇宙,将小我融入万物和宇宙,不断扩大同情心,以纯真的心灵感通万物,涵摄万有,把自我奉献给宇宙,这才是自我人格的真正完成。

人置身于宇宙中,宇宙影响和造就着人,人的德行也可以影响宇宙,汤因比与池田大作对话时说:"人在世上的一切行为,一定要有伦理的结果,这个结果十分重要,不仅对自己,而且对全人类、全宇宙也是重要的。就是说,我相信在这个世上,人的一生,无论善恶,都会给宇宙以影响。"而佛教把宇宙看成一个巨大的生命体,任何一个事物、任何一个人、任何一个生命的行为,作为这个巨大生命体的一部分,都会或多或少地影响宇宙这个大生命体的质量。

细想来,作为肉身的人,我们都会很快消失,那么人活着的意义究竟是什么呢?什么才是人活一世可以告慰自己的真正成就呢?我以为,人的最大成就和最高境界绝不是一己小我的功名利禄、升官发财,也绝不是什么出人头地、光宗耀祖,人的真正成就和最高境界,是通过对真理的求索和道德的修行,达到对生命和宇宙的觉悟,获得与无限宇宙对称的宽广灵魂,精神世界变得辽阔而谦卑,对这个无限地存在着也永恒地包裹我们的伟大宇宙献上发自内心的敬意……

因此,人类必须敬畏宇宙,节制欲望,适度发展,适度消费,怜悯万物,必须对地球的生态系统负责,对天下负责,对与我们生活在同一个生命系统中的众多生灵负责,这也是对人类自身负责,对演化了地球生命的更高的时空系统——对宇宙负责,也是对宇宙的感恩和报答。如果我们施与世界的是善心善行和良知良能,是普度众生而不是自私自利,是上善若水而不是助纣为虐,是替天行道而不是伤天害理,如果我们真的把爱心扩展到了整个大自然和全体生命,当我们离开人世时,我们就把正面的能量和温暖的情感留在了时间的长河里,留在了宇宙的记忆里,也就直接或间接增加了人类和自然的福祉,延续了并且优化了我们置身其中的生命系统和宇宙系统。

　　当我们每一次仰望星空,其实是在重温我们和那个永恒的价值源泉建立的心灵约定。每当我们仰望苍穹,一种无限的道德感、价值感、意义感、谦卑感、悲悯感,就从内心里油然而生。

十二　老子提前两千年为人类开出的病相报告和治疗处方

"道生一,一生二,二生三,三生万物……人法地,地法天,天法道,道法自然"(老子《道德经》)。这就是说,大道启示了天文,天文启示了人文,人文化育了人生,人生化育了人的智慧和道德,人同时又把智慧和道德作为礼物奉献给天地宇宙。这是一个互为因果互相吐纳互相渗透互相映照的因果长链和循环系统。——这是我对老子的宇宙观和生命观的粗浅理解。

老子认为,那个代表本源和终极的最高真理——"道",先于宇宙出现之前就已存在,天地宇宙的生成,是受孕于"道",是"道"的显现和产物,而"道"本身则遵循自然而运化。

老子的宇宙生成说与现代天文学和宇宙学揭示的宇宙的起源竟完全吻合,最新的天文学观点(并得到天文观测的证实)认为,宇宙始于数百亿年前的一次大爆炸(那是一次不可思议的"无中生有",即"道生一"的伟大事件),从那一刻有了时间、空间,有了星云、星系,有了元素和生命的最初信号,有了智慧的胚芽和心灵的脉息,有了这无边无际的壮阔的宇宙之海。如今宇宙仍在膨胀着、延伸着,生命也在其中演化着、思想着,我们对宇宙的理解和惊讶,也在持续着、升华着。

上天造人,究竟有什么深意和目的?老子告诉我们,人在宇宙里出现,是来学习和修行的,是来悟道和弘道的,是来参天地赞化育的;不是来求名求利求官求钱求荣求达,这些都是人生之末,都是过眼云烟。台北市长柯文哲在一篇文章中说,有一次,他与几位朋友到饭馆吃饭,后来看到账单,26,000块!一个人就吃了8000多块(台币)。隔天上厕所时,他就一直看他的大便,还用棍子捣了几下,想观察一下这坨"身价"很高的粪便与平常的粪便有什么不同,结果他发现,那花了8000多块制造出来的一坨,跟他平常在台大医院地下室一楼吃的那个几十块的自助餐制造出来的一坨,看不出有任何差别,柯文哲以此得出结论,人们追逐的荣华富贵,不过是"一坨大便"。

人生天地间,当知天地大道,人生正道,你才有可能成为有道行、有德行的真人,好人,贤人,圣人。所以,上苍生人,是让人来求道的,是来求教的。向谁求教?向谁求道?老子点化我们:人首先应该向大地学习(人法地),做大地的好学生,学习大地的厚德载物、化育万类、任劳任怨、不求回报的大慈大悲;而大地又是苍天的好学生(地法天),"天行健,君子以自强不息"的君子气象照耀着大地的情怀;而怀抱万物、运化不息的苍天则被那个恍兮惚兮、不生不灭、不增不减、不滞不塞、永恒存在的"道"(即宇宙间最高的规律)引导着、统领着(天法道);那最高的"道"则顺乎自然,无为而化(道法自然)。人生于天地,来于自然,天地是我们的老师,自然是我们的母亲,我们应该做天地的好学生,做自然的大孝子,好好求道、悟道、修道、弘道、行道,如此,则合于天道、契于地道、顺乎人道。

人存在的终极目的和价值究竟是什么?这牵涉到对人的本质、对什么是人的真正幸福的理解。我们从老子哲学中同样会得到启示。

如果说人的本质是物质的,这就把人的存在定义成一种简单的生物现象,把人的幸福定义成对物质的索取和占有,这就必然怂恿人的动物性和侵略性,必然导致人性的贪婪和堕落,必然悖逆天道、劫掠万物、剥削同类、戕害自然。这恰恰是近现代流行的金钱文化、消费主义文化和残酷的"优胜劣汰、弱肉强食"的动物哲学所造成的恶果。正是这种冷酷的、疯狂的、没有节制、没有灵魂、没有诗意、没有温情的野蛮文化和生活方式,把整个人类带入了误区,导致对资源的放肆掠夺、对同胞的恶性竞争、对自然的无休止的破坏,把人类带入了贫富分化、战乱不已、资源枯竭、环境恶化的困境,带入了空前的危机和毁灭的边缘。

把人仅仅视为一种物质现象、把人的幸福定义为对物质的占有,不仅是浅薄的和丑陋的,而且是邪恶的和有害的,它最终也贬低、扭曲了人,把本来作为自然之灵的人类,贬低、扭曲成大自然里的一种饕餮动物,一种用高技术武装到牙齿的有害生物,一种最贪婪、危害性最大的超级蝗虫,一种宇宙的病毒。这其实就取消了人在宇宙中存在的正面意义。

让我们听听两千多年前的老子是怎么说的:

"五色令人目盲,五音令人耳聋,五味令人口爽,驰骋畋猎令人心发狂,难得之货令人行妨。是以圣人,为腹不为目,故去彼取此。"(译文:"缤纷的色彩,使人眼花缭乱;嘈杂的音调,使人听觉失灵;丰盛的食物,使人舌不知味;纵情狩猎,使人心情放荡发狂;稀有的物品,使人行为不轨。因此,圣人只求吃饱肚子而不追逐声色之娱,所以摒弃物欲的诱惑而保持安定知足的生活方式。")

"上善若水。水善利万物而不争,处众人之所恶,故几於道。居善地心善渊与善仁,言善信,正善治,事善能,动善时。夫唯不争,故无尤。"(译文:"最善的人好像水一样。水善于滋润万物而不与万物相争,停留在众人都不喜欢的地方,所以最接近'道'。最善的人,居处最善于选择地方,心胸善于保持沉静而深不可测,待人接物真诚、友爱和无私,说话善于恪守信用,为政善于精简处理,能把国家治理好,处事能够善于发挥所长,行动善于把握时机。最善的人所作所为正因为有不争的美德,所以没有过失,也就没有怨尤。"）

大哉老子！都说老子是圣贤，是大哲，看来他还是大医、"神医"啊。这简直就是他在两千多年前提前为现代人类开的病相报告、病危通知和抢救的处方嘛。什么叫先知先觉者？老子就是。

我们静心体会老子以及古圣先贤们的教导，我们就会明白，人的存在当然离不开物质的基础，但人的本质却不是物质的，人是"意识化了的物质"，是"精神化的生物"，物质是人的意识的载体，它所负载的人的意识，即人的精神、情感、道德、智慧、觉悟、诗意、审美、心灵、信仰等高级内涵，才是人的内核，才是人的本质属性。人的本质是一种高级的精神现象，这就决定了人的真正的幸福，不是对物质的掠夺和占有，对物质的占有只会带来一时的感官快感和虚荣的满足，根本不会带来心灵的升华和幸福，更不会带来崇高的意义感。恰恰是随着物质占有的升级和膨胀，人的幸福感和意义感反而越来越少，这是因为："五色令人目盲，五音令人耳聋，五味令人口爽，驰骋畋猎令人心发狂，难得之货令人行妨"，随着人的肉身这个物质载体越来越豪奢，越来越超载，而它所负载的"意识"，即人的精神、心灵、情感、美感、道德、良知、灵性、智慧、觉悟、信仰等属于人的本质属性、属于内核的东西，就越来越被挤压、被遮蔽、被消解、被替代、被抽空了，人成了被掏空了精神内涵、没有灵魂没有情感的"稻草人""空心人"，成了一个没有"精神内存"的、徒具豪华外壳的空洞的物质"硬盘"，成了无用的酒囊饭袋和无聊的行尸走肉，成了欲望之躯，成了制造垃圾的垃圾。他哪里还会有什么幸福感呢？更遑论崇高的幸福感？试看当今多少富豪权贵，陷入了生活腐烂、精神迷乱和价值虚无的泥沼？豪赌、吸毒、淫乱、穷奢极欲、疯狂消费，成了一些富翁和权贵用于摆脱生活无意义之烦恼的精神毒药。炫目的金钱和过多的物质，并没有让他们进入天堂，而是沿着黄金的滑梯一步步跌入人性的黑夜和灵魂的地狱。

十三　仰观与俯察：
　　我们比古人多了一份忧患

　　唐朝大诗人陈子昂登高望远,俯仰宇宙,抚今怀古,不禁泪流满面,吟出这样感天动地的诗篇:"前不见古人,后不见来者,念天地之悠悠,独怆然而泣下";法国大哲学家帕斯卡尔仰望星空,感念人生,发出这样深沉的浩叹:"无限空间的永恒沉默使我恐惧!"
　　今天,我们仰望星空,不仅依然会唤起我们和古人大致相同的对无限和永恒的敬畏、感叹之情,更会唤起古人未曾有过的另一番沧桑之叹和忧患之思。
　　古人仰观宇宙之大,更多地是引发对终极之谜的追问和冥想,顶多再感叹宇宙无涯而人生有尽,感叹人生渺小如沧海一粟、短暂如白驹过隙,他们面对宇宙星空,感受更多的还是通达的诗意和幽邃的哲思,你别看李白望月望星登山临水总是不住地愁啊愁的,比如"与尔同消万古愁""我寄愁心与明月""举杯浇愁愁更愁"等,他的愁,其实是面对无限江山和永恒宇宙而生发的人生感喟,那意思是说,宇宙多神奇啊,山河多壮丽啊,风月多浪漫啊,诗酒多醉人啊,活着多么好啊,苍天却只给人这么短的一辈子,为什么不让我永远常伴如此悠久壮美的"万古长空,一朝风月"呢?于是他就不停地愁啊愁。他其实内心是被一种无限丰盈的江山秀色和宇宙气象充满了的,是一种非常幸福的"愁",是一种辽阔、丰盛、美好的永恒乡愁,是一种非常豪华、非常快慰、非常审美、非常浪漫、非常奢侈的"愁"。今天,我们吃着用农药化肥激素烹调的食物、喝着漂白粉漂过的水、呼吸着有毒废气、蜗居在水泥森林、不知道被白云擦拭过的一碧万顷的蓝天是何物、不知道"两个黄鹂鸣翠柳"的那两个黄鹂是何物、不知道彩虹是何物、不知道青山碧水是何物、不知道"疑是银河落九天"的据说叫作瀑布的那个东西是何物……李白一再感叹过、享用过的那种非常豪华、非常丰满、非常高级、非常唯美、非常幸福的"愁",我们这些现代人是根本享用不起的,那是古人才能享用到的极为奢侈的"天福"啊。

今天的人类仰望星空,当然也有对无限和永恒的敬畏与感叹,但是更多了对地球在宇宙中的孤独处境和对人类生存之现状和未来的担忧、焦虑和恐惧,这是生活在山清水秀、草长莺飞的田园牧歌式的原生态农业文明环境里的古人未曾有过的体验,古人从不担心、很可能做梦也没有梦到过环境恶化、空气污染、生物灭绝、资源枯竭,他们"仰观宇宙之大,俯察品类之盛",感悟的是哲学和诗性层面的意味,虽然也有忧伤和愁绪,但他们其实是在享用宇宙和万物带给他们心灵的震撼、激荡、启示以及美感的抚慰,他们那是在享天福。而如今,我们当然依旧可以"仰观宇宙之大"而生发无穷联想,但是"俯察品类之盛"的福气却是没有了,我此刻"俯察"到的都是些什么"品类"呢?我此刻"俯察"到的是与古人截然不同的另一种"品类之盛":是地球的千疮百孔,是自然的残山剩水,是包围城市的无穷垃圾,是拥堵的车辆,是污染的河流,是无家可归的孤独鸟儿,是日益扩张的沙漠,是涂抹天空的滚滚废气……这地球惨状、这山河病相、这大地创伤、这生态疾苦,"这次第,怎一个愁字了得"?

而在所谓"高速""增长""更高""更大""更快"的鼓噪声里,地球更大的噩耗、大自然更大的灾难也以更高的频率更快的速度频频传来:全球变暖的速度正在加快,作为地球屏障的大气层臭氧空洞还在扩大,南极和北极正在加速融化,在不久的将来会长出森林,海平面将随之升高,大量的陆地将被海水淹没,马尔代夫、毛里求斯等海洋岛国将永远葬身于汪洋大海中;而随着气候环境的畸变和恶化,大量物种将灭绝,许多在地球上存在了多少亿年的植物、动物和微生物,将在我们不知不觉中,与我们不辞而别,永远告别,据统计,地球上的生物正以每天减少160种的速度在不停地消失,每年都有大约1万~2万个物种灭绝。就在我写这段文字的瞬间,就有多少可爱的生灵永远消失了? 以至于我不想再在这个话题上多作停留。科学家预测,如不尽快采取保护措施,地球上的全部生物中,将有1/4在未来的20~30年里灭绝……

古人即使遇到王朝更迭、国家战乱的大难,也只是发出杜甫式的感叹:"国破山河在,城春草木深,感时花溅泪,恨别鸟惊心",国破了,山河仍然健在,草木依然丰茂,换一个皇帝,换一个朝廷,照样可以走进下一个新时代,开始下一轮新生活。感时,有花盛开陪着流泪;惜别,有鸟飞来殷勤安慰。那是虽苦而苦中有诗,虽痛而痛中有诗。而今天的地球生态状况则是:"国在山河破,城深草木稀,感时花零落,恨别鸟无踪。"试看今日之地球,竟是怎样之现状——

我们有田而无野,昔日一望无际的辽阔田野已被蚕食和分割成七零八落的零星小块,我们的田野死了;我们有河而无流,昔日碧波荡漾、苇浪起伏、水鸟成群、岸柳成荫的河流,如今要么污染、要么淤塞、要么断流,我们的河流死了;我们有树而无林,我们肆无忌惮地把邪恶的"一次性"奉为时尚,仿佛我们要力争尽快"一次性"干掉这个地球,好像还有无数个地球等待我们继续去饕餮和占有,我们肆无忌惮地消耗着一次性筷子、一次性纸张、一次性书刊、一次性包装……无节制地铺张浪费,无节制地暴殄天物,无节制地向大自然施暴,无节制地砍伐那多情的草木和珍贵的森林,我们的森林死了;我们有山,但只要发现哪座山上有一点点矿,我们必将其挖空掏尽,最后留下被开膛破肚的山的遗体,我们的许多山已经死了;不错,慷慨的上苍还给我们人类配备了广阔的海洋,但由于无休止的战争,由于过度捕捞,由于核泄漏和油污染,由于陆地将无穷的垃圾和污秽无休无止地排泄到海洋,海洋事实上已经变成人类的"巨型化粪池",海洋已经失去了自净能力和自我更新的能力,我们的海洋正在死亡。

古人面对着原生态的壮美河山和辽阔宇宙,更多的是欣赏、惊奇、感叹和礼赞,所谓"蒹葭苍苍,白露为霜,所谓伊人,在水一方",所谓"春江潮水连海平,海上明月共潮生,滟滟随波千万里,何处春江无月明",所谓"落霞与孤鹜齐飞,秋水共长天一色",所谓"舍南舍北皆春水,但见群鸥日日来;花径不曾缘客扫,蓬门今始为君开",所谓"故人具鸡黍,邀我至田家。绿树村边合,青山郭外斜。开轩面场圃,把酒话桑麻。待到重阳日,还来就菊花","人闲桂花落,夜静春山空,月出惊山鸟,时鸣春涧中",所谓"我看青山多妩媚,料青山看我也如是",所谓"常记溪亭日暮,沉醉不知归路。兴尽晚回舟,误入藕花深处。争渡,争渡,惊起一滩鸥鹭",所谓"山重水复疑无路,柳暗花明又一村",所谓"山气日夕佳,飞鸟相与还,采菊东篱下,悠然见南山",所谓"青山不墨千秋画,绿水无弦万古琴"……

而今天的我们已没有了古人的那份幸运那份怡然那份天福,面对受伤的自然、破败的山水、污染的天空、受难的生灵、凋敝的草木,我们更多的是痛惜、是遗憾、是忧患。

不少人,尤其是喜欢文学、艺术的人们,常常有一句"口头禅":世界上的美无所不在,只是缺少发现美的眼睛。这句颇为乐观的话,是一百多年前一个外国艺术家说的。他那时候可以这样说,因为那时西方主导的工业化发展模式还没有成为全球化模式,它对生态、文化、人性、人心造成的灾难和畸变还没有充分显现出来,至少在东方还保存着传统农业社会的原生态景观、原生态的诗意之美和醇厚古朴的风情之美。但是,如果你今天仍这样认为,仍这样鹦鹉学舌，你就太不关心这个千疮百孔的地球了，你对自然万物遭受的苦难太缺少同情和怜悯了，你对文化和人心遭受的污染和致命伤害太无动于衷了。这就不只是过于简单和盲目的问题，而是你内心里没有或缺少真正的大情怀，缺少一种饱含悲悯之情的更深沉的美学眼光，你的更深层的心智世界依然处于蒙昧或半蒙昧状态。你把玩着那点小情小调小趣味，你在酒足饭饱之余自恋着沉迷着放大着手里的那点杯水波澜，你是在天地厄运和万物的苦难中寻欢取乐，你是在地球和生灵的难受中做着自私的"享受"，尽管据说那还是一种"高雅"的"艺术"的享受。你是被那种把艺术视为"享受"之物的"消费主义""实用主义""物质主义""市场主义"的廉价艺术观误导了。你能享受地球变暖的灾难后果？你能享受物种灭绝的可怕后果？你能享受一群因为乡土消失田园消失农家消失而无家可归冻死饿死于水泥路上的燕子的尸体之"美"？你能享受一条被污染的河流垃圾成堆臭气熏天的丑陋之"美"？当然，在生态苦难和物种苦难中也还有一些零星的生命之美和残剩的诗意之美，但是在宏观背景和整体上，世界是疼痛、苍凉和沦落的。我们即使在审美的时候，也应怀有大的情怀和更深沉的眼光，来怜惜和心疼这个世界，同情万物的苦难，怜惜它们在不幸的境遇中仍然按照它们古老的天性呈现出来的那种难得的、很不容易的、那些令我们感动和感慨的美的瞬间。对美的事物的欣赏当然是一种审美，但是，我以为在今天这个世界上，在今天这个天地间，只有那些带着深沉的感情、痛感和悲悯情怀以及质疑、追问眼光的审美，才能真正给人以心灵的触动和启示，也才能真正揭示或暗示这个世界的真相和生活的真相。不饱含痛感的所谓美感是轻薄的，在今天这个饱受现代文明戕害的、灾难和危机无处不在的世界上，那种轻薄的、甜腻的、浮表的美感，其实是不真实的。这需要从事文学或艺术的人们，具备一点哲学的、生态的、宗教的、多种文化元素构成的整体素养，以及沉思、质疑、批判的眼光，否则，这个世界，你不仅看不明白，想不深刻，悟不透彻，说不到位，表达不到其本质和灵魂上，你很可能被一种浅薄的、流行的、物质主义和消费主义的文化洗脑、误导了，然后又去误导更多的人。而世界已被走火入魔的消费主义和享乐文化普遍误导，还需要你再去误导吗？在今天，文化不应该围着市场之神、技术之神、消费之神、资本之神、娱乐之神一味地舞蹈和狂欢，文化的主体部分和核心部分，应该担当起对大众的启蒙责任，对极端功利主义主导的现代化对环境、文化、人性、人心造成的灾难后果和致命伤害进行审视、质疑、批判和反思，并从东方传统哲学和信仰里，为人类寻找精神出路，为地球寻找生态出路，为受苦受难的万物和生灵寻找生存出路。

时至今日，难道我们还没有意识到自然的困境、地球的困境和人类自身的困境？难道我们还没有意识到自己应该为饱受伤害的大自然担负起救援、保卫、呵护、修复的责任？

十四　仰观与俯察:拯救地球

"仰观宇宙之大",俯察地球之痛,今天,仰望星空,我们悲天悯人,我们怜山惜水,我们别有一番滋味在心头。

纵观现代天文学和宇宙学揭示的宇宙真相和地球在宇宙中的处境,以及地球每况愈下的生态困境,至少给了我们这样的直接启发:

1.天文学家目前还没有在广袤的宇宙发现适合人类居住和生存的类似于地球的天体,我们的地球,在宇宙中可以说是举目无亲,无比孤独,它像一只小小独木舟,搭载着万物和人类,飘荡在浩渺的宇宙之海。如果我们这些乘客不对这只独木舟负责,上苍和造物者,更没有义务对它负责。而它今天已经被人类折腾得千疮百孔,危机四伏,前景堪忧。放眼宇宙,除了地球这只小小独木舟,我们并没有第二条渡船,并没有第二个故乡。覆巢之下,岂有完卵?沉舟之后,何来彼岸?

2.即使将来在宇宙深处探测到有类地行星(类地行星,指体积小、密度大、自转慢、卫星少,类似地球的行星)适合人类生存,但是,你以为移民外星就像我们父老乡亲从山上移民搬迁到山下那么容易吗?宇宙间星球与星球的距离都以光年计算(光年,即光速走一年的里程;光速为每秒三十万公里),这就是人们常说的"天文距离",从这颗星到那颗星,以光速也要走数千万年甚至数十亿、上百亿年。即使移民外星,冒险的勇士乘坐宇宙飞船,仅在船舱里就要度过数千万年甚至多少亿年！在飞船里度过的赶路岁月就超过人类已有全部演化史的多少倍？这是可能实现的方案吗？我想是不可能的。即使乘坐飞船探险的那些勇士们的后裔,真的有幸抵达了那颗类地行星,也许他们看见的并不是一个生命的绿洲,而是一个早已毁灭了的星球的残骸——因为,他们已经在茫茫宇宙太空里航行了千秋万代,时间已经过去了千万亿年,当他们抵达时,这颗曾经被他们的远古祖先锁定的类地行星——他们的移民目的地,早已寿终正寝,灰飞烟灭。

3. 除了地球母亲,我们没有第二个亲娘;除了地球村庄,我们没有第二个故乡。而工业文明已经对地球造成了毁灭性破坏,可以说工业文明已经走到了尽头,沿着这条路再走下去,即使上苍再给五百个地球,都经不住人类的折腾、踩躏、掠夺和挥霍,都满足不了人类贪婪的、越吊越高的胃口。对此,如果我们还想继续存在下去,还想延续我们跨越千秋万代、费尽千辛万苦才积累的文明,那我们就急需在我们这颗星球上建设一种具有更高境界、吻合自然天道的文明,建设一种符合儒家伦理、道家哲学、佛家思想的具有普世价值的新型文明——新的生态文明或自然文明。

中国有着数千年农业文明也即生态文明的悠久传统,中华民族的血脉基因里铭刻着对大自然血浓于水的深厚感情和诗意情怀,儒家天人合一的思想,道家清静无为的风骨,佛家悲天悯人的心肠,历代的田园诗词、山水画卷和花鸟艺术——这些源远流长、真正原汁原味的绿色文化和生态文化,都长久而深刻地塑造了中华民族崇仰天地、感激自然、惜物护生、敬山爱水、恋乡守土、安分守己、朴素节俭、低碳环保、温和厚道的农耕品格和淡定性情,使得中国没有主动提前走上西方工业化的道路,而把低碳、环保、低消耗、慢节奏、充满诗意和道德氛围的农业社会一直延续到近代,只是后来才被迫走上了西方式的工业文明道路。这就在客观上为世界保存了一片古典农耕文明的辽阔大陆,也等于推迟了地球资源枯竭、自然生态崩溃的进程。有学者说,就凭这一点,世界就应该向中华民族感恩下跪。诚哉斯言!倘若中国也像西方国家那样在四百多年前就告别古典农业社会而跨入现代工业社会,提前过上欧美那样的快节奏、高消耗、高挥霍的奢侈生活,那么,以中国如此庞大的体量和人口规模,加入到欧美的挥霍大军一起协同吞噬地球资源,完全可以说,地球生态早已彻底完蛋,人类社会早已山穷水尽。中华民族恪守自己的文化信仰和东方性情、恪守自己符合自然天道的传统生活方式,一直把那种能够保证人类长久与天地万物可持续相依共存的生态型、循环型、缓慢型、节约型、友好型的农业文明,坚持到近代,从而推迟了世界毁灭的进程。

即使被迫步西方工业文明和信息文明的后尘一路奔跑追赶到今天,我们感受了发展也领教着苦涩,但我们对它的弊端和导致的灾难,有着源于五千年农耕记忆塑造的敏感性、不适性和警戒性,我们是怀抱着源远流长的优良传统走在有悖于传统的路上,而我们的耳畔和心里,始终萦绕着祖先的教诲和大地母亲的叮咛。

处在危机和困境中的整个地球和人类,都期待一种有着更高道德境界和生命智慧的价值体系和生活方式,来挽狂澜于既倒,扶地球之将倾,救生灵于水火,扶万物于倒悬。西方的文化传统和价值体系没有这种精神资源,只有包括中国传统文化在内的东方优秀文化,才能给地球和人类带来出路和希望。

有五千年农耕文明和生存智慧护佑和启发着我们,有源远流长的生态文化和诗意情怀感召和滋养着我们,今天的中华民族应该比世界上任何一个民族更有能力,更有动力,更有根基,更有经验,也更有智慧和情怀,去创造一种既符合自然天道、符合民族性情,也符合人类普遍利益和宇宙法则的新的生态文明和自然文明。这是中华民族的天命所系——我们似乎看到了从五千年历史苍穹的深处,传来祖先殷勤期待的眼神……

十五　无边星空与爱因斯坦的"宇宙宗教"

在旷野,在寂寞的山地,多是在没有月亮的夜晚,我经常独自一人长久地仰望星空,我被那无限的神秘、苍茫和辽远深深震撼着,思绪被引领到无思、无言之境,只剩下对无涯时空的敬畏,灵魂澄澈而浩瀚,似乎包容宇宙又被宇宙包容,我化入万物和星空。这时候,我常常泪流满面。

银河,那世世代代流过众生头顶的大河,那启动哲人灵思、灌注诗人情怀的神的大河,竟是由若干亿颗恒星汇成的光的大河。空间的波浪,时间的旋涡,元素的泡沫,奔涌不息,生灭不止,演绎着无比丰富深奥的神学或哲学命题。小小地球,是这长河的一滴水或一滴泪?小小人间,是这天书的一个惊险或传奇的细节?银河绕着银核自转,同时又绕着更大的星系旋转,每一秒钟都在改变着它在宇宙中的方位,也就是说,银河在宇宙的莽原上不停地奔流,在奔流中开辟自己的河床。如果宇宙中有一双纵览八荒的神眼,它会发现整个宇宙都在奔腾着,一条奔腾着的巨大长河。作为一滴水,地球也随着它的母亲河——银河,奔腾着,星群追赶着星群,雪浪簇拥着雪浪。一个奔腾着的宇宙景象,该是何等宏伟悲壮。而我的同类或异类的芸芸众生,这些寄存在一滴水上的奇妙生物,真是既抽象又具象,既卑微又伟大啊——我们和地球这滴水、和宇宙的大河一起奔流着、奔流着。我们存在着,或许只是一个微乎其微的细节,除了我们自己在乎自己,宇宙根本不知道我们的存在。我们却以自己小小的形式,浓缩着宇宙的命运和奥秘。我们,在奔流中呈现了自己,也揭示着宇宙。

古代哲人说:"宇宙便是吾心,吾心即是宇宙""天地与我并生,而万物与我为一"。大哉斯言!从有宇宙的那一刻就有我了,大爆炸的那个瞬间就确定了我血的颜色,构成我身心的每一粒元素都曾经和宇宙万物一起生灭轮回,经历了亿兆年的沧桑,这些元素终于结晶成小小的我,我,实在是浓缩了宇宙奥秘的晶体,一座供奉时间神灵的小小庙宇。生命的化育看似容易,实则是难中之难的事情,区区几十年,却必须以几百亿年的宇宙演化史作为背景和条件。那么也可以说,造就任何一个生命——无论拿破仑、一只麻雀、蜻蜓或一条狗,都是亿万年才能完成的大工程。明白了"天地与我并生,而万物与我为一",就在更高的哲学和宇宙学的意义上理解了生也彻悟了死,达到"生不忧、死不惧"的通达境界:我生,我来了,携着亘古的奥秘我向宇宙的大块呈现我自己;我死,我走了,我回归我的起源,以简单的元素形态我汇入时间的洪流,继续参与宇宙的演化,在另一个时间的另一片空间,我仍会有重新出场的时刻。"俯仰终宇宙,不乐复何如",陶渊明先生如是说。我有点明白庄子的境界了,他妻子死了,他鼓盆而歌,这不是庄子寡情,这恰是哲人对生死彻悟之后的静穆与通脱:生是节日,死也是节日;生,以鲜花欢迎,死,以鼓声欢送。离开了人间,他(她)并没有离开宇宙,聚则为形,散则为气,他(她)去了,化作空气、水、泥土,他会在我们不知晓的时空里,重新获得他的命运。

天文学家说:万物都是以光速呈现的,宇宙就是一个巨大的光速现象。我们眼中的宇宙万象,是无尽的光的序列,也是无尽的时间序列。星夜极目眺望,你看见的星光星河,都是穿越多少光年而来?一千光年?十万光年?一百亿光年?它们来自远方,来自宇宙深处,"有朋自远方来,不亦乐乎?"一瞬间,你与无数客人相遇,这么多光簇拥着你,抚摸着你,雕塑着你,你是静立于光之海洋的婴孩。全宇宙的光都归你享用了,全宇宙的时间都汇聚于你——你是多么奇妙的宇宙片断。而你不也是一束光吗?你也以光速向宇宙呈现你的影像,当你到达宇宙深处的一双巨眼,需要多少光年?一千光年?十万光年?一百亿光年?当那双巨眼看见你的时候,你或许早已是远古的传说了——你早已走了,到宇宙的另一间房子里去了。我们是在和宇宙万物捉迷藏,我们出现,我们隐藏。死是什么?不就是藏起来吗?过一会儿,我们又出现在星光月光里,或许我变成一只鸟,一棵树,一朵花?或许我变成一缕电波,在广袤宇宙旅行,叩问彼岸世界无穷的门,结识我无处不在的知音?

"无限空间的永恒沉默使我恐惧!"法国哲人帕斯卡尔如此感叹。如此浩大的宇宙,却是一个不说话的哑巴,细想来,这是一件多么可怕的事情。大象无形,大音无声,或许,宇宙就是一声旷古浩叹?那么今夜,我就安静下来吧,静听无声中的大声,静听宇宙古庙里,群星敲响的钟声。静到极处,我就会听见,宇宙就是一个声音的海洋,我也是它的一个小小音节。融入它,消失于它声音的洪流里,这时候,我听见,宇宙是一个伟大的气场,它在深呼吸,它永远在深呼吸,浩然之气充塞虚无,弥漫亘古。而我活着的最高境界,乃是感应这精微而浩大的存在,呼吸它,赞美它,直到融入它。

伟大的智者爱因斯坦说,个人的生活给他的感觉好像监狱一样,他要求把宇宙作为单一的有意义的整体来体验。由此,这位智者对一切以人格化的神灵作为信仰对象的宗教均持怀疑态度,而他认为唯一可以信仰的宗教是"宇宙宗教",在他看来,宇宙就是一位奥秘无穷的大神,它那宏伟的结构,浑然的秩序,无限的涵纳,就是超越任何心智的智慧大典,是元素的交响乐,是时间的史诗。面对它,人类的一切狂妄、欺诈、贪婪、猥琐,都显得何等可笑;面对它,任何一个有正常心智的人,都会得到净化、提升,心灵变得宏阔、高远、澄明起来。宇宙是一个伟大的教堂,生命就是宇宙的信徒,而所有的语言都是献给宇宙的祈祷文和赞美诗。最新的天文学观点(并得到天文观测的证实)认为,宇宙始于数百亿年前的一次大爆炸,从那一刻有了时间、空间,有了元素和生命的最初信号。如今宇宙仍在延伸着,它隆隆的爆炸声彻响在遥远的边疆,在虚无中,它仍在拓展疆土,这伟大的史诗,仍是一部未完成的草稿。

我确信,人类的完善和真正的解放,取决于人类对于自己所置身其中的宇宙以及自身历史和命运的深刻理解,并由此获得并非源于迷信而是得自觉悟的宇宙宗教感,心智由此变得通达、澄明、仁慈和谦卑,对万物和自身有一种发自肺腑的敬畏感、亲和感。"与天地参,与天地化,与天地合",在开放的时空视野和宇宙意识的笼罩下,俯仰万物,反观自身,我们就会更多一些爱和自由。当古老的宗教教义和偶像有许多已经被弃置,人类持续数千年的精神法则和内心生活已被技术主义、消费主义所瓦解,人类莫非只剩下一种"宗教":金钱拜物教?蔑视信仰就是否定心灵,否定了心灵人类还剩下什么?最终是否定了生存的意义。我相信爱因斯坦的"宇宙宗教"将会成为人类新的精神资源。我们不可能在精神的荒原上建立起人的天堂。人是宇宙中的人。人应该找到通向宇宙的内在通道。内宇宙和外宇宙的和谐融合,人才能拥有一个完整的意义宇宙。

也许,一边劳动,一边在星空下歌唱,就是一种诗意栖居,就是人的生活,也是充满神性的生活。

十六　人生就是一场修行，
　　　生活就是修行的道场

德国哲学家黑格尔在一百多年前曾说：一个民族中有一群仰望星空的人，他们才有希望。

时常仰望星空的人，才有可能成为真正"觉悟"和"得道"的人，因为他（她）从更大的时空、更高的境界彻悟了天道和生命的真谛，彻悟了人在浩大宇宙中的渺小卑微和肩负的道德义务的重大，所以他才会超越小我的枷锁和私欲的牢笼，而与一种从更高的结构里呈现的那种动人心魂的伟大精神和命运图像产生情感上和价值上的深度连接和相互辉映。那无穷无尽的星空昭示的固然是无与伦比的壮阔和浩瀚，然而，作为有血有肉有苦有乐的星空仰望者，作为有思想有痛感的一粒尘埃，他也体会到宇宙和万物都是一个可歌可泣、受苦受难的过程，那无边的时空之海里，奔腾、汇聚和挟裹着无限的激荡、无限的生灭、无限的苦涩、无限的生离死别、无限的惨烈细节——正因为意识到宇宙悲壮，万物悲苦，生命不易，所有生命既是奔赴在生的路上，也是行走在死的途中，而在生生死死的轮回里，又交织着多少艰辛、苦难、无常和无助。由此，他体悟到慈悲乃是人性中所能有的最深邃的情感，他觉悟到分享万物之美虽是人的福分，却不是人存在的终极价值，人的天命和最高价值，乃是在分享万物之美的同时，以自己的慈心和善行，分担和减轻万物的苦难，从而"赞天地之化育"，也即协同天地的运行，尽量有益于天地万物,并作为天地的一个高尚元素融入天地。

永恒的星空,就这样成为了我们的灵魂教科书和精神启示录,虔诚的仰望就是一种心灵的接纳,我们仰望的不是一个外在于心灵的客观之物,一个物理学现象,而是仰望自己精神空间的更大部分,也即仰望一个更大的自己的心灵、一个带着人性的温度却又有着神性光辉的心灵——星空就这样进入我们的心灵并化为我们的心灵。有这种心灵的人,他才有可能成为一个心胸宽广的人、一个纯洁的人、一个仁慈的人、一个道德高尚的人、一个在行善中感受快乐的人。

当你仰望星空,与无限和永恒交换了目光和心胸,然后怀揣着星光,走进拥挤的人群和琐碎的生活,你会有很不一样的生命感受,这种感受是那些从不仰望苍穹、从不与利益之外的永恒精神彼岸建立心灵联系,而总是沉沦在欲望池塘里和纠结在名利店铺里的人绝难体会的。恰如一个从白雪的旷野走来的人,会有一种精神上和道德上的洁癖,与星空经常交换能量、交换目光、交换心胸的人,他的内心总有一个比现实的生存世界更崇高、更纯粹、更皎洁、更深邃、更神秘、更饱含真理元素的"超越界",这使他常常把我们正在穿越的此刻和此世,看作一种过渡,一个码头,一个驿站,一次临时停靠,或一次修行,一次熔铸,一次考验,这使他能够以宽广的胸怀、以理想主义的激情参与人生和改进现实,以出世的精神做入世的事业,尽可能将彼岸之光引入现实的此岸并照耀此岸。他并不在意手中握有多少沿途采摘的虚名浮利,他更看重的是内心是否携带着精神的星光走在路上并照亮生命的现场和生存的暗夜,他唯一不能搁置和隔断的,是内心里那无限星光——那由无限宇宙启示给他的不朽的真理之光和道德之光。

人类文化的最高境界和终极目的,不是造就更多的百万富翁、千万富翁、亿万富翁,不是造就利欲熏心、腰缠万贯的拜金狂、占有狂和享乐狂,不是造就只知疯狂掠夺与消费的超级蝗虫!这样的物质蝗虫越多,其示范和教唆所产生的连锁效应,将导致更为惨重的价值扭曲、灵魂污染、资源浩劫和生态灾难,将把自然与人类提前送进崩溃和毁灭的坟墓。

人生就是一场修行,生活就是修行的道场。人类文化的最高境界和终极目的,是造就更多有道德有智慧有慈悲之心的人,我们头顶的星空参与了心灵的铸造和道德的感召,并成为我们心灵、智慧和信仰的永恒源泉。

有着高贵心灵、高深智慧和高尚道德的人居住在地球上,孤独的地球才会变得温暖、安全而有魅力,她的生命活力才会是可持续的,她的缤纷气象才会是可持续的,她的生物多样性、植物多样性、景物多样性、事物多样性、风物多样性、美感多样性才会是可持续的,她的山水诗情、田园画意、风月禅境才会是可持续的。如此美好的地球,如此美好的山河,才是真正值得人走一趟的地方,才是诗意栖居的地方,才是我们安身立命、修身养性的好家园。能否有这样的好家园,取决于我们每一个人是否具有人的美德,包括是否具有生态觉悟、生态道德和生态教养,取决于我们每一个人对地球母亲、对自然万物,是否有好的心肠、好的行动。民间有言:"人在做,天在看",大哉斯言。天在看,那其实是"天道"在看,"天理"在看,是宇宙的循环系统在看,是地球的生态系统在看,是基于物质链条和生命链条而形成的物质因果链和道德因果链在看,是善有善报恶有恶报的"善恶报应律"在看。心好了,你对天地就好,对万物就好,对他人就好,对生灵就好;天地就会对你好,万物就会对你好,他人就会对你好,生灵就会对你好。

2005年4月15日,诺贝尔物理学奖获得者李政道在北京纪念爱因斯坦逝世五十周年集会上发表讲话,他情真意切地说:

"我们纪念爱因斯坦一生对科学的贡献,对人类的贡献。我们的地球在太阳系是一个不大的行星,而我们的太阳在整个银河星云系四千亿颗恒星中也好像不是怎么出奇的星球,而我们整个银河星云系在整个宇宙中也是非常渺小的。

可是,因为爱因斯坦在我们这个小小的地球上生活过,我们这颗蓝色的地球就比宇宙其他的部分有特色,有智慧,有人的道德。"

是的,当越来越多的人都成为有道德有智慧有慈悲之心的人,我们这颗小小星球,就会成为宇宙星空中闪耀着道德之光的蓝宝石,作为人,作为在宇宙之海里漂流的一粒量子或一缕思绪,我们能在这样的蓝宝石上有幸作短暂停靠和逗留,并在我们存在的那一瞬里领略和感受宇宙那不可思议的浩瀚、悲壮和神奇,而我们自身,也因此成为宇宙浩瀚记忆里的一个悲壮而神奇的细节。

十七　旧时星夜细节

　　母亲在院场里剥玉米,大粒大粒的星光,从手指上掉落下来,堆积在身旁。她一时分不清,哪是玉米,哪是星光;也分不清天上地上究竟有什么两样,也许不一样在于:天上只有星光,没有玉米,而地上,有星光,也有玉米,更有我坐在星光和玉米里的母亲。这样说来,天上说到底还是比地上少了些东西,天堂的原址不应该在天上,应该是在地上。我的母亲并不需要太多,此时,她要的好东西都在地上:满手的粮食,满身的星光,满心的感激。

　　父亲此时仍在锄地,他借着天狼星投下的一缕亮光,在一窝豆苗根部多培了一锄土,然后,他走上田埂,扛着锄头,望了一眼天色,他的脸色和天色一样晴和,父亲断定,明天天气不错,今年收成不差。

　　李三叔蹲在门前,在磨刀石上连磨了两把镰刀,现在,他站起来,把镰刀举起,对准最亮的那颗星星,用食指轻轻试了试刃口,自言自语地说,好家伙,真爽快。他笑了。星夜磨刀,一个名不见经传的农夫,他认真打磨着古老的农业,也磨出了自家的好心情。

　　桂芳表姐在村头古井挑水,当她把水桶放下去,水面上星星的棋局一下子给搅乱了,那是老天在水里下棋呢。桂芳表姐感到对不起老天,对不起那么好的棋局。她把水桶提上来,在井台上静静站了好一会儿,再看,水面上星星的棋局又重新摆好了,老天又坐在清凉里开始下棋了。桂芳表姐的心里,忽然掠过一丝好像叫作伤感的感觉:多少代的人,都吃这井里的水,都看着这盘棋,一茬茬人走远了,一盘棋还没下完。

大伯翻开唐诗,重读《春江花月夜》,读到"人生代代无穷已,江月年年只相似。不知江月待何人,但见长江送流水",他抬起头,看窗外,月亮就在屋檐不远处路过,月光从窗格洒进来,白白的,像手帕,像信封,谁寄来的?大伯一时恍然。一千多年了,保存在诗里的月光,眼前这月光,都没有减少,也没有变暗,后来的人们上路吧,有这么好的月光,这么好的诗,路上不会太黑的。

不等鸡叫二遍,自明叔叔就起床,早早上路了,他要到三十里之外的阜川去赶集,要把那两大筐蔬菜卖了,再买回一些日用物品。他挑着水灵灵的蔬菜,一闪一闪地走在田间小路,这时,脚下一滑,左脚鞋带缠在路旁的豆苗上,鞋带松了,鞋里也钻进几粒小石子,硌得脚生疼。自明叔叔停下来,放下菜筐,弯腰脱了鞋子,抖了抖,就着启明星投来的光亮,仔细系紧鞋带,然后,挑起菜筐,一闪一闪地继续赶路,远远地看,天空,也随着他的身影,一闪一闪地亮起来。

十八　养一池星星

　　种地、劈柴、采青，样样农活能干，是一个模范农夫，但他同时痴迷星象、喜欢占卜、热爱古诗，背地里悄悄钻研着古代神秘巫术，据说祖上是耕读传家的书香人家。其人相貌高古，言语玄奥，心境悠远，好像生活在与我们完全不同的年代里，他很像是活在现代的古人。他的存在虽未给周围的人们带来实际的用处，但是，他的存在却增加了人们对生活的想象，对古代的想象，对宇宙的想象，他的存在，使平庸的、一览无余千篇一律的日子增加了别样的趣味和深度。

　　他早已不在人世，现在回想他，我觉得他应该被看作乡村异人、民间美学家和养生家、古代占星士的现代后裔，他是古老神秘文化在现代的最后的回光返照。他生活清贫，家里却藏着很多古书秘籍，有不少是线装本，还有一架简易天文望远镜，到了晴好的夜晚，就到河边旷野专注地眺望天上的动静，并在本子上画满了变幻的星象。他平日里并不神神道道，也不与现代科技针锋相对，但他以为科技把万物处理得过于机械和实用，缺少意境和诗味，他认为宇宙是一个大神秘，是一个不醒的长梦，是一首无解的长诗。他一生都保持着一些怪癖，比如，他喜欢收集月夜莲叶上的露珠，用来泡茶，说是喝了可以洁尘、去火、洗心；他喜欢在松林里清泉边静坐，闭目深呼吸，他说，你们知道吗，我是在与地脉和水脉接通元气,他有时还以半个王维自居,口中念念有词:明月松间照,清风怜幽人;他在家门前的场院里,在东南西北各挖了四口池塘,东池种荷,南池植萍,西池养水仙,最大的北池则是满荡荡一泓碧水,什么也不种养。问他,答曰:那是星池,我用它养一池星星,你看那北斗,在我这里保养得多么精神,还像公元前一样,还像周天子、孔夫子、庄子、屈原、李白看见的那个北斗一样。

他说,人活一世,就是和永恒的宇宙打个照面。我已和最清澈的宇宙打了照面,此生无憾。

十九　记忆光线

　　天文学家的一生，是单相思的一生，他们苦苦思慕、追寻、凝视着遥远的天体，而那些远在天上的"恋人"却浑然不觉，既不眉目传情，也不摇手拒绝。但他们依然固执地捕捉她们的细微信息，一缕微光，一点脉冲，一丝烟云，都令他们兴奋、痴狂，好像恋人有了微妙的暗示。也许他们中的不少人，用一生的激情和精力，孜孜以求、苦苦眷恋的那个偶像级天体，仅仅是从一百多亿光年以外传来的光线，很可能，经过一百多亿年的太空穿越，光线到达地球时，那天体早已毁灭了，这位痴心人看见的，只是恋人的遗像。

　　天文学家的单相思苦恋，是有点悲壮的意味了。但是细想来，我们人类的一切崇高的精神活动也都有点单相思的悲壮意味。读屈原的诗，我们被他的高洁情怀所感染，但谁见过屈原？屈原早已沉淀成历史长河深处的贵金属，我们感受到的是从语言的云层里辐射而来的诗人灵魂的光线；读《红楼梦》，我们会为黛玉及那些纯洁女子的不幸命运洒一掬同情之泪，但我们无一人到过大观园，无一人见过林黛玉，那感动我们、洗礼我们的，是从时间那边、文字深处传来的美好生命陨落的血泪之光；翻雪山、过草地的万里长征壮举，是何等感天动地，但我们听到那故事的时候，无数英雄们已经走进历史的壁画和浮雕，那让我们热血沸腾、情怀壮烈的，正是那穿透历史烟雨的强大记忆光线。

我们总是在正在穿越的这段时间里，这段生活里，接受着此刻太阳的照耀，同时回望和远眺那笼罩我们的历史苍穹，它已成为我们生存和心灵的深远背景和强大磁场。那穿越层层烟云抵达我们的精神光线，也如此时的阳光一样，照耀着我们，增加着我们的精神钙质，扩大着我们的心灵幅员，且由于它携带着更多的记忆密码，它更激起我们对一种崇高生命境界的缅怀、追慕和敬仰。

这样说来，貌似单相思的苦恋和热恋，其实并不只是单相思，当对方足够美好、伟大和可爱，你将她视为追慕的女神和偶像，她就会调动你全部的生命激情和美好襟怀，去在精神上接近她，力求达到与她的美好、伟大与可爱对称的生命境界。那么，被你追慕着的远方的那个光源，无论是一个女神、一个英雄，或一个天体，她就已经进入了你的生命和精神，参与和塑造了你的成长，成为你心路历程的一部分。

为什么锁定的必须是一个具体的目标，并一定要得到和占有？否则，就一律叫作"单相思"？就叫"发神经"？就叫空想？这样的逻辑符合动物生存的自然法则，但却是关于人的心灵生活的最低定义，甚至是矮化人生境界的扭曲性定义。动物绝不做无用功，绝不自作动情，绝不会去为没有结果和实效的"单相思"犯傻。狗只为具体的骨头而战，狼绝不会为抽象的主义远征，猫也不会产生一丝一毫的形而上冲动去追问生命和宇宙的终极之谜，猫追逐和锁定的，永远是一只或一群行迹可见、美味可餐的具体的老鼠。

只有人才会去单相思，才会去仰慕、追忆和缅怀，只有人群里才会产生天文学家，产生幻想家和精神圣徒，只有人才会怀着激情和信仰去仰望星空。而狼群和猴群里，偶尔也会有猴王或狼王斜目瞅一眼天空，但那不是仰望星空，不是对上帝或宇宙的起源发生了兴趣，不是有了美好的单相思，它们仅仅是观察此时是否该伸出利爪，是否该下口了。

我们总是缅怀和追忆那逝去的一切，我们总是发思古之幽情，我们总想挽留流逝的时光。诗人普希金说：那逝去的一切，都将变成美好的记忆；诗人华兹华斯说：诗是在沉静中回忆过来的情绪；诗人李商隐说：沧海月明珠有泪，蓝田日暖玉生烟，这是在回忆；诗人白居易说：天长地久有尽时，此恨绵绵无绝期，这依然是在回忆。而所有的回忆都是单相思。所有的单相思也将变成回忆。

照耀万物生长的只有一个太阳，而构成我们生命背景并照耀我们精神宇宙的，则是亿万个太阳亿万个星辰亿万条星河，它们中的绝大多数都在千万年、亿万年光年之外。可以说，正是宇宙的过去之光、历史之光、记忆之光在环绕、笼罩和照耀着我们。

其实，宇宙就是一场漫长的回忆。

天文学家就是在宇宙的沧海里打捞记忆线索的人。

我们难道不是在历史的沧海里打捞记忆线索的人？

从这个意义上说，人类的生存方式，其实都带着天文学的属性。

我们被时间深处的记忆光线缠绕着照耀着，同时，我们也将变成记忆的光线，去缠绕和照耀后来的心灵，后来的人生。

第十辑

白雪与明月

无雪的冬天是寂寞的

寂寞的是小孩,他们只能望着爷爷的满头白发,想象大雪飘飘的时光,想象在雪地上奔跑的情景,想象童话里积雪的小木屋,想象他们从没有见过的雪人的样子。

寂寞的是中学生,他们无法理解"燕山雪花大如席",这夸张来自怎样的现场和意象?他们徒然羡慕着李白,行走在白茫茫的唐朝,吟着这白茫茫的诗;那场大雪在诗里保存了千年,至今仍在课本里飘。而他们只能面对苍白的墙壁,用苍白的想象,填写这苍白的作业。

寂寞的是恋人,除了矫情的咖啡屋和煽情的歌舞厅,他们没有更好的去处,他们不曾在雪野里留下两行神秘的如同在梦境里延伸的脚印,他们不曾为自己的初恋塑造一个憨态可掬的偶像——那被世世代代的青春热爱着的雪人,他们是无缘见上一面了。没有诗意的浪漫和铺垫,没有白雪的映照和见证,初恋,昨天下午刚刚开始的初恋,今天上午很快就进入了灰色的、平铺直叙的婚姻程序。

寂寞的是诗人,他们的语言是如此干枯,小雪这一天没有一片雪,大雪这一天没有一片雪,去年没有一片雪,今年没有一片雪。他们在内心刮起一次次风暴,他们在纸上制造了一场又一场落雪。然而,诗之外,无雪;雪之外,无诗。他们的所谓雪,不过是对雪的缅怀；他们的所谓诗，不过是对诗的悼念。一个无雪的世界，是失去贞操的世界，是失去诗意的世界。雪死了，诗死了，如今的所谓诗，只是写给诗的悼词。

寂寞的是那个在灰的路上散步的人，可以断定他的路上不会有奇迹出现，不会有奇遇出现，他不可能与诗邂逅，不可能与他期待的某个梦一样的情节邂逅。他的不远处，一只狗也在散步，他看见狗的时候，狗也看见了他。那狗看了他一眼，无趣地走开了；他看了狗一眼，也无趣地走开了。他们都没有从对方身上看见冬天的生动景象，他们都没有经历过脱胎换骨的严寒的洗礼，他们都用灰色的外套包裹着灰色的陈旧的灵魂。他们都不能用自己身上的纯粹光芒照亮对方的眼睛和心。他们只能用大致相同的灰色款待对方，实际上是冷落对方。他们互相让对方失望。于是他们急忙走开，继续在灰的路上丈量寂寞的长度。

寂寞的是那些深陷于往事的老人，他蜷缩在记忆的棉袄里，偶尔抬起头看看近处和远处，又很快收回目光，除了镜子里自己的白发，这个冬天没有别的白色，唤起他对于往昔的纯洁回忆。而多年前结识的那个无忧无虑的白雪的恋人，早已死去，他只能在某片云上想象那纯真的面容。

寂寞的是那位正在赶路的中年人，他从许多年前那个无雪的冬天起程，穿越许多荒滩和市井，走过许多平淡无味的大路和坦途，他一点也不羡慕一路顺风直奔目的地的所谓成功者，那样的成功太没有意思了。他实在渴望在某个早晨醒来，忽然发现：大雪已经封山！世界变成一封密封的信，尚无人拆阅，就等他拆阅。他在大雪里行走，就像在一个巨大秘密里行走，他也变成了秘密中的一个秘密。他多么希望在这白茫茫里迷一次路，就那么走了很长很长的路，却发现又走回起点，从洁白出发，又走回洁白，这样的迷路该是多么美好？然而，如今想迷一次路都已成了奢望，起点和终点都被提前确定，程序和步骤都一目了然。但是，他仍然在心里酿造云酿造雾,最终想酿造一场雪,让大雪封山的壮丽困境出现在人生的中途,在被白雪封存的宇宙里,他迷失,是在纯洁里迷失;他徘徊,是在纯洁里徘徊;他跌倒,是在纯洁里跌倒;他晕眩,是在纯洁里晕眩。总之,在这壮丽的困境里,无论怎样的遭遇都是心灵乐意接受的。于是,他在寂寞单调的长旅,期待着一场大雪。

寂寞的是那放风筝的人,他抛出长长的线,试图派遣风筝在朦胧的远空搜索一点什么东西,结果除了收集了大量的尘埃,别的一无所获。当风筝从天上一头栽下来,像升空失败不得不迫降的宇航员一样委屈地匍倒在他的面前,他和它都无话可说。他缓缓收起了线,冬天貌似有着长长的线索,连接着无穷的悬念,其实,悬念都是你的自作多情,那线索后面实则空空荡荡,没有什么。

寂寞的是那个牧师,他用嘶哑的嗓子反复祈祷的天堂始终不肯出现,他越来越难以找到形象的比喻来诠释纯真的教义,如今很少有自天而降的雪花款款飘上经文的关键段落,以加强神圣的感染力。世界的圣洁是由伟大的白雪塑造的,灵魂的圣洁是由伟大的信仰塑造的。白雪死了,世界何以重现圣洁?信仰死了,灵魂何以重归圣洁?我在那个灰蒙蒙的礼拜日,穿过满街的叫卖声和垃圾堆,走进灰蒙蒙的教堂,恰好遇见那牧师,我感觉这里的神圣感已所剩不多,唯一令我感到神圣的,是牧师头上那稀疏的白发。

寂寞的是那个沉思的人,他的思绪时而深达海底,与鱼鳖同游;时而高接苍冥,与天神共舞。然而他无力设计一缕风,无力改变一片云,无力制造一片雪,无力从错别字和病句拼凑的畅销书里打捞出真理的身影,无力使那憔悴的远山出现一抹灵感的白光。他深陷于对自己的绝望里,如同海,深陷于自己的苦涩里,而那深夜出海的船,却把这苦闷的海看作辽阔的希望,海,于是陷入更深的寂寞和忧郁。

寂寞的是那个哲学家,他的哲学除了拯救这一页页无所事事的白纸,其实连他自己也不能拯救。在这个世界上,没有比乌鸦更深刻的哲学家了,在白雪飘飘的年代,乌鸦曾经发出不祥的预言。然而最终不得不告别一再误解它们的人类,转身失踪于黑夜。没有先知的提醒,没有圣者的感召,没有纠偏的声音,没有校正的语法,世界在纸醉金迷、自娱自乐里疯狂堕落。没有乌鸦的世界,其实是没有哲学的世界。现在,哲学家面对着没有哲学也不需要哲学的世界,他忽然想起了乌鸦在雪野鸣叫的古典时光。只有白雪与乌鸦能拯救世界——他忽然想到;然而,怎样唤回乌鸦,又怎样复活白雪?他在他的哲学里迷茫了,也许,他必须经历漫长的迷茫,才能真正走进哲学,才能找到失踪的乌鸦和白雪。

寂寞的是那位气象学家,他不能原谅自己,怎么看着看着,就眼睁睁看丢了两个古老的节令——小雪与大雪?他不能原谅自己,看了一辈子的气象,除了令人沮丧的恶劣气象越来越多,怎么竟然再也看不见那伟大的气象,纷纷扬扬的雪的气象?那壮丽的气象究竟躲到哪里去了?

寂寞的是我,我站在童年曾经走过的小路上,忆想着:很久以前,在白茫茫的原野,一个移动的影子,一点点大起来,终于看见了那蓝头巾,终于看见了那冒着热气的通红的脸,终于看见了——从雪的远方朝我走来的母亲,仿佛从天国走来的母亲……

雪天,有所思

推开门,猛地发现:雪,已在门口等候我一夜了。

这些从天上远道而来的客人,他们安静、礼貌地坐在门外地上,绝不随便敲打或贸然闯入任何一扇尘世的门。

我一抬脚,就进入了天国。

忽然懂得:什么是天国?纯洁,就是天国。此时,天国就是我家这个洁白小院。天国其实是离我们最近的地方。没有被污染的纯真的心,去除了污泥浊水而回归本色的生活,就是我们在人间能够看到的天国。

抬眼望,无边的洁白,无边的辽远,无边的清澈。

什么是大手笔?这才是大手笔:不声张,不造势,大动若静,悄无声息,就用那简洁的白,重整分裂的乾坤,化合混乱的阴阳,让天地万物归于单纯、圆融和透明。

饱经沧桑的老人和牙牙学语的孩子,睁开眼睛,都看到了世界的第一个早晨。

如同一个老谋深算尘埃满身的人也曾有过天真无邪的童年,世界定然也有过天真无邪的童年。

苍天为什么下雪?

苍天造了世界,曾经是干净的、单纯的,后来,渐渐就脏了、浑浊了,世界健忘,以为自己本来就脏,就浑浊,对自己的不洁和罪恶渐渐习以为常了。

于是,苍天就年年下雪,用洁白的语言,透明的诗篇,为世界上课,提示他找回丢失的记忆,复习单纯的灵魂,重温无邪的童年。

下雪的日子,其实是世界复习的日子,忏悔的日子,扪心自问的日子,良心发现的日子。

如今,苍天为什么不下雪,或很少下雪?

那是苍天被迫停课。

世界迷乱而疯狂,纵欲而嚣张,折腾得苍天竟然无法找到一个空旷的幽谷,无法找到一个诗意笼罩的云层,无法找到一个寂静的黑夜,无法找到必需的教材——比如雪,那是自古以来,心灵课程必用的经典教案。

苍天只好停课。

停课了,屡教不改、恶习太多的世界,正好在污浊浊水里胡搅蛮缠,在乌烟瘴气里沉迷堕落。

不下雪的日子——不上课的日子,世界把自己弄得越来越脏,很多人已经不知道世上还有"洁白"两个字。

苍天实在看不下去了。

终于下雪了。苍天终于复课了。

多少年了,好不容易赶上这一课。

苍天,又为世界上课,又为我们讲课。

他用纯洁、古老的语言,静静地告诉我们什么是纯洁。

他指着高接星辰的巍峨雪山,告诉我们什么是崇高。

他指着铺向天边的纯净雪原,告诉我们什么是坦荡。

纯洁、崇高、坦荡,在人间已经是冷僻的字眼了。所以,苍天特意用大篇幅书写,并用直观教学的方式,详细讲解。

他用白,静静地告诉我们,什么是世界的本真。

他用洁,静静地告诉我们,什么是心灵的本色。

静静地,静静地,静静地……

雪落无声,雪地寂静。世界在静静地回忆,静静地忏悔,静静地净化,静静地修身养性。

让我们在雪的课堂里,静静地,让自己变白,变远,变得透明……

在唐古拉雪山下饮酒

山下是盛夏七月,山上静卧着千年的雪。
我举杯,雪山的一峰侧影投进杯里。
它的凛冽,制止了杯中漫溢的时代泡沫。
我沸腾的杯子因之沉静。

我忽然明白我此时面对的是怎样的饮者。

在短促的活着的时光里,我总是想象着永恒。
总想使自己的卑微存在与永恒发生一点联系。
连雄鸡的鸣叫都不只仅仅提醒自己起来吃食。
一只雄鸡也在为宇宙服役,为时间值勤。何况生而为人。

我终于明白我此时面对的是怎样的饮者。

在琐碎的日子里,我总是惦念着崇高。
尽力使心中的血液不只为自私的身体循环。
希望密集的血管有一部分能延伸到渺小的自我之外。
延伸到渺小的时代之外,甚至延伸到渺小的地球之外。

我忽然明白我此时面对的是怎样的饮者。

雪仍在下。虽然一个高烧的星球仍在升温。
仍在癫狂中胡言乱语。但是在高寒地带,最初的雪仍下着。
它努力追忆着史前智慧。它提炼着自己,也提炼着周围的天空。
从饱和的俗世烟雾之外,我看见生命高处的无限深蓝。
那些我们遗忘了的星子也被它一点点擦拭,渐渐锃亮。

我终于明白我此时面对的是怎样的饮者。

我没有饮一滴酒,但是我已经醉了。
四周肃立着从远古走来的永恒圣者。
不用碰杯,雪峰的侧影静静地投于杯子。
永恒在凝视我,永恒在与我共饮。此时,这浅浅的杯子深不可测。
一种比生命更深刻的激情在杯子里汹涌。

我是如此虔敬地长久凝视着这永恒的饮者。

远山的雪

从灰蒙蒙的日子里抬起头。

我看见远处山巅上那尚未融化的积雪,闪着宁静的白光。

我有点惊喜,也有点欣慰,好像看见了世上曾经有过的赤子之心。

总是在离天空最近的地方,保持着一点洁白和干净,这使仰望成为必要。

低下头来,总是看见垃圾、泡沫、陷阱和痰迹。

总是看见那么多影子互相踩踏和伤害。

甚至,我的影子也曾经在混乱的强光里忽然站立起来朝我狂吠,与我扭打、撕咬。我被我的影子按倒在地上,我被它撕咬得浑身是伤;这时,我看见我的四周全是与自己的影子扭打、撕咬的人,当然他们本身也互相扭打、撕咬,影子们也互相扭打、撕咬。

这时候我发现这世界原来是一个摔跤、搏斗的现场。

我从伤口里爬出来,站起,喘息,立定。我抬起眼睛。

当我仰望,我看见了那久违的纯洁,我竟有点晕眩。

一个长年关在囚室里的人看见了自由的微笑。

一个躺在病历上的人看见了远方那颗健康、明朗的心灵。

一个深陷在婚姻泥沼里的人看见了单纯的初恋。

一个掩埋在商业灰色数字里的人记起了多年前背诵过的一

首诗。

一个为屠夫提供刀具的人看见了他童年塑造的善良雪人,正站在高高的山顶寻找他、辨认他。

…………

我长久地凝望。

我情愿相信这是上苍对我实施的一种营救。

他提示我:在浑浊的河流里,虽然你很难找到清澈的倒影,但在泡沫之外,灰色之外,你是否发现还有别的颜色?

他询问我:你终生营营,即使为自己打造一个黄金的棺材,除了盛进虚无,又有什么?你与永恒是否建立了内在的关系?永恒也许死了,但更有可能永恒还活着,永恒还永恒着,死去的只是遗忘永恒的人。那么,就抬起头,看看,是否在某个孤寂的峰顶,还闪烁着从远古流传下来的纯真,你是否看见那自天而降又固执地举向天空的心灵烛火?

他叮嘱我:为什么要彻底匍匐在尘埃里,与尘埃一同呼啸和疯狂,最终也变成带毒的尘埃?目光上移,在庙宇的遗址,在星子们静静出现的地方,是否还保存着信仰的踪迹?保存着古典的灵光?

我长久地凝望,凝望。

雪,在高处静静地提炼自己,提炼天空的一角蔚蓝。

我静静地被它提炼。

然而,我忽然有点恐惧:要是它彻底融化、消失了呢?

仰望雪峰

远处那一抹雪峰,孤立于灰黑群山之中,它白得有些突兀,有些炫目。在一大堆世故的石头里,它坚持着一种古老的纯真,它显得单薄而危险,仿佛一出生就落进不怀好意的包围。

它的存在,使四周的暗更暗,黑更黑,黄更黄,灰更灰,它并没有着意反衬它们,它自动地形成一种对比效果,使事物显出它们本来的样子,不再暧昧而中庸。白就是白,而不是别的——在如此坦白的形象面前,别的颜色也只能显出真身,从混沌的色海里暴露出自己。

我在早晨凝望了它很久。

我不愿意一天的日子从灰蒙蒙、黏糊糊里开始,从警笛声里、从麻将的铿锵里、从诈骗短信里、从灵魂破产的消息里、从凶杀传闻里、从洗发液翻腾不息的广告里……开始,我想让生活有一个明亮的开头。

所以我就寻找我一天的序言,寻找生活的开头——我终于看到了,远处群山里,那一抹白的雪峰。

我认定,那是神写给我日子的序言。

于是我凝望,至少凝望了十五分钟之久。我想把这序言、把一天的开头延长一些,把洁白延伸进一天的每个细节。

在我凝望的时候,它周围的天空也渐渐蓝了,而且终于现出那纯净的天蓝,而别的地方的天,就显得灰暗多了。我觉得伟大的天空也有谦卑的时候——在纯洁面前,在不多的雪面前,天,它被打动,被唤醒,它接受凛冽、贞洁的注视对它的提炼,它看见了自己的本真,它找回了自己险些遗忘了的天蓝。它就用那片天蓝,守着这一峰纯白,此时,我在雪峰之上,看见了无限的深蓝,好像看见了一颗神圣的心灵。

几只鸟的影子,从雪峰旁边划过,有更多鸟的影子,从雪峰旁边划过。在黝黑、天蓝与雪白之间,它们往返着,像往返于尘世与净界,不停地要从高处带回别的消息。这时候的鸟,像极了传说中的天使。

凝望之后,我开始了一天的生活。

有那动人的洁白垫底,即使我走进再黑的舞台,我也不会甘当黑暗的配角,与黑暗打成一片,我的心里始终有一句明亮的提醒。即使我不幸跌入沼泽,我也不会就此覆没,在温暖的污泥里幸福地腐烂,我知道即使所有的石头都风化了,坍塌了,万仞之上,晦暗的丛林之上,有一颗灵魂依旧在高处静静地提炼自己。它使我相信:天空依然是灵魂的方向,"天空的存在,使我们永恒地追求高度"(我年轻时的诗句)。

凝望之后,我正式走进一天的日历。

我把这明亮的开头,这纯真的序言,带进生活的正文。

当然,同时带进来的,还有那种寒意和孤寂……

今天下雪

  该白的地方都白了。
  一夜工夫,世界已用白玉重新铸成。
  今天没有乌鸦。所有的鸟都变成了白天鹅。
  远山高举着白蜡烛,迎迓天国的盛大降临。
  今天没有坟墓,只有记忆的弧线无声隆起,被思念缓缓抬升。
  今天没有忧伤,往昔的泪水全都被苍穹提炼成水晶。
  今天没有死亡,只有心灵的回归,只有纷纷扬扬的诞生。
  今天没有穷人,即使一无所有的人,也有了遍地的纯银。
  今天所有的房子都换上了天堂的屋顶。
  今天没有阿谀的语言,没有诅咒的语言,没有阴暗的语言。今天的语言十分干净和纯粹,今天的语言宜于写诗,抄经,祝福,或写情书。
  今天无战事。最大的战争是孩子们在打雪仗,那是美好向美好靠拢、纯真向纯真投诚。
  今天会出现许多雪人,他们是从世界之外到来的人,是从古代返回的人,是我们隔世的祖先,是古时候的孩子,他们是来看望我们,辨认我们的。带着对我们的惊讶和念想,一番殷殷托付和叮咛,然后,他们依依远行,返回苍穹。
  今天,世上没有恶人和俗人,我们都在白雪的教堂里,洗尘净心,修身养性,返璞归真。

今天,你沿着任何一个方向行走,都有可能遇到一位先知、圣人或诗人。

今天,尘世转身走远,圣殿已经落成。

今天,世界返回到第一个早晨。

我们都返回到生命的第一个早晨。

残　雪

我有点可怜我的女儿,从她出生到现在,将近八年了,她几乎没有见过一场像样的雪。

要么是零星几片,略示关照,也算是老天爷的一个冬天的工作报告:我手头就这么一点儿白色产品。

稍好一些的,也就那么薄薄的敷一层,且是东一小片,西一小块,像是为长久的焦灼等待而憔悴而疼痛的大地敷的镇痛药粉。

更糟的,是索性就没有一粒雪。老天爷"罢雪"了。庞大的老天,漫长的冬天,竟没有能力从灰蒙蒙的云雾里提炼一点白雪了?

山,瘦瘦黑黑,像一群蹲在天边的乞丐,乞讨了一个冬季,竟是两手空空,除了三五只乌鸦从天上落下一些黑影,高处,再没有别的消息降临。河水也流得恓惶,像祖父暮年的老泪,不大能酿造激荡心魂的波涛,更载不起诗人想象的船队,给它几只小纸船,它似乎也无力推送,它流量太小,却又容纳着太多的污秽。它的上游没有积雪,没有深厚的源头,如同一个人的早年没有读书,没有充分的心智启蒙和精神积淀,生命,没有了可以依凭的丰沛精神资源,怎么可能酿成日后的洪波大澜?

一个又一个冬天,孩子们等待着,然后失望;又等待着,然后又失望。

天上,没有白色的奇迹降临。

我的女儿从书里读到打雪仗、堆雪人的故事,如今,她只能望着奶奶头顶的白发,想象大雪纷扬的情景,构思她手下的雪人是什么样子,并且想象:那个迟迟不能见面的雪人,是不是也在想念她?

我同情孩子们,没有盛大的雪国景象召唤他们的想象力,没有冰清玉洁的记忆雕塑他们的心灵,没有纯真浪漫的大自然的语言与他们交谈,过早地结束了幻想的年华,过早地认同了这没有诗意没有被白色净化的灰色空间,这是人生的大遗憾。一个人,如果不曾被白雪覆盖和感动,就很难理解什么是圣洁,什么是纯粹,日后,他的内心里也不大容易生长出葱茏的植被和茂盛的森林。

我也同情我自己,同情现今的文人诗人,我们在一个诗意日渐稀少的世上惨淡经营,以寻找和维持我们渴望逗留的诗意世界。我们是稿纸上的英雄好汉,我们策动语言的大军与生存的黑暗战斗,用语言修筑一座座纸上城堡,以寄存受伤的心灵和我们不愿放弃的精神乌托邦。从稿纸上走出来,我们发现自己并没有改变什么,包括这倾斜的书桌,包括那注定要被车轮碾碎的横穿公路的青蛙。风,一次次改变云的形状,我们并不能让那座迟迟落成的虹桥在天上多坚持一分钟。走出门,除了看见石头越来越狰狞,并没有多余的瀑布浇灌自己那干枯的笔。除了崛起的水泥楼群、崛起的欲望,我们没有发现那引领我们上升的"永恒女性"。我们不愿在黑色幽默的池塘里永久地浸泡,我们不愿在灰色忧愤的沼泽里永久地下沉,于是我们把目光投向高处,期待白雪从天国大规模降落,期待白天鹅披着古典羽衣从远方降落,让大地脱胎换骨变得洁白,让生命脱胎换骨变得可爱。没有,依旧没有。零零星星的一点残雪,就足够我们狂喜半日。美感的资源日渐稀少,诗意的物象仍在凋零。我们把笔伸向内心深处,挖掘远古的冰山和记忆的雪莲。天下的稿纸铺展开来,能覆盖半个地球,也算是茫茫雪原了,可惜,它除了易燃,能引起火灾,它并不能给炎热的季节一点寒意,给险些断流的大河提供一个清洁的源头。再白的纸,也不是雪,除非我们燥热的灵魂,有了一个神圣的"立冬",这纯洁到冰冷的节令,能酿造生命应有的纯真广袤的动人景象,接着是"小雪",接着是"大雪",在生命的雪原上散步,我们渐渐远离那个套在尺寸里和衣服里的自己,我们深入到宽广无垠的自己,一如一片雪融入到无限的雪中。

　　残雪,是大自然残损的迹象。

　　残雪,也是心灵残损的迹象。

　　让大自然和心灵,都恢复造雪能力吧。

　　那是自我修复、自我净化的能力。

　　那是在物质的世界上开辟精神世界的能力。

　　那是在充满缺憾、疼痛和污秽的大地上,守护爱、宁静、清洁,守护母亲尊严的身体。

　　大雪,还会降临的,既然孩子们纯洁的小手还没有被别的东西占据,他们虔诚地把掌心捧给天空,渴望被洁白淹没。

　　既然我们仍然崇拜雪,岁月的大气层仍然没有放弃对白色的酿造,手中的条条江河仍然渴望托起帆影,推出雪浪——

　　大雪,还会降临的。

雪 的 记 忆

一

小时候,到了冬天,就知道天快要下雪了。果然就下雪了。"小雪"的时候,有时下小雪,有时也下大雪;日历翻到"大雪"节令,大雪,真的就飞扬起来了。我们惊异我们的先人是怎样精确知晓了天时和天意?我们想象他们有着通天的智慧。常常是在我们熟睡了一夜,醒来,一听,鸡在叫鸣,旧报纸糊的窗子亮得有些异常,记起往年这时候也是这样,啊,肯定的,有好事,是天大的好事,雪白的好事,在门外等着呢。胡乱穿上衣服,也顾不得扣扣子,鞋子左右不分急匆匆蹬在脚上,一边系裤带一边往外跑,推开门,啊,哈哈,老院子、老邻居、老村庄、老磨房、老田野、老墓地、老石桥、老山河,突然都不见了,白雪,趁我们熟睡的时候,把我们熟悉的村庄原野山河悄悄给搬走了,小心地藏起来了,白雪,已经在大地上为我们建成了洁白的天堂。

如果此时,有几个神仙模样的身影在白雪的穹窿下隐约闪现,或迎面走来,这不是天堂还会是什么呢?

二

果然,我看到神仙了,他一身蓝衣正被雪花染白,上苍正在给他换穿天堂的衣裳。他出现在白茫茫原野上,在我们李家营村的东头,漾河岸边,在那片白里透绿的菜地上,他俯下身子正在做着什么,在无边无际的茫茫白雪里,他的身影真的就是一个神迹,一个仙影。我看见那神仙俯下身子,竟也是人俯下身的样子,那么谦卑、质朴和诚恳。他从天上来,带着神性和神秘,又有着土地的形貌和温情的动作。啊,我多么幸运,大雪天一早出门,我就遇到了天堂里第一位可亲的神仙。

走近了,我终于看见他了,他就是我早起的父亲,正在为过冬的芹菜和大葱壅土保温。

这么多年过去了,我还记得那个白雪的清晨,记得雪野里的那片菜地,记得那次"仙遇",我还固执着基于那次"仙遇"而形成的我对"神"与"仙"的理解:那些在纯真的土地上、在大自然的怀抱里,虔诚劳作、付出的人,为真理和信仰苦苦追寻和思想的人,历经沧桑而仍然保持心灵纯洁的人,就是我们在短暂的此生所能遇见的真神真仙,他们是在大地的教堂里因爱成神,在白雪的叮咛里得道成仙。

三

与小伙伴踩着雪疯跑,听脚下的雪发出吱吱的声音,不知是鞋遇到雪高兴呢,还是雪碰到鞋惊慌呢,那吱吱的声音是清脆的,又有一点突兀的忧伤。当时并未觉得这声音有什么特别,也不怎么留意,照旧跑啊,跳啊,喊啊,嘴里胡乱哼着一些歌曲,跑到河边的沙滩上,那里是一片广阔绵长的雪原,于是我们开始打雪仗。雪弹纷飞着,冲杀声凌厉着,却没有对阵的敌方,那飞射穿梭的"弹药",不具备任何杀伤力,不制造任何伤痕,我们弹无虚发,命中的都是快乐的正前方——最后,每一个参战者缴获的,都是一份纯洁的雪的馈赠。

多年之后,我仍然怀念那一个个冬天,怀念那一场场大雪,怀念那一次次纯洁的"战争",那是世上最温柔、美好的战争。它不制造任何伤害和疼痛,而有关它的记忆,却常常用以抚慰后来的岁月带给我们的生命之伤。

四

在纷扬的大雪天里,在空旷莹洁的雪的原野上,我们成了造物者的替身,成了创世者的化身。女娲用黄泥造人,我们则用白雪"造人"。看啊,在白雪的旷野,一群纯真的孩子,在用他们对人的理解,用白雪的语言和想象,塑造着他们梦中的理想人类。此时,我们这些孩子,却都提前有了自己的"孩子",有了比我们还可爱、还天真、还顽皮的孩子。甚至大人在我们手下,也变成了和我们一样的孩子:父亲成了我们的兄弟,妈妈成了我们的姐妹,早已远去的外婆也返回来了,重新来到我们面前,重新成了我们慈祥的外婆。我们想要他们是什么样子,就把他们塑造成什么样子。我们需要谁的爱和友谊,就把他(她)请来,让他们以纯洁的、憨厚的雪的形象出现在我们中间。他们一个个都孕育于我们心中,诞生和成形于我们手中。我们按照内心的原型,按照白雪的暗示,用纯洁透明的语言,重新塑造着人的形象,重新安排着人的世界。死去多年的那些我们无缘相遇的好人都活了过来,尚未出生的那些未来的人提前来到我们身边。地上的人、天上的神和传说中的仙,都来到我们中间。在清澈无垠的苍穹下,在恍如世界第一天的白雪的清晨,我们与他们、与那么多可爱的形象邂逅相聚。我们是在地上,又分明是在天上,度过了一个很像是神的节日的人的节日,童年的节日,心灵的节日。

太阳慢慢升到头顶,雪开始化,那些从我们心中和手中诞生的孩子,那些纯真的人的形象,渐渐瘦了,化了,终于全都不见了。和我们一起塑雪人也塑得最好看的我那多情的小堂姐,竟悄悄地流下眼泪。我们觉得对不起他们,是我们邀请他们来到我们中间,却又不得不目送他们渐渐走失。我们无法挽留住他们。这时候,我们简单的心里,隐隐泛起离别的忧伤……

对一次雪崩的想象

一

我已失踪。我在发烧的季节之外。我在人世之外。

与时代激烈摩擦之后,我从烫金的日历里转身,从燥热的洼地出走。

我的不合时宜的反方向运动,招来幸福的金丝鸟们的一致斜视,它们从豪华笼子里抛出一阵阵哄笑;那些成功的豪杰们,一边在别墅里优雅地剔牙,一边望着那个失败的背影,幽默地提炼着黄金世界的普世格言。

是的,他们有足够的资格嘲笑我,但是,我也可以嘲笑他们的嘲笑。虽然,谁都不可能笑在最后,唯一能笑在最后的,是那不苟言笑、表情严肃的时间。

我一直怀疑,那么多人仰望、环绕并争相攀爬的那座"神山",很可能是欲望和垃圾堆积的假山。

在垃圾堆积的假山上能看见心灵的白雪和日出吗?

欲望的梯子,也许是向下的,梯子的尽头,是荒凉的废墟。

我分明看见,人们正在通过所谓黄金的凯旋门,抵达精神的废墟。

为此,我转身,朝相反的方向出走,朝另一片天空进行灵魂的深呼吸。

在一片漠然和轻薄的冷笑里,我头也不回地走了。

二

背对时代,面朝时间,我一步步离开那个不是自己的自己;朝上,一步步接近,那个在远方等待和呼唤的自己。

背对时代,面朝时间,我一步步离开那个用黄金与污秽堆积的荒原,我一点点剥离自己、洗刷自己、告别自己,我一点点打听自己、找寻自己、回收自己。

终于,在远处,我看见了久已不见的照彻暗夜的白光,看见了仍在向宇宙深处跋涉的精神巨人。

接着,我看见白天鹅的羽毛纷纷扬扬,我感到灵魂正在大面积降临,心灵的节日,心灵的白雪,正在大面积降临。

凛冽的风迎面吹来,梦中的天国景象渐渐呈现。

天宇敞开,圣歌响起,烛光燃亮。

终于,我看见了世界的初雪。

我看见了神圣的雪山。

于是,我开始攀登。

对神圣雪山的攀登,就是攀登另一个更清澈、更崇高的自己。

三

攀登途中,我一次次问自己:如果不幸遭遇了雪崩,你是否后悔莫及?你是否接受这白色的葬礼?被纯洁、凛冽的白雪窒息并深深掩埋,在高处死去,并且死的如此干净,比起在享乐的池塘里醉生梦死、腐烂发臭,你是否觉得死在这里是一种至上幸福?(那一刻,苍鹰开始在山巅盘旋,风在呜咽,无边的蔚蓝,将那折叠的灵魂展开,展开,展开成无边的蔚蓝)。

你想好了吗,你做好准备了吗?

四

如果你走在我的前面,恰好遭遇了雪的暴动,凶猛、冰冷的拳头,密集地砸向你,我却无法挺身而上,去制止暴虐的死神。

隔着不远的距离,我目瞪口呆,像在观看灾难大片,被那逼真的艺术效果震惊。

隔着不远的距离,我只能恐怖地看着你恐怖地消失。

在命运的终极暴力面前,我们的智力于瞬间全部瓦解,我们的感情于瞬间全都凝固,凝固成绝望的悲情。

五

几只山羊,结伴在高处觅食。人类已洗劫了山下的最后一片绿叶,它们只好向天空逃亡,在高海拔的命运里,寻找稀薄的口粮。

它们不知道,它们一寸寸接近的,却是死神的冷笑。

它们很快消失了。

几粒缓缓移动的雪花,几颗温热的小小心脏,消失于庞大漠然的雪的坟茔。

远远地,我们目睹了白色对白色的吞噬,我们低头哀悼,同时对这洁白的葬仪,生出几分尊敬——

比起被豢养在人类的笼子里,被奴役,被宰杀,作为食物被吃掉,最终从文明的下水道排出,它们如此干净体面地死去,安息于白色的宫殿,这很可能出自上苍对弱者的怜悯和补偿。

六

以上种种情景都没有发生。

恰恰是我独自从这里攀缘,与时代的囚笼背道而驰,向远古和源头进发,在人迹罕至的高寒地带,孤独地寻找那静静燃烧的古老烛光。

终于,我看见了矗入苍穹的雪峰,我看见了从宇宙深处走来的精神的巨神,我看见了灵魂的真正形象——

他从无限和永恒里找到了充沛的乳汁,一点点喂养自己,一点点升华自己,一点点建筑自己,直到把大量的寒冷、大量的蔚蓝、大量的洁白、大量的疼痛、大量的绝望,以及从绝望里提炼的类似希望的东西,以及鹰的骸骨、流星的泪雨、一部分来历不明的陨石所造成的深度创伤,都收藏在自己身上。

群星合唱的天宇下,静静站立着一个浑身是伤却通体洁白的赤子,静静站立着一个聆听的赤子。

当时间发烫,命运迅速转暗,陆地沉沦,他将为这溃败的世界,保存最后一点古典的寒意和与生俱来的纯真;他固守的高度,使不断下陷的地质学,保留了关于陆地仍在上升的确凿记载。

一再被虚无和荒诞打断思考的哲学家,从概念的废墟里抬起头来,终于从远方白雪的反光,看见了宇宙的隐喻和启示,死去的哲学终于渐渐苏醒,重新开始了对思想的思想,开始了对于"意义"的思辨和认领。

沮丧的神学家,从那固执的身影,从那巍峨于神学之外的圣山上,看到了神的光辉和暗示,找到了摇摇欲坠的教堂将要倒塌却一直没有倒塌的原因,从而加固了一度动摇的心灵,加固了对信仰的确信。

不断惨遭虚无和颓废打击的诗人,从他不朽的意象,从他高洁的襟怀,获得了心灵的深刻安慰。他的存在足以证明:诗不是一种自恋、矫情和修辞,诗是黑暗中的篝火,是在物质的荒原上寻找神走失的踪迹,是速朽的生命里,那被永恒召唤和提炼的颤栗的瞬间。

……

缓缓地,艰难地,我正一点点靠近,那被星光与雪光笼罩着的,透明宁静的峰顶。

突然,天空坍塌,庙宇坍塌,命运坍塌。

一阵轰然巨响里,我,骤然消失。

七

远远地,山下的你们久久垂泪注目,一次次为我叹息。

但请不要哀怜我。

被人哀怜,既不是我活着的初衷,也不该是我死后的结果。

一个崇拜白雪的人,被白雪挽留和收藏,他去了最干净的去处。

在雪峰之外、雪线以下,我实在想不起,还有哪里没有被践踏和污染;我实在想不起,还有哪里比这里干净。

也请不要挖掘我的遗体,就让我留在海拔高处,成为雪山的一部分。

当世界向欲望的深海、向黑暗的地狱持续下沉,请回过头来,向这里眺望,它是否看到:那充满寓意的神圣峰顶,那指向天空永不收回的手势,那足以为一切时代送终,足以阅尽所有身影,而总是坚持着高举烛火的坚贞身影?

静下来,听听,永恒在低语什么。

八

若干世纪后,当冰雪消融,考古学家在接近峰顶的地方发现了一具一万年前的古尸。

那个遥远时代的一切:王朝、国家、权力、桂冠、财富、功名、庙堂,那曾经显赫的一切、不可一世的一切,芸芸众生趋之若鹜的一切,早已灰飞烟灭,连人的一星磷火都没有留下。只在断简残碑里,在锈蚀的光碟里,在坏死的电脑里,留下令人费解的只言片语和蛛丝马迹。

因此,围着我的完整骸骨,他们如获至宝,我成了他们了解古代社会仅存的化石和证据。

他们考证出我的身高、骨骼、营养、血型、种族、脑容量、基因等生理特征,猜想我的死因很可能是为了争夺那个年度的登山冠军尤其是那笔巨额奖金,在即将接近顶峰的时候,突然遭遇雪崩不幸遇难。

他们推论的理由如下——

因为那是一个追名逐利、疯狂拜金、贪得无厌、浅薄嚣张的物质主义时代,此人也未能幸免那个年代共有的人性缺陷,为了名利金钱竟然不惜以命相搏。

不过,那场雪崩深埋了他,保留了那个时代仅有的人体标本和人格化石,这是我们要感谢他的。

——他们这样评价我这个渺小标本的巨大考古价值,算是给了我一点体面。

九

我想站起来反驳:是的,你们说的大致不错,但在一万年前那个古老的躁动的蒙昧时代,在渺小的名利之外,在物质的囚笼之外,难道就没有别的东西存在吗?

我希望你们不要仅仅用物质主义眼光打量我,是的,极度的物质主义,这恰恰是被你们——我的亲爱的后人,所诟病的我所生活的那个古老蒙昧时代的致命病灶。我请求你们,透过冰冷的骨骸,也考证一下我的灵魂。

是的,是灵魂。我的渺小的躯壳里,曾经居住着并不渺小的灵魂。

我生前不只为你们现在正打量着的这一堆注定要寂灭的骨架和碳水化合物而活着,而蝇营狗苟,而争名夺利,而喧哗嚣张。我也为灵魂而活着。那环绕于我的身心内外的无限广袤的宇宙,曾持久地迷醉和召唤我的灵魂;无垠的空间,永恒的时间,深邃的星空,沸腾的人世,曾经潮水一样奔流于我的内心,并灌溉了我的内心。

我的灵魂是那么渴望与永恒同在,那么渴望成为永恒的替身,成为永恒的回声。

我曾向那不幸惨遭命运打击的弱小事物和可怜生灵一次次流下同情的泪水,我曾向那呈现出精神之美和诗意之美的众多事物一次次献上发自内心的挚爱和赞美;即使匆忙走在路上,我也会随时停下来,向安静地开在路边的那朵小野花,献上问候并鞠躬致意……

仅仅从那冰冷的骨骸,你们能考证出这些吗?

我把骨骸丢在了这里,埋在了雪山的高处,据此你们得出的结论,却将我的灵魂降在了最低处。

我来到这么高的地方,竟不是为了灵魂的远行和飞翔,而是恰恰相反?

我请求你们,透过冰冷的骨骸,也考证一下我的灵魂。

但是,我站不起来,我无法开口说话。

我只能作为远古那个蒙昧的物质主义时代的愚蠢而可怜的标本,被展览、被围观、被解说、被猜测,接受好奇、误解、叹息和有限的同情。

我悲哀,在我被白雪掩埋一万年之后,这下我才真正死了。

十

但我仍然等待,总有一天,我们更优秀的后人,会用既犀利又宽容的智者的眼光,穿过物质主义迷雾,透过冰冷的骨骸,认识并体谅我所置身的那个时代,指出它的残缺和蒙昧,同时发掘那个冷漠的物质荒滩上沉埋的心灵宝石,这样,他们也许会考证出我那温暖清澈也难免有些孤独的灵魂。

他们会惊奇地发现,这是一颗一生都在膜拜白雪、向往崇高,一生都在挣脱奴役和锁链,一生都在应答上苍的呼唤,一生都在靠近永恒的灵魂。

这是一颗一生都在为永恒服役的灵魂。

那时,我将复活,我将开口说话。

我将对他们说出一切……

雪　界

一夜大雪重新创造了天地万物。世界变成了一座洁白的宫殿。乌鸦是白色的，狗是白色的，乌黑的煤也变成白色。坟墓也变成白色的，那隆起的一堆不再让人感到苍凉，倒是显得美丽而别具深意，那宁静的弧线，那微微仰起的姿势，让人感到土地有一种随时站起来的欲望，不断降临和加厚的积雪，使它远远看上去像一只盘卧的鸟，它正在梳理和壮大自己白色的翅膀，它随时会向某个神秘的方向飞去。

雪落在地上，落在石头上，落在树枝上，落在屋顶上，雪落在一切期待着的地方。雪在照料干燥的大地和我们干燥的生活。雪落遍了我们的视野。最后，雪落在雪上，雪仍在落，雪被它自己的白感动着陶醉着，雪落在自己的怀里，雪躺在自己的怀里睡着了。

走在雪里，我们不再说话，雪纷扬着天上的语言，传述着远古的语言。天上的雪也是地上的雪，天上地上已经没有了界限，我们是地上的人也是天上的神。唐朝的雪至今没有化，也永远都不会化，最厚的积雪在诗歌里保存着。落在手心里的雪化了，这使我想起了那世世代代流逝的爱情。真想到云端去看一看，这六角形的花是怎样被严寒催开的？她绽开的那一瞬是怎样的神态？她坠落的过程是垂直的还是倾斜的？从那么陡那么高的天空走下来，她晕眩吗，她恐惧吗？由水变成雾，由雾开成花，这死去活来的过程，这感人的奇迹！柔弱而伟大的精灵，走过漫漫天路，又来到滚滚红尘。落在我睫毛上的这一朵和另一朵以及许多，你们的前生是我的泪水吗？你们找到了我的眼睛，你们想返回我的眼睛。你们化了，变成了我的泪水，仍是我的泪水。除了诞生，没有什么曾经死去。精卫的海仍在为我们酿造盐，杯子里仍是李白的酒李白的月亮。河流一如既往地推动着古老的石头，在任何一个石头上都能找到和我们一样的手纹，去年或很早以前，收藏了你身影的那泓井水，又收藏了我的身影。抬起头来，每一朵雪都在向我空投你的消息，你在远方旷野上塑造的那个无名无姓的雪人，正是来世的我……我不敢望雪了，我望见的都是无家可归的纯洁灵魂。我闭起眼睛，坐在雪上，静静地听雪，静静地听我自己，雪围着我飘落，雪抬着我上升，我变成雪了，除了雪，再没有别的什么，宇宙变成了一朵白雪……

唯一不需要上帝的日子，是下雪的日子。天地是一座白色的教堂，白色供奉着白色，白色礼赞着白色。可以不需要拯救者，白色解放了所有沉沦的颜色。也不需要启示者，白色已启示和解答了一切，白色的语言叙述着心灵最庄严的感动。最高的山顶一律举着明亮的蜡烛，我隐隐看到山顶的远方还有更高的山顶，更高的山顶仍是雪，仍是我们攀缘不尽的伟大雪峰。没有上帝的日子，我看到了更多上帝的迹象。精神的眼睛看见的所有远方，都是神性的远方，它等待我们抵达，当我们抵达，才真正发现我们自己，于是我们再一次出发。

唯一不需要爱情的日子，是下雪的日子。有这么多白色的纱巾在向你飘，你不知道该珍藏哪一朵凌空而来的祝福。那么空灵的手势，那么柔软的语言，那么纯真的承诺。不顾天高路远飞来的爱，这使我想起古往今来那些水做的女儿们，全都是为了爱，从冥冥中走来又往冥冥中归去。她们来了，把低矮的茅屋改造成朴素的天堂，冷风嗖嗖的峡谷被柔情填满，变成宁静的走廊。她们走了，她们运行在海上，在波浪里叫着我们的名字和村庄的名字，她们漫游在云中,在高高的天空照看着我们的生活,她们是我们的大气层、雨水和雪。

唯一不需要写诗的日子,是下雪的日子。空中飘着的,地上铺展的全是纯粹的诗。树木的笔寂然举着,它想写诗,却被诗感动得不知诗为何物。于是静静站在雪里,站在诗里,好像在说:笔是多余的,在宇宙的纯诗面前,没有诗人,只有读诗的人;也没有读诗的人,只有诗;其实也没有诗,只有雪,只有无边无际的宁静,无边无际的纯真……

心中的月亮

　　在宇宙无穷的星海里,月亮是唯一向人类坦露的芳心。除此之外,再没有第二颗星球如此贴近我们的心灵。

　　月亮是人类的精神情人、心灵伴侣和诗意源泉,是人类的美育导师,数千年来,她孜孜不倦地对人类进行审美教育和心灵熏陶。

　　月亮陪伴我们劳心劳力,月亮同情我们受苦受难,月亮喜欢我们重情重义,月亮引领我们向善向美。

　　中国人的心里,都有一颗高洁的月亮,那是诗意的月亮,文化的月亮,亲情的月亮。

　　月亮塑造了中国人的文化和心灵。

——题记

一

　　在我们出现之前,月光已等待多年了。

　　当我来到世间,首先看见了母亲,接着就看见了月亮,月亮也看着我,我们彼此都感到相逢的惊讶和惊喜。在我们的一生里,被我们注视最多,也总是在注视我们的,就是这离我们不远不近的月亮。

月亮是我们永恒的邻居、朋友、知己和恋人。

我收到的第一封情书,是月亮投寄给我的,从方方正正的窗格递进来,方方正正地放在窗台上,静静地等我拆阅。

捧起,是月光,是读不完的深意。

此后多年,我一直保持着靠窗夜读、睡眠的习惯,我总能随时收到月光的素笺。

这是时光寄给我的情书。我一封封细心收阅和收藏着,却从来没有写一封回信。我不知道,这是否也是一种失礼和辜负?

虽然我心有不安,月亮却一笑了之,它照旧走着它的天路历程,照旧投递着一封封信件,放在窗口、路口,有时就放在我的心口。

月亮有着包容万有的胸襟。

是的,月亮是上苍向人类坦露的唯一的一颗芳心。试问,除了月亮,在宇宙无穷的星海里,你还能找到第二颗如此贴近我们心灵的天体吗?

这体现了上苍对人类的最大信任和期待。这颗高贵的、冰清玉洁的心,就交给你们了,人子啊,你的心,要与天上那颗心,同样的晶莹、皎洁,才对称、般配。

上苍完全可以不给人类配备这颗月亮。它若给你配备一颗昏暗的扫帚星(灾星)悬在头顶,你又把它怎样?

看来,在精神境界方面,上苍是有很高标准的,它安排给你一颗月亮,同时暗示你要有一颗清洁的心与之般配。上苍也讲究精神境界的门当户对。

昼有日神化育,夜有月神做伴。每当想到地球竟有这样一个美好的芳邻,每当想到我们短暂的一生竟有这样一位高洁的朋友,这是何等奇妙?我们何其有幸?自然之神别出心裁的设计,宇宙中这种不可思议的壮美秩序和充满精神暗示的物质结构,以及人在如此神奇的宇宙中所处的位置和所蕴含的真谛——我们越是往深里想,越是从内心深处涌出一种感叹、感念和感恩之情。

二

人类基本没有辜负上苍的苦心,没有辜负月亮的芳心。

从古以来,那些杰出诗人,可以说都是月亮的至情恋人,他们生来注定要和月亮发生一场感天动地的恋情。月亮向他们倾注了最丰盛的光华,他们也把最皎洁的情思献给了月亮。他们一夜夜在月光里漫游、浩叹和吟哦,他们一生都在月光里漫游、浩叹和吟哦。他们的笔一旦触到月光,就显得特别多情、温情和深情,无不诗思泉涌,佳句联翩,那些伟大优美的诗篇,就是他们写给月亮的情书。屈原、张若虚、李白、杜甫、李贺、李商隐、苏东坡、辛弃疾、张孝祥、柳永、李清照……都是月亮的忠实恋人,都把最优秀的诗篇留在月亮的记忆里,就如同把珍贵的钻石戒指戴在恋人的手指上。假若把写月亮的诗从文学史上抽掉,文学的天空、人类精神的天空就会顿时黯淡下来。

月亮是人类的精神情人和心灵伴侣,是引领我们上升的永恒女神。她不大在乎世俗的闺阁之乐和肌肤之亲,却始终和人类保持着柏拉图式的纯真恋情。她给予人的是心灵上的抚慰,是想象中的天堂的近距离显像和演示,是我们常常向往的那个更完美的彼岸世界的动人投影。她唤起的不是占有的冲动,她唤起的是我们内心里神性的冥思和诗性的遐思,是人对有限尘世之外的无限时空、无边幻象、无穷命运的无尽惊奇、遥想和敬畏,是人对短暂人生之外的永恒精神生命的崇拜和憧憬。这就极大地丰富了人的内心情怀,极大地净化、美化甚至圣化了人对宇宙万物的情感态度,使人在面对现象世界的时候,不仅仅只有实用主义态度,而且懂得以超越和敬仰的态度面对万事万物,懂得以空灵的情怀与天地精神往来,与万物进行深妙的心灵交流。

就这样,月亮将人的美感和想象提升到天空的深邃、广袤、崇高和超验的境界。月亮既是一个兼具了温婉之美(优美)和崇高之美(壮美)的审美意象,同时也是一个伟大的美育导师,数千年来,她孜孜不倦地对人类进行审美教育和心灵熏陶。凡有人的地方,都有月光在静静地跟随、诉说、感染和渗透;凡有月光的地方,都有被抚摸、被雕塑的人的身影,都有被照亮、被提炼或被融化的心灵,那多半是比平时更好更清澈的心灵——被月光洗礼了的人的心灵,更接近人本来应该有的心灵,那是有着神的属性的人的心灵,那是洗净了尘垢、变得至真至纯、感通万物的赤子之心、天地之心。

在如此美好的月光里,若是出现邪恶的阴影和污浊的灵魂,那就太不可思议了。人啊,你辜负了这么好的月光,你也辜负了你自己,你为什么就不能让你的灵魂里多一点月光呢?你为什么就不能变得可爱一些呢?

在月夜里,我们应该以手加额,对着天上的水晶宣誓:我们不是欲望的可怜囚徒和奴隶,我们是崇高精神的信仰者和朝圣者,只有皎洁的人心,才配面对月亮的芳心。

三

我们对初恋、友谊、亲情,对超验领域的顿悟、对诗意情境的感念,对种种难以忘怀事物的记忆,其实,很多时候是对月夜和月光的记忆。在如水月光里,走过我们以及紧随着的我们的身影,这时候,我们既是真实存在也是梦中幻象,既是地上的人也是天上的神,世界在双倍地接纳我们和拥抱我们,我们也在双倍地经历世界和经历人生。刻骨铭心的欣悦和刻骨铭心的忧伤,多半都发生在有月亮的晚上和有月光的地方。月亮对我们的紧紧跟随和默默注视,使凡尘间发生的事件都有了超凡的意味,有月亮在场,有月亮代表天空和宇宙在看着我们,这就意味着整个宇宙都在场,整个宇宙都在看着我们。于是,在我们身上发生的事件就超越了我们自身,而有了宇宙学的神秘意义。就这样,月光无限地延展了我们生命的版图和心灵的幅员,我们的欢乐和悲伤,都是有着宇宙规模的欢乐和悲伤。

初月、斜月、弯月、上弦月、下弦月、圆月、缺月、明月、暗月、淡月、素月、暖月、寒月、落月、冷月、皎月、新月、残月……月亮不停地变换着形象,不停地用时间之刀切割自己,用天地之色晕染自己,这位美学大师,我们心灵的牧师,她几乎穷尽了自己可以扮演的各种意象,来为我们直观地暗示宇宙的阴晴圆缺,命运的阴晴圆缺,内心的阴晴圆缺。即使它暗示给我们的是高深的哲学,有时竟是虚无的哲学,而它采用的方式依然是美学的,即使是虚无,因了美的濡染渗透,虚无也有了饱满的内涵和值得领悟的意味。

四

当我打开一本古书,或一卷古诗,书页轻轻响动,我知道,我是惊醒了保存在文字里的遥远年代的某个夜晚的月光,以及月光里的心跳和呼吸,它们,在今夜,在大致相同的月光里,又活了过来。

当我在祖先留下的古井里打水,像父辈那样虔敬地弯下腰,缓缓放下系着井绳的水桶,哦,你知道我看见了什么吗?一弯皎月,藏在水里静静地等我打捞。哦,多少情感,多少记忆,多少藏在低处、深处的生活的秘密,都在等待我们放低身子,怀着谦卑的心,去仔细打捞。打捞,因而是一项没有止境的美好工作。唯一的人生里,可以打捞出无数的细节;就像唯一的月亮,却有着无尽的月光。

我看见连夜收获庄稼的人们,同时也收获着饱满的月光;我看见连夜播种的人们,翻开的土里也种下了来自天上的古老种粒;我看见连夜沉思的人,月光汹涌在他的额头,引发着他思想的海潮;我看见连夜赶路的人,他不应该感到孤独,他的头顶就有一个连夜赶路的独行侠；我看见那个连夜讨要的流浪汉，人间有不幸，但也不缺好心，连月亮也加入了救助的行列，他伸出的手里，捧回了另一个人手上的温度，也捧回一小捧月光……

哦，月亮陪伴我们劳心劳力，月亮同情我们受苦受难，月亮喜欢我们重情重义，月亮引领我们向善向美。

五

夜里，当我走出门，经常与月亮撞个满怀，而这样的情景，我想，孔夫子有过，庄子有过，陶渊明有过，李白有过，杜甫有过，苏东坡有过，我的先人们都有过，世世代代的人们，都曾经与月亮撞过满怀。那与我们面对面撞上的，永远是同一个月亮。这使我对死亡这个绕不开的问题有了别样的理解。其实，死去的和活着的人们，是同样的一群人，在月亮眼里，大地上只有明暗交替的身影，真正的死亡根本就不曾发生。

即使死了又如何呢？月亮绝不会人走茶凉，绝不会抛弃和遗忘那苦恋了它一生的忠贞恋人。百年之后，即使我变成细小的尘埃，即使我悬浮在太空，月光也会摊开它宽阔的手掌，轻轻地托起我，托我于宁静的天庭；即使我沉落于地下，月光也会夜夜赶来看我，坐在我小小的灵魂上，让幽暗的大地，渐渐显露水晶的光芒……

六

在我出现之前，月光已等待我多年了。

在我消失之后，月光仍然准时出现在一切地方。

在每一条路途，月光都先我们一步，提前走在路上。

在每一个窗口，都有月光亲手投递的秘密情书，只是，多少人竟无心收阅，却甘愿被噩梦绑架，来自天上的饱含深意的暗示，就这样丢失了。

在每一片水面,因了月光的反复流连、沉浸,即使再浅的水都有了不可穷尽的深度,有了正在形成的珍珠和宝石。

在每一个墓地,月光都静静地为死者扫墓,与风中行走的灵魂谈心。由此我相信,死者也有自己的生活,那是更神秘的生活。

在每一个社区,月光都均匀地分布,体现了平等、公正的天意,即使穷人的房子,在月夜里,也悄悄换上了天堂的屋顶。

在每一个山顶,月光都不知疲倦地连夜向这里搬运和堆积纯银,仿佛在这圣洁的峰顶,人和神就要会面了,人的德行将要升华到苍穹的高度。

七

有月亮在,这个燥热的世界就不会持续疯狂燥热,月光是永不失效的清凉散,月亮是夜夜免费出诊、走遍万水千山的赤脚医生,她最擅长的医术是救治狂躁症、贪婪症、夜盲症,她随身携带的清凉散,一次次敷在我们身上和心上,让我们内心清澈,魂魄安宁,视野开阔;她给我们的医嘱,是如此简洁:安静、安详些吧,最终,你并不能带走一片月光。

有月亮在,这个不公的世界就不会彻底不公,每一个人的身上和心上,至少还均匀地享有一份月光。即使再崎岖的人生,即使再偏僻的命运,只要打开门窗,月亮,这位没有任何架子、没有任何官阶、没有丁点势利眼的伟大朋友,就会立即从三十八万公里之外的天国迅速赶来,走进柴门寒舍,谦卑地伏在地上,伏在你生活的屋檐下,将你晦暗的墙壁和心灵,一点点刷亮。

有月亮在,这个不洁的世界就不会变得更加肮脏,因为,至少,我们的头顶,还有一只干净、温润的掌心,在抚慰我们,在为我们压惊和止痛,在为我们拂拭尘埃,在为我们修补残破的天空。

八

　　我常常在月夜里漫游,面对满地纯银的月光,竟不忍踩踏,生怕污损了这从天上飘下的心灵白雪;有时,我沉浸纠结于对人世的心疼、忧患和祈愿,当我从苍凉的心境里抬起头,久久地仰望星空,仰望月亮,望着,望着,就觉得和我面对面互相凝望着的,不只是上苍胸前佩戴的一枚水晶,那更是上苍为我们保管的,照彻天地的不朽良心。

　　我无数次虔敬地俯下身子,却总是无法用双手把满地的月光捧起来。

　　我是多么想掬起一捧月光赠给你啊。